SCIENCE FICTION

Ein Verzeichnis aller im
WILHELM HEYNE VERLAG erschienenen
SHADOWRUN™-Bände finden Sie
am Schluss des Bandes

LISA SMEDMAN

KOPF ODER ZAHL

Dreiundvierzigster Band
des
SHADOWRUN™-ZYKLUS

Deutsche Erstausgabe

WILHELM HEYNE VERLAG
MÜNCHEN

HEYNE SCIENCE FICTION & FANTASY
Band 06/6143

Titel der amerikanischen Originalausgabe
TAILS YOU LOOSE
Deutsche Übersetzung von
CHRISTIAN JENTSCH

Umwelthinweis:
Dieses Buch wurde auf chlor- und
säurefreiem Papier gedruckt

Deutsche Erstausgabe 11/2001
Redaktion: Ralf Oliver Dürr
Copyright © 2001 by FASA Corporation
Erstausgabe bei ROC, an imprint of Dutton Signet,
a member of Penguin Putnam Inc.
Copyright © 2001 der deutschen Ausgabe und der Übersetzung
by Wilhelm Heyne Verlag GmbH & Co. KG, München
http://www.heyne.de
Printed in Germany 2001
Umschlagbild: FASA Corporation
Umschlaggestaltung: Nele Schütz Design, München
Technische Betreuung: M. Spinola
Satz: Schaber Satz- und Datentechnik, Wels
Druck und Bindung: Elsnerdruck, Berlin

ISBN 3-453-19656-2

Treue

Das Zittern befiel ihre linke Hand in dem Augenblick, als sie das erste Trigramm des I-Ging komplettierte. Drei Bronzemünzen mit eckigen Löchern in der Mitte fielen klirrend auf die Tischplatte, da sich ihre Finger öffneten und spreizten und dann flatterten wie eine Motte in einer Flamme. Alma umschloss die linke Hand mit der rechten, aktivierte die Stoppuhr-Funktion ihres Cyberauges und beobachtete die leuchtend roten Zahlen, die in der unteren rechten Ecke ihres Gesichtsfeldes erschienen. Dreiundzwanzig Sekunden später hörte das Zittern auf.

Als es vorbei war, spannte sie einmal die Hand und ging mit ihren Fingern eine Reihe komplizierter Gesten durch, die Teil ihrer täglichen Tai-Chi-Routine waren. Ihre Hand bewegte sich geschmeidig und die Finger beschrieben die Gesten mit absoluter Präzision. Sie beschleunigte die Gesten, wobei ihre Hand verschwamm, so schnell bewegte sie sich. Ihre Reflexbooster schienen hervorragend zu funktionieren und ihre Reaktionen zu beschleunigen, bis ihre Finger mit dem Tempo und der Geschmeidigkeit fließenden Wassers dahinzugleiten schienen. Vor Erleichterung seufzend, ließ sie die Hand sinken.

Die Zitteranfälle hatten vor sechs Tagen begonnen, am 17. Februar. Zuerst hatte sie kaum darauf geachtet – ihre Hand zuckte ein oder zwei Mal und kehrte dann wieder zur Normalität zurück. Doch Häufigkeit und Heftigkeit der Anfälle hatten allmählich zugenommen,

NORD

AMERIKA

CIRCA 2062

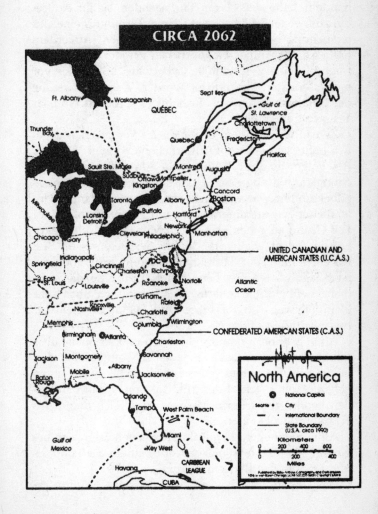

und jetzt traten sie zwei, drei Mal am Tag auf und hinderten sie daran, ihre Hand vernünftig zu benutzen, bis das Zittern aufhörte.

Voller Besorgnis, bei den Anfällen könne es sich um die ersten Anzeichen einer Schläfenlappen-Epilepsie handeln, hatte sie sich am Tag, nachdem sie ihr Auftreten zum ersten Mal bemerkte, einen Termin für eine Untersuchung bei PCIs Ärzten geben lassen. Außerdem hatte sie mit Graues Eichhörnchen geredet und ihn gefragt, ob die experimentelle Cyberware, mit der sie vor sechs Monaten ausgerüstet worden war, die Ursache des Problems sein könne. Er hatte versprochen, ein paar Tests vorzunehmen.

Zwei Tage nachdem er ihr dieses Versprechen gegeben hatte, war Graues Eichhörnchen extrahiert worden. Als Folge der Entführung hatte Alma ihren Untersuchungstermin abgesagt. Graues Eichhörnchen zurückzubekommen war viel wichtiger, als sich Tests und Untersuchungen zu unterziehen, um einem Problem auf den Grund zu gehen, das erst in Monaten wirklich akut würde. Selbst wenn die Anfälle der Beginn von SLE waren, konnte der korrektive Nano-Eingriff noch ein paar Tage warten. Der Bereich der Hirnmasse, der nicht mehr richtig funktionierte, war vermutlich noch sehr klein. Sie war froh, dass ihre linke Hand betroffen war und nicht die rechte.

Alma griff nach den drei Münzen und schob sie über die Tischplatte, sodass sie sie sehen konnte. Alle drei waren mit den chinesischen Schriftzeichen nach unten gelandet: ein Wechsel des Yin. Zusammen mit den beiden bereits geworfenen Mustern ergab sich damit das Trigramm für Donner.

Alma wollte gerade mit ihrem zweiten Trigramm beginnen, als ihr Mobiltelekom leise läutete. Sie nahm es und klappte den Bildschirm auf.

Das Gesicht, welches auf dem winzigen Monitor erschien, war ein computergeneriertes, zeichentrickartiges Bild, dessen Mimik mit der des Anrufers gekoppelt war. Der Text unter der Zeichentrickfigur bezeichnete den Anrufer als UNBEKANNTE MOBILE EINHEIT. Wer sie auch anrief, hatte die Anrufererkennungsfunktion gesperrt.

Alma drückte auf den Knopf für eine rein akustische Antwort. Sie wollte nicht, dass der Anrufer ihr Gesicht sah – oder ihre Wohnung. »Ja?«

Die Stimme, die aus dem Lautsprecher drang, war männlich und sprach Englisch mit einem Sprachsoftperfekten Akzent. »Ms. Johnson?«

Trotz der Hoffnung, die jäh in ihr aufkeimte, wartete Alma einen Sekundenbruchteil mit ihrer Antwort. Einen zu eifrigen Eindruck zu erwecken wäre unprofessionell, insbesondere einem Shadowrunner gegenüber. »Ja.«

»Hier spricht Tiger Cat. Ich habe Infos über das ›Päckchen‹, das aus Ihrer Firma gestohlen wurde. Wie schnell können Sie mein Honorar überweisen?«

Almas Herz schlug ob der guten Neuigkeiten etwas schneller. Sie zwang sich zur Ruhe und aktivierte die Uhrenfunktion auf ihrer Netzhaut. Es war 08:07 Uhr.

»Sind Sie in der Nähe eines Kredautomaten?«, fragte sie.

»Kann schon sein.«

»Warten Sie nach dem Ende dieses Anrufs mindestens fünf Minuten, dann legen Sie Ihren Kredstab ein und rufen zurück. Ich gebe Ihnen eine Zugangsnummer, die Sie eingeben können, dann erhalten Sie Ihre erste Rate. Sollten sich Ihre Informationen als solide erweisen, bekommen Sie später eine zweite Rate.«

»Meine Informationen sind so solide wie Platin. Das garantiere ich.«

Der Schirm des Mobiltelekoms wurde schwarz.

Alma brauchte zwei Minuten und achtzehn Sekunden, um sich Zugang zu ihrem Konzernspesenkonto zu verschaffen und die Umbuchung von dreitausend Nuyen auf einen beglaubigten Kredstab vorzubereiten. Während sie auf Tiger Cats zweiten Anruf wartete, starrte sie durch ein regennasses Fenster in Vancouver und trank ein paar Schlucke mit Tyrosin angereicherter Sojamilch. Vierzehn Stockwerke unter ihrer Wohnung erleuchteten Reihen künstlicher Brutlampen das Innere der Biokuppel um den Stanley Park und ließen sie wie eine riesige, facettierte Glühbirne aussehen. Jenseits der Kuppel führten die Zwillingsbrücken Lion's Gate und Dan George zur Nordküste, wo Reihen um Reihen überteuerter Komplexe mit Eigentumswohnungen den Fuß eines blaugrünen Berges erklommen, der sich den Regenwolken entgegenreckte.

Alma nahm eine Fernbedienung und stellte die Polarisierung des Fensters neu ein. Der Blick auf die Stadt wich dem Spiegelbild des winzigen Dachbodens, der Küche und Schlafzimmer zugleich war. Einförmig weiße Wände, Arbeitsplatten und Möbel betonten das minimalistische Aussehen des Raums. An der Wand hingen lediglich gerahmte Anerkennungsurkunden von Pacific Cybernetics in einer ordentlichen Reihe über einem Tisch, auf dem eine eingetopfte, nach Zimt duftende Orchidee stand. Neben der Pflanze befand sich ein animiertes Holobild von einem Dutzend Kindern, die vor dem riesigen Logo einer aufgehenden gelben Sonne eine menschliche Pyramide bildeten: die Superkids. Ihre winzigen Abbilder knieten auf einem zehn Zentimeter durchmessenden Quadrat aus Projektionsplastik und grinsten den Betrachter an. Alle trugen leuchtend blaue und gelbe T-Shirts von New Horizons Incorporated, und alle waren aufgeregt und glücklich – alle mit Ausnahme des Jungen unten links, der nachdenklich und besorgt aussah: Aaron.

Als die Kinder in den unteren Reihen der Pyramide einen sicheren Stand gefunden hatten, sprang an ihrer

Spitze ein Mädchen in die Luft. Sie landete im Handstand und hob dann winkend die rechte Hand, während sie auf der linken balancierte. Dann flackerte das Bild, und das Mädchen erschien wieder an der Spitze der menschlichen Pyramide, da das Holobild zum Anfang der Animation zurückkehrte.

Die Aufnahme war vor über zwei Jahrzehnten entstanden, an Almas achtem Geburtstag – einen Monat vor Aarons Tod. Zwei Monate danach war das Projekt gestoppt und der Konzern, welcher die Superkids geboren hatte, zerschlagen worden.

Almas Körper war unter der schwarzen Strumpfhose und dem roten Seidenkimono, den sie zu Hause trug, während sie sich entspannte, immer noch so athletisch wie eh und je, aber ihr Gesicht war seit ihrer Kindheit hagerer geworden. Glatte, schulterlange, in der Stirn zu einem Pony geschnittene Haare rahmten eurasische Züge ein. Ihre Cyberaugen waren naturfarbene Modelle mit brauner Iris, und ihr Gehör war verstärkt worden, ohne ihre natürlichen Ohren zu entfernen oder zu verändern. Ihre Chipbuchse war am Halsansatz verborgen. Der Rest ihrer Cyberware und bionetischen Verstärkungen lag tief unter der Haut. In ihrem Beruf zahlte es sich nicht aus, alle Welt mit der Nase auf seine Stärken zu stoßen. Die Überraschung war eine zu wirkungsvolle Waffe.

Als Tiger Cat wieder anrief, nahm sie sich einen Augenblick Zeit, um sich zu sammeln, und begrüßte ihn dann mit einem simplen Hallo. Dann tippte sie die Codenummer für die Umbuchung in ihr Mobiltelekom ein. Sie hörte das leise *Piep-piep-piep*, als die Zahlen in den Kredautomat eingegeben wurden. Tiger Cat bedankte sich bei ihr mit einem Schnurren in der Stimme.

»Es ist mir gelungen herauszufinden, was mit dem vermissten ›Paket‹ passiert ist«, sagte er. »Es soll von der Firma Swift Wind Cargo an Bord der *Plum Blossom* nach Hongkong verschifft werden. Der Frachter wird heute Morgen auf Pier fünf beladen. Der geplante Aufenthalt ist kurz. Das Schiff soll heute Nachmittag um 16:40 Uhr auslaufen.«

»Geht das Paket zusammen mit der Mannschaft an Bord?«, fragte Alma.

»Nein – als Fracht. Es ist in einem Container verstaut.«

Alma blinzelte. In einem Container? Das waren beunruhigende Neuigkeiten. Eine Ozeanüberquerung würde mindestens eine Woche dauern – länger, wenn das Schiff von einem Sturm aufgehalten wurde. Containerschiffe hatten keine isolierten Laderäume.

»Wird das Paket dann nicht…« Sie suchte nach einer Möglichkeit, es zu umschreiben, fand aber kein Wort, das ihre Sorgen adäquat zum Ausdruck gebracht hätte. Stattdessen entschloss sie sich zur Unverblümtheit. »Wie wird es dem Paket gelingen, am Leben zu bleiben?«

Sie hörte ein leises Kichern, bevor Tiger Cat antwortete. So unwahrscheinlich es auch war, dass ihr Gespräch abgehört wurde, er hielt sich trotzdem an ihren zuvor vereinbarten Code. »Die Unversehrtheit des Pakets wird nicht darunter leiden. Es wird in einer besonderen Stabilisierungseinheit transportiert – die Art, wie Krankenhäuser sie verwenden, wenn ein Tranplantationspatient mehrere Tage lang auf Eis gelegt werden muss, weil ein gezüchtetes Ersatzorgan nicht unmittelbar zur Verfügung steht. Keine Sorge – die Leute, die Ihr Paket haben, sorgen auch dafür, dass es richtig behandelt wird.«

Alma nickte bei sich. Kein Wunder, dass Graues Eichhörnchen in den drei Tagen seit seiner Extrahierung nicht gesehen worden war. Er lag auf Eis – buchstäblich. Wenigstens lebte er noch.

»Wo ist der Container jetzt?«

»Er wurde heute Morgen auf einen Laster verladen. Wahrscheinlich ist er bereits am Pier angelangt.«

»Was ist mit den vier Personen, nach denen ich mich erkundigt habe?«, fragte Alma. »Waren die Aufnahmen der Überwachungskameras, die ich Ihnen zur Verfügung gestellt habe, eine Hilfe?«

»Einen der Beteiligten habe ich erkannt: den Mann mit den vorstehenden Zähnen. Er ist ein hiesiger Runner namens Wharf Rat. Er steckt ziemlich tief im Schmuggelgeschäft – unterhält im gesamten Hafenbereich ein Kontaktnetz. Dass er sich Ihr Paket geschnappt hat, ist eher untypisch für ihn, aber ich nehme an, er hat den Job bekommen, weil er genau weiß, wen er bei den Transportfirmen schmieren muss. Jemand muss wegsehen, wenn zusätzliches Frachtgut von der Größe eines Sargs in einen Container gepackt wird. Zwei von den anderen Runnern sind unbedeutende Muskeln, die Wharf Rat von der Straße weg angeworben hat – keine meiner Connections kannte auch nur ihre Namen. Niemand hat sie in den letzten drei Tagen in der Stadt gesehen. Es sieht also ganz danach aus, als hätten sie die Stadt verlassen. Es ist mir nicht gelungen, etwas über die vierte Person in Erfahrung zu bringen.«

»Damit habe ich auch nicht gerechnet«, räumte Alma ein. »Ihr Digibild hat Ihnen nicht viel geliefert, womit Sie etwas anfangen konnten. Wo ist Wharf Rat jetzt?«

Tiger Cats Zeichentrickbild zuckte die Achseln. »Das weiß niemand. Er ist verschwunden.«

»Was ist mit den Leuten, die ihn angeworben haben?«

»Ich habe jemanden ausfindig gemacht, der mit Wharf Rat näher bekannt ist, und diese Person sagt, der Klient sei ein typischer Mr. Johnson gewesen. Unaufspürbar – Ende der Geschichte. Soll ich tiefer graben?«

Alma runzelte die Stirn. Ein Teil ihres Jobs bestand darin, herauszufinden, welcher von Pacific Cybernetics' Konkurrenten die Shadowrunner angeworben hatte, aber einstweilen hatte die Wiederbeschaffung des ›Pakets‹ absolute Priorität.

»Das teile ich Ihnen zu einem späteren Zeitpunkt mit«, sagte sie zu Tiger Cat. »Haben Sie sonst noch etwas für mich?«

Die Zeichentrickfigur schüttelte den Kopf. »Das ist alles. Wann kann ich mit der zweiten Rate rechnen?«

»Unmittelbar nach Sicherstellung des Pakets.«

»Kann ich Sie heute Abend zurückrufen?«

»Morgen«, sagte sie entschlossen.

»Einverstanden.«

Alma unterbrach die Verbindung und wollte das Telekom gerade schließen, als sie eine Textbotschaft über den Monitor ziehen sah. Sie las sie nur teilweise – HI AL. WIE IST DEIN TAG? HAST DU SCHON HERAUSGEFUNDEN, WER ICH BIN –, bevor sie den Rest wütend löschte.

In den letzten drei Monaten hatte sich irgendein durchgeknallter Anrufer, der sich irgendwie ihre Mobiltelekomnummer besorgt hatte, in die Memofunktion des Koms gehackt und hinterließ nervende Botschaften. Alma hatte versucht, die eingehenden Anrufe zu unterbinden, doch ohne Erfolg – der Anrufer musste jedes Mal einen anderen Einwahlpunkt benutzen. Sie hatte sogar die Telekomnummer geändert – zwei Mal. Die verrückten Botschaften waren jetzt, da sie die Leitung für Tiger Cats Anrufe frei halten musste, ganz besonders ärgerlich.

Alma ließ das Telekom zuschnappen, legte es auf den Tisch und blendete die Zeitanzeige auf ihrer Netzhaut ein. In sieben Stunden und sechsundfünfzig Minuten würde die *Plum Blossom* ablegen. Swift Wind war eine große Speditionsfirma mit Hunderten von Containern am Pier. Um sie rasch und unauffällig durchsuchen zu können, brauchte Alma jemanden mit astralen Fähigkeiten, außerdem technische Unterstützung und ein Fahrzeug, das groß genug war, um damit die Stabilisierungseinheit vom Pier abzutransportieren, sobald sie lokalisiert war.

Zuoberst auf der langen Liste der Vorbereitungen stand jedoch das I-Ging. Das Trigramm, dessen Erstellung Tiger Cats Anruf unterbrochen hatte, war noch nicht vollständig. Sie nahm die Münzen und lauschte ihrem Klimpern, als sie sie in ihren geschlossenen Händen schüttelte.

Die Münzen und eine gedruckte Ausgabe vom *Buch der Wandlungen* hatte Alma zu ihrem zwölften Geburtstag geschenkt bekommen, und zwar von dem Paar, das sie nach der Auflösung der Krippe der Superkinder in Pflege genommen hatte. Die Münzen stammten aus der Mitte des 19. Jahrhunderts, waren aber nicht besonders wertvoll. Alma hatte in ihnen nicht mehr als Kuriositäten gesehen, mit denen es Spaß machte zu spielen. Bis zu jenem Tag in ihrem siebzehnten Lebensjahr, als die Münzen den Tod ihrer Pflegeeltern beim Absturz eines Suborbitals vorhergesagt hatten. Seitdem hatte sie das I Ging jeden Tag befragt und alle vierundsechzig Hexagramme auswendig gelernt.

Vor ungefähr einem Jahr hatte Alma die Münzen von einem Taliskrämer auf magischen Gehalt testen lassen. Er hatte bestätigt, dass die Münzen genau das waren, was sie zu sein schienen: gewöhnliche Münzen. Trotzdem waren ihre Prophezeiungen unfehlbar genau. Mehr als einmal hatten ihre Warnungen sie daran gehindert, einen furchtbaren Fehler zu begehen.

Alma hielt die Münzen über dem Tisch und brachte energisch die ängstliche Stimme zum Verstummen, die darauf bestand, sie möge sich sofort daran begeben, Graues Eichhörnchen zu suchen. Sie schüttelte die Münzen und ließ sie fallen, merkte sich das Ergebnis und wiederholte dann den Vorgang noch zwei Mal. Jedes Mal landeten zwei Münzen mit der Schriftseite nach oben und eine mit der Schriftseite nach unten: festes Yang. Das Trigramm für Himmel.

Sie dachte über das Ergebnis nach: Himmel über Donner – das Hexagramm für Treue. Sie konnte die allgemeine Bedeutung auswendig rezitieren: *Stärke kommt von außen und leitet jene, die loyal von innen sind. Wenngleich jene, deren Treue wahrhaftig ist, untadelig sind, garantiert Treue allein noch keinen Erfolg. Jene, die das Wahrhaftige bestreiten, werden keinen Nutzen aus ihren Handlungen ziehen.*

Angesichts der ihr heute bevorstehenden Aufgabe war es eine seltsame Prophezeiung. Bedeutete sie, dass ihre eigene Treue zu ihrem Konzern ihr die Stärke verleihen würde, die sie brauchte, um Erfolg zu haben? Oder hatte sie irgendeine Wahrheit übersehen und verkündete die Prophezeiung somit ihr Scheitern?

Der Verweis auf Treue konnte sich auf sie selbst, aber ebenso auf Graues Eichhörnchen beziehen – das ›Paket‹, welches an diesem Nachmittag nach Hongkong verschifft werden sollte. Sie kannte den Forscher gut genug, um ganz sicher zu sein, dass die Extrahierung nicht mit seinem stillschweigenden Einvernehmen erfolgt sein konnte. Er war PCI gegenüber ebenso loyal wie sie. Graues Eichhörnchen und Alma waren im Laufe der Jahre ihrer Tätigkeit für den Konzern gute Freunde geworden und sich noch näher gekommen, nachdem Alma sich freiwillig für den Betatest des REM-Induktors gemeldet hatte.

Ihrer beider Leben wies viele Parallelen auf. Beide waren in frühester Kindheit von ihren Familien getrennt worden, Alma im Alter von acht Jahren, als das Superkids-Projekt gestoppt und sie über den halben Kontinent geschickt worden war, um bei Fremden in Salish-Shidhe zu leben, Graues Eichhörnchen im Alter von zehn, als seine Eltern ihn in einem unangebrachten Versuch, ihn abzuhärten, zu einem Onkel nach Aztlan geschickt hatten. Beide waren sie von ihren Mitschülern geächtet worden, als sie sich weigerten, ihre überragenden intellektuellen und sonstigen Fähigkeiten zu verbergen. Almas kybernetische Implantate machten sie an der Grundschule, auf die sie geschickt wurde, zu einem Kuriosum. Die Schule hatte sich das Motto ›Zurück zu den Ursprüngen‹ auf die Fahne geschrieben und dort gab es nicht einmal einen Zugang zur Matrix. Die wache Intelligenz von Graues Eichhörnchens und seine Leidenschaft für Mathematik und Wissenschaft machten ihn unter den sportbegeisterten Kadetten auf der paramilitärischen Eagle Warriors Akademie, auf deren Besuch sein Onkel bestand, zu einem Außenseiter. Sowohl Alma als auch Graues Eichhörnchen hatten ihre Kindheit als Teil einer engen Geschwistergemeinschaft begonnen. Als sie erwachsen wurden, waren sie beide auf der Suche nach etwas, das die Leere füllen konnte, die ihre Schulzeit in ihnen hinterlassen hatte.

Jeder von ihnen hatte dieses Etwas bei Pacific Cybernetics gefunden. Von Gleichgesinnten umgeben, die ihre Talente respektierten, hatten sie beide rasch die Karriereleiter erklommen. Sie gehörten zu einer Gruppe engagierter Profis, die mehr Zeit miteinander verbrachten und mehr Anteil an den Siegen und Niederlagen der anderen nahmen, als dies in den meisten Familien üblich war.

Für Alma war der Aufstieg an die Spitze von PCIs Anti-Sabotage-Abteilung, in die auch Extrahierungen fielen, reibungslos verlaufen, aber für Graues Eichhörnchen war dessen Erfolg in der Abteilung für Forschung und Entwicklung eine zwiespältige Angelegenheit. Mehr als einmal hatte er Alma von seinen familiären Sorgen erzählt. Seine Frau begriff einfach nicht, wie wichtig seine ausgedehnten Geschäftsreisen zu den PCI-Labors auf den Philippinen waren, und war verärgert, wenn er rund um die Uhr an seinen Forschungen arbeitete. Er hatte sich bereits auf den Kompromiss eingelassen, grundsätzlich spätestens um 23:00 Uhr Feierabend zu machen, wie interessant die Arbeit auch war, und gleich nach Hause zu kommen, aber sie beklagte sich immer noch.

Alma hatte Graues Eichhörnchen versichert, ein Konzern sei auch eine Familie – eine, die gleichermaßen berechtigte Anforderungen an seine Zeit stellte. Und es war eine Familie, auf die er zählen konnte. Das Funktionieren von Beziehungen hing nur von zwei Personen ab, die oft scheiterten, aber ein Konzern bestand aus Hunderten oder sogar Tausenden von Angestellten. Wenn einer ins Straucheln geriet, waren immer noch die anderen da, um ihn aufzufangen.

Es sei denn, natürlich, die Konzernfamilie wurde vom Rechtssystem der UCAS vorsätzlich zerschlagen und in alle Winde zerstreut – wie es bei ihrer ersten geschehen war.

Graues Eichhörnchen war einer der Spitzenforscher in den Labors von Pacific Cybernetics. Er war die treibende Kraft hinter dem REM-Induktor, einem von PCIs fortschrittlichsten Projekten, der die in Vancouver beheimatete Firma in die Reihe der Großkonzerne aufsteigen lassen würde, wenn das Produkt erst einmal auf dem Markt war. Aus diesem Grund hatte Alma ihn im Auge behalten. Sie hatte mit einem Extrahierungsversuch nach Abschluss der Betatests gerechnet, wenn der REM-Induktor offiziell vorgestellt würde.

Sie hatte jedoch nicht mit einem so frühen Versuch gerechnet. Die Plötzlichkeit der Extrahierung von Graues Eichhörnchen – und ihre makellose Ausführung – hatte sie völlig überrumpelt. Sogar das I-Ging hatte sie nicht davor gewarnt.

Vielleicht wurde die heutige Botschaft im Verlauf des Tages klarer. Die erste Linie des Hexagramms war wechselndes Yang, während die nächsten beiden wechselndes Yin waren. Irgendwann in den nächsten vierundzwanzig Stunden würde sich die Situation ändern, da aus Yang Yin und aus Yin Yang wurde. Ein anderes Hexagramm würde daraus hervorgehen: Zusammenkunft.

Alma hoffte, dass diese Wandlung ein Wechsel zum Besseren sein würde – dass es sich bei dem erwähnten ›Zusammentreffen‹ um das Resultat ihrer Bemühungen zur Rettung von Graues Eichhörnchen handelte. Doch wie immer schwieg das I-Ging sich über die Einzelheiten aus. Die Münzen konnten als Richtschnur Verwendung finden, aber letzten Endes waren es Almas eigene Handlungen, die den Tagesverlauf festlegten.

Alma stand vor den Heldentotems auf der Georgia Street und wartete unter einem Regenschirm darauf, dass Reynolds sie abholte. Aus größerer Entfernung sahen die neun Totempfähle wie glatte Zylinder aus poliertem Stahl aus. Als einziges Wesensmerkmal waren die Truppentotems zu erkennen, die oben auf jedem Pfahl thronten: Wolf, Bär, Adler, Hirsch, Donnervogel, Killerwal, Lachs, Frosch und Biber, sämtlich traditionellen Schnitzereien der Nordwestküste nachempfunden. Erst wenn man näher kam, konnte man die auf den Pfählen verewigten Namen sehen. Und erst wenn man diese Namen berührte, wurden die Digibilder der gestorbenen Ranger gezeigt.

Alma berührte einen der Namen auf dem Killerwal-Pfahl, und das Gesicht eines jungen Elfs nahm schimmernd auf der glänzenden Oberfläche Gestalt an, als werde ein Gesicht von einem Spiegel reflektiert. Peter Charlie war ein gutaussehender Mann mit rötlich-blonden Haaren und Sommersprossen, die seine starken indianischen Wangenknochen und Nase Lügen zu strafen schienen. Er hatte ein verwegenes, selbstbewusstes Lächeln, das zu den am Pfahl herunterrinnenden Regentropfen im Widerspruch stand, weil sie es so aussehen ließen, als liefen ihm Tränen über die Wangen. Alma spürte, wie ihr selbst die Tränen kamen, und blinzelte sie wütend fort.

Peter hatte nur siebzehn Monate bei PCI gearbeitet, bevor er seinen Job als Sicherheitsmann aufgegeben hatte, um am Tsimshian-Grenzkrieg teilzunehmen, aber in dieser kurzen Zeit hatte sich eine enge Freundschaft zwischen ihnen entwickelt. Er teilte Almas Vorliebe für anspruchsvolle Sportarten, und mit seinen peitschenähnlichen Reflexen und drahtigen Muskeln gehörte er zu den ganz wenigen, die sich mit ihr beim Lacrosse messen konnten. Wäre Alma bei PCI nicht seine Vorgesetzte gewesen, hätten sie intim werden können. In jener Nacht, bevor sein Regiment nach Norden geschickt wurde, hatte nicht viel gefehlt. Und in seinen zwei Monaten aktiven Dienstes hatten sie über Telekom Verbindung gehalten. Nach der Rückkehr von einer Streife hatte Peter sie grundsätzlich sofort angerufen.

Im Mai, während der Großoffensive, die den Grenzkrieg dann beendete, hatte sie ganz plötzlich keine Anrufe mehr bekommen. In den Tagen nach der Schlacht hatten die Nachrichten die grauenhaften Einzelheiten gebracht: Die Streitkräfte Tsimshians hatten sich die vom Halleyschen Kometen aktivierten Ley-Linien zunutze gemacht und neue und furchtbare Magie gegen die Truppen Salish-Shidhes gewirkt. Die meisten Ranger waren von den unglaublich verstärkten Betäubungsbällen, mit denen die Tsimshier sie beschossen hatten, sofort getötet worden – ihre grundlegenden motorischen Funktionen kamen zum Erliegen, als die synaptischen Verbindungen in ihrem Hirn zerfetzt wurden. Andere überlebten, erlitten aber schwerste Gehirnschäden, die weder die medizinischen Magier noch die Cyberchirurgen reparieren konnten.

Peter war einer der Unglücklichen, die nicht sofort

getötet wurden. Die Nachwirkungen des Betäubungsballs sorgten für eine Überstimulierung eines Teils des Gehirns, das die Netzbildung genannt wird, was seine Fähigkeit zu schlafen auslöschte. Als er schließlich nach Vancouver verlegt wurde, war er seit neun Tagen ununterbrochen wach. Sein Verfall hatte Alma schockiert. Hohläugig, zitternd, unfähig zu essen und einen vollständigen Satz zu bilden, hatte er noch zwei Tage durchgehalten. Alma hatte seine Hände umfasst und ihm gesagt, sie liebe ihn, und sie glaubte, dass er dieselben Worte gemurmelt hatte, wusste es aber nicht mit Sicherheit. Dann war er gestorben.

Das schwer angeschlagene Salish-Shidhe Council hatte in der Woche nach der Schlacht ein Friedensabkommen mit Tsimshian geschlossen, das unter dem Namen Hirnmühle bekannt wurde. Dieser Frieden war in den vergangenen neun Monaten bis zum Zerreißen strapaziert worden, da es entlang der Grenze auch weiterhin zu Zusammenstößen zwischen den Streitkräften Tsimshians und Ranger-Patrouillen kam. Viele der Scharmützel endeten mit einem weiteren Einsatz der tödlichen Betäubungsbälle und brachten noch mehr hirngeschädigte Soldaten auf die Intensivstationen der Krankenhäuser Salish-Shidhes.

Alma nahm den Finger vom Heldentotem und Peters Gesicht verblasste. Sein Tod hatte sie dazu veranlasst, sich freiwillig zu melden, um sich eine Betatest-Version des REM-Induktors in das Gehirn implantieren zu lassen. Noch am Tage ihrer Einweihung in die Einzelheiten des Projekts von Graues Eichhörnchen hatte sie darauf bestanden, sich als Testperson zur Verfügung zu stellen. Der Test konnte nun in den Labors von PCI Vancouver stattfinden, was das Projekt beschleunigen würde. Je eher ein vollständig getesteter REM-Induktor zur Verfügung stand, desto weniger Soldaten mussten sterben.

Im Zuge der Extrahierung von Graues Eichhörnchen

waren diese Tests vollständig zum Erliegen gekommen. Almas Blick folgte der Burrard Street zum St. Paul's Hospital mit seinem Invalidenflügel. Das Leben der Soldaten, die hellwach in ihren Betten lagen und trotz schwerster Gaben von Medikamenten und Magie nicht schlafen konnten, lag in den Händen eines Forschers von Pacific Cybernetics: Graues Eichhörnchen. Alma oblag es, ihn nach Hause zu bringen.

Alma aktivierte ihre Fernsicht und lugte durch die regenverschleierte Windschutzscheibe des Lieferwagens. Sie standen auf der obersten Ebene eines Parkhauses, die eine hervorragende Sicht auf den fraglichen Pier bot – die ideale Stelle, um einen Beobachtungsposten einzurichten.

Unten im Hafen wurden Container in langen Reihen gestapelt, einer auf den anderen wie riesige Bauklötze. Gigantische Automatenkräne, die den gesamten Pier säumten, hoben die Metallcontainer einen nach dem anderen hoch und ließen sie in die Laderäume wartender Containerschiffe herab. Das leise Jaulen schwerer Maschinen und das entfernte Klirren von Stahlcontainern auf Stahldecks drangen durch die Seitenscheibe auf der Fahrerseite, die Alma einen Spalt geöffnet hatte, den Rauch des Räucherwerks abziehen zu lassen, das Reynolds soeben verbrannt hatte. In Verbindung mit dem durchdringenden Geruch der Ölsammelbehälter hinten im Laderaum des Lieferwagens verschlug er ihr den Atem.

Alma hielt nach Anzeichen Ausschau, dass die Hafensicherheit das astrale Eindringen des Schamanen bemerkt hatte. Doch nichts sah ungewöhnlich aus. Ein Streifenwagen der Hafenpolizei von Vancouver fuhr langsam am Liegeplatz der *Plum Blossom* vorbei, bog aber nicht auf den eigentlichen Pier ab. So weit, so gut.

Alma schaltete ihre Fernsicht aus und warf einen

Blick auf den Elf neben ihr. Bei Bewusstsein war Reynolds ein Bündel aus nervöser Energie, aber nun saß er schlaff auf dem abgenutzten Beifahrersitz. Sein Körper war völlig regungslos bis auf die Augen, die sich unter geschlossenen Lidern wie bei einem Träumenden hin und her bewegten. Er trug seine vorzeitig ergrauten Haare im indianischen Stil in zwei langen Zöpfen, die auf die Brust seines Overalls von Mohawk Oil fielen. In das Ende beider Zöpfe waren Taubenfedern eingeflochten. Beide Federn flatterten plötzlich wie in einer unmerklichen Brise. Einen Augenblick später erwachte Reynolds ruckartig, als sein Astralleib sich wieder mit seinem Körper vereinte.

»Irgendwelche Resultate?«, fragte sie.

In dem für ihn typischen, an eine Taube erinnernden Nicken wackelte der Schamane mehrmals mit dem Kopf. »Ich glaube, ich habe ihn gefunden. Bei einem raschen Rundflug durch alle Container auf diesem Pier habe ich keine astralen Signaturen entdeckt. Es gibt nur einen Container, in dem sich überhaupt etwas Lebendiges befinden könnte – und der ist mit einer Schutzvorrichtung gegen astrales Eindringen gesichert. Ich konnte nicht hinein.«

»Welcher ist es?«, fragte Alma.

»Einer von den gelben.« Er zeigte mit einem schlanken Finger. »Es ist der zweite von unten in der Reihe unter dem blauen Kran – der fünftletzte in der Reihe, wo der Kran gerade arbeitet. Der Container über ihm ist grün und der darunter rot. Haben Sie ihn?«

Alma erhöhte die Geschwindigkeit der Scheibenwischer und folgte der Richtung, in die Reynolds' Zeigefinger wies. Als sie den Container gefunden hatte, schaltete sie wieder ihre Fernsicht zu, um die Nummer des Krans – C21 – zu erkennen und einen genaueren Blick auf den Container zu werfen. Sie sah, was sie erwartet hatte. Auf den Seiten des Containers stand in roten chinesischen Schriftzeichen ›Swift Wind Cargo‹. Auf den Container waren noch vier weitere gestapelt und rechts und links erhoben sich weitere Containerstapel, sodass er auch seitlich fest eingekeilt war.

»Auf welcher Seite ist die Tür?«, fragte sie.

Reynolds zeigte es ihr mit einem Kopfwackeln. »Auf der Westseite.«

Sie schaltete die Vergrößerungsfunktion ihrer Cyberaugen aus und benutzte die Kamerafunktion, um ein Digitalbild des Piers zu knipsen und den fraglichen Container mit einem roten Fadenkreuz zu kennzeichnen. Angesichts der Geschwindigkeit des Krans – er brauchte im Durchschnitt drei Komma fünf Minuten, um einen Container anzuheben und auf das Schiff zu laden – blieben ihnen noch eine Stunde und achtundvierzig Minuten, bevor ihr Ziel auf die *Plum Blossom* verladen wurde. Der Container von Swift Wind war in der zweitbesten überhaupt möglichen Position: nur einen Container über dem Boden. Die Tür frei zu machen bedeutete, fünf Container vom Stapel zu heben – mit etwas Glück würde die Besatzung der *Plum Blossom* nicht merken, dass diese fünf Container außer der Reihe auf das Schiff geladen wurden. Wenn diese fünf Container aus dem Weg waren – ein Vorgang, der ungefähr siebzehn Minuten und dreißig Sekunden dauern würde –, konnte Alma die Tür öffnen und die Stabilisierungseinheit auf den angrenzenden Container in der untersten Reihe ziehen. Von dort aus waren es drei Meter bis zum Boden – eine Entfernung, die Reynolds mühelos mit einem Levitationszauber überbrücken konnte.

Das einzige Problem war die magische Schutzvorrichtung. Wer Graues Eichhörnchen extrahiert hatte, wollte nicht, dass er gefunden wurde. Ihr Vorhandensein warf die Frage auf, ob vielleicht noch andere Schutzmaßnahmen ergriffen worden waren.

Alma aktivierte das unter ihre Haut implantierte

Mikrofon und sprach mit dem Teammitglied, das für die technische Unterstützung zuständig war. »Pirat an Basis.«

Eine weibliche Stimme flüsterte leise aus dem subdermalen Lautsprecher hinter Almas linkem Ohr. »Hier Basis.« Die Übertragung war verschlüsselt, aber ihre Teams waren dennoch darauf trainiert, niemals persönliche Kennungen über Funk zu benutzen. Riva Schell war eine von PCIs besten Matrix-Spezialisten. Alma hatte sie für diesen Job persönlich ausgewählt.

»Beobachter hat unser Ziel lokalisiert. Es befindet sich unter Einheit Charlie zwo eins in Position zwo vom Boden aus gezählt und fünf Einheiten hinter dem gegenwärtigen Arbeitsbereich von Charlie zwo eins. Primärfarbe ›Yukon‹, Sekundärfarbe ›Romeo‹. Der Zugang befindet sich auf der Westseite und erfordert fünf Umsetzungen. Bitte Anweisungen bestätigen, over.«

Es folgte eine kleine Pause. Alma wartete geduldig in dem Wissen, dass Schell sich Zugang zu den Beobachtungs- und Justierungs-Kameras des Automatenkrans verschaffen würde.

»Ich sehe das Ziel«, sagte Schell.

Alma wies Schell an, in Bereitschaft zu bleiben. Sie überprüfte rasch ihre Funkverbindung mit Reynolds, der mit der normalen Ohrhörer-Mikrofon-Kombination verdrahtet war, wie sie von Auslieferungsfahrern bevorzugt wurde, und öffnete dann die Tür des Lieferwagens einen Spalt weit.

Ein kalter Windstoß wehte durch die teilweise geöffnete Tür und im gleichen Augenblick grollte Donner am Himmel. Der Regen wurde plötzlich stärker und trommelte laut auf das Dach des Lieferwagens, sodass Ströme von Wasser über die Fenster liefen.

Reynolds beugte sich auf seinem Sitz vor und legte den Kopf auf die Seite, um einen missmutigen Blick zum Himmel zu werfen. »Sturmkrähen«, sagte er, während er den Kopf drehte, um sie mit dem anderen Auge zu betrachten. »Uns steht ein schlimmes Unwetter bevor.«

Alma zog die Tür wieder zu und warf selbst einen Blick durch die Windschutzscheibe. Direkt über dem Parkhaus flogen ein paar Dutzend große schwarze Vögel nach Westen, dem Wind voraus. Alma fand, dass sie wie ganz gewöhnliche Krähen aussahen.

»Woher wissen Sie, dass es Sturmkrähen sind?«

»Ihre Aura. Sie ist dunkelgrau mit weißen Streifen wie Blitze vor einer Gewitterwolke.«

»Werden sie Ihre Fähigkeiten beeinträchtigen, Magie zu wirken?«

Reynolds schüttelte den Kopf, behielt die Krähen jedoch im Auge. »Nein, ich kann sie einfach nur nicht leiden. Krähen bringen Unglück.«

Der Schwarm flog in unregelmäßiger Formation, die an einen Blitzstrahl erinnerte, über den Hafen. Als die letzten Nachzügler über das Parkhaus hinweg flogen und den anderen folgten, ließ der Regen etwas nach. Alma öffnete die Tür erneut einen Spalt.

»Reynolds!«

Der Schamane riss sich von der Betrachtung des Himmels los.

Alma überschlug rasch Entfernungen und Geschwindigkeiten. »Ich brauche ungefähr acht Minuten, um unser Ziel zu erreichen, sobald ich das Tor hinter mir habe. Wenn Sie bei der Sechs-Minuten-Marke loslegen, müssten wir das Ziel etwa zur gleichen Zeit erreichen.«

»Keine Sorge«, sagte Reynolds, indem er seinen Ärmel hochkrempelte. Eine übergroße Armbanduhr, die von Hand aufgezogen werden musste, kam darunter zum Vorschein. »Ich werde pünktlich sein.«

Innerlich knirschte Alma angesichts dieser uralten Technologie mit den Zähnen. Die Uhr war über ein Jahrhundert alt und sie konnte hören, dass ihr Ticken arhythmisch war. Warum bestanden Schamanen nur auf der Benutzung derart überholter Ausrüstung? Reynolds war einer der besten magisch aktiven Sicherheitsleute, über die PCI verfügte, aber wenn die Magie sie auch rausbringen würde, so war es doch die Technologie, welche den Job überhaupt erst ermöglichte.

Alma stand am Straßenrand und tat so, als benutze sie das öffentliche Telekom. Die Filter in ihren Cyberohren ermöglichten ihr, das Prasseln des Regens auf ihre gelbe Öljacke – der normalen, wenn auch inoffiziellen Regenkleidung der Hafenarbeiter – herauszufiltern. Die Telekomzelle lag der Brücke gegenüber, die zum geschäftigen Ladebereich für die Lastwagen führte. Für einen zufälligen Beobachter sah sie so aus, als gehöre sie hierher.

Sie hörte das unverkennbare metallische Scheppern eines Containers auf der Ladefläche eines Tiefladers und dann einen Augenblick später das Motorengeräusch des sich nähernden Lasters. Mit dem Rücken zur Straße wartete sie auf das Zischen der Bremsbelüftung und auf die Veränderung des Singens der Reifen auf dem nassen Asphalt, die davon kündeten, dass der Laster langsamer wurde. Im gleichen Augenblick, als die Zugmaschine des Lasters auf die Brücke einbog, sodass der Fahrer das Heck seines Lasters nicht mehr in den Seitenspiegeln sehen konnte, zog Alma ihre Öljacke aus, fuhr herum und lief los. Sie warf sich auf den Asphalt, rollte sich ab und griff nach der Unterseite des Tiefladers. Finger und Daumen schlossen sich um eine Metallkante und fassten zu und in derselben Bewegung stemmte sie sich hoch und ihre Füße gegen einen anderen Vorsprung. Die Gummisohlen ihrer Bergsteigerstiefel waren griffig und gaben ihr Halt. Alma streckte sich und machte sich so starr wie das Metall, an das sie sich klammerte.

Während der Laster über die Brücke polterte und der

Container bei jeder Unebenheit schepperte, hielt Alma sich gut fest. Der Gestank nach Öl und Abgasen drang ihr in die Nase. Ihre Reflexbooster ermöglichten ihr, jeden Stoß, jede Unebenheit und jedes Rumpeln des Lasters auszugleichen, sodass ihr Kopf nicht gegen die Unterseite des Tiefladers schlug. Ihre linke Hand zitterte, und ihr Griff lockerte sich sechsunddreißig quälende Sekunden lang, aber die mit Fluor beschichtete Kunstfaser, die in ihr gezüchtetes Muskelgewebe überall in ihrem Körper eingeflochten war, verlieh ihren Fingern die Kraft eines Schraubstocks und ermöglichte ihr, sich nur mit der rechten Hand mühelos festzuhalten. Sie aktivierte ihr subdermales Mikrofon und wies Schell an, einen Weg zu ihrem Ziel frei zu räumen.

Der Laster überquerte die Brücke, bog um eine Kurve und hielt vor einem Tor an. Sie filterte das Dröhnen des Motors heraus, sodass sie den Fahrer verstehen konnte, als dieser sich beim Wachmann am Tor anmeldete, der dem Fahrer Anweisungen gab, wie er zu der Stelle gelangte, wo der Container abgeladen werden sollte.

Es regnete immer noch, und das Wasser tropfte nur so an dem Laster herunter, was es unwahrscheinlich machte, dass der Wachmann den Tieflader genauer in Augenschein nehmen würde. Selbst wenn er es tat, würde er Alma wohl nicht entdecken. Der isolierte Einteiler, die Stiefel und die fingerlosen Handschuhe, die sie trug, waren in dunkelbrauner Tarnfarbe gehalten, sodass sie vor der lehmbespritzten Unterseite des Tiefladers kaum zu erkennen war. Dasselbe galt für die Werkzeugtasche, die mit Klettband an ihrer Brust befestigt war.

Alma hörte das Knirschen des Getriebes, als ein Gang eingelegt wurde. Der Laster fuhr ruckartig an und rollte durch das Tor in dem mit Stacheldraht gesicherten Maschendrahtzaun, der den Verladebereich umgab.

»Hier Pirat«, flüsterte sie in ihr Kehlkopfmikrofon. »Ich bin drin.«

Als der Laster vor einer Kurve abbremste, ließ Alma einfach los. Der Boden war etwa einen Meter unter ihr und sie stimmte das Entspannen ihrer Muskulatur zeitlich auf diese Höhe ab. Beim Aufprall war sie so schlaff wie ein Betrunkener und so hatte die Landung auf dem Beton keine nachteiligen Folgen. Einen Augenblick später riefen ihre Reflexbooster die Muskeln wieder zur Ordnung, was es ihr ermöglichte, unter dem Laster hervorzurollen, bevor die Hinterräder sie überrollen konnten.

Während der Laster hinter einer Mauer aus Containern verschwand, duckte Alma sich in den Schatten der Mauer und lud das Digitalbild herauf, das sie zuvor aus dem Lieferwagen geknipst hatte. Sie orientierte sich in Relation zu dem mit dem Fadenkreuz versehenen Container und berechnete ihre voraussichtliche Ankunftszeit. Dann aktivierte sie die Uhr auf ihrer Netzhaut und stellte den Timer entsprechend ein.

»Pirat an Basis. Können Sie mich sehen?«

»Hier Basis«, antwortete Schell sofort. »Positiv, Pirat. Sie sind bereits hinter einem Rauchvorhang.«

»Ich bin noch etwa acht Minuten von unserem Ziel entfernt. Wie geht die Räumung voran?«

»Ich bin zwei Einheiten vor unserem Ziel.«

Perfekt. Es würde etwa sieben Minuten dauern, die beiden letzten Container wegzuräumen. Alles lief wie ein Uhrwerk – gerade so, wie Alma es erwartete. »Gute Arbeit. Treffen Sie Vorbereitungen für die Ausdehnung des Rauchvorhangs.«

»Bestätigt.«

Die Programmierung von Kran 21 zu ändern, sodass er fünf Container aus der Mitte des Stapels umlud, war für die Matrix-Spezialistin des Teams relativ leicht gewesen, aber jetzt begann der schwierige Teil. Um Almas Aktionen in der Verladezone zu verbergen, musste sich Schell zu Dutzenden von Überwachungskameras gleichzeitig Zugriff verschaffen und dann für eine Verzögerung von einer Sekunde bei der Datenübertragung sorgen. Das gab ihr dann die Sekunde, die sie brauchte, um jede Kamera mit einer Wiederholungsschleife zu füttern, kurz bevor Alma in einen Aufnahmebereich trat. Im Endeffekt machte dieser Eingriff Alma unsichtbar – die Kameras nahmen lediglich eine leere Containerwand auf.

»Hier Pirat. Ich fange an.«

Unter Benutzung des zuvor aufgenommenen Fotos als Wegweiser trabte Alma zwischen den Containerstapeln her und suchte sich ihren Weg durch das Labyrinth. Die Container erhoben sich links und rechts von ihr wie riesige bunte Bauklötze, wie ein Mosaik aus grünen, roten, blauen, gelben und grauen Riesenziegeln. Jeder zweite schien gelb und mit ›Swift Wind Cargo‹ in meterhohen roten chinesischen Schriftzeichen versehen zu sein.

Als sie noch sechs Minuten von ihrem Ziel entfernt war, gab sie Reynolds den Startbefehl. Er antwortete – aber im gleichen Augenblick zuckte ein Blitz über den Himmel, der ihren subdermalen Lautsprecher mit statischem Rauschen füllte. Der Donner folgte ein oder zwei Sekunden später. Almas Cyberohren dämpften sofort den jähen Lärmausbruch auf einen Pegel, der ihr Hörvermögen nicht beeinträchtigte. Das änderte jedoch nichts daran, dass es bei jedem Blitz, der über den sich rasch verdunkelnden Himmel zuckte, in ihrem implantierten Lautsprecher knisterte und rauschte. Der stetig niederprasselnde Regen durchnässte Almas Haare und ließ ihre nackten Finger und das Gesicht stark abkühlen.

Bei sieben Minuten neununddreißig Sekunden bog sie um die Ecke eines Containerstapels und sah sofort ihr Zielobjekt. Der Kran, wie ein riesiges umgestürztes U auf Rädern über den Stapel gewölbt, senkte sich, öffnete stählerne Kiefer und schloss sie mit lautem metallischem Krachen um den dunkelblauen Container neben dem Ziel. Mit surrender Hydraulik hob der Kran den blauen Container in die Höhe und transportierte ihn zum wartenden Schiff.

Alma kniff die Augen zum Schutz vor dem strömenden Regen zusammen. Die Tür des Swift-Wind-Containers war frei. Sie rannte die letzten paar Meter und sprang dann hoch. Ihre Finger bekamen das Dach des untersten Containers aus dem Stapel neben dem Ziel zu fassen, und sie zog sich in einer geschmeidigen, flüssigen Bewegung hinauf, wobei sie die Beine seitlich wegdrehte, sodass sie auf den Füßen landete.

Das Dach des Containers bestand aus Segeltuch, auf dem sich bereits das Regenwasser sammelte. Almas verdrahtete Reflexe kompensierten die Unebenheit des Bodens und ließen sie ruhig auf der trampolinartigen Oberfläche stehen. Mit der Geschmeidigkeit und Eleganz eines Akrobaten sprang sie über die Leinwand zur Tür des gelben Zielcontainers. Sie konnte die magische Schutzvorrichtung nicht sehen, die Reynolds am Eindringen gehindert hatte. Wahrscheinlich war sie von innen auf die Containerwand gemalt. Sie lauschte und gab ihrem Hörverstärker Gelegenheit, etwaige Geräusche von drinnen aufzuschnappen. Sie hörte jedoch lediglich ein leises, gleichmäßiges Piepsen – wahrscheinlich von der Stabilisierungseinheit.

Die Tür des Containers war mit einem dicken Vorhängeschloss und einem numerierten Alarmstreifen gesichert. Ersteres war ein simples mechanisches Schloss, das mühelos mit einem Bolzenschneider entfernt werden konnte – aber der Alarmstreifen würde ein ohrenbetäubendes Heulen von sich geben, wenn er durchschnitten wurde.

Alma entnahm der Werkzeugtasche auf ihrer Brust eine fingerdicke Spraydose mit schnell härtendem Schaum und sprühte einen ordentlichen Klecks davon auf den in den Alarmstreifen eingebauten Lautsprecher. Sie zählte die dreißig Sekunden herunter, die der Schaum zum Trocknen brauchte, und nutzte die Zeit, um ihren Bolzenschneider zu zücken und dessen zusammenlegbare Griffe auseinander zu klappen. Als die dreißig Sekunden verstrichen waren, schnippte sie mit dem Fingernagel gegen den blauen Schaum, um dessen Festigkeit zu prüfen, und durchschnitt dann den Alarmstreifen. Der Schaum funktionierte prächtig – das einzige Geräusch war ein gedämpftes Quieken und selbst das ging im Gewitterdonner unter. Sie durchschnitt den Bügel des Vorhängeschlosses, löste es, legte es beiseite und erhob sich dann, um den Hebel zu betätigen, der die Tür öffnen würde.

»Pirat an Beobachter. Bin kurz davor, mir Zugang zum Ziel zu verschaffen. Wie ist Ihre voraussichtliche Ankunftszeit?«

Sie hörte Reynolds leise fluchen, bevor er antwortete. »Tut mir Leid. Bin einmal falsch abgebogen. Voraussichtliche Ankunftszeit ist... äh...«

Sie hörte das Rascheln seines Ärmels, als Reynolds seine Armbanduhr zu Rate zog.

»Voraussichtliche Ankunftszeit ist eine Minute, maximal.«

Almas Ohren schnappten mühelos das Motorengeräusch des Lieferwagens auf. Hinter ihm hörte sie noch ein anderes Fahrzeug – eines mit hellerem Motorengeräusch, das viel Ähnlichkeit mit demjenigen der Ford Americars hatte, welche die Hafenpolizei von Vancouver benutzte. Im gleichen Augenblick drang Schells Stimme aus dem Lautsprecher hinter ihrem Ohr.

»Basis an Pirat und Beobachter. Ihr beeilt euch besser, sonst habt ihr gleich Gesellschaft.«

Alma hatte beabsichtigt, auf Reynolds zu warten, bevor sie die Tür öffnete, falls der Container magisch gesichert war. Jetzt, da die Hafenpolizei unterwegs war, konnte sie sich diesen Luxus nicht mehr leisten. Sie zog an der schweren Containertür und tänzelte dabei leichtfüßig auf der federnden Leinwand zurück, als sie sich öffnete.

Die Ladung in dem Swift-Wind-Container war auf dem Transport zum Hafen in Bewegung geraten – Almas Cyberohren schnappten das Knistern von Pappe auf, die über Pappe rutschte, und dann polterte eine ganze Ladung Pappkartons durch die geöffnete Tür. Das Leinwanddach des Containers, auf dem Alma stand, bog sich unter dem zusätzlichen Gewicht durch und spannte sich an den Rändern immer straffer, je mehr aufplatzende Kartons und scheppernde Dosen darauf fielen – und dann gaben die Halterungen nach und flutschten aus ihren Löchern.

Kaum hatte die Leinwand sich so weit durchgebogen, dass ihre Füße Halt auf dem Inhalt des Containers unter ihr fanden, sprang Alma zur Seite. Sie drehte sich einmal in der Luft, zog die Füße an, während ihr Körper sich drehte, und landete auf dem Rand des Containers. Als keine Kisten mehr in den Container unter ihr purzelten, lief sie leichtfüßig über den Rand zum Swift-Wind-Container. Aus der offenen Tür ragte die Stabilisierungseinheit, lediglich gehalten von einem schwankenden Berg Blechdosen und aufgeplatzten Kisten: ein krankenhausgrünes Plastikbehältnis mit Bildschirmen und Zustandsindikatoren an den Seiten.

Die Stabilisierungseinheit schwankte einen Augenblick und fiel dann mit lautem Getöse in den Container darunter. Almas Herzschlag beschleunigte sich, als sie daran dachte, wie Graues Eichhörnchen in der Einheit herumgeschleudert wurde, aber dann setzte sich die Logik durch. Die Stabilisierungseinheit war für den Transport von Krankenhaus zu Krankenhaus ausgelegt. Ein paar Stöße konnten ihr nichts anhaben – und auch nicht der Person darin.

Auf dem Asphalt unter Alma zischten erhitzte Reifen. Sie warf einen Blick nach unten und sah Reynolds durch die Windschutzscheibe des Lieferwagens zu ihr nach oben schauen. Beim Anblick des geöffneten Swift-Wind-Containers bewegten sich seine Lippen.

Alma hörte seine Stimme in ihrem Empfänger: »Wo ist das Ziel?«

»Es ist in den Container gefallen«, antwortete sie, indem sie nach unten zeigte. »Kommen Sie hier herauf, wo Sie das Ziel sehen können. Beeilen Sie sich!«

Der Schamane öffnete die Fahrertür und kletterte auf das Lieferwagendach. Von dort aus konnte er über den Dachrand des mit einer Leinwand abgedeckten Containers schauen und Blickkontakt zur Stabilisierungseinheit herstellen.

Reynolds stimmte einen Singsang an, die Arme an den Seiten in einer Pose gebeugt, die an Schwingen kurz vor dem Entfalten erinnerte. Dann streckte er langsam die Arme aus, die Finger weit gespreizt wie Federn, und die Stabilisierungseinheit erhob sich in die Luft. Alma verschwendete keine Zeit mit der Beobachtung des Vorgangs, sondern stemmte sich gegen die Tür des Swift-Wind-Containers und schloss sie, um ihre Spuren zu verwischen. Dann sprang sie leichtfüßig auf den Boden und riss die Doppeltür im Heck des Lieferwagens auf. Reynolds ließ die schwere Stabilisierungseinheit aus dem Container und dann nach unten zu den offenen Türen schweben. Alma versetzte der Einheit einen Stoß und schlug die Türen hinter ihr zu.

Schell übermittelte eine Botschaft, aber Almas Cyberohren warnten sie bereits vor derselben Sache. Der Streifenwagen der Hafenpolizei musste gleich hinter der nächsten Ecke sein – sie konnte sogar die Stimme des Fahrers hören, als er seinen Vorgesetzten über Funk Bericht über den Lieferwagen von Mohawk Oil erstattete, der verdächtig vom Kurs abgekommen und irgendwo im Container-Stapelbereich verschwunden war.

Alma sprang auf den Fahrersitz und ließ den Motor an, kaum dass Reynolds an Bord war. »Basis – haben wir noch einen Rauchvorhang?«

»Positiv.«

»Gut.« Sie deaktivierte kurz ihr Kehlkopfmikro und wandte sich an Reynolds. »Zeit für eine Illusion – und beeilen Sie sich!«

Der Schamane stimmte erneut einen Singsang an – in einem leise gurrenden Tonfall, der an eine Taube erinnerte, die zufrieden in ihrem Nest kauerte. Er schloss die Augen ungeachtet des Regenwassers, das aus seinen Zöpfen und vom Gesicht auf seinen Schoß tropfte. Alma nahm keine Veränderung an dem Lieferwagen wahr, aber sie wusste, was gerade geschah. Kurz bevor der Streifenwagen der Hafenpolizei um die Ecke bog, nahm der Lieferwagen das Aussehen eines mobilen Krans an, der einen der kleineren, fünf Meter langen Container transportierte. Als der Streifenwagen vorbeirauschte, gönnte der Fahrer ihnen nicht mehr als einen flüchtigen Blick.

Alma fuhr den Lieferwagen auf die Straße, die zum Tor führte, und ein paar Minuten später hatten sie den Pier verlassen und befanden sich wieder auf den Straßen des Stadtgebiets. Auf der Ladefläche des Lieferwagens piepste die Stabilisierungseinheit immer noch vor sich hin.

Reynolds war auf seinem Sitz zusammengesackt. Nach ein paar Augenblicken richtete er sich ruckartig auf. Als er sich an Alma wandte, waren seine Augen weit aufgerissen. Er warf einen Blick zurück auf die Stabilisierungseinheit und wackelte in einer Duckbewegung mit dem Kopf.

»Schlechte Nachrichten«, sagte er. »Ich habe gerade einen astralen Blick in die Stabilisierungseinheit geworfen. Graues Eichhörnchen befindet sich darin, das ja – aber er hat keine Aura. Es sieht so aus, als sei er...«

»Was?« Alma fuhr den Lieferwagen an den Straßenrand und trat auf die Bremse. Ihr Puls hämmerte laut in ihren Ohren. »Was ist passiert? Hat die Stabilisierungseinheit versagt? Piepst sie deswegen?«

Reynolds schüttelte den Kopf. Sein Gesicht war sehr blass. »Die Einheit arbeitet fehlerfrei. Sie hat automatisch auf Lebenserhaltungsmodus bei kritischem Zustand umgeschaltet – das zeigen das Piepsen und die Blinklichter an. Aber selbst dieser Modus konnte nicht...«

Alma riss sich förmlich den Sicherheitsgurt ab und kletterte nach hinten in den Laderaum. Sie fand die Bedienleiste der Stabilisierungseinheit und drückte so lange auf Tasten, bis der Verschlussmechanismus klickte. Als sie den Deckel hoch wuchtete, schoss kalte Luft aus der Einheit und mit ihr ein Krankenhausgeruch, bei dem es sich um eine Mischung aus Plastik, Desinfektionsmittel und noch etwas anderem handelte, das stechend kupfrig roch: Blut.

Graues Eichhörnchen lag auf dem Rücken, in einen Kokon aus superkühlendem blauem Schaum gehüllt. Seine Brust war mit Monitorpflastern übersät und in seine Arme führten intravenöse Schläuche. Ein durchsichtiges Atemröhrchen aus Plastik schlängelte sich in seinen geöffneten Mund. Sein Schädel war kahl rasiert worden, um Elektroden für das Messen der Hirnaktivität anbringen zu können. Die Haut war an mehreren Stellen eingekerbt. Sein Gesicht war so weiß wie Papier, die dunklen Augen weit aufgerissen und starr.

Luft zischte immer noch durch das Atemröhrchen, doch sie kam nicht weit. Graues Eichhörnchens Hals war bis zu den Wirbeln durchtrennt und die sauerstoffreiche Mischung entwich durch die klaffende Wunde und ließ Hautfetzen flattern. Eine dicke Schicht aus gefrorenem Blut bedeckte Brust und Arme – der logische

Teil von Almas Verstand nahm zur Kenntnis, dass ihm die Kehle durchschnitten worden sein musste, nachdem er in die Stabilisierungseinheit gelegt und kurz bevor der Deckel geschlossen worden war. Nicht in der Lage, angemessen auf das unvermutete Trauma zu reagieren, hatte die Einheit auf Lebenserhaltungsmodus umgeschaltet, doch zu spät. Da hatte es bereits kein Leben mehr gegeben, das erhalten werden konnte.

Alma berührte Graues Eichhörnchens Wange. Seine Haut war so kalt wie Glas.

»Es ist meine Schuld, Hörnchen«, flüsterte sie. »Ich hätte dich früher finden müssen.«

Ihre linke Hand fing an zu zittern, aber sie machte sich nicht die Mühe, den Anfall rasch zu überwinden. Das schien nicht mehr viel Sinn zu haben.

Zusammenkunft

Night Owl glitt mit ihrer Harley Electroglide in die Lücke zwischen zwei geparkten Wagen und stellte den Motor ab. Regen fiel auf den Zwillingsauspuff des Motorrads und verdampfte zischend auf dem heißen Metall. Sie streifte ihre Lederhandschuhe und die Nachtsichtbrille ab, schleuderte sich mit einer ruckartigen Kopfbewegung nasse Haare aus den Augen und überprüfte dann ihr Gesicht im Rückspiegel des Motorrads, um sich zu vergewissern, dass die dicken blauen und schwarzen Linien ihres Beijing-Opernmasken-Make-ups nicht im Regen zerlaufen waren. Dann stieg sie ab und bewunderte die zwinkernde Eule, die sie sich auf den Benzintank hatte malen lassen. Sie bockte das Metallungeheuer auf und wollte gerade ins Restaurant schlendern, als sich vor dem Gebäude eine durchnässte, zusammengelegte Decke öffnete.

Augenblicklich in höchster Alarmbereitschaft, fuhr Night Owls Hand unter ihre Lederjacke und griff nach dem Ares Predator, den sie über der Schulter trug. Er war bereits halb aus dem Halfter, bevor ihr aufging, dass der Penner unter der Decke nur ein Elfen-Teenager war, der hinter ein paar Kreds her war.

Der Elf war mager und seine spitzen Ohren ragten aus unregelmäßig gezackten Löchern in seiner schwarzen Strickmütze. Seine Plastikhose bestand aus Klarsichtfolie und Klebeband, und die Ärmel seines gestreiften Hemds sahen aus, als seien sie am Ellbogen abgenagt worden. Er roch nach Tang, tagealtem Schweiß und schimmliger Decke, aber seinen Augen entging trotzdem nichts. Er hatte ihre Waffe in dem Augenblick zur Kenntnis genommen, als ihre Hand danach zuckte.

»Hey, bleib ganz cool. Ich wollte nur dein Chrom polieren.« Er hielt einen schmutzigen Lappen und eine Sprühflasche hoch, die früher einmal tatsächlich flüssige Politur enthalten haben mochte.

Night Owl wollte ihm gerade sagen, er solle abschwirren, als ihr Blick auf die linke Hand des Burschen fiel. Sie war ganz offensichtlich vercybert, die synthetische Haut stellenweise abgeblättert, sodass die künstlichen Metallgelenke, Plastiksehnen und Servos darunter durchschienen. Der Mittelfinger war in einer gestreckten Haltung erstarrt, als wolle der Bursche der Welt beständig mitteilen, sie möge sich verpissen. Die Hand sah zu klein für den Arm aus. Die Haut am Handgelenk des Jungen warf Falten wie ein weites T-Shirt, das in eine enge Jeans gestopft worden war.

Night Owl trat unter die tropfende Markise, wo der Elf Schutz vor dem Regen gesucht hatte. »Wie lange hast du die Hand schon, Kumpel?«

Der Bursche starrte auf seine Hand, als habe er vergessen, dass sie vercybert war. »Seit meinem zehnten Lebensjahr.«

»Jetzt ist sie zu klein für dich. Warum hat man dich nicht mit einer größeren Hand ausgestattet?«

Der Elf zuckte die Achseln. »Konnte ich mir nicht leisten.«

Night Owl stand einen Augenblick nur da und sah den Regentropfen dabei zu, wie sie auf den Dächern der geparkten Wagen zerplatzten. Der gegenwärtige Marktpreis für eine brauchbare Cyberhand betrug vierzigtausend Nuyen. Die Eltern des Burschen hatten wahrscheinlich alles zusammengekratzt, was sie besaßen, um sie zu bezahlen – und die Wichser, die sie ihnen verkauften, hatten mit keinem Wort erwähnt, dass die

Hand in ein paar Jahren, wenn aus dem Zehnjährigen ein Jugendlicher und später ein Erwachsener geworden war, zu klein sein würde.

»Wer ist der Hersteller der Hand?«

Der Bursche drehte die Hand um und zeigte ihr das Logo auf der Innenseite. Eine gekräuselte Tsunami-Welle schwebte über den Buchstaben ›PCI‹. Die Worte ›Pacific Cybernetics Industries – Die Welle der Zukunft‹ bildeten einen Kreis um dieses Logo.

Night Owls Augen verengten sich zu schmalen Schlitzen. PCI war bekannt dafür, seine überholte Cyberware in Ländern der Dritten Welt auf den Markt zu werfen, wo die Kunden nicht die Nuyen hatten, sich Rechtsanwälte zu nehmen, wenn der Drek nicht mehr richtig oder gar nicht funktionierte. Ein Teil dieser überholten Cyberware tauchte auch in einheimischen Bodyshops und Cyberkliniken auf. An so eine mussten die Eltern des Burschen geraten sein.

Night Owl griff in eine Tasche und gab dem Elf einen beglaubigten Kredstab. Die Augen des Burschen weiteten sich, als er den Kontostand des Kredstabs abfragte und die Eins mit den beiden Nullen auf dem Miniaturbildschirm aufleuchteten.

»Behalte das Motorrad im Auge, Kleiner«, sagte Night Owl zu ihm. »Ich will nicht, dass es von einem dieser Wagen beim Zurücksetzen gerammt wird.«

Der Bursche öffnete den Mund, um ihr zu danken, aber Night Owl wartete nicht, um es sich anzuhören. Sie drehte sich um und öffnete die Tür des Restaurants.

Wazubee's war um diese Abendstunde immer gerammelt voll. Das Restaurant war einer der bevorzugten Treffpunkte für die Künstler, Bürgerrechtsaktivisten, Performance-Poeten und alle anderen coolen Leute, welche in der Gegend um den Drive wohnten. Menschen und Metas aller Art drängten sich an den Tischen, gaben ihre Nuyen für echten Kaffee und Wasser zum

Nachspülen aus und versuchten sich über den Rhyth-Impuls hinweg zu unterhalten, der aus den Deckenlautsprechern dröhnte. Die vielen Gäste und der Lärm machten *Wazubee's* zu einem idealen Ort für ein Schattentreffen – niemand hier warf auf einen Runner mehr als einen flüchtigen Blick.

Night Owl entdeckte ihren Schieber im hinteren Teil des Restaurants, wo er unter einem riesigen Kronleuchter aus zusammengeschweißtem Besteck saß. Die Opferkerze auf dem Tisch vor ihm konnte sich nicht mit Hotheads Markenzeichen messen, den flammenden Haaren, die soeben in einem steten Propanblau glühten. Monofaser-dünne Flammen leckten aus Poren in der isolierten Dermalpanzerung, die seinen Schädel umgab, und erhoben sich zu einer Höhe von annähernd fünf Zentimetern, um dann zu ersterben, bevor sie wieder zu neuem Leben aufflammten. Die Schläuche, die das System mit Propan fütterten, liefen über den Nacken und verschwanden unter dem Hemdkragen. Er trug einen nachfüllbaren Tank von der Größe einer Feldflasche am Gürtel. Die Idee dafür hatte ihm die Arbeit von 12 Midnight gegeben, einem Künstler der Jahrhundertwende, dessen Arbeiten aus rostfreiem Stahl immer Propanflammen beinhaltet hatten. Hothead fand, dass sie cool aussahen, und hatte beschlossen, sich selbst zu einem lebenden Kunstwerk zu machen.

Night Owl zwängte sich zu Hotheads Tisch durch und klatschte ihn ab. Er bedachte sie mit einem kurzen, aber strahlenden Lächeln, das die Lachfältchen rings um seine feuerroten Kontaktlinsen hervortreten ließ. Die Farbe passte zur Jacke seines Zellophananzugs, der knisterte, als er sich zurücklehnte. Trotz der fröhlichen Begrüßung schien es ihm nicht recht zu sein, dass Night Owl sich zu ihm gesellte. Er warf ständig Blicke auf die Tür. Sie fragte sich, ob er sich hier mit einem anderen Runner treffen wollte.

»*Ni hao*, Hothead«, sagte Night Owl, indem sie auf den Stuhl auf der anderen Seite des Tisches glitt. »Tut mir Leid, dass ich deinen Tisch volltropfe. Es ist ziemlich nass draußen.«

»Hast du das Gewitter heute Nachmittag mitbekommen?«, fragte Hothead.

Night Owl schüttelte den Kopf. »Ich habe geschlafen.«

»Auf der Straße heißt es, dass Sturmkrähen unterwegs waren. Ein Shinto-Sonnenschamane hat mir mal erklärt, dass sie sich in Scharen sammeln, wenn das Erscheinen einer bösen Gottheit bevorsteht.«

Night Owl lachte. »Solange die Gottheit nicht hinter mir her ist, lässt mich das ziemlich kalt.«

Der Ärmel von Hotheads Anzug knisterte, als er seinen letzten Schluck Kaf trank. Er stellte die Tasse ab und schob seinen Stuhl zurück, als wolle er gehen.

»Hast du Arbeit für mich?«, fragte Night Owl.

Hotheads Augen verengten sich. »Nachdem du den letzten Job, den ich dir vermittelt habe, so vermasselt hast? Wohl kaum.«

Night Owl runzelte die Stirn. »Wie meinst du das? Die Extrahierung ist glatt über die Bühne gegangen.«

»Es heißt, dein Johnson hat nicht bekommen, wofür er bezahlt hat.«

Night Owl lächelte. Das war auch nie ihre Absicht gewesen. Ihr Interesse an dem Run war persönlicher Natur gewesen, und sie hatte erledigt, was sie hatte tun müssen. »Ein Jammer. Manchmal werden Sachen beim Transport beschädigt.«

»Beschädigt?« Hothead musterte sie durchdringend. »Du meinst, manchmal gehen Sachen verloren. Jemand verplappert sich, und die ursprünglichen Besitzer holen sich diese Sache, für die dein Johnson so viele Kreds hingelegt hat, vor Erreichen des Bestimmungsorts wieder zurück.«

Night Owl zuckte die Achseln. »Wie auch immer.«

»Der Johnson will sein Geld zurück.«

»Ich habe es längst ausgegeben.« Sie zeigte mit dem Daumen über die Schulter in Richtung Tür. »Sieh dir mal meinen neuen Feuerstuhl an.«

»Du hast *alles* ausgegeben?« Hothead rutschte zur Kante seines Stuhls, als wolle er jeden Augenblick aufbrechen. »Das ist schlimm – aber eigentlich sollte es mich nicht überraschen.«

»Besorg mir einen Job«, beharrte Night Owl. »Dann hätte ich zumindest die Möglichkeit, dem Johnson seine Nuyen zurückzuzahlen.«

Hothead bedachte sie mit einem skeptischen Blick. Sie wussten beide, dass Runner keine Rückzahlungen leisteten.

»Ich kenne jemanden, der morgen noch Muskeln braucht, und zwar für einen Run, der gegen Mittag stattfinden soll.«

»Gegen Mittag?« Night Owl lachte. »Du kennst mich, Hothead. Ich bin so etwas wie ein verdrehtes Aschenputtel. Um Mitternacht laufe ich zur Höchstform auf, um mich dann bei Tagesanbruch wieder in einen Kürbis zu verwandeln.«

Hothead zuckte die Achseln. »Für den einzigen anderen Job, den ich im Moment anzubieten habe, brauche ich jemanden, der als Vollblut durchgehen würde. Du siehst zu europäisch aus – wenn auch mit einem Hauch Asien darunter. Hast du chinesisches Blut in den Adern? Deine Aussprache ist perfekt.«

»Japanisches«, korrigierte Night Owl ihn. »Und das von hundert anderen Rassen. Ich bin ein wandelnder DNS-Cocktail. Meinem Vater zufolge habe ich von allem etwas in meinen Genen – sogar indianisches Blut. Wahrscheinlich könnte ich sogar die Staatsbürgerschaft beantragen, wenn ich das wollte.«

Die Flammen auf Hotheads Kopfhaut hoben sich

einen Zentimeter. Er zog seinen Stuhl wieder an den Tisch heran. »Hat dein Vater die Staatsbürgerschaft?« Hinter seinen Kontaktlinsen funkelten seine Augen vor Neugier. Er handelte mit Informationen – der winzige Happen, mit dem Night Owl ihn soeben gefüttert hatte, fesselte seine Aufmerksamkeit, als habe sie einer Krähe eine Silbermünze vor die Füße geworfen.

Night Owl lehnte sich zurück. Hothead hatte gerade die Grenze überschritten, die Schieber und Runner trennte, aber das war ihr egal. Sie hatte wieder seine Aufmerksamkeit. Mit voller Absicht warf sie ihm einen weiteren Brocken hin. Sie fühlte sich verwegen heute Abend und war neugierig, wie schlau der Schieber wirklich war. Würde es ihm gelingen, der Spur zu folgen und herauszufinden, wer sie war?

»Mein Vater ist tot«, antwortete sie. »Er hat sich das Leben genommen – sich mit einer Monofaser erhängt. Sie hat ihm ganz sauber den Kopf abgetrennt, als er vom Stuhl gesprungen ist.«

Hothead schluckte und zog das Kinn ein. »Warum?«

»Der Konzern, für den er tätig war, hat ihn verraten und verkauft. Ein Projekt, an dem er arbeitete, ging den Bach runter, und ihm hat man dafür die Schuld in die Schuhe geschoben.«

Night Owl sah Hothead auf den Tisch starren und nahm plötzlich zur Kenntnis, dass sie einen Löffel in den Händen hielt. Sie hatte den rostfreien Stahl zu einem U verbogen, ohne es überhaupt zu bemerken. Behutsam legte sie ihn wieder auf den Tisch, neben das Tablett, auf dem Hotheads leere Kaffeetasse und das Wasserglas standen.

Eine Kellnerin kam zum Tisch und fragte, ob sie etwas essen wollten. Night Owl bestellte einen Kaf und eine Portion Fritten mit Knoblauchmajo.

Hothead zwinkerte der Kellnerin zu und bestellte noch einen Kaf und einen neuen Löffel. »Machen Sie den Kaffee beim nächsten Mal nicht ganz so stark«, scherzte er. »Er spielt meinen Nerven ganz übel mit.«

Als die Kellnerin wieder gegangen war, wurde seine Miene ernst. Die Flammen auf seinem Kopf trübten sich zu einem sanften roten Schein und seine Stimme senkte sich zu einem Flüsterton.

»Der Rote Lotus sucht dich.«

Night Owl sah sich nervös in dem Restaurant um. Der Rote Lotus war eine von Vancouvers berüchtigtsten Straßenbanden, der ›jüngere Bruder‹ einer mächtigen Triade mit Hauptsitz in China. Sie beherrschten den Heroinhandel in der Stadt und waren bekannt dafür, mit gnadenloser Härte gegen jeden vorzugehen, der ihnen in die Quere kam. Wenn der Rote Lotus zuschlug, flogen Kugeln wie Hagelkörner und floss Blut wie Wasser.

»Was wollen sie von mir?«

»Na ja, da sie sich die Nuyen von ihrem Boss nicht zurückholen können, nehme ich an, dass sie dein Blut wollen.«

Night Owl beugte sich vor, während sie gleichzeitig die linke Hand auf die Armlehne ihres Stuhls legte und damit näher an ihre Pistole brachte. »Sie wissen nicht, wie ich aussehe«, sagte sie langsam. »Es sei denn, jemand hat ihnen eine Beschreibung von mir gegeben.«

Hothead legte bedächtig die Hände auf den Tisch, die Innenseiten nach unten. Er hielt ihren Blickkontakt auch dann noch aufrecht, als ihre linke Hand sich langsam unter ihre Jacke schob.

»Sie brauchen keine Beschreibung«, sagte er. »Sie haben ein Bild von dir. Das haben sie sich aus Wharf Rats Auge geholt.«

Night Owl blinzelte, dann zog sie die Hand zurück und legte sie vor sich auf den Tisch. »Drek – ich wusste nicht, dass er ein vercybertes Auge hat.« Ihr war zwar aufgefallen, dass ein Auge golden war und das andere braun, aber sie hatte angenommen, dass es sich dabei um eine Kontaktlinse handelte – wie bei Hotheads dramatischen roten Linsen.

Außerdem hatte sie soeben erfahren, dass Wharf Rat tot war.

Plötzlich tat es Night Owl Leid, dass sie Hothead verdächtigt hatte. Er war ein Freund – er saß ihr gegenüber und redete mit ihr, obwohl sie wahrscheinlich die letzte Person auf der ganzen Welt war, in deren Gesellschaft er im Augenblick gesehen werden wollte.

»Danke, Hothead«, sagte sie. »Ich schulde dir was.«

Hothead lächelte. »Ich weiß. Keine Sorge – eines Tages werde ich die Schuld einfordern.«

Die Kellnerin kam mit zwei Tabletts mit Kaf und Wasser und balancierte den Teller mit Night Owls Fritten auf einem Unterarm. Als sie alles auf dem Tisch abstellte, warf Hothead erneut einen Blick auf die Tür.

Hothead trank seinen Kaffee in mehreren raschen Schlucken aus und erhob sich dann vom Tisch. Ohne ein Wort des Abschieds ließ er Night Owl mit ihren Fritten und dem Kaf sitzen und zwängte sich an den überfüllten Tischen vorbei zum Eingangsbereich. Night Owl sah ihn in die Nacht hinausgehen und fragte sich, ob sie ihre Mahlzeit beenden und verschwinden oder noch länger in dem Restaurant bleiben sollte. Der Rote Lotus mochte sie so oder so finden.

Sie beschloss, das Schicksal für sich entscheiden zu lassen. Sie holte ihren SkyTrain-Glückschip aus der Tasche und warf ihn in die Luft. Bei Kopf würde sie noch bleiben, bei Zahl verschwinden. Sie fing den Chip aus der Luft und hatte ihn gerade auf den rechten Handrücken geklatscht, als sie etwas aufschauen ließ. Der Elf, mit dem sie sich bei ihrem Eintreffen kurz unterhalten hatte, betrat gerade das Restaurant. Er war nervös und suchte jemanden. Kaum hatte er Night Owl erspäht, als er auch schon zu ihrem Tisch lief und dabei fast mit einer Kellnerin zusammenstieß.

»Hey, Lady, du siehst besser zu, dass du abschwirrst. Da sind ein paar ziemlich schwere Kaliber auf der Suche nach dir.«

Night Owl schob ihren Stuhl zurück und betrachtete den Chip auf ihrem Handrücken. Zahl. Sie steckte den Chip wieder in eine Tasche und erhob sich. »Wo? Wie viele?«

»Draußen. Zwei Männer – hören sich wie Chinesen an. Sie sind aus einem grauen Cabrio gestiegen und über die Straße zu deinem Feuerstuhl marschiert, dann haben sie sich die Maschine angesehen, als würden sie sie kennen. Die beiden haben sich in der Gegend umgesehen und mich gefragt, ob ich gesehen hätte, wohin die Person gegangen ist, der die Maschine gehört, und ich habe ihnen gesagt, für fünf Nuyen könnte ich mich daran erinnern. Das hat ihnen gefallen. Ich habe sie zur New Millenium Arcade geschickt. Den dämlichen Pennern kam nicht mal in den Sinn, dass man ein Motorrad nicht zwei Blocks weit weg von seinem Ziel abstellt, besonders nicht bei so einem Drekwetter.«

»Ich bin beeindruckt«, sagte Night Owl. Sie war bereits unterwegs zum Eingang. Sie hatte allen Grund, dem Burschen zu glauben – hätte er versucht, sich noch ein paar Nuyen extra zu verdienen, indem er sie an die Chinesen verkaufte, wäre sie bereits tot. So wie die meisten anderen armen Schweine im Restaurant. Sie warf der Kellnerin einen Kredstab mit einem kleinen Betrag darauf mit der Bemerkung zu, sie könne den Rest behalten, und lugte dann durch die Frontscheibe des Restaurants. Der Elf zeigte ihr den Wagen – ein turboaufgeladener Saab Dynamit Cabriolet, der nicht nur schnell war, sondern auch so aussah. Sie sah niemanden in der Nähe des Sportwagens herumlungern, und von den Leuten, die unter dem Schutz eines Regenschirms den Drive entlang hasteten, hatte keiner Ähnlichkeit mit den Gangmitgliedern, wie der Elf sie beschrieben hatte.

»Bleib hier, bis ich weg bin«, warnte Night Owl ihn. »Ich will dich nicht im Weg haben.«

Der Bursche grinste. Er verstand, was sie tatsächlich meinte.

Night Owl zog ihre Handschuhe an, setzte ihre Nachtsichtbrille auf und schob sie sich dann in die Stirn, sodass sie sie jederzeit benutzen konnte. Dann öffnete sie die Tür und glitt geduckt hinaus, sodass ihre Gestalt von den geparkten Wagen verdeckt wurde. Sie schwang sich auf den Ledersitz des Motorrads, gab den Zündcode ein und ruckte die Maschine mit einer geschmeidigen Bewegung vorwärts, sodass der Ständer nach hinten klappte. Das laute Dröhnen des Motors erfüllte die Straße und hallte von den Fassaden auf beiden Seiten wider.

Im Losfahren erhaschte Night Owl im Rückspiegel einen Blick auf eine rennende Gestalt. Der Bursche war jung, Asiat und bewaffnet – und sah stinksauer aus. Er lief ungeachtet des hupenden Verkehrs auf die Straße und legte seine Uzi an. Der Lauf der Waffe flammte rot auf. Kugeln durchlöcherten die hinter Night Owl geparkten Wagen, zerschmetterten Fenster und ließen Reifen platzen. Fußgänger auf dem Gehweg hechteten in Deckung.

Night Owl legte das Motorrad in eine Rechtskurve und bog auf die First Avenue. Wenigstens hatte der Regen ein wenig nachgelassen, obwohl die Straßen immer noch glatt waren. Sie drehte am Gas und die Harley schoss mit dröhnendem Auspuff vorwärts. Mit einer Hand lenkend, schob sie sich die Nachtsichtbrille über die Augen. Die Welt wechselte auf Grün- und Grau-Töne.

Sie schlängelte sich im Zickzack durch den Verkehr, als sie hinter sich Reifen quietschen hörte. Der Rückspiegel zeigte ihr den Saab, der sich an ihre Fersen geheftet hatte. Der Bursche auf dem Beifahrersitz lehnte sich aus dem Fenster und versuchte sie ins Visier seiner Uzi zu bekommen, aber es schienen zu viele Wagen im Weg zu sein. Nach kurzer Zeit zog er den Kopf wieder ein.

Sie bog auf die Knight Street, die breit, gerade und übersichtlich war. Sie musste diese Wichser abhängen – aber das würde ihr in diesem Teil der Stadt, wo die Straßen wie ein Gitternetz verliefen, nicht gelingen. Sie brauchte ein Schlupfloch und wusste auch, wo sie eines finden würde. Sie musste nur noch die fünf Minuten überleben, die sie benötigte, um dorthin zu gelangen.

Seitenstraßen und rote Ampeln huschten vorbei, und irgendwie gelang es sowohl dem Motorrad als auch dem Saab, kein anderes Fahrzeug zu rammen. Der Regen brannte auf Night Owls nackten Wangen wie eiskalte Schrotkugeln und ihre nassen Haare flatterten hinter ihr im Wind. Die wasserabweisende Jeans, deren Beine sie in ihre Daytons gestopft hatte, flatterten wie Planen im Sturm, und der in ihren Ohren heulende Fahrtwind presste ihr die Lederjacke gegen die Brust.

Als sie das Südende der Knight Street erreichte, umfuhr sie eine Sperre und erreichte die Knight Street Bridge. Sie war vor einem Jahr nach dem Großen Beben für baufällig erklärt worden. Dieses Ende der Brücke war intakt, aber die andere Seite war nur noch ein verbogenes Skelett, das auf den Einsturz wartete – eine Brücke zu einer Ruine, früher einmal ein Vorort namens Richmond. Eine Brücke ins Nirgendwo.

Kugeln prallten jaulend von einem durchhängenden Beleuchtungskörper neben dem Motorrad ab, als Night Owl über die Brücke raste. Trotz ihrer Nachtsichtbrille musste sie sich bei der Suche nach einem befahrbaren Weg auf ihr Glück verlassen – Trümmer und Löcher huschten so schnell vorbei, dass sie nur dank ihrer instinktiven Schlenker im jeweils letzten Augenblick unbeschadet an ihnen vorbeikam. Wiederum in letzter Sekunde sah sie ein klaffendes Loch im Fahrbahnbelag der Brücke, das letzte Woche noch nicht da gewesen war, und wich ihm mit einem resoluten Schlenker aus. Dann hatte sie den höchsten Punkt der Brücke erreicht und raste auf der anderen Seite wieder herunter. In wenigen Sekunden würde sie in den Ruinen untertauchen.

Der Saab hinter ihr beschleunigte noch immer. Dem Fahrer musste es ebenfalls gelungen sein, dem Loch auszuweichen. Als der Wagen wieder in ihren Rückspiegeln auftauchte, nahm Night Owl die erste Ausfahrt und raste die Überreste der Bridgeport Road entlang.

Die Straße war noch ein paar Meter jenseits der Ausfahrt intakt, aber dann verwandelte sie sich rasch in ein Chaos. Verlassene Wagen lagen zerknautscht unter den Beleuchtungskörpern, die beim Erdbeben auf sie gestürzt waren, und ein Gewirr aus toten Stromkabeln schlängelte sich über den Asphalt. Die eigentliche Straße sah wie ein Puzzle aus, das von einer Riesenfaust getroffen worden war. Unregelmäßig geformte Asphaltbrocken reckten sich hochkant und in den Löchern wuchs Unkraut. Zu beiden Seiten der Straße ragten die dunklen Schatten von Häuserruinen auf. Manche waren eingestürzt und nur noch Schutthaufen. Andere hatten sich gedreht und wie sinkende Schiffe in die Luft gereckt, als das Erdbeben den Boden unter den Fundamenten verflüssigt hatte. Nur eines von zehn Häusern war unversehrt.

Night Owl kannte jeden Zentimeter der baufälligen Straße in- und auswendig. Dies war eines ihrer bevorzugten Schlupflöcher. Abwechselnd Gas gebend und bremsend, schlitterte sie über die größten und ebensten Asphaltabschnitte und sprang dabei mit dem Motorrad vom einen zum anderen, als seien es Trittsteine.

Hinter sich hörte sie den Doppelknall von Autoreifen, die gegen ein Hindernis prallten, dann das Kreischen von Metall auf Beton und einen aufheulenden Motor, der in den roten Bereich drehte. Der Motor des Saabs wechselte in einen stotternden Leerlauf und dann schlugen Türen zu. Einen Augenblick glaubte Night Owl, sie habe es geschafft. Plötzlich knatterte die Uzi. Kugeln pfiffen durch die Nacht und prallten ringsherum jaulend von Trümmern ab. Eine zog eine Schramme über ihre vordere Radverkleidung, eine andere bohrte sich hinter ihrem Oberschenkel in den Sitz.

Night Owl schlitterte um eine Kurve und in den Schatten einer Lagerhausruine. Sie fuhr auf die Rückseite des Grundstücks und durch ein Loch von der Größe eines Motorrads in der rückwärtigen Mauer in das, was von dem Gebäude noch übrig war. Drinnen angelangt, hielt sie an, stellte den Motor ab, glitt von der Maschine herunter, bockte sie auf und schlich sich dann auf die Vorderseite des Lagerhauses, um durch ein Steinwurmloch zu spähen.

Sie hätte beinahe laut über den Anblick gelacht, der sich ihr bot. Der Saab hatte sich in einigen hundert Meter Entfernung um einen verbogenen Telekom-Mast gewickelt und die Hinterräder drehten sich in der Luft. Er würde nirgendwohin fahren. Ein Bandenmitglied stand auf der löchrigen Straße, die Uzi in der Hand und bemüht, in der nächtlichen Dunkelheit etwas zu erspähen. Er rief dem Fahrer etwas zu, aber Night Owl war zu weit weg, um zu verstehen, was er sagte. Der Fahrer stellte den Motor ab und stieg aus dem Wagen. Die beiden standen stumm und angespannt da, als lauschten sie. Die Verfolgungsjagd hatte sich plötzlich in ein Katz- und-Maus-Spiel verwandelt – und keiner der beiden wusste, wo Night Owl sich versteckte. Das Motorrad hinter ihr tickte leise, da Motor und Auspuff sich allmählich abkühlten.

Night Owl war überrascht, dass sie ihr so weit gefolgt waren. Selbst die abgebrühtesten Bandenmitglieder scheuten vor den Richmond-Ruinen zurück. Der Vorort war vor einem Jahr von einem Beben dem Erdboden gleichgemacht worden und verrottete seitdem. Steinwürmer hatten Schweizer Käse aus den Wohnblöcken und

Bürohochhäusern gemacht, die noch standen, und ein Großteil des Geländes war so instabil, dass schon die Vibrationen von jemandem, der draußen über den Gehweg marschierte, ausreichen konnte, um die Gebäude zum Einsturz zu bringen. Teufelsratten hatten sich an den Zehntausenden gemästet, die bei dem Beben umgekommen waren, und durchstreiften die Ruinen jetzt in großen Schwärmen. Aber am unheimlichsten waren die Geister der Toten. In Richmond gab es viele ruhelose, zornige Geister – und keiner von ihnen wusste so genau, auf wen er eigentlich sauer sein sollte.

Alle waren sich einig, dass das Beben magischen Ursprungs gewesen war – der verschlammte Boden unter Richmond war von einem Beben von mehr als der Stärke neun auf der Richterskala erschüttert worden, aber auf der anderen Seite des Flusses in Vancouver hatten die Seismographen nicht einmal gezuckt. Auf der Straße hieß es, eine geheime Gruppe von Feng-Shui-Meistern habe den »geraden Pfeil« der zwei Kilometer langen Suborbital-Startbahn auf dem benachbarten Sea Island falsch berechnet und das Beben zufällig ausgelöst. Aber niemand wusste es mit Sicherheit – und das war der wahrhaft beängstigende Teil des Lebens in der Erwachten Welt.

Draußen auf der verwüsteten Straße führten die Burschen vom Roten Lotus eine lautstarke Unterhaltung. Nach ein paar Minuten ungezügelten Fluchens machten sie kehrt und schlugen die Richtung zurück zur Knight Street Bridge ein. Sie schienen die Verfolgung aufgegeben zu haben.

Breit grinsend kehrte Night Owl zu ihrem Feuerstuhl zurück. Sie schwang ein Bein über den Sitz, als ihr jemand das Standbein wegtrat. Sie fiel quer über das Motorrad und ihr Gewicht riss die schwere Maschine um. Die Harley fiel auf den mit Trümmern übersäten Boden und kleine Betonbrocken spritzten in alle Richtungen.

Night Owl drehte sich gerade noch rechtzeitig vor dem Aufprall und landete auf dem Rücken. Sie stieß sich mit beiden Beinen vom Boden ab, sodass sie nach hinten rutschte, während sie gleichzeitig hinter sich nach ihrem Predator griff.

Etwas Schweres landete mitten auf ihrer Brust, stieß sie auf den Boden zurück und klemmte den linken Arm unter ihr ein. Sie versuchte ihr Gewicht zu verlagern, aber unsichtbare Arme schlossen sich um ihren Rumpf und umklammerten sie ganz fest. Ein moschusartiger Tiergeruch drang ihr in die Nase und sie spürte, wie sich drahtige Haare gegen ihre Haut pressten. Etwas Magisches hielt sie fest und machte es ihr unmöglich, sich zu bewegen. Sie hörte ein Knirschen und verspürte einen stechenden Schmerz unter den Brüsten, als die magischen Arme noch fester zudrückten. Sie wusste nicht, ob das Geräusch von ihrer Lederjacke oder von ihren misshandelten Rippen stammte.

Plötzlich tauchte eine Gestalt in den Gläsern ihrer Nachtsichtbrille auf: ein Troll, doppelt so groß wie sie, mit asiatischen Zügen und zwei spiralförmig gewundenen Hörnern, die aus seinen Schläfen ragten, was seiner Stirn ein V-förmiges Aussehen gab. Seine langen Haare waren wie die eines alten chinesischen Kriegers am Hinterkopf zu einem Knoten zusammengefasst und mit einem breiten Stoffband umwickelt, von dem sie annahm, dass es rot war: das Erkennungszeichen des Roten Lotus. In jedem Ohrläppchen steckte eine Bärenkralle. Der Troll hatte seine Unsichtbarkeits- und Lautlosigkeitszauber aufgehoben, in deren Schutz er sich an Night Owl angeschlichen hatte, und jetzt erhob er sich und nahm sein Knie von ihrer Brust. Eine knorpelverkrustete Hand war zu einer Faust geballt, die er über Night Owl hielt, um den Zauber aufrecht zu erhalten, der sie am Boden festnagelte.

»Du bist tot«, sagte er auf Kantonesisch.

»Nein... bin ich nicht«, keuchte Night Owl. Sie war nicht so dumm, seiner Drohung Glauben zu schenken. Den Unterhaltungstrideos zum Trotz hielten Bandenmitglieder keine Reden, bevor sie jemanden töteten. Sie legten ihn einfach um. »Du... willst etwas von mir.«

Sie spürte ihr rechtes Augenlid zucken – eine irritierende Marotte, die immer dann auftrat, wenn es eng für sie wurde. Sie erkannte plötzlich, dass drei Personen in dem Saab gesessen hatten – nicht zwei. Die anderen beiden Männer hatten nur so getan, als zögen sie ab. In diesem Augenblick konnte sie ihre Schritte draußen hören, da sie umgekehrt waren und sich der Lagerhausruine näherten – oder vielleicht fing es auch nur wieder an zu regnen.

»Du hast Ältester Bruder verärgert, indem du ihn betrogen hast«, sagte der Troll mit funkelnden Augen. »Du hast ihm eine Ware verkauft und dann den ursprünglichen Besitzern verraten, wo sie die Ware wiederfinden konnten.«

»Das... war nicht ich... der es ihnen verraten hat. Jemand... anders.« Das stimmte sogar – sie und er waren vermutlich von dem Freudenmädchen verkauft worden, mit dem Wharf Rat im vergangenen Monat zusammengewohnt hatte. Night Owl erwartete jedoch nicht, dass der Troll ihr glauben würde.

»Du hast den Auftrag übernommen«, fuhr der Troll mit grimmiger Stimme fort. »Letzten Endes trägst du die Verantwortung.«

Night Owl tat so, als höre sie ihm zu, maß aber beständig ihre Kraft mit den unsichtbaren Armen, die sie festhielten. Sie konnte ein wenig hin und her schaukeln, obwohl sie das Gefühl hatte, als laste ein Grizzly auf ihr. Und sie konnte ihre Finger noch bewegen. Wenn sie nur einen um den Predator haken konnte, gelang es ihr vielleicht, sich umzudrehen und abzudrücken. Mit etwas Glück traf sie den Troll ins Bein – wenn sie sich nicht vorher ihren eigenen Hintern wegschoss. Während sie sich abmühte, ihre Hand näher an das Halfter auf ihrem Rücken zu bringen, spielte sie auf Zeitgewinn.

»Ich kann… deinem Boss das… Doppelte von dem… zurückzahlen, was… er mir gegeben hat«, log sie. »Ich habe zwanzig K auf beglaubigten Kredstäben… und zwar…«

Der Troll ballte seine Faust noch stärker, sodass seine Fingerknöchel knackten. Night Owls Blickfeld verschwamm, und sie sah Sterne, als die magischen Arme, die sie umklammerten, ihr den letzten Rest Luft aus der Lunge quetschten. Sie kämpfte um einen Atemzug, doch es war so, als sei sie unter Wasser, als gebe es keine Luft zum Atmen. Über das Dröhnen in ihren Ohren hinweg hörte sie vage die letzte Erklärung des Trolls – und erkannte, dass sie sich mit den Trids geirrt hatte. Manchmal hielten auch die Bandenmitglieder im wirklichen Leben gerne Reden.

»Dein Tod wird eine Lektion sein, an die andere Shadowrunner sich erinnern werden.«

Night Owls Welt trübte sich zu einem matten Rot. In ihren Ohren rauschte es, und in ihrer Brust konnte sie ihren Herzschlag hören, der noch vor einem Moment gerast hatte und jetzt aussetzte. Sie starb…

Eine Stimme drang in den letzten Rest ihres Bewusstseins ein – eine Stimme, die so alt und nass klang wie verrottete Seide, die langsam riss.

Das reicht, Wu.

Die unsichtbaren Stahlbänder, die sich um Night Owls Brust gespannt hatten, waren plötzlich verschwunden. Etwas Kaltes tropfte auf ihre Haut – Regenwasser, das durch die Überreste des Dachs leckte? Mit flatternden Augenlidern holte sie rasselnd Luft. Irgendwie fand sie die Kraft, sich aufzurichten. Als ihr Sehvermögen zurückkehrte, wäre sie beinahe in Ohnmacht gefallen.

Vor ihr ragte ein riesiger Östlicher Drache auf, der die

Lagerhausruine fast völlig ausfüllte. Allein sein Kopf war so groß wie ein Pferd, und der S-förmige Hals, auf dem er ruhte, war so schlank und geschmeidig wie eine Schlange. Lange, widerspenstige Schnurrhaare hingen beiderseits des Mauls herab und aus der Stirn ragten Hörner mit Spitzen wie zerbrochene Zweige. Eine der Hände ruhte auf Night Owls umgestürzter Harley, die Finger gespreizt, sodass die Schwimmhäute zwischen ihnen zu sehen waren. Die Nägel an Fingern und Daumen waren fast einen Meter lang und so krumm und gewunden wie abgeschälte Baumrinde.

Nur der Oberkörper des Drachen war zu sehen – der Rest befand sich unterhalb des Bodenniveaus, als sei der Drache aus dem Erdboden gefahren. Wu, das Bandenmitglied, das Night Owl mit seiner Magie festgehalten hatte, kauerte rechts von dem Drachen auf einem Knie, als huldige er der Kreatur. Seine Augen waren geweitet und leuchteten, und seine Miene verriet Verzückung, als betrachte er einen Gott. Night Owl konnte den Troll deutlich sehen, auch als der Leib des Drachen sich vor ihn schob. Der Drache war nur in seiner Astralgestalt hier und manifestierte sich visuell, sodass Night Owl und der Troll ihn sehen konnten – aber das machte ihn nicht weniger gefährlich.

Auch ohne darauf aufmerksam gemacht werden zu müssen, wusste Night Owl, dass sie jetzt ziemlich tief im Drek saß. Der Rote Lotus diente offenbar diesem Drachen – dieser Wurm musste ›Ältester Bruder‹ sein, von dem der Troll geschwafelt hatte. Die Bande arbeitete außerdem für den Johnson, dessen Mittelsmann sie angeworben hatte – derjenige, dessen Eigentum sie mutwillig zerstört hatte. Es bedurfte keines großartigen synaptischen Sprungs, um zu der Erkenntnis zu gelangen, dass der Drache und ihr Johnson ein und derselbe waren. Im magischen Griff des Trolls zu sterben war nichts verglichen damit, was sie jetzt erwartete. Ein

Drache konnte sich viel erlesenere Qualen ausdenken als ein metamenschlicher Schamane. Night Owls Leben und Seele balancierten in diesem Augenblick auf der Schneide einer Messerklinge.

Sie wählte ihre Worte sehr sorgfältig. »Wie kann ich... dir dienen, Großer Drache?« Ihr rechtes Augenlid zuckte wie verrückt und nur durch volle Konzentration konnte sie es unterdrücken.

Der Drache lächelte und bleckte dabei Zähne, die wie alte, zu messerscharfen Spitzen zugefeilte Knochen aussahen. *Du bist eng mit Akira Kageyama befreundet.* Obwohl der Drache auf telepathischem Weg mit ihr sprach, waren die ›Wörter‹ mit einem kehligen Gurgeln unterlegt.

»Ich habe einige Runs für ihn übernommen«, gab Night Owl zu.

Er vertraut dir. Nach deiner Extrahierung der Flachschädel aus dem Technology Institute hat er seine Wertschätzung gezeigt, indem er dich zum Ehrenmitglied der BEBEW gemacht hat.

Night Owl war wie vom Donner gerührt. Der Drache schien noch mehr über sie zu wissen als die anderen Runner, mit denen sie hin und wieder herumhing. Keinem von ihnen hatte sie von dem Run auf das Technology Institute erzählt – sie hatte ihn ganz allein durchgezogen.

Nachdem sie erfahren hatte, worum es bei dem Run eigentlich ging – sie sollte ein halbes Dutzend Flachschädel befreien, die von den Kybernetikstudenten des Instituts seziert wurden –, hatte sie dem Johnson gesagt, sie werde den Job ohne Berechnung erledigen. Flachschädel waren vielleicht kaum mehr als Tiere – es waren magisch aktive Schimpansen, die das Erwachen verwandelt hatte –, aber das hieß nicht, dass sie nicht litten und keine Schmerzen empfanden. An lebenden Exemplaren herumzuschneiden war dasselbe, wie mit Kindern zu experimentieren.

Zwei Wochen nach der Befreiung der Flachschädel war Night Owl zu einer Party in einem von Vancouvers teuersten Wohnkomplexen eingeladen worden. Akira Kageyama war der Gastgeber, und die Gäste waren eine kleine, aber exklusive Gruppe. Ein halbes Dutzend Angehörige der Elite Vancouvers, welche die Bewegung für die Ethische Behandlung Erwachter Wesen mit großzügigen Spenden unterstützten. Die Gruppe war eine legale Wohltätigkeitsorganisation, die vehement jede Verbindung mit der jüngsten Welle von Überfällen auf Forschungsanlagen und Versuchslabors bestritt, aber das Funkeln der Dankbarkeit in den Augen der BEBEW-Mitglieder, als sie Night Owl die Hand schüttelten, hatte ihre Vermutung bestätigt, dass sie diejenigen waren, welche sie für den Run auf das Technology Institute angeworben hatten.

Night Owl hatte ihnen nicht erzählt, dass ihre Entscheidung, auf ihr Honorar zu verzichten, auf einen Wurf der Münze in ihrer Tasche zurückzuführen war.

Der Drache beobachtete sie geduldig, die Augen so unbewegt wie zwei dunkle Teiche. Sein Kopf blieb in einer perfekten Schwebe, obwohl der gewundene Leib sanfte Schlängelbewegungen vollführte.

»Du weißt sehr viel über mich«, sagte Night Owl.

Sei dankbar dafür, sagte der Drache. *Wärst du nicht so nützlich für mich, hätte ich Wu deinem Leben ein Ende setzen lassen.*

Der Schamane verschränkte seine massigen Arme vor der Brust. Sein Grinsen reichte bis in die Spitzen seiner Hörner.

Du lebst noch, weil es in Kageyamas Haus etwas gibt, das ich haben will – etwas, das du mir bringen wirst, fuhr der Drache fort. *Es handelt sich um eine Statue aus Jade. Du wirst sie an dich bringen und sie Wu übergeben, und zwar an einem Ort eurer Wahl.*

Night Owl dachte darüber nach. Sie hatte keine Gewissensbisse, einen Run auf Kageyama auszuführen und damit sein unangebrachtes Vertrauen zu missbrauchen und etwas aus seinem Haus zu stehlen. Sie war Shadowrunner und schließlich war Geschäft Geschäft. »Kageyama ist Kunsthändler – sein Haus ist voll von solchem teurem Drek. Woher weiß ich, welche Statue du willst?«

Der Drache stieß einen blubbernden Seufzer aus. *In die Statue ist der Buchstabe* Fu *– Glückseligkeit – eingraviert und sie ist hohl. Sie könnte sich leichter anfühlen, als dies der Fall sein sollte, wenn du sie aufhebst, und sie klappert vielleicht. Aber gib nicht der Versuchung nach und schaue hinein. Sollte die Statue in irgendeiner Weise beschädigt sein, lasse ich Wu beenden, was hier und heute begonnen wurde.*

»Und wenn ich die Statue unversehrt übergebe, pfeifst du den Roten Lotus zurück?«

Der Drache bedachte sie mit einem falschen Lächeln. *Natürlich. Sie werden dich nicht mehr belästigen.*

Night Owl nickte, obwohl sie wusste, dass sie so gut wie tot war. Der Schamane würde sie umlegen, sobald sie ihm die Statue übergeben hatte.

Die Erkenntnis, dass sie kaum noch etwas zu verlieren hatte, ließ sie die Kühnheit aufbringen, Klartext mit dem Drachen zu reden. »Nur um ganz sicherzugehen, dass ich alles richtig verstanden habe: Ich soll unaufgefordert in der Wohnung eines Millionärs auftauchen, den ich kaum kenne, und ihn bitten, kurz wegzusehen, während ich seine Bude von oben bis unten nach einer Statue durchsuche, die nicht einmal du auf den ersten Blick erkennen würdest. Du kannst mir nicht sagen, wie groß die Statue ist und wie sie aussieht. Kageyama hat ein paar ziemlich große Kunstgegenstände in seiner Wohnung. Was mache ich, wenn ich einen Kran brauche, um das Objekt abzutransportieren?«

Der Troll-Schamane hatte sich bei Night Owls Worten rasch erhoben. Seine Miene verriet eine Mischung aus

Zorn und Empörung, als erstaune ihn ihre Unverschämtheit. Er warf einen Blick auf den Drachen neben sich, als rechne er mit einem gegen Night Owl gerichteten magischen Bannstrahl seines Herrn. Der Drache gab jedoch lediglich ein gurgelndes Kichern von sich.

In meinem Land gibt es ein altes Sprichwort, sagte der Drache. *»Wenn eine Frau bei einer Zusammenkunft stark ist, versuch nicht, sie zu heiraten.« Unglücklicherweise bist du die einzige ›Braut‹, die mir gegenwärtig zur Verfügung steht. Du bist eine findige Person – ich bin sicher, dir wird schon etwas einfallen, wie du die Aufgabe erfüllen kannst. Wie du das anstellst, ist nicht mein Problem. Mich interessiert nur, dass du Wu die Statue aushändigst.*

»Wann?«, fragte Night Owl.

Bis spätestens morgen Abend. Ich lasse dich jetzt mit Wu allein, um die Einzelheiten für die Übergabe auszumachen.

Die Astralgestalt des Drachen fiel in sich zusammen wie einer dieser Stoffdrachen, welche Tänzer bei der Lunaren Neujahrsfeier trugen. Als sie gänzlich verschwunden war, funkelten Night Owl und der Troll-Schamane einander an.

Wu sprach zuerst. »Wenn du die Statue hast, bring sie zu mir nach…«

»Vergiss es«, unterbrach Night Owl ihn. »Es läuft folgendermaßen: Ich beschaffe diese Statue, aber ich bin nicht dein Laufbursche. Gib mir eine Telekomnummer, dann rufe ich dich an, sobald ich die Statue habe. Ich sage dir, wo ich sie deponiert habe, und dann kannst du ein braver Junge sein und losmarschieren, um sie für deinen Herrn und Meister zu holen.«

Der Troll hob eine knorrige Faust und knurrte. Night Owl glaubte schon, sie sei zu weit gegangen. Wu war jedoch schlau genug, um sich klar zu machen, dass es Night Owls Nützlichkeit für seinen Herrn und Meister einschränken würde, wenn er ihr Schaden zufügte. Schließlich lächelte er – aber Night Owl wusste, dass dieses Lächeln auf der Vorstellung beruhte, was er mit ihr anstellen würde, sobald die Statue den Besitzer gewechselt hatte.

Sie erwiderte das Lächeln. Sollte Wu ihr so viel drohen, wie er wollte. Bis er die Statue in Händen hielt, würde sie im sichersten Versteck untergekrochen sein.

»Du kannst mich im Triple Eight Club anrufen«, nannte Wu den Namen eines beliebten Casinos in der Innenstadt. »Aber achte darauf, dass es noch früh am Abend ist. Je mehr Kreds ich ausgebe, desto ungeduldiger werde ich. Wenn ich mit meiner Geduld am Ende bin, mache ich mich auf die Suche nach dir. Und du kannst ganz beruhigt sein: Wie weit du auch läufst, wohin du auch fliehst, ich finde dich.«

In einer dramatischen Geste warf Wu die Hände nach vorn und aktivierte damit wieder seinen Unsichtbarkeitszauber – und in dem Sekundenbruchteil vor dessen Aktivierung sah Night Owl die runde Plastikscheibe in seiner rechten Hand. Zusammen mit dem Schamanen verschwand auch Night Owls Lächeln. Ihre Hand fuhr in ihre Jackentasche und bestätigte ihre Befürchtungen. Die Tasche war aufgerissen und ihr Glückschip war nicht mehr da.

Im Grunde war es kein Glückschip – er war nur zufällig im Jahre 2032 ausgegeben worden, Night Owls Geburtsjahr. Vor ein paar Monaten hatte sie den Chip auf der Straße gefunden und seitdem ausschließlich für ihre Kopf-oder-Zahl-Entscheidungen benutzt.

Jetzt war es jedoch ein Pechchip, ein Unglücksbringer. Er war mit Night Owls astraler ›Witterung‹ imprägniert. In welches Versteck sie auch floh, der Schamane konnte sie mit Hilfe des Chips überall aufspüren.

Unschuld

Zwei Gestalten erwarteten Alma hinter der Milchglastür von Konferenzraum vier. Sie ging durch den Flur und legte die Handfläche auf das Magnetschloss neben der Tür. Das grüne Erkennungslicht leuchtete nicht auf, aber das lag vermutlich daran, dass ihre Hand leicht zitterte. Sie schloss die andere Hand darum und zwang sich, sie zur Faust zu ballen. Achtunddreißig Sekunden später hörte das Zittern auf. Sie entspannte die Hand und wischte sich ein paar Schweißperlen von der Stirn. Die Anstrengung, das Zittern zu beherrschen, hatte sie innerlich ausgelaugt. Als sie die Handfläche jetzt auf das Schloss legte, blinkte das grüne Lämpchen und die Tür öffnete sich mit einem leisen Klicken.

Konferenzraum vier war ein Meer aus rotem Teppichboden und wurde von einem gewaltigen Tisch aus künstlichem Mahagoni mit kunstvoll geschnitzten Beinen beherrscht. Vom Boden bis zur Decke reichende Fenster schauten nach Osten und boten einen Blick über Vancouvers Hi-Tech-Gewerbegebiet bis hin zu einer Autobahn, auf der die Fahrzeuge im üblichen Stau des Berufsverkehrs standen. Zwar war es schon ziemlich spät am Morgen, aber der Himmel hatte immer noch eine dunkelgraue Farbe. Der Regen trommelte in stetem Rhythmus gegen das dicke Glas und ließ die Scheinwerferlichter auf Highway one funkeln und flimmern, als befänden sie sich unter Wasser.

Am entgegengesetzten Ende des Konferenztisches saß Herbert Lali, der Präsident von Pacific Cybernetics Industries. Er war ein stämmiger Mann Anfang sechzig in einem weißen Anzug aus Hirschleder, der seine dunkle Hautfarbe betonte. Er beugte sich auf seinem Stuhl vor, die Ellbogen auf den Tisch gestützt und die Finger zusammengelegt, sodass die Spitzen nach oben zeigten. Am kleinen Finger der linken Hand trug er einen schweren PCI-Ring aus Gold, in den Mikroprozessor-Kristalle eingebettet waren. Ein Glasfaserkabel wand sich vom Tisch zu einer der drei vergoldeten Datenbuchsen in seiner rechten Schläfe. Die rechte Seite seines Kopfes war rasiert, aber auf der linken hing ein langer schwarzer Zopf, der mit grauen Strähnen durchsetzt war.

In dem Stuhl zu seiner Linken saß Salvador Hu, PCIs Sicherheitschef und Almas Boss. Hu hatte kurz geschnittene schwarze Haare und eine klobige Statur und saß mit dem entspannten Selbstvertrauen eines Mannes am Tisch, der mit allem und jedem fertig wurde. Er trug Freizeitkleidung: Jeans, Cowboystiefel und ein kurzärmliges Hemd, das seine Arme frei ließ, die natürlich aussahen, jedoch schwer vercybert waren. Unter der im Farbton makellos angepassten Haut waren drei Waffen verborgen, von denen Alma wusste – und wahrscheinlich noch einige mehr, von denen sie keine Ahnung hatte.

Alma verbeugte sich grüßend vor beiden Männern. Hu nickte, doch Mr. Lali blieb stumm. Seine Augen waren ungerührte Splitter aus schwarzem Granit. Alma hatte erwartet, dass der Tod von Graues Eichhörnchen ihn ebenso betrüben würde wie sie, aber mit diesem kalten, wütenden Schweigen hatte sie nicht gerechnet. Ein Verweis war unnötig – sie hatte sich gestern bereits tausend Mal dafür gescholten, dass sie den vermissten Forscher nicht früher ausfindig gemacht hatte. Sich an den Shadowrunner zu wenden war ein Fehler gewesen – seine Information hatte sich zwar als zutreffend erwiesen, aber das Warten hatte Graues Eichhörnchen das Leben gekostet.

Mr. Lali regte sich auf seinem Stuhl, nachdem Alma die Tür hinter sich geschlossen hatte. Er legte seine hohe Stirn in Falten, sodass sich die Haut rings um seine Daten- und Chipbuchsen kräuselte. »Nehmen Sie Platz«, sagte er, indem er auf einen Stuhl in Höhe der Tischmitte wies.

Alma setzte sich auf den Lederstuhl, während ihre Blicke zwischen den beiden Männern hin und her huschten. Sie fragte sich, warum Hu darauf bestanden hatte, dass sie heute Morgen in den PCI-Komplex kam. Sie hatte bereits einen vollständigen Bericht der gestrigen Ereignisse geschrieben und ihn verschlüsselt zu einer sicheren Mailbox seines Telekoms geschickt. Sie kam zu dem Schluss, dass Mr. Lali den Bericht aus ihrem Mund hören und Fragen stellen wollte. Schließlich war der REM-Induktor PCIs Lieblingsprojekt. Graues Eichhörnchen war eine, allerhöchstens zwei Wochen von der abschließenden Diagnose der Betatest-Modelle entfernt gewesen. Jetzt, da der Projektleiter tot war, mochte sich die Freigabe des REM-Induktors um mehrere Monate verzögern.

Mr. Lali räusperte sich und Alma fasste dies als Aufforderung zum Reden auf. Sie verdrängte das grässliche Bild von Graues Eichhörnchens Leiche aus ihrem Bewusstsein und schlug einen so professionellen Tonfall an, wie es ihr möglich war.

»Mr. Lali, ich muss mich für mein Versagen entschuldigen. Wie Sie meinem Bericht bereits entnommen haben dürften, wurde Graues Eichhörnchen etwa zu dem Zeitpunkt getötet, als er in die Stabilisierungseinheit gelegt wurde. Hätten wir besseren Gebrauch von den Mitteln unseres Konzerns gemacht, hätte ich ihn vielleicht erreicht, bevor...«

Hu hob einen Finger und Alma verstummte augenblicklich. Sie kannte seine Lieblingsermahnung in- und auswendig: Es gibt keine Entschuldigungen, nur

Gründe. Hu wollte keine Entschuldigungen hören. Man hatte sie aus einem anderen Grund in das Büro zitiert.

Sie wartete darauf, dass Hu ihr eine Frage stellte, aber stattdessen war es Mr. Lali, der sich zu Wort meldete. Seine Worte überraschten sie.

»Wie schlafen Sie?« Sein Tonfall war beiläufig, aber Almas Instinkte verrieten ihr, dass die Frage alles andere als einfach nur hingeworfen war.

»Recht gut, danke der Nachfrage«, antwortete sie. Sie warf einen verstohlenen Blick auf Hu, aber der Sicherheitschef gab durch nichts zu erkennen, ob sie korrekt geantwortet hatte. Hu schien sie aufmerksam zu mustern und jedes einzelne ihrer Worte abzuwägen. Sie hatte den Verdacht, dass er seinen Stimmen-Stress-Analysator benutzte.

»Haben Sie Ihren REM-Induktor in der vergangenen Woche aktiviert? In irgendeiner Nacht den Schlaf ausgelassen?« Mr. Lalis Haltung erinnerte an einen besorgten Vater, doch Alma konnte die unterschwellige Schärfe aus seinem Tonfall heraushören.

»Nein«, antwortete sie. Es war jetzt hundertsiebenundachtzig Tage her, seit PCIs Ärzte ihr die Betatest-Version des Induktors implantiert hatten. Die winzige kybernetische Vorrichtung lag tief in ihrem Gehirn und wartete auf ihren geistigen Befehl, um einen erhöhten Ausstoß von Serotonin, Acetycholin und anderen Neurotransmittern zu bewirken, die Schlaf herbeiführten. Durch die Aktivierung konnte sie sich in eine extrem beschleunigte Version ihres normalen Schlafzyklus versetzen, die den Schlaf einer ganzen Nacht auf fünfzehn Minuten komprimierte.

»Das Betatest-Modell funktioniert ziemlich gut«, fügte sie hinzu. »Ich folge trotz seiner... Extrahierung immer noch dem Plan, den Graues Eichhörnchen erstellt hat. In den vergangenen zwölf Tagen war ausschließlich passiver Modus angesagt. Ich habe keine negativen

Auswirkungen gespürt, die sich direkt auf den Induktor zurückführen lassen – keine Schlaflosigkeit, kein plötzlicher Verlust des Muskeltonus, keine Benommenheit und auch keine der anderen Beeinträchtigungen, die von den Alphatestpersonen gemeldet wurden.«

Beim Sprechen verspürte sie plötzlich den Drang zu gähnen. Sie war nicht müde – das Bedürfnis entsprang vermutlich ihrer Nervosität und der Unterhaltung über den REM-Induktor und dessen Nebenwirkungen. Sie unterdrückte es, doch einen Augenblick später spürte sie etwas, das nicht auf die Kraft der Einbildung zurückgeführt werden konnte: ein leichtes Zittern in ihrer linken Hand. Sie umklammerte die Armlehne ihres Stuhls fester und es hörte auf.

Hu beugte sich vor. »Wo waren Sie vor fünf Tagen zwischen zweiundzwanzig Uhr dreißig und Mitternacht?«

Jetzt reagierte Alma mit einem Stirnrunzeln. »In der Nacht, in der Graues Eichhörnchen extrahiert wurde?«, fragte sie. »In meiner Wohnung, im Bett. Im Tiefschlaf.«

Mr. Lali hustete leise und aktivierte mit einem Druck auf ein Icon das Cyberdeck des Tisches. Bündig montierte Bildschirme erhellten sich vor ihm, Hu und Alma. »Ich möchte, dass wir uns die Aufnahmen noch einmal ansehen, die in der Nacht der Extrahierung gemacht wurden. Hu glaubt, dass wir möglicherweise etwas übersehen haben könnten.«

Alma sah, wie Hu sich spannte, und wappnete sich innerlich. Es war schon nicht leicht gewesen, sich die Aufnahmen von der Extrahierung anzusehen, als sie geglaubt hatte, Graues Eichhörnchen sei noch am Leben. Nun, da sie wusste, dass ihr Freund tot war, schmerzte sie die Betrachtung noch mehr. Sie schämte sich dafür, dass sie Graues Eichhörnchen und auch PCI im Stich gelassen hatte – und jetzt würde Hu noch Salz in ihre Wunden streuen.

Der Bildschirm in der Tischplatte erstrahlte in einem soliden Blau, dann leuchteten ein paar Codenummern auf, als die Videoaufnahmen geladen wurden, die sie sich noch einmal ansehen wollten. Eine lange Zahlenreihe huschte vorbei – 81,64,49,36,25,16,9,4,1 –, gefolgt von einer Zeit-Datums-Anzeige, die so schnell wieder verschwand, dass Alma sie nicht lesen konnte. Dann teilte das Bild sich schachbrettartig in ein Dutzend Quadrate, von denen jedes das Standbild eines anderen Teils des PCI-Parkhauses zeigte. Auf einigen waren Reihen von geparkten Wagen zu sehen, auf anderen Ausgänge. Wieder andere zeigten die Treppenhäuser und Rampen. Eines der Standbilder war von einer ferngesteuerten Drohne gemacht worden und zeigte gegenwärtig eine leere Zufahrtsrampe.

Alma und Hu waren die Aufzeichnungen der Überwachungskameras bereits Dutzende von Malen durchgegangen, und zwar mit zugeschalteten Bildverstärkern und in extremer Zeitlupe. Sie glaubte nicht, dass sich auch nur noch ein weiteres Byte an zusätzlicher Information aus ihnen herausholen ließ.

Hu berührte ein Icon auf dem Bildschirm vor sich und alle Aufnahmen wurden gleichzeitig abgespielt.

Alma konzentrierte sich auf eine Kameraperspektive unweit der Bildschirmmitte. Sie zeigte, wie Graues Eichhörnchen das Parkhaus durch eine Sicherheitstür betrat, die zu den Aufzügen führte. Der auf dem Film mitlaufenden Uhr zufolge war es 23:05:02. Der überpünktliche Wissenschaftler verließ das Gebäude immer um diese Zeit plus oder minus eine Minute. Auf dem Schirm ging er zu seinem Wagen – einem viertürigen Toyota Elite – und entriegelte dessen Türen mit einem laut gesprochenen Befehl. Er ließ sich auf den gepolsterten Ledersitz sinken und tastete nach dem Kontrollkabel des Wagens. Er wollte es gerade in seine Datenbuchse einstöpseln, als die Eindringlinge auftauchten.

Es waren vier und sie kamen aus dem Nichts – sie traten hinter einer Betonsäule hervor und in die Videoaufnahme, die Graues Eichhörnchens Wagen zeigte. Wie sie in das Parkhaus gelangt waren, das war ein Rätsel, welches die Sicherheit von PCI noch nicht gelöst hatte.

Zuerst tauchte der Mann auf, dem Tiger Cat gestern Morgen einen Namen gegeben hatte. Wharf Rat war Asiat und leicht an seinen übergroßen vorstehenden Eckzähnen und seinem Schopf schwarzer Haare zu erkennen. Eines seiner Augen war braun, das andere golden. Er bebte förmlich vor nervöser Energie, als sei er auf Kamikaze oder irgendeiner anderen Gefechtsdroge.

Wharf Rat folgten zwei kaukasische Männer. Der eine trug indianisches Hirschleder und etwas in den Enden seiner schmutzigen blonden Dreadlocks, das wie Tierpfoten aussah. Der andere war ein Zwerg in einem Combatbiker-T-Shirt der Okanagan Ogopogos und einer schwarzen Lederhose. Der Zwerg hatte eine HK227 Maschinenpistole, während Dreadlöckchen etwas in den Händen hielt, das wie ein übergroßer Granatwerfer mit einem riesigen Lauf aussah.

Die Gesichter der drei waren von den Überwachungskameras aus einer Vielzahl verschiedener Perspektiven aufgenommen worden. Sie hatten Nylonstrümpfe getragen, die ihre Nasen platt drückten und ihre Züge verzerrten, aber es war kein Problem gewesen, den Dehnungskoeffizienten für das Nylon in den Computer einzugeben und eine wirklichkeitsgetreue Wiedergabe ihres Gesichts zu erhalten. Alma hatte diese digitalen Aufnahmen in ihrer Headware gespeichert und konnte jederzeit Bilder der drei aufrufen und sich ansehen. Mittlerweile kannte sie ihre Gesichter besser als diejenigen der Superkids, mit denen sie aufgewachsen war.

Die vierte Person war jedoch vorsichtiger – oder professioneller – als die anderen drei. Größe und Gewicht nach zu urteilen, handelte es sich wahrscheinlich um eine Frau, aber das war auch alles, was sie über die Person wussten. Sie trug einen dunkelblauen Kopfschutz, der gepolstert zu sein schien, um die Züge darunter zu entstellen. Die Phantombilder, die das Identifizierungsprogramm produziert hatte, waren so glatt und wesenlos gewesen wie animierte Gesichter von Zeichentrickfiguren. Die einzigen Merkmale, die das Programm mit Gewissheit hatte erfassen können, waren die Form der Ohren, die gerundet waren wie bei Menschen, sowie die Tatsache, dass die Augenlider in einem kräftigen Rotton geschminkt waren.

Wegen der Vorsicht, mit der die Frau zu Werke ging, hatte Alma zunächst sie für den Anführer des Teams gehalten, aber aus Wharf Rats Rufen und Gesten war sehr bald hervorgegangen, dass er diese Gruppe anführte. Später war Alma zu dem Schluss gekommen, dass die Frau zur technischen Unterstützung des Teams gehören musste – sie war ein wenig cleverer als die anderen und nicht bereit, sich auf eine dünne Nylonmaske als einzige Tarnung zu verlassen.

Graues Eichhörnchen ging gerade auf, dass etwas nicht stimmte, als der Zwerg ihn anrief und die Maschinenpistole auf ihn richtete. Die Augen des Wissenschaftlers weiteten sich. Für einen Moment sah es so aus, als wolle er versuchen, sich einzustöpseln und loszufahren. Dann ließ er das Kontrollkabel in seinen Schoß fallen.

Wie sie es bei ihrer ersten Durchsicht der Aufnahmen getan hatte, stieß Alma an dieser Stelle wieder einen Seufzer aus, diesmal jedoch keinen der Erleichterung, sondern einen des Bedauerns. Seine Zurückhaltung hätte sein Überleben gewährleisten müssen.

Graues Eichhörnchen machte eine große Schau daraus, dass er sich den Entführern ergab, doch Alma konnte sich denken, was ihm dabei durch den Kopf gegangen war. Zwar hatten die Eindringlinge das Sicherheitssystem des Parkhauses irgendwie überlistet, aber er musste gewusst haben, dass Hilfe unterwegs sein würde. Alma sah, wie er den Kopf ein wenig neigte, als er aus dem Wagen ausstieg, und offenbar auf die zischenden Düsen einer Gefechtsdrohne lauschte.

Anderswo auf dem Bildschirm schien eine der Aufnahmen im schnellen Vorlauf abgespult zu werden – Autos huschten verschwommen vorbei, da die Drohne, an der die Kamera befestigt war, durch das Parkhaus jagte. Zwei Sekunden später tauchte sie in dem Bild auf, das Graues Eichhörnchen und seine Entführer zeigte, und das Gesicht des Forschers verzog sich zu einem erwartungsvollen Grinsen.

Er war jedoch nicht der Einzige, der mit der Ankunft der Drohne gerechnet hatte. Dreadlöckchen hob den Werfer an die Schulter und schoss, und etwas, das wie ein zerknittertes Knäuel aus einem silbernen Stoff aussah, flog in die Luft. Das feine Metallgeflecht öffnete sich, kurz bevor es die Drohne traf, und wickelte sich vollständig um sie, als sei es magnetisch. Einen Augenblick später knisterten elektrische Funken in dem Geflecht, als dessen elektrische Entladungseinheit aktiviert wurde.

Die Aufnahmen von der Kamera der Drohne waren jetzt nur noch ein verschwommenes Chaos, aber die anderen Überwachungskameras zeigten, was geschah. Wo das Metallgeflecht die Düsen der Drohne überdeckte, glühten heiße Stellen auf. Zwei Sekunden später feuerte die Drohne ihre Gefechtswaffe ab: hohle, gefiederte Nadeln, die mit Gamma-Skopolamin gefüllt waren. Die Nadeln kamen jedoch nicht weit – das Geflecht erwies sich als undurchdringlich.

Die Drohne, die jetzt wie ein Nadelkissen aussah und ihrer Führungskamera beraubt war, flog gegen einen der Betonstützpfeiler des Parkhauses und fiel auf den Boden. Die Perspektive ihrer Überwachungskamera drehte sich ein paar Mal schwindelerregend und kam dann mit Blick auf einen grellweißen Kreis zur Ruhe, bei dem es sich um eine der Halogenleuchten in der Decke des Parkhauses handeln musste.

In einem Bildfenster unweit der Mitte des Monitors wurde Graues Eichhörnchen jetzt auf die Rücksitzbank seines Wagens geschoben. Der Zwerg schob sich auf den Fahrersitz und stöpselte sich ein, während Wharf Rat sich auf dem Beifahrersitz niederließ und Dreadlöckchen nach hinten zu Graues Eichhörnchen stieg. Das weibliche Mitglied des Teams beugte sich über die abgestürzte Drohne, um noch einen letzten Blick auf sie zu werfen, dann drehte sie sich um und lief zum Wagen. Sie stieg ebenfalls im Fond ein und die Tür schlug zu.

Der Wagen setzte mit quietschenden Reifen rückwärts aus der Parklücke, der Gang wurde gewechselt, und dann jagte er die Rampe hinauf. Er huschte über mehrere Bildfenster des Monitors, als er um die Ecken fegte und dabei die wenigen geparkten Wagen, die sich so spät am Abend noch in der Garage befanden, nur knapp verfehlte. Der Zwerg schien genau zu wissen, wohin er fuhr – er nahm den kürzesten Weg zur Ausfahrt Rupert Street.

Bei ihrer ersten Durchsicht der Aufnahmen von dieser Extrahierung hatte Alma damit gerechnet, dass die Flucht des Wagens an der Ausfahrt zu Ende sein würde. PCIs Sicherheit wusste offenbar, dass eine Extrahierung im Gange war – sie hatte bereits eine Drohne geschickt. Mittlerweile herrschte höchste Alarmstufe und das gesamte Parkhaus wurde abgeriegelt. Die Aufnahmen zeigten, dass alle Ausfahrten mit stählernen Sicherheitstoren und Jalousien aus einer ballistischen Legierung versperrt waren und Sicherheitsleute im Anmarsch waren.

Die Sperre vor der Ausfahrt Rupert Street war an Ort und Stelle – als der Zwerg sie sah, brachte er den Wagen mit quietschenden Reifen zum Stehen, wobei die vordere Stoßstange beinahe die massive Stahltür berührte. Für kurze Zeit geschah gar nichts, dann öffnete sich eine der hinteren Türen. Die Frau stieg aus und ging zum Magnetschloss neben der Tür. Sie beugte sich darüber, als tippe sie eine Kombination ein.

Das Schloss hätte sich nicht öffnen dürfen. Das Parkhaus stand unter Verschluss, was bedeutete, dass das Ultraschallsignal in Graues Eichhörnchens Wagen nicht mehr funktionierte. Das Magnetschloss hatte seine eigene Energiequelle und war über die Matrix nicht erreichbar. Der einzige Weg, es zu öffnen, bestand darin, einen achtstelligen Mastercode einzugeben, der sich täglich änderte und den nur diejenigen Sicherheitsleute kannten, die an dem jeweiligen Tag auch Dienst taten.

Die Frau richtete sich auf und das Sicherheitstor wurde zur Decke hochgezogen.

Alma und Hu waren bei der ersten Betrachtung der Aufnahmen beide zu derselben schockierenden Schlussfolgerung gelangt. Es gab ein ernsthaftes Sicherheitsleck: Ein Mitglied ihres eigenen Stabs musste in diese Extrahierung verwickelt sein. Eine ausgedehnte Befragung der Sicherheitsleute sowohl der Tag- als auch der Nachtschicht hatte jedoch nichts erbracht, was diesen Verdacht bestätigt hätte. Kein einziger Wachmann hatte etwas gegen eine Injektion von Gamma-Skopolamin einzuwenden gehabt – eine der Nebenwirkungen dieser Betäubungsdroge bestand darin, dass sie in ihren Opfern dieselbe Bereitschaft zum Reden hervorrief wie ein ›Wahrheitsserum‹. Keiner der Wachmänner bekannte sich dazu, die Sicherheit kompromittiert und den Code verraten zu haben.

Auf dem Bildschirm stieg die Frau wieder in Graues Eichhörnchens Wagen. Während der Wagen in die Nacht hinausfuhr, senkte sich das Sicherheitstor wieder. Das letzte Bild zeigte einen PCI-Wachmann, wie er zum

Magnetschloss lief, als das Tor gerade zuschlug, und hektisch den Code eingab, der es erneut öffnen würde.

Die auf der Aufzeichnung mitlaufende Uhr zeigte 23:11:28 an – die vier Eindringlinge hatten nur sechs Minuten und sechsundzwanzig Sekunden für die Extrahierung gebraucht. Die Shadowrunner sahen vielleicht schmuddelig aus, aber sie arbeiteten so schnell und sicher wie jedes Team, das Alma je zusammengestellt hatte. Sie gab es nur ungern zu, aber sie war beeindruckt.

Der in der Tischplatte eingelassene Bildschirm wurde wieder blau. Alma dachte kurz über das nach, was sie soeben gesehen hatte, bevor sie aufsah, kam aber zu keinen neuen Erkenntnissen. »Ich habe nichts Neues gesehen.«

Hu sah sie gemessenen Blickes über den Tisch hinweg an. »Sehen Sie noch mal hin.«

Diesmal wurde die Aufnahme einer einzigen Kamera in voller Größe gezeigt: die Sequenz der Drohnenkamera, nachdem die Drohne abgestürzt war. Das Metallgeflecht, das sich um die Drohne gewickelt hatte, löschte alle Einzelheiten aus, und das Halogenlicht, das direkt in die Kameralinse schien, hatte die Blendeneinstellungen der Kamera überladen. Für einen kurzen Augenblick tauchte jedoch eine verschwommene schwarze Silhouette im Aufnahmebereich auf. Die Sicherheitskamera hatte die Frau aufgenommen, als sie sich über die Drohne beugte. Dann verschwand die Silhouette abermals.

Alma kannte diesen Teil der Aufnahmen Bild für Bild. Sie hatte alle Bilder verstärken und vergrößern und mehrmals durch jedes optische Entschlüsselungs- und Gesichtserkennungs-Programm laufen lassen in der Hoffnung, dem Gesicht des weiblichen Eindringlings mehr Konturen zu verleihen. Nichts hatte funktioniert – das Gesicht war verschwommen geblieben. Als die Aufnahme endete, sah Alma ihren Vorgesetzten verwirrt an.

Hu startete die Aufzeichnung noch einmal an der Stelle, wo die Silhouette sich über die Drohne beugte.

»Ich habe mir diese Aufnahme letzte Nacht noch einmal angesehen und dabei ist mir etwas Interessantes aufgefallen«, sagte er. »Kurz bevor die Frau aus dem Aufnahmebereich der Kamera verschwindet, wird das Bild verschwommener. Zuerst hatte ich angenommen, das Geflecht hätte sich verschoben, aber dann habe ich mir die Sache ein wenig genauer angesehen.«

Hu berührte ein Icon auf seinem Monitor und das Bild wurde vergrößert. Die auf dem Bildschirm mitlaufende Uhr verlangsamte sich und eine Sekunde wurde zu einer Minute gedehnt. Alma sah plötzlich etwas Neues. Die Verschwommenheit nahm ihren Anfang in der Mitte des Aufnahmebereichs der Kamera und breitete sich dann langsam nach außen aus wie fließendes Wasser. Die Verschwommenheit war ungleichmäßig, als sei die Störung auf der Linse schaumig. Alma ging plötzlich ein Licht auf.

»Sie hat auf die Drohne gespuckt«, flüsterte sie.

Hu nickte bedeutungsschwer. Neben ihm spannte sich Mr. Lali auf seinem Stuhl.

»Es ist uns gelungen, eine Probe des getrockneten Speichels von der Kameralinse zu nehmen«, sagte Hu.

Alma nickte. Sie konnte sich denken, was jetzt kam: Die PCI-Sicherheit hatte eine DNS-Probe gewonnen und damit einen genetischen Fingerabdruck des vierten Eindringlings. Wenn dann ein Verdächtiger gefunden wurde, musste ein DNS-Vergleich die Schuld oder Unschuld der betreffenden Person beweisen. Normalerweise hätte Alma diese Entwicklung in Erregung versetzt – es bedeutete, dass sie der Lösung des Rätsels, wer die Extrahierung in Auftrag gegeben hatte, einen wichtigen Schritt näher waren. Doch angesichts von Hus und Mr. Lalis seltsamen Verhaltens musste Alma erkennen, dass sie sich ein wenig vor dem fürchtete, was nun kommen musste.

Hu betrachtete sie eindringlich, wobei seine Cyberarme auf viel zu beiläufige Art auf der polierten Tischplatte lagen. Die Haut um Mr. Lalis Augen war zerfurcht von Sorgenfalten wie die eines Vaters, der sich widerstrebend der Aussicht stellte, sein Kind disziplinieren zu müssen.

Mr. Lali flüsterte nur ein einziges Wort: »Warum?«
Alma blinzelte.

Hu war direkter. »Die DNS-Probe, die wir dem Speichel entnommen haben, stimmt exakt mit den Gewebeproben in Ihrer Personalakte überein. Wir haben uns dabei nicht auf den üblichen Vergleich einiger zufällig ausgewählter Kriterien verlassen, sondern alle dreiundzwanzig Chromosomenpaare bestimmt. Alle stimmten überein. Sie waren die vierte Person in diesem Team, Alma. Sie haben Graues Eichhörnchen extrahiert und ihn dann praktischerweise gestern wiedergefunden – tot.«

Alma schüttelte den Kopf, während sich ihre Gedanken überschlugen. »Aber... aber das ergibt überhaupt keinen Sinn«, sagte sie. »Warum sollte ich Graues Eichhörnchen extrahieren?«

»Graues Eichhörnchen war sehr wertvoll«, sagte Mr. Lali leise. »Für den REM-Induktor gibt es sowohl militärische als auch zivile Anwendungsmöglichkeiten. Der Konzern, der ihn zuerst auf den Markt bringt, steigt zu Dreifach-A-Status auf.«

»Wir wissen, wer für die Extrahierung bezahlt hat«, setzte Hu den Beschuss fort. »Wir haben den Käufer zu Tan Tien Incorporated zurückverfolgt.«

Er starrte sie an, als warte er auf eine Reaktion. Die einzige, mit der sie dienen konnte, war Überraschung. Seit Tagen analysierte sie Möglichkeiten und berechnete Wahrscheinlichkeiten in dem Versuch, den Konzern zu ermitteln, der Graues Eichhörnchens Extrahierung befohlen hatte, doch es war ihr lediglich gelungen, die Liste der möglichen Verdächtigen auf acht einzuschränken. Wie war es Hu gelungen, die Antwort zu finden?

Nervös rief Alma die Konzern-Unterlagen aus ihrem Headware-Speicher auf und ging sie nach allem durch, was mit Tan Tien Incorporated zu tun hatte. Die Firma hatte ihr Hauptquartier in Beijing und war einer der bekannteren Konzerne der Pacific Prosperity Group. Angeführt vom zurückgezogen lebenden Sau-kok Chu, war der Konzern auf reine Forschung spezialisiert. Die von ihm entwickelte Cyber- und Bioware verließ die Entwicklungscomputer grundsätzlich nur als gesetzlich geschützte Daten. Der Konzern verdiente sein Geld damit, dass er für die von ihm entwickelten Verfahren Lizenzen an andere Firmen vergab, welche die entsprechende Hardware dann zur Ausführung brachten.

Es wäre leicht für Tan Tien, den REM-Induktor als Eigenentwicklung auszugeben, was auch daran lag, dass PCI aufgrund der Geheimhaltung noch keine Informationen über das brandheiße neue Projekt herausgegeben hatte. Aber wenn Tan Tien von der Extrahierung profitieren wollte, hätte Graues Eichhörnchen bereit sein müssen, ihnen von dem Projekt zu erzählen – in allen Einzelheiten.

»Sie haben seine psychologischen Profile gesehen«, protestierte Alma. »Graues Eichhörnchen würde niemals freiwillig für jemand anders arbeiten oder Daten von einem unserer Forschungsprojekte preisgeben. Er ist unschul...«

Plötzlich erinnerte Alma sich an das I-Ging dieses Morgens: Unschuld, mit einer wechselnden Yin-Linie, die das Hexagramm später in jenes verwandeln würde, welches Lavieren genannt wurde. Sie hatte geglaubt, das I Ging beziehe sich auf Graues Eichhörnchen, aber nicht er war die unschuldige Person, von der die Münzen gekündet hatten.

Alma war es.

Als Alma jedoch Hus kalten Blick und seine Haltung sah, die besagte, »ich bin auf jede Art von Ärger vorbereitet«, ging ihr auf, dass es schwierig sein würde, ihren Boss von ihrer Unschuld zu überzeugen. Sie versuchte fieberhaft, sich einen Reim auf die Vorgänge zu machen und eine Erklärung zu finden.

»Ich bin reingelegt worden«, schloss sie. »Jemand wollte es so aussehen lassen, als hätte ich etwas mit seiner Extrahierung zu tun. Irgendwie sind sie an eine Probe meiner DNS-Sequenz gekommen, haben sie dupliziert und diesen Speichel hinterlassen.« Doch noch während sie ihre Schlussfolgerungen vortrug, ging ihr auf, wie lächerlich sie klangen. Wer würde sich solche Mühe geben – und warum?

»Was ist mit dem Code für die Magnetschlösser?«, fragte Hu mit gefährlich leiser Stimme. »Wann haben sie die bekommen?«

»Das weiß ich nicht«, quälte Alma sich. »Vielleicht hat es einer der Wachmänner geschafft, unter Gamma-Skopolamin zu lügen. Waren an einem von ihnen Anzeichen für...«

»Nein«, unterbrach Hu sie grimmig. »Sie sind der einzige Verdächtige – Ihre eigene DNS verrät, dass Sie am Tatort waren. Ich bin überrascht, dass es Ihnen gelungen ist, die Eleganz Ihrer reflexboosterunterstützten Bewegungen zu verbergen. Bis letzte Nacht habe ich mich täuschen lassen.«

Neben ihm nickte Mr. Lali.

Alma protestierte: »Aber ich war...«

»Zu Hause im Bett«, sagte Hu. »Wie Sie es angeblich auch letzte Nacht waren, obwohl Sie meine als dringend gekennzeichneten Anrufe erst heute Morgen beantwortet haben. Ich nehme an, Sie waren in der Nacht der Extrahierung allein?«

Alma nickte stumm. Hu würde ihrer Personalakte

entnommen haben, dass sie allein lebte und auch keinen Liebhaber hatte. Es gab niemanden, der ihr Alibi bestätigen konnte.

Mr. Lali starrte Alma lange und durchdringend an, bevor er sein Urteil verkündete. »Sie waren immer eine loyale Angestellte, Ms. Wei. Sie haben PCI zwölf Jahre lang auf lobenswerte Weise gedient, aber im Licht dieses vorsätzlichen Sabotageakts bleibt mir keine andere Wahl als die Kündigung. Sie werden keinen weiteren Zugang zu den Gebäuden und Einrichtungen von PCI haben und die Personalakten und Sicherheitsdateien in ihrem Headware-Speicher werden gelöscht. Hu wird Sie nach Hause begleiten und dafür sorgen, dass dort alle konzernbezogenen Daten gelöscht werden. Sollten Sie ihm Schwierigkeiten machen, ist er befugt, alle erforderlichen Schritte zu unternehmen, um Ihre Kooperation zu gewährleisten. Haben Sie verstanden?«

Alma zuckte zusammen. Sie fühlte sich wie ein Kind, unfähig die Worte zu finden, um sich gegen den Vater zu verteidigen, der sie zu Unrecht beschuldigte. »Ich habe verstanden. Ich kooperiere.«

Sie registrierte, dass ihre linke Hand wieder zitterte. Sie wusste nicht, ob das die Folge ihrer Beklommenheit war oder ob es sich um das erste Stadium von SLE handelte. Um eine korrektive Operation zu bitten, kam jetzt jedoch nicht mehr in Frage. Zuerst musste sie eine Möglichkeit finden, ihre Unschuld zu beweisen.

»Wir müssen noch eine andere wichtige Angelegenheit berücksichtigen«, fuhr Mr. Lali fort. »Ihren REM-Induktor.« Er sah Hu an.

Der Sicherheitschef legte beide Handflächen flach auf den Tisch und beugte sich vor, während er sich erhob. Diese Haltung wurde vom Justice Institute gelehrt und hatte den Zweck einzuschüchtern. Tatsächlich waren es jedoch seine Worte, die Alma ängstigten.

»Falls Sie die Absicht gehabt haben sollten, die Tech

zu verkaufen, tun Sie es nicht«, sagte er. »PCI hat eine zusätzliche Vorrichtung in die Betatest-Induktoren einbauen lassen: eine Miniatur-Schädelbombe – eine, die gerade groß genug ist, die Schaltkreise des Induktors zu schmelzen. Sie wird von einem ›Totenschalter‹ aktiviert – sie detoniert in dem Augenblick, wenn sämtliche Hirnaktivität zum Erliegen gekommen ist. Außerdem detoniert sie, wenn jemand anders als ein PCI-Techniker versucht, den Induktor operativ zu entfernen. Wir mussten sichergehen, dass der Induktor nicht in die falschen Hände fallen würde, falls eine Testperson getötet oder extrahiert würde – oder versuchen sollte, die Tech einem anderen Konzern zu verkaufen.«

Alma nickte, unfähig etwas zu sagen. Der REM-Induktor war das Letzte, woran sie gedacht hatte – wie konnte Hu sie beschuldigen, PCI durch seinen Verkauf verraten zu wollen? Pacific Cybernetics Industries war ihre Heimat, die Konzernmitarbeiter ihre Familie – und jetzt verlor sie alles.

»Die Bombe zielt nicht darauf ab, das umliegende Gewebe zu schädigen«, fuhr Hu fort. »Aber angesichts der Lage des Induktors im Gehirn besteht eine hohe Wahrscheinlichkeit für ein ernsthaftes Trauma. Wenn die Bombe hochgeht, würde der daraus resultierende Schaden bedeuten, dass Sie nie wieder schlafen könnten. Am Ende würden Sie an der durch den Schlafmangel hervorgerufenen Entkräftung sterben. Diese Art von Wahnsinn würde ich niemandem wünschen.«

Alma hörte nur mit halbem Ohr zu. Sie war nicht wütend darüber, dass Hu sie nicht früher von der Bombe in Kenntnis gesetzt hatte – sie sah die Notwendigkeit derartiger Sicherheitsvorkehrungen bei einem so geheimen Forschungsprojekt wie diesem ein. Wäre Alma anstelle von Graues Eichhörnchen extrahiert worden, hätte die Bombe die Sicherheit des Projekts gewährleistet. Diesen Preis hätte Alma bereitwillig gezahlt. Was sie ärgerte, war die Tatsache, dass Hu das nicht bewusst zu sein schien.

Sie hob den Kopf und ihr Blick begegnete demjenigen Mr. Lalis. Ihre Stimme versagte ihr den Dienst, als sie die Enttäuschung und Verachtung auf seinem Gesicht sah. Bis heute hatte sie nichts als den liebevollen Stolz eines Vaters in diesen Augen gesehen. Er hatte sie oft gelobt und als einen der besten Experten in der ganzen Stadt für die Abwehr von Extrahierungen bezeichnet. Sie war ein loyales Mitglied der PCI-Familie – doch nun wurde sie verstoßen. Es schmerzte.

Mr. Lali entließ sie mit einer verächtlichen Geste. Sie erhob sich und ihre Reflexbooster glichen automatisch ihr wackliges Gefühl in den Knien aus. Hu ging um den Tisch, umschloss Almas Ellbogen zwanglos mit einer Cyberhand und führte sie zur Tür.

Draußen im Flur blieb sie reglos stehen, während Hu das Magnetschloss der Aufzugstür aktivierte. Die Verzögerung, die sie beim Öffnen des Magnetschlosses des Konferenzraums erlebt hatte, bestätigte ihre Vermutung: Ihre Handabdrücke waren bereits aus dem Verzeichnis der zugangsberechtigten Personen entfernt worden.

Während sie auf den Fahrstuhl zu den Labors warteten, wo man den Speicher ihrer Headware löschen würde, trat Hu ganz nah an sie heran. Er sprach so leise, dass sie das Verstärkersystem ihrer Cyberohren aktivieren musste, um ihn zu verstehen, und seine Lippen bewegten sich kaum. Offensichtlich wollte er nicht, dass die Überwachungskameras des Gebäudes seine Worte aufschnappten.

»Auf die Drohne zu spucken war dumm, Alma«, flüsterte er, »und Sie sind ein schlaues Mädchen – zu schlau, um so einen Fehler zu machen. Als ich Lali meine Entdeckung vortrug, wollte er Ihnen sofort kündigen – und ich rede hier von einer endgültigen Kündigung, da er davon redete, Ihre Schädelbombe zu aktivieren –, aber ich habe ihn überredet, Ihnen Gelegenheit zu geben herauszufinden, was tatsächlich vorgeht. Er ist mit vier Tagen einverstanden – Sie haben Zeit bis zum Mittag des 28. Februars. Ich hoffe nur, Sie sind intelligent und einfallsreich genug, um in so kurzer Zeit herauszufinden, wer unser unbefugter Eindringling in Wirklichkeit ist. Wenn Sie auf irgendetwas stoßen, rufen Sie mich an.«

Alma warf einen verstohlenen Seitenblick auf Hu und sah, dass seine Miene völlig neutral war und er den Blick starr auf die Fahrstuhltüren gerichtet hatte. Es schockierte sie, dass Mr. Lali in Erwägung gezogen hatte, die Schädelbombe zu aktivieren, ohne sich zuvor ihre Unschuldsbeteuerungen anzuhören, so schwach sie auch sein mochten. Sie war erleichtert, dass wenigstens Hu noch an sie glaubte – oder wenigstens an sie glauben wollte. Er hatte ihr soeben die Erlaubnis gegeben, ihren Dienst fortzusetzen – inoffiziell und ohne Zugriff auf die Konzernressourcen und die Unterstützung ihrer Kollegen, die sie gewohnt war.

Alma war auf sich allein gestellt, zum zweiten Mal in ihrem Leben.

Sie bestätigte das Gehörte mit einem knappen Nicken und betrat den Aufzug vor ihm. Bei der Fahrt nach unten dachte sie wieder an das Hexagramm, das sie an diesem Morgen geworfen hatte – Unschuld – und an die allgemeine Beurteilung, die das I-Ging ihr dafür gab: *Ein großes Rätsel muss gelöst werden oder ein missverstandener Bestandteil deines Wesens muss sich offenbaren, bevor Fortschritte erzielt werden können. Die richtige Fragestellung und eine empfängliche Geisteshaltung bringen Erfolg. Zwar suchst du selbst nicht die Unschuldigen, aber die Unschuldigen suchen dich, weil eure Bestrebungen übereinstimmen.*

Der letzte Teil war der rätselhafteste – und auch derjenige, der ihr am wenigsten behagte. Alma handelte lieber, als abzuwarten. Sie konnte so geduldig wie ein lauernder Tiger sein, wenn ein Auftrag dies verlangte, aber in ihrer Seele steckte zu viel Yang, um passiv darauf zu warten, dass die Antworten zu ihr kamen. Sie würde der Empfehlung des I-Ging folgen und offen für Informationen aus neuen Quellen sein, aber in der Zwischenzeit würde sie alles Erdenkliche tun, um herauszufinden, wer sie hereingelegt hatte – und warum.

Alma stand auf einem Fuß, die Arme seitlich und mit den Handinnenseiten nach oben ausgestreckt, das linke Bein angewinkelt, als wolle sie einen Schritt vorwärts machen. Ihr Kopf war gerade, das Kinn weder zu hoch noch zu tief, das Gesicht ein klein wenig nach links gedreht. Langsam lehnte sie sich nach rechts, bis ihr gesamtes Körpergewicht auf der Außenkante ihres rechten Fußes ruhte. Als sie sicher war, dass die Pose untadelig war, verharrte sie so und gestattete ihren Reflexboostern am Schädelansatz, sie so stabil in dieser Stellung zu halten wie ein exakt abgemessenes Gleichgewicht.

Ringsumher im Park standen Dutzende von Leuten im Gras und bewegten sich in Zeitlupe, da sie dem Meister folgten, dessen Bild auf den Monitorschirm am Ende des Felds projiziert wurde. Hoch über ihnen hielt die Kuppel über dem Stanley Park den unablässigen Regen ab, und ganze Reihen von Brutlampen und Heizgeräten sorgten dafür, dass es in dem Park beständig hell und warm war.

Für Alma war Tai Chi – die ›unendliche Leere‹ – eine Möglichkeit, sich zu einer abwartenden Haltung zu zwingen. Die Mischung aus perfekt kontrollierter Bewegung und erzwungener Reglosigkeit verlangsamte ihre sich überschlagenden Gedanken und beruhigte den Strom der Fragen und Selbstzweifel, die seit der Besprechung mit Mr. Lali und Hu an diesem Morgen auf sie einstürmten. Sie hatte ihre weitere Vorgehensweise bereits beschlossen, musste aber auf Tiger Cats Anruf warten, um ihren Plan in die Tat umsetzen zu können. Das Tai Chi half ihr dabei, das Warten zu ertragen.

Als die Gestalt auf dem Bildschirm ihre erstarrte Haltung auflöste und Bewegung in sie kam, wechselte Alma zur nächsten Pose. Die Leute ringsumher, die sich alle gemeinsam bewegten, erinnerten sie an die Ausbildung in ihrer Kindheit und Jugend. Nur zwei Dinge fehlten: eine einförmige Vortrefflichkeit aller Teilnehmer und die Batterie der Forscher, welche die Superkids bei ihren Übungen getestet und beobachtet hatten.

Almas Aufmerksamkeit hätte auf die Insel der Ruhe gerichtet sein müssen, die sie in sich zu erschaffen versuchte, doch sie stellte fest, dass sie durch einen Mann etwa in ihrem Alter abgelenkt wurde, der vielleicht ein Dutzend Meter vor ihr stand. Er trug eine weite schwarze Hose und eine schwarze Anzugjacke, die wie ein Kimono fiel. Seine Haare waren lang und schwarz und im Nacken zu einem Pferdeschwanz zusammengefasst. Eine leichte Ausbuchtung unter der linken Armbeuge ließ darauf schließen, dass dort eine Waffe gehalftert war. Seine Posen waren zwar perfekt, aber er wandte sich kein einziges Mal in Almas Richtung. Er schien ein wachsames Auge auf die Menge zu haben, als halte er nach potentiellen Gefahren für das Vollblut direkt vor ihm Ausschau – einen Indianer, der sich mit förmlicher Würde bewegte, als sei er die Blicke der Öffentlichkeit gewöhnt.

Nach Jahren im Sicherheitsgewerbe konnte Alma die Beziehung zwischen den beiden Männern im Zeitraum eines Herzschlags einordnen: Politiker und Leibwächter. Als das Vollblut sein Gesicht wandte, erkannte Alma Darcy Jim in ihm, den Erbhäuptling des Stammes der Nootka.

Doch das war es nicht, was ihre Aufmerksamkeit fesselte. Ihr Blick kehrte immer wieder zu den beiden zurück, nicht wegen Darcy Jim, sondern aufgrund der flüssigen Bewegungen seines Leibwächters. Der junge Mann bewegte sich mit derselben geschmeidigen Eleganz und perfekten Beherrschung wie Alma. Es war beinahe so, als betrachte Alma sich selbst im Spiegel. Sie stellte fest, dass sie ihre eigenen Posen verfälschte und den Kopf halb gedreht hielt, sodass sie ihn weiterhin beobachten konnte.

Die Instinkte des Leibwächters waren so geschärft wie ihre eigenen. Er spürte ihre Blicke auf sich ruhen und vollführte eine elegante Pirouette, die er mit dem Gesicht zu ihr beendete. Er ließ die Bewegung beiläufig wirken, als vollende er lediglich eine Tai-Chi-Pose.

Der Mann hatte seine Drehung kaum beendet, als Alma der Schauder des Wiedererkennens überlief. Seine Züge entsprachen ihren eigenen, von den angedeuteten Schlitzaugen bis zur länglichen, kaukasischen Nase und den hohen Wangenknochen. Die Augen waren blau anstatt braun, und in seine linke Schläfe war eine Datenbuchse implantiert, aber abgesehen von diesen unbedeutenden Unterschieden sah er Alma so ähnlich, dass er ihr Bruder hätte sein können.

Alma hatte keine Brüder – jedenfalls nicht im konventionellen Sinne. Aber sie hatte Gruppenkameraden. Der ›Alphagruppe‹ der Superkids von 2032 hatten außer ihr noch elf andere Kinder angehört. Einer der Jungen – Aaron – war im Alter von acht Jahren gestorben, als er ausgerutscht war, während er auf dem New-Horizons-Schild im zehnten Stock des Gebäudes eine Turnvorstellung lieferte, aber zehn andere Superkids waren vermutlich so wie sie erwachsen geworden. Alma hatte von ihren Kameraden in den letzten zweiundzwanzig Jahren keinen gesehen – sie hatte schon vor langer Zeit aufgehört, nach ihnen Ausschau zu halten. War es möglich, dass eine Laune des Zufalls sie mit einem anderen Superkid zusammengeführt hatte?

Nach einer Sekunde oder zwei weiteten sich die blauen Augen des Leibwächters, als er sie erkannte. Er fuhr herum und sagte etwas zu Darcy Jim, dann ging er auf Alma zu. Obwohl er sie anstarrte, als sehe er einen Geist, blieb ein Teil seiner Aufmerksamkeit auf die Menge und den Mann gerichtet, den er beschützte. Alma nickte in Anerkennung seiner Professionalität.

Er blieb vor Alma stehen und betrachtete sie.

»Es ist lange her«, sagte er mit einer Stimme, die kybernetisch moduliert klang. »Welches Mädchen bist du?«

»A.L.«, antwortete sie. »Alma. Bist du... Ahmed?«

Der Leibwächter lächelte und zeigte dabei perfekte weiße Zähne. »Ajax«, korrigierte er sie. Er neigte den Kopf so, wie Alma es tat, als er lächelte, was sie daran erinnerte, wie genau die Körpersprache ihrer Gruppenkameraden ihrer eigenen entsprochen hatte. Zum ersten Mal seit vielen Jahren empfand sie wieder das Heimweh, das in den ersten Jahren nach ihrer Trennung von den anderen Superkids ihr ständiger Begleiter gewesen war. Sie hatte vergessen, wie es war, mit jemandem zusammen zu sein, der genau wusste, was man dachte und fühlte, und sich instinktiv in einen hineinversetzen konnte.

»Ich komme oft in den Park, aber ich habe dich hier noch nie zuvor gesehen«, sagte Alma.

Ajax nickte in Darcy Jims Richtung. »Das Tai Chi war Mr. Jims Idee. Er ist wie sein Vater – er hat großes Interesse an anderen Kulturen.«

»Arbeitest du für ihn?«

Ajax fischte eine Plastikkarte aus der Tasche und reichte sie Alma. Als sie auf das Logo auf der ansonsten leeren Oberfläche drückte, wurde eine Ansage abgespult. Nachdem sie den Namen der Firma gehört hatte, schaltete sie ihn aus: Priority One Security, ein hiesiger Dienst, der Leibwächter vermietete und kürzlich von Knight Errant aufgekauft worden war.

»Sieht so aus, als arbeiteten wir in derselben Branche«, stellte sie fest.

Er lächelte wieder. »Das haben sie prophezeit, nicht wahr? Wie bei Zwillingen war die Wahrscheinlichkeit bei uns höher, dass wir denselben Wagen fahren, dieselbe Kleidung bevorzugen, dieselben Berufe und Hobbys wählen – und uns sogar Partner mit demselben Namen suchen würden.«

»Oder auch lange Single bleiben«, fügte Alma hinzu, indem sie mit einem Kopfnicken auf seine unberingte linke Hand zeigte.

»Richtig«, sagte Ajax, indem er in einem Anflug von Unbehagen von einem Fuß auf den anderen trat. Er wechselte das Thema. »Für welche Firma arbeitest du?«

Alma bereute plötzlich, dieses Thema überhaupt angeschnitten zu haben. »Pacific Cybernetics«, antwortete sie widerstrebend. »Aber im Moment… habe ich Urlaub.«

»Solltest du je die Pferde wechseln wollen, lass es mich wissen. Die Reichen und Berühmten zu bewachen ist die meiste Zeit über ziemlich öde, wird aber gut bezahlt. Bei Priority One wird bald ein Job frei. Ich verlasse die Firma in zwei Wochen, um am Justice Institute zu lehren.«

Alma nickte höflich. Trotz der bedauerlichen Vorfälle der letzten Tage war sie immer noch fest mit PCI verbunden. Sie wollte sich nicht wie eine Ausreißerin davonstehlen und wie eine Waise bei einem anderen Konzern um Arbeit betteln. Sie wollte sich rehabilitieren.

»Ich frage mich, wie viele von den anderen Superkids in der Sicherheitsbranche oder bei der Polizei gelandet sind«, sinnierte Ajax. »Wir sind jedenfalls wie geschaffen dafür.«

Alma blinzelte, aufgeschreckt von dem Gedanken, auf den seine Bemerkung sie brachte – und verblüfft darüber, dass er ihr erst jetzt kam. Die Superkids hatten genetisch verbesserte Körper, die durch Cyberware noch weiter optimiert worden waren. Verstärktes Muskelgewebe, Reflexbooster und Talentleitungen waren Standard, und jedes Superkid war mit einer Vielfalt anderer Cyberware verdrahtet worden, darunter auch maßgefertigte Augen und Ohren und weitere Spitzentechnologie – in jeder Beziehung das Beste vom Besten. Als das Superkids-Programm schließlich eingestellt wurde, waren sie schneller, stärker und gescheiter als Kinder, die doppelt so alt waren wie sie. Sie waren die idealen Kandidaten für Sicherheitsarbeit, die eine Kombination aus Intelligenz, Muskeln, Geschwindigkeit und Konzern-Loyalität erforderte.

Doch was, wenn diese Loyalität, die ebenfalls genetisch verankert worden war, fehlgeleitet wurde? Wenn das geschah, würde ein ehemaliges Superkid auch den perfekten Shadowrunner abgeben. Und der Speichel dieses Shadowrunners würde, wenn man ihn einem DNS-Test unterzog, in allen hunderttausend Chromosomen mit Almas übereinstimmen. Dieser Shadowrunner musste eines der anderen Mädchen der Alphagruppe der Superkids sein, da das sechsundvierzigste Chromosom der Jungen ein Y und kein X war. Damit blieben fünf mögliche Verdächtige.

»Ajax«, sagte Alma. »Weißt du, was aus den anderen Superkids geworden ist? Sind noch andere von ihnen in Vancouver?«

Ajax schüttelte den Kopf. »Das glaube ich nicht, aber ich bin neu in der Stadt. Bis vor kurzem habe ich noch für die Seattler Niederlassung von Priority One gearbeitet. Aber ich würde darauf wetten, dass du das einzige Superkid bist, das man nach Salish-Shidhe gebracht hat. Sie haben uns ziemlich gründlich zerstreut und dasselbe gilt auch für die Gruppen nach uns. Sie haben behauptet, dadurch würden wir so ›normal‹ wie nur möglich aufwachsen, und es sei in unserem eigenen Interesse, uns von allem zu lösen, was uns an das Programm erinnern würde. Das war natürlich völliger Schwachsinn.«

»Wohin haben sie dich gebracht?«, fragte Alma.

»Zu einer Familie in den Konföderierten Staaten – in Florida.«

»Hast du herausgefunden, wo andere Superkids untergebracht wurden?«, fragte Alma. Ihre Frage hatte sowohl einen nostalgischen als auch einen aktuellen Bezug. Sie wollte wissen, ob einer ihrer Gruppenkameraden in Vancouver aufgetaucht war – auf der falschen Seite des Gesetzes.

»Drei von uns habe ich aufgespürt«, sagte Ajax, der immer noch die Umgebung von Darcy Jim nach möglichen Gefahren absuchte. »Wir sind über die Jahre hinweg in Verbindung geblieben. Aimee ist bei einer Familie in Japan aufgewachsen. Sie arbeitet für die Zürich-Orbital-Bank. Agatha ist in einem der deutschen Staaten gelandet und Offizier in der Bundesarmee geworden. Ahmed ist SimSinn-Tech in Denver. Ihm ist es auch gelungen, Aellas Spur nach Chicago zu verfolgen, aber er hat keinen Kontakt zu ihr herstellen können. Er hält sie für tot – entweder ist sie im Zuge der Verseuchung mit den Insektengeistern gestorben oder bei der Explosion der Atombombe, die die Stadt von ihnen befreit hat.«

Alma hörte genau zu. »Damit bleiben zwei weitere Mädchen: Abby und Akiko.«

Ajax nickte. »Drei von den Jungen sind ebenfalls wie vom Erdboden verschluckt. Keines der Superkids, mit denen ich in Verbindung stehe, hat eine Ahnung, was aus Acheson, Afandi und Adam geworden ist.«

Er seufzte und fügte hinzu: »Ich denke immer noch an sie, auch nach so vielen Jahren.« Sie standen einen Augenblick schweigend da, jeder ein Spiegelbild der schmerzlichen Erinnerungen des anderen.

Auf dem Bildschirm am anderen Ende des Feldes verbeugte sich der Meister. Musik drang aus den Lautsprechern beiderseits des Monitors. Die heutige Tai-Chi-Vorführung war beendet. Ringsumher packten die Leute ihre Sachen zusammen und gingen. Der Häuptling der Nootka rieb sich mit einem Handtuch den Schweiß von der Stirn und hielt Ausschau nach seinem Leibwächter.

Sofort wandte Ajax sich in seine Richtung. »Die Pflicht ruft«, sagte er über die Schulter hinweg. »Aber ich würde mich gern weiter mit dir unterhalten. Ruf die Nummer auf der Karte an.«

»Um wie viel Uhr endet deine Schicht?«, fragte Alma. »Könnten wir uns heute noch treffen? Es ist sehr... wichtig, dass wir unser Gespräch so bald wie möglich fortsetzen.«

Alma hörte die angespannte Dringlichkeit in ihrer Stimme, doch das war ihr egal. Ajax war ihre einzige Verbindung zu den überlebenden Superkids – vielleicht das erste Glied einer langen Informationskette. Irgendwo musste irgendjemand wissen, wo die fehlenden Superkid-Mädchen waren. Alma musste damit beginnen, dieser Spur zu folgen – heute noch.

»Ich habe um sieben Dienstschluss«, rief Ajax über die Schulter, während er sich immer weiter von ihr entfernte. »Ruf mich um fünf nach sieben an, dann machen wir etwas aus.«

Während sie Ajax und Darcy Jim kleiner werden sah, verspürte Alma den kindischen Drang, ihnen nachzulaufen. Ihr fiel auf, dass Ajax sich immer wieder nach ihr umdrehte, bis er nicht mehr zu sehen war. Dann läutete ihr Mobiltelekom.

Sie klappte es auf und hörte Tiger Cat Hallo sagen. Diesmal benutzte er ein anderes Bild – ein Zeichentrickgesicht mit übergroßen Augen und dem breiten Grinsen einer Cheshirekatze. Diesmal schaltete Alma die Kamera ihres Mobiltelekoms zu, sodass er sie sehen konnte. Es war äußerst wichtig, für ein gewisses Maß an Vertrauen zu sorgen, bevor sie ihren Vorschlag machen würde.

»Wie ich höre, ist es Ihnen gelungen, Ihr Paket wieder an sich zu bringen«, sagte Tiger Cat. »Das freut mich. Ich nehme an, ich darf in Kürze mit der zweiten Rate meines Honorars rechnen?«

Alma hatte bereits beschlossen, offen zu sein. »Es gibt da ein kleines Problem.«

Tiger Cats Lächeln verblasste. »Inwiefern?«

»Ich habe vorübergehend keinen Zugriff auf mein Konzernkonto.«

»Ich dachte, wir hätten eine Vereinbarung«, knurrte Tiger Cat. »Sie schulden mir dreitausend Nuyen. Was ist mit Ihrem persönlichen Vermögen?«

»Ich habe nicht so viel.«

Sie hörte ihn leise auf Kantonesisch fluchen und setzte ihr Spiel fort. »Es gibt nur eine Möglichkeit, wie Sie an Ihr Geld kommen können.«

»Und die wäre?«

»Ich will einen Insider-Blick in Vancouvers Schattengemeinde werfen. Zu diesem Zweck ist es notwendig, dass ich mich als Shadowrunner ausgebe. Ich möchte, dass Sie mir einen Job vermitteln, den ich morgen oder übermorgen ausführen kann, vorzugsweise einen, der minimale oder keine Unterstützung durch andere Shadowrunner erfordert und mich den Hauptteil der Arbeit erledigen lässt. Damit kann ich mir die Glaubwürdigkeit verschaffen, die ich brauche, um ein Team von Shadowrunnern für einen zweiten, fiktiven Auftrag zusammenzustellen. Sie können behalten, was der Auftraggeber für den ersten Run zahlt – auch wenn es mehr als dreitausend Nuyen sind. Damit wären dann die Schulden meines Konzerns bei Ihnen getilgt.«

Alma wartete und fragte sich dabei, ob Tiger Cat ihr Angebot annehmen würde. Ihre einzige andere Möglichkeit bestand darin, sich für jemanden auszugeben, der von der PCI-Extrahierung gehört hatte und das Team anwerben wollte, das sie ausgeführt hatte. Aber das würde vermutlich nicht funktionieren. Sobald die Frau hörte, dass jemand aus dem Konzernlager nach ihr suchte, würde sie sich absetzen.

Alma musste sich deswegen als Shadowrunner ausgeben. Die Schattengemeinde war jedoch so etwas wie eine Privatparty: Man brauchte eine Einladung, wenn man daran teilnehmen wollte. Tiger Cat konnte ihr diese Einladung verschaffen, indem er sie für einen illegalen Auftrag anwarb. In diesem Fall würde Alma ihre Eintrittskarte bekommen – und Tiger Cat einen fetten Kredstab.

»Ich werde sehen, was ich für Sie tun kann«, sagte Tiger Cat schließlich. »Aber ich muss mehr über Ihre Kenntnisse und Fachgebiete wissen. Das wird mir verraten, ob ich nach einem Kurier-Run, einem Einbruch oder einem Datendiebstahl für Sie Ausschau halten soll... Ich darf wohl annehmen, dass Wetwork nicht in Frage kommt?«

»Sie dürfen.« Alma dachte kurz nach. »Versuchen Sie eine Extrahierung zu finden. Das ist die Art ›Run‹, die ich am besten beherrsche.«

»In Ordnung«, sagte Tiger Cat. »Ich werde sehen, was sich machen lässt.«

Alma unterbrach die Verbindung. Wieder zog eine Botschaft von ihrem verschrobenen Anrufer über den Bildschirm. Diesmal las Alma die Botschaft von vorne bis hinten.

HEY, AL, NUR SO EIN GEDANKE. VIELLEICHT WIRD ES ZEIT, DASS DU DICH ZUR RUHE SETZT. WIE ICH HÖRE, LAUFEN DIE DINGE BEI PACIFIC CYBERNETICS IM MOMENT NICHT BESONDERS GUT FÜR DICH, BESONDERS JETZT, WO SACHEN VERSCHWINDEN. NUN JA. ICH KONNTE DIESE WICHSER NOCH NIE BESONDERS GUT LEIDEN.

Kaum war ihr aufgegangen, dass ihr verrückter Anrufer von der Extrahierung redete, wusste Alma, von wem die Botschaft stammte: von dem Shadowrunner, der Graues Eichhörnchen getötet hatte, einem der anderen Superkids.

Alma ging erst auf, dass sie das Mobiltelekom zu fest drückte, als sie das Plastikgehäuse knacken hörte. Sie drückte auf das Lösch-Icon und die Botschaft verschwand vom Bildschirm. Sie brauchte sie nicht zu speichern – die Worte hatten sich in ihr Gedächtnis eingebrannt.

»Pass gut auf, du ›Wichser‹«, flüsterte sie wütend. »Ich kriege dich.«

Ajax hatte eine Wohnung in Metrotown bezogen, einer von Hochhäusern umringten belebten Einkaufsgalerie, kurzum: im Vorläufer der modernen Arcologie. Seine Suite war eine Studio-Einheit im elften Stock, gerade groß genug für einen Futon, einen eleganten Reispapierschirm, ein Telekom und ein paar marokkanische Läufer und Sitzkissen. Alma fühlte sich hier inmitten der leeren weißen Wände und großen Fenster vollkommen heimisch. Sogar der Geruch schien richtig zu sein. Ein nach Limonen duftendes Windspiel hing über einem kleinen Beistelltisch, auf dem ein Holobild von einer blonden Frau mit spitzen Ohren in der Uniform des UCAS-Militärs stand. Als Ajax in die Kochnische ging, um etwas mit Vitaminen angereicherten Sake anzuwärmen, sah Alma der Elfe auf dem Holobild dabei zu, wie sie dem Betrachter eine Kusshand zuwarf. Sie fragte sich, ob die Frau noch lebte – oder ob Ajax ebenfalls jemanden, den er liebte, im Krieg verloren hatte.

Alma setzte sich auf einen flauschigen braunen Läufer und nahm die Lotus-Position ein. Einen Augenblick später gesellte Ajax sich mit zwei Schalen und einer Sake-Flasche aus Porzellan auf einem Tablett zu ihr. Er sank elegant in eine Haltung mit überkreuzten Beinen nieder, eine Kopie ihrer eigenen, und stellte das Tablett auf den Teppich zwischen sie. Er goss dampfenden Sake in eine der Schalen und reichte sie Alma. Sie nahm zur Kenntnis, dass er seine Schale mit genau derselben Menge Sake füllte wie ihre, bevor er sie hob und mit ihr anstieß. Eine Vorliebe für Ordentlichkeit war eines der Persönlichkeitsmerkmale, die bei der genetischen Selektion im Zuge der Erschaffung der Superkids angestrebt worden waren.

Alma plauderte ein paar Minuten lang mit Ajax, in denen sie die Leere der letzten zweiundzwanzig Jahre ausfüllte und ihm von ihren Pflegeeltern, ihrer Ausbildung im Justice Institute und ihren Jahren bei PCI erzählte. Sie gedachten gemeinsam der Streiche, die sie den Technikern gespielt hatten: Die Armbänder auszutauschen und so zu tun, als sei man einer der anderen aus der Gruppe, war ein Lieblingsstreich gewesen. Manchmal hatten sie sogar einander zum Narren gehalten. Die einzige Person bei New Horizons, die nie darauf hereinfiel, war der Geschäftsführer der Firma. Er hatte sie nicht ein einziges Mal verwechselt und sie jedes Mal mit ihrem richtigen Namen angesprochen, auch ohne vorher einen Blick auf ihr Armband zu werfen.

Für die Techniker und Wissenschaftler bei New Horizons war der Geschäftsführer Mr. Louberge gewesen, sehr förmlich in Anzug und Krawatte. Doch für die Superkids war er nur Poppy, der Mann, der ihnen die Haare zerzauste und ihnen Gutnachtgeschichten erzählte. Poppy hatte jedes einzelne der Superkids bedingungslos geliebt, wie ein Vater dies tun sollte.

»Es war traurig, dass Poppy bald darauf starb«, sagte Alma. »Meine Pflegeeltern haben mir erzählt, es sei ein Herzanfall gewesen.«

»Du meinst, ein gebrochenes Herz«, sagte Ajax. »Die

Belastung, mit ansehen zu müssen, wie New Horizons auseinander gerissen wurde, hat ihn umgebracht.«

Sake spritzte aus ihrer Schale auf ihre Finger, als ihre Hand zu zittern anfing. Sie stellte rasch ihre Tasse ab und verschränkte die Arme, sodass die Hand unter ihrem rechten Ellbogen verborgen war. Zum Glück war es ein leichter Anfall, der nur zweiunddreißig Sekunden dauerte. Obwohl sie diesmal nicht gegen ihn anzukämpfen versuchte, verspürte sie anschließend dieselbe Erschöpfung wie schon zuvor.

Ajax schien davon nichts bemerkt zu haben. Er redete über Aaron – dem ›ältesten‹ aus ihrer Gruppe, weil seine Leihmutter ihn zuerst geboren hatte. »Ist es nicht eine ziemliche Ironie, dass er nicht nur als Erster aus unserer Gruppe geboren, sondern auch als Erster gestorben ist?«

»Ich habe nie begriffen, wie er überhaupt abstürzen konnte«, sagte Alma. »Was hat er überhaupt ganz allein auf dem Dach gemacht? Wenn er eine Vorstellung gegeben hat, wer hätte ihm applaudieren sollen? Und warum ist er abgestürzt? Kannst du dich noch an den Test mit den schwimmenden Trittsteinen erinnern? Darin war Aaron immer der Beste – er war so gewandt wie ein Affe im freien Fall.«

»Dann hast du es nicht gewusst?«, fragte Ajax verblüfft. »Nein – natürlich nicht. Woher auch? Du hast die Informationen nicht bekommen.«

»Welche Informationen? Und was kann ich nicht gewusst haben?«

»Aarons Absturz war kein Unfall. Er hat sich das Leben genommen – sein Tod war die eigentliche Ursache für die Beendigung des Superkids-Programms.«

Alma starrte ihn an. »Nein! Warum hätte er sich das Leben nehmen sollen?«

»Das werden wir nie erfahren. Aber Ahmed hat etwas Interessantes herausgefunden, als er sich in eine Superkids-Projektdatei gehackt hat, die von den UCAS-Behörden konfisziert wurde. Unsere Gruppe und die Gruppen, die uns folgten, waren nicht so perfekt wie ursprünglich angestrebt. Wir waren fehlerhaft. Als New Horizons die Gene auswählte, die der Alphagruppe ihr einzigartiges Immunsystem und die hohe Toleranz für Cyberware gaben, hat man damit auch unabsichtlich Geisteskrankheit gewählt. In Aaron hat sie sich als bipolare Störung manifestiert: Manische Depression. Er war extrem depressiv, als er sprang.«

»Was ist mit dem Rest der Gruppe?«, fragte Alma.

Ajax zuckte die Achseln. »Die Daten im Bericht von New Horizons ließen keine zweifelsfreien Schlussfolgerungen zu. Das Gen gab uns eine genetische Prädisposition für Geisteskrankheit, aber Aaron scheint der Einzige gewesen zu sein, der tatsächlich verrückt wurde. Die Forscher haben lang und breit darüber spekuliert, dass der genetische Defekt von einem gesunden Widerpart in der Waage gehalten werden könnte, der nur im X-Chromosom gefunden werden könne, was aus euch Mädchen nur Träger machen würde. Alles in allem würde das bedeuten, dass die Geisteskrankheit so wie die Bluterkrankheit oder Farbenblindheit nur bei den Jungen auftreten kann.«

Alma dachte über diese Information nach und durchforstete ihr Gedächtnis nach Anzeichen für das Vorhandensein einer Geisteskrankheit bei ihr. Abgesehen von einer leichten Neigung zu gewissen Obsessionen, die allen Superkids der Alphagruppe zu eigen war – zum Beispiel die Akribie, die Alma bei sich gern als Professionalismus bezeichnete –, war ihr Geisteszustand mehr als stabil. Sie hatte jeden Niederschlag überlebt, den das Leben für sie bereitgehalten hatte, und sich anschließend wieder aufgerappelt und zurückgeschlagen. Trotz der Unruhe, die mit dem Ende des Superkids-Programms und ihrer Umsiedlung zu Pflegeeltern einen halben Kontinent entfernt in ihr Leben gekommen war, hatte sie ihre Kindheit ohne größere Depressionen überstanden. Ihr fiel kein einziger Vorfall ein, der auf Anzeichen einer Geisteskrankheit hätte schließen lassen.

Sie fixierte Ajax. »Wie geht es *dir*?«

Ajax lächelte. »Keine Selbstmordtendenzen, falls es das ist, wonach du fragst. Alles in allem habe ich ein ziemlich glückliches Leben geführt. Nur... ein paar kleine Ausrutscher, mehr nicht.« Beim Reden irrte sein Blick zu dem Holobild von der Elfe und dann sah er weg.

»Ahmed glaubt außerdem herausgefunden zu haben, warum wir getrennt wurden«, fügte er einen Augenblick später hinzu. »Er sagte, es hätte nichts mit unserem Wohlbefinden zu tun gehabt – wir seien einfach an die höchsten Bieter gefallen.«

»Was willst du damit sagen?« Alma wusste nicht, ob sie ihn richtig verstanden hatte.

»Natürlich ist es reine Spekulation von Ahmed«, fügte Ajax rasch hinzu. »Aber als er die Daten für uns vier zusammenstellte, denen es gelungen war, in Verbindung zu bleiben, fiel Ahmed eine sonderbare Gemeinsamkeit auf: Jeder von uns war zu einer Pflegefamilie gekommen, die Verbindungen – wenngleich in einigen Fällen nur ganz entfernte – zu einem in der bionetischen oder kybernetischen Forschung aktiven Konzern hatte. Mein eigener Pflegevater war ein Cousin des Leiters des kybernetischen Zweigs von Ares Macrotechnology. Agathas Pflegemutter war die Exfrau eines bekannten Anteilseigners von Saeder-Krupp. Die Schwester von Ahmeds Pflegevater war...«

Alma hörte bereits nicht mehr zu. Ahmeds ›Daten‹ klangen nach wilder Spekulation. Sie fand die Annahme ziemlich weit hergeholt, die UCAS-Regierung würde die Superkids versteigern wie gestohlene Tech – falls geheime Motive hinter der Wahl der jeweiligen Pflegeeltern steckten, war es viel wahrscheinlicher, dass die dafür Verantwortlichen die Superkids in den UCAS behalten hätten.

»Jeder hat irgendwie Verbindungen zu einem Großkonzern, wenn man genauer hinsieht«, konterte Alma. »Und jeder Konzern auf diesem Planet hat mit Cybertech und Bionetik zu tun.«

Ajax trank einen Schluck Sake. »Du könntest Recht haben«, sagte er. »Ahmeds Theorie hat sich für mich auch etwas weit hergeholt angehört. Aber denk mal an die Möglichkeiten: Wenn jemand anders ein Superkid haben wollte, hätte der Zugriff auf einen von uns den Betreffenden mit allen erforderlichen Gewebeproben versorgt.«

»Aber würden sie sich überhaupt die Mühe machen, uns zu klonen? Ich denke, wir sind nicht perfekt«, wandte Alma ein. Sie fand den Gedanken irritierend, möglicherweise ›fehlerhaft‹ zu sein. Im Grunde glaubte sie es eigentlich nicht. Etwas anderes als ein genetischer Defekt musste Aaron veranlasst haben zu springen.

Je mehr Alma darüber nachdachte, desto überzeugter war sie, dass es einer ihrer Gruppenkameraden war, der PCI infiltriert und Graues Eichhörnchen extrahiert hatte. Auf die PCI-Drohne zu spucken war keine bloße Trotzgeste gewesen. Angesichts der Präzision, mit der die Frau die Extrahierung ausgeführt hatte, musste die Geste ein wohlüberlegter, vorsätzlicher Versuch sein, Alma zum Sündenbock zu machen. Wer dieser Shadowrunner auch war, die Motive waren persönlicher Natur.

Was wiederum keinen Sinn ergab. Alma und ihre Gruppenkameraden hatten sich näher gestanden als Geschwister. Sie hatten einander geliebt. Es hatte die üblichen Rivalitäten und kleinen Kabbeleien gegeben, doch Alma konnte sich in den ganzen acht Jahren ihres gemeinsamen Lebens an keinen einzigen bedeutsamen Streit erinnern. Nicht einmal an einen.

Und gewiss an keinen, der jemanden dazu bringen könnte, zweiundzwanzig Jahre lang einen Groll zu hegen.

Alma räusperte sich. »Wir sind nicht die einzigen Superkids in Vancouver«, sagte sie, wobei sie ihre Worte mit äußerster Sorgfalt wählte. »Es ist noch ein anderes Mitglied der Alphagruppe hier, eines der Mädchen. Sie ist von Leuten in der ganzen Stadt gesehen worden, die sagen, sie sehe mir so ähnlich, dass sie meine Zwillingsschwester sein könnte. Aimee und Agatha können es nicht sein, oder?«

Ajax schüttelte den Kopf. »Aimee ist im Zürich-Orbital und Agatha leistet aktiven Dienst bei ihrer Einheit. Sie hat den Deutschen Bund seit Jahren nicht mehr verlassen.«

»Und Aella – wie sicher ist Ahmed, dass sie tot ist?«

»Die Adresse, der er in Chicago nachgegangen ist, war in der Todeszone. Ich bezweifle, dass sie es geschafft hat.«

»Wer immer dieses andere Superkid auch ist, ich muss sie finden«, fuhr Alma fort. »Ich muss etwas mir ihr besprechen. Es geht um... eine Angelegenheit, die PCIs Sicherheit betrifft, die der Geheimhaltung unterliegt.«

Sie hatte beinahe vergessen, wie geistig beweglich und scharfsinnig ein anderes Superkid sein konnte: Ajax las sofort zwischen den Zeilen. Der Schluss, zu dem er kam, war jedoch der falsche.

»Du willst, dass sie als Double für dich einspringt, während du undercover arbeitest«, riet er und seine blauen Augen glänzten schelmisch. »Das hast du gemeint, als du sagtest, du hättest im Moment Urlaub.«

Alma beschloss, es dabei zu belassen. »Stimmt genau. Ich würde auch Aimee oder Agatha nehmen, weil du ja mit ihnen in Verbindung stehst – aber es hat sich nicht so angehört, als seien sie im Augenblick verfügbar. Aber ich denke mir, dass du mir stattdessen dabei helfen könntest, das Superkid aufzuspüren, das hier in der Stadt gesehen wurde. Es könnte Abby sein, aber auch Akiko – oder sogar Aella, wenn sie Chicago irgendwie überlebt hat. Wer sie auch ist, ich muss sie so schnell wie möglich finden.«

Ajax hatte den Unterton der Dringlichkeit gehört. Er erhob sich und ging zu seinem Telekom. »Ich setze mich mit Ahmed in Verbindung«, sagte er, indem er das Interface-Kabel des Telekoms nahm. »Er ist ein Experte, was die Matrix anbelangt. Als ich vor einem Monat mit ihm gesprochen habe, sagte er, er hätte vielleicht eine Spur zu einem weiteren von uns. Wenn jemand herausfinden kann, wer deine ›Zwillingsschwester‹ hier in Vancouver ist, dann er.«

Alma zwang sich, geduldig zu warten, während Ajax das Telekomkabel in die Buchse in seiner linken Schläfe steckte und über die Matrix mit Ahmed Verbindung aufnahm. Als er sich am Ende ihres stummen Zwiegesprächs ausstöpselte, machte Ajax einen erschütterten Eindruck. Er setzte sich, goss sich einen weiteren Sake ein und trank ihn aus.

»Ahmed ist der Spur tatsächlich nachgegangen«, sagte er. »Es ist ihm gelungen, Akiko aufzuspüren. Das hat eine Weile gedauert. Sie hat ihren Namen in Jacqueline Boothby geändert. Sie befindet sich in den Konföderierten Amerikanischen Staaten, in einem texanischen Gefängnis. Sie sitzt in der Todeszelle.«

»Wie lange ist sie schon dort?«, fragte Alma.

Als Ajax ihr einen merkwürdigen Blick zuwarf, ging Alma auf, dass sie in der Tat eine seltsame Frage gestellt hatte. Aber er beantwortete sie dennoch. »Sie sitzt seit zwei Jahren im Gefängnis und hat mehrere Berufungsverfahren und Gnadengesuche hinter sich. Sie soll in drei Tagen hingerichtet werden, am siebenundzwanzigsten.«

Alma nickte. Vorausgesetzt, Aella war wirklich tot, war damit nur noch der Verbleib eines Mädchens der Alphagruppe ungeklärt: Abby.

»Weswegen wurde Akiko verurteilt?«, fragte sie.

»Wegen vorsätzlichen Mordes. Sie hat einem Mann die Kehle durchgeschnitten, der sechs Jahre zuvor schuldig gesprochen worden war, sie vergewaltigt zu haben. Einen Tag nach seiner vorzeitigen Entlassung hat Akiko ihn umgebracht.«

Alma blieb fast das Herz stehen, als sie hörte, wie der Mord begangen worden war. Sie fuhr sich unwillkürlich an die Kehle und fragte sich, ob Akiko auch hereingelegt worden war.

»Woher weiß man, dass es Akiko war?«, fragte sie. »Wurde sie auf der Grundlage eines genetischen Fingerabdrucks schuldig gesprochen?«

Wieder las Ajax zwischen den Zeilen. »Du willst damit andeuten, es hätte auch ein anderes Superkid aus der Alphagruppe gewesen sein können, richtig?«, fragte er. Dann schüttelte er den Kopf. »War es aber nicht. Akiko hat den Mann vor einer ganzen Bar voller Zeugen umgebracht und sich dann an seinen Tisch gesetzt und auf das Eintreffen der Polizei gewartet. Bei ihrer Festnahme gab sie ihnen ein unterschriebenes Geständnis, das sie schon im Voraus vorbereitet hatte – das hat ihr die Anklage wegen Vorsätzlichkeit eingebracht. Sie ist tatsächlich die Mörderin.«

Er füllte seine Sakeschale neu und seufzte. »Da mache ich mir schon Gedanken, was den Rest von uns betrifft.«

Alma nickte; sie dachte an den Shadowrunner und wie bestialisch Graues Eichhörnchen getötet worden war. Sie fragte sich, was für einen Dämon in Menschengestalt sie wohl vorfinden mochte, wenn sie schließlich das Superkid fand, das Alma zum Sündenbock gemacht hatte.

Lavieren

So weit so gut. Akira Kageyama hatte ihr den Vorwand abgekauft und Night Owl war drin. Während sie mit dem Fahrstuhl in seine Unterwasserwohnung fuhr, hielt sie die Transportverpackung aus Plastik vorsichtig in beiden Händen. Sie wollte nicht, dass der Inhalt zerbrach. Noch nicht.

Der Fahrstuhl wies vier runde Bullaugen auf, die ihr einen Blick durch die Stahlwandung der Röhre des Fahrstuhlschachts nach draußen gestatteten. Die verregnete Oberfläche des Burrard Inlet lag bereits hoch über ihr und das Wasser ging rasch von Graugrün in Schwarz über. Dunkle Flecken, bei denen es sich entweder um große Fische oder Robben handelte, schwammen am Fahrstuhlschacht vorbei, und ein Büschel Seegras, das sich am unteren Ende des Fahrstuhls verfangen hatte, trieb jetzt langsam Richtung Oberfläche. In der Fahrstuhlkabine konnte Night Owl lediglich das stete Summen von Motoren und das leise Zischen zirkulierender Luft hören. Als sie sich gegen die Fahrstuhlwand lehnte, bohrte sich das leere Halfter in ihren kleinen Rücken. Ohne ihre Pistole fühlte sie sich nackt – aber ›nackt‹ war die einzige Art, auf die man hoffen konnte, die Höhle des Löwen zu betreten.

Genau das war die Wohnung – nicht die Höhle des Löwen, aber die des Drachen. In den fünfziger Jahren erbaut, hatte sie eine der vielen Residenzen Dunkelzahns werden sollen, des Großdrachen, der sich weit mehr als seine fünfzehn Minuten der Berühmtheit verdient hatte, nachdem er 2057 zum Präsidenten der UCAS gewählt worden war. Der Wurm hatte die Wohnung aus einer Laune heraus vor der Küste der teuren Strandgrundstücke von West-Vancouver bauen lassen, nachdem er in einem chinesischen Märchenbuch gelesen hatte, Drachen wohnten in Kristallpalästen unter dem Meer. Die Verwirklichung dieser ganz speziellen Laune hatte fast zwanzig Millionen Nuyen gekostet und er hatte nie die Gelegenheit zum Einzug bekommen. Nur ein paar Monate nach Fertigstellung der Wohnung war der Großdrache und Präsident umgelegt worden. Später stellte sich dann heraus, dass er die Unterwasserbude einem gewissen Akira Kageyama vermacht hatte, einem ›Finanzberater‹, der mit dem großen Wurm befreundet war.

Auf der Straße kursierten Gerüchte, die besagten, dass einige der Kunstwerke in der Wohnung unbezahlbar seien – und nicht nur deshalb, weil sie alt waren. Bei ihrem ersten Besuch war ihr bei dem Gedanken das Wasser im Mund zusammengelaufen, etwas aus dem Hort zu stehlen, von dem es hieß, er enthalte mehr als nur einen magischen Fokus. Da war sie jedoch schlau genug gewesen, um zu erkennen, dass man einem Drachen nicht auf den Schwanz trat – auch wenn der Drache schon seit fünf Jahren tot war. Aber jetzt würde sie genau das tun.

Wände schoben sich von unten nach oben und um den Fahrstuhl und die Kabine hielt mit einem Ruck am Boden des Schachts an. Die Tür glitt auf, und es knackte in Night Owls Ohren, als der Druckausgleich erfolgte. Sie trat auf einen flauschigen Teppich, der zwischen Milchglaswänden lag.

Night Owl hatte sich auf diesen Run vorbereitet, indem sie sich einen Hörverstärker ins rechte Ohr gestöpselt hatte. Sie wollte von niemandem überrascht werden, wenn sie die Statue stahl. Durch den Verstärker konnte sie das entfernte Tropfen von Wasser hören. In der Wohnung wimmelte es von kleinen Lecks. Kageyama hatte in den letzten fünf Jahren Hunderttausende von Nuyen für den Versuch ausgegeben, sie abzudichten, aber kaum war ein Leck gefunden und beseitigt, tat sich ein neues auf. Das Geräusch strapazierte Night Owls Nerven. Beim bloßen Gedanken daran, unter Wasser zu sein, fühlte sie sich bereits klaustrophobisch.

Alle Innenwände in der Wohnung standen auf Rollen und konnten hin und her geschoben werden wie die Reispapierschirme in japanischen Häusern. Kageyama hatte seine Eingangshalle so umgebaut, dass sie lang und schmal war und zu einer Doppeltür führte, auf die ein kunstvolles Drachenmuster sandgestrahlt war. Irgendwie schien der Drache Feuer zu speien: Winzige rote Funken sprühten aus seinen Nüstern und verbreiterten sich auf dem Glas zu einer Fächergestalt, um dann langsam zu verblassen. Die beiden Hände schienen je einen Türknopf zu halten, in die jeweils eine riesige Perle eingelassen war.

Eine Drohne hielt direkt vor dem Fahrstuhl an. Sie fuhr einen Teleskoparm aus, auf dem etwas saß, das wie ein achteckiger Spiegel mit rotem Plastikrand aussah. Als der ›Spiegel‹ auf einer Höhe mit Night Owls Augen war, erwachte der Bildschirm zum Leben und Kageyamas Bild nahm darauf Gestalt an.

Bei ihrer ersten Begegnung mit Kageyama war Night Owl aufgefallen, wie gewöhnlich er aussah. Sie hatte damit gerechnet, dass Vancouvers bekanntester Millionär ebenso extravagant sein würde wie die Wohnung, die er geerbt hatte. Doch Kageyama hatte ein Gesicht, das in jeder Menge untergegangen wäre. Seine glatten blauschwarzen Haare waren ordentlich und kurz, das Gesicht war weder zu rundlich noch zu schmal, die Augen hatten einen unauffälligen grünen Farbton.

»*Konichiwa*, Night Owl«, sagte er. »Die Maske, mit der

Sie sich heute geschminkt haben, gefällt mir sehr gut. Das Silber steht Ihnen. Ist das Ei in dem Transportbehälter?«

Night Owl nickte und öffnete die Verschlüsse der Verpackung. Sie war nicht so dumm, etwas darin verborgen zu haben. Kageyama mochte ihr vertrauen, aber er würde gewiss keine großen Behältnisse in seine Wohnung lassen, ohne sich zuvor anzusehen, was darin war. Sie stellte den Transportbehälter vorsichtig auf den Boden und öffnete den Deckel, sodass die Kamera der Drohne einen ungehinderten Blick auf den Inhalt bekam.

Die Kamera der Drohne neigte sich, sodass sie das Ei, das in einem Bett aus einem schwammähnlichen Schaum ruhte, aus einem besseren Winkel aufnehmen konnte. Ungefähr von der Größe eines Fußballs hatte das Ei eine ledrige Oberfläche, die perlmuttartig schillerte. Hellere Stellen auf der Oberfläche wölbten sich ein wenig nach außen wie Schwachstellen in einem zu stark aufgepumpten Ball. Hitze flimmerte in der Luft über dem Ei, was an dem chemischen Heizkissen lag, das Night Owl unter das Ei gelegt hatte.

»Wofür halten Sie das?«, fragte Night Owl. »Chimäre? Vulkanwurm? Lederpanzerschildkröte?«

Sie warf einen Blick auf den Bildschirm der Drohne und sah, dass Kageyamas Pupillen geweitet waren. *Erwischt*, dachte sie. Sie wusste bereits, worum es sich handelte: um das Ei von etwas, das Lambtonechse genannt wurde, gestohlen aus einem illegalen Apothekerladen in Chinatown, der einen regen Schwarzhandel mit exotischen Tieren betrieb. Sie hatte Kageyama bereits erzählt, woher das Ei stammte. Was sie verschwiegen hatte war die Tatsache, dass es schon lange tot war. Sein Gestank wurde durch eine beachtliche Dosis eines Geruchsneutralisators maskiert, den Night Owl zuvor aufgesprüht hatte.

»Es rechtfertigt einen eingehenderen Blick«, sagte Kageyama. »Folgen Sie der Drohne.«

Night Owl schloss den Behälter und hob ihn behutsam auf, dann folgte sie der Drohne, die sie durch die Doppeltür – die sich automatisch öffnete – und weiter in das daran anschließende Labyrinth aus Räumen und Korridoren führte.

Alle Wände, Decken und Böden in der Wohnung bestanden aus Glas. Der größte Teil des Bodens war entweder mit Teppichen ausgelegt oder bestand zur Wahrung der Privatsphäre aus Milchglas, aber hier und da war das Glas auch klar und gab den Blick auf die Ebene darunter frei. Diese Stellen zu überqueren war so, als gehe sie auf Luft. Andere durchsichtige Partien zeigten Aquarien, die mit riesigen goldenen und weißen Koi gefüllt waren.

In einige der beweglichen Glasscheiben waren geometrische Splitter aus rotem, grünem oder blauem Glas eingesetzt, die wie geschliffene Juwelen funkelten. Andere Wände waren aus Doppelglasscheiben konstruiert, durch deren Zwischenräume mit Plankton angereichertes Wasser floss, das in einem sanften Blauton leuchtete – eine lebendige Barriere gegen astrale Eindringlinge.

Die Räume waren mit antiken Möbeln vollgestellt: riesige Spiegelkonsolen, mit Samt bezogene Stühle, Tische mit kunstvoll geschnitzten Beinen und Klauenfüßen. Alle Möbel glänzten in einem polierten Rotbraun oder Schwarz und bestanden aus echtem Holz: Mahagoni und Teak, hatte Kageyama ihr bei ihrem ersten Besuch verraten. Night Owl ignorierte die Möbel und hielt stattdessen nach allem Ausschau, was nach Jade aussah.

Wohin sie auch blickte, überall sah sie Kunstgegenstände. Sie kam durch einen Raum, in dem es penetrant nach Ölfarbe roch. Dieser Raum war mit riesigen Gemälden gefüllt, die so dunkel waren, dass man die Leute darauf kaum erkennen konnte. In einem anderen

Raum befanden sich drei Marmorsockel, und auf jedem stand ein antik aussehender, angeschlagener Tontopf. Diese Tontöpfe waren mit Figuren bemalt, die Night Owl an das Logo von Aztechnology erinnerten. Ein langer Flur wurde auf beiden Seiten von Steinfiguren vielarmiger Menschen gesäumt, deren Haltung auszudrücken schien, dass sie tanzten. Arme und Gesichter waren mit blauen Farbspritzern besprenkelt. Ein anderer Korridor wurde von Kleiderpuppen beherrscht, die alte Samurai-Rüstungen trugen. In jedem Bereich gab es Hintergrundmusik, die aus verborgenen Lautsprechern drang und zu den dargestellten kulturellen Artefakten passte.

Andere Räume enthielten modernere Kunstgegenstände: Neonröhrenkunst aus dem 20. Jahrhundert, atomare Skulpturen, die nur durch ein Elektronenmikroskop zu sehen waren, und holografische Darstellungen von Performance-Kunst, die Satzfragmente deklamierten, bei denen es sich angeblich um Poesie handelte.

Als Night Owl Kageyamas Kunstsammlung zum ersten Mal sah, hatte sie sich gefragt, was für ein Chiphead man sein musste, um gute Nuyen für diesen Schrott auszugeben. Jetzt betrachtete sie alles sorgfältiger, ausgiebiger. Irgendwo in dieser Sammlung von überteuertem Müll war die Statue, die sie stehlen sollte. Sie erhaschte einen flüchtigen Blick auf drei jadegrüne Formen durch das Rauchglas einer Wand, aber die Drohne führte sie in eine andere Richtung, bevor sie erkennen konnte, worum es sich handelte. Wenn sie sich richtig erinnerte, enthielt der betreffende Raum chinesische Kunstgegenstände. Sie setzte ihn an die Spitze ihrer mentalen Liste der Räume, die sie sich genauer ansehen musste.

Schließlich führte die Drohne sie in einen Raum mit einer durchsichtigen Glaswand und Decke, die einen Blick in den Ozean boten. Ein Rinnsal aus Meerwasser lief an der Innenseite der Panoramafensterwand herab und sammelte sich am Boden in einer Pfütze. Draußen erleuchteten strahlend helle Halogenlampen das Wasser und hellten es zu einem dunklen Waldgrün auf. Kaulköpfe und Rochen schwammen dicht über den Meeresboden und wühlten bei ihrer Nahrungssuche Sandwolken auf. Leuchtend rote Krebse marschierten flink von Fels zu Fels und rosa-gelbliche Seeanemonen schwenkten zierliche Ranken und siebten das Wasser nach verwertbaren Resten. In der Ferne, hoch über ihnen, glitt lautlos der Rumpf eines Frachters vorbei, ein schwärzerer Fleck vor der helleren Oberfläche.

Night Owl stellte den Transportbehälter behutsam auf das einzige Möbelstück in dem Raum, eine riesige, mit Leder gepolsterte Bank unweit des Aussichtsfensters. Die Drohne hielt für einen Moment untätig inne und verschwand dann durch die einzige Tür. Einen Augenblick später trat Kageyama ein.

Er trug eine graue Hose, ein weißes Hemd und eine schlichte schwarze Krawatte mit roten Sprenkeln. Sogar seine Schuhe – angesichts des leisen Quietschens neuen Leders offenbar teure Schuhe – waren unauffällig. Es war die Art Kleidung, die es ihm gestatten würde, in jeder Menge unterzutauchen – er brauchte nur eine schwarze Lederjacke darüber anzuziehen und die Krawatte ein wenig zu lockern, und schon konnte er sogar in der Gesellschaft von Shadowrunnern herumhängen. Doch obwohl Kageyama besser mit dem Hintergrund verschmolz wie jeder andere, den Night Owl kannte, hatte er auch die Fähigkeit, seinen Charme nach Belieben ein- und ausschalten zu können. Wenn er wollte, hatte er eine Ausstrahlung, die Leute augenblicklich innehalten, zuhören und nicken ließ.

Heute Abend zog er in dieser Beziehung alle Register. »Night Owl«, sagte er, indem er vortrat und sie mit seinen Blicken förmlich verschlang. »Schön, Sie wiederzusehen. Danke, dass Sie das Ei zu mir gebracht haben anstatt zu Ihrem Auftraggeber. Ist das mit irgendeiner Gefahr für Sie verbunden?« Seine Stimme war voll, sein Lächeln aufrichtig. Wie bei ihrer ersten Begegnung stellte Night Owl fest, dass der Mann ihre Sinnlichkeit ansprach. Kageyama hatte etwas an sich – vielleicht maßgeschneiderte Pheromone –, was sowohl Männer als auch Frauen dazu veranlasste, sich sofort für ihn zu erwärmen.

»Ein paar Bandenmitglieder haben mir bei diesem Run Ärger bereitet, aber wichtig ist nur das Ei«, antwortete Night Owl. »Glauben Sie, dass es noch am Leben sein könnte?«

»Das werden wir sehen«, sagte Kageyama. Er deutete mit einem Kopfnicken auf den Transportbehälter. »Öffnen Sie.«

Sorgfältig darauf bedacht, eine neutrale Miene zu bewahren, tat Night Owl wie geheißen. Als sie den Deckel des Behälters aufklappte, behielt sie Kageyama im Auge. Seine Nasenflügel blähten sich – nur für einen Augenblick –, und ihr ging auf, dass der Geruchsneutralisator nicht wie gewünscht funktionierte. Ihr rechtes Augenlid fing an zu zucken. Zeit, ihren Plan zu beschleunigen.

»Das ist in der Tat das Ei eines Erwachten Reptils«, sagte Kageyama. »Sehr selten und äußerst wertvoll. Aber ich fürchte, es…«

Bevor er den Satz beenden konnte, griff Night Owl in den Transportbehälter und hob das Ei heraus. Sie hörte Kageyama keuchen – er wusste, was kam, ebenso wie sie – und sah, wie seine Augen sich weiteten. Im gleichen Augenblick platzte das zerbrechliche Ei in ihren Händen wie eine verfaulte Melone. Stinkender Gelee spritzte auf Night Owls billige Baumwolljacke und quoll über ihre Hände und Arme. Ein Spritzer landete sogar auf ihrer Wange. Ob des Gestanks würgend, ließ sie die Überreste auf den Boden fallen. Das Ei landete mit einem feuchten Klatschen und bespritzte ihre Stiefel.

Bei der Planung dieses Runs war Night Owl der Ansicht gewesen, sie werde ihren Ekel vortäuschen müssen, doch jetzt stellte sie fest, dass keine Schauspielerei erforderlich war. Der Gestank war schlimmer, als sie es sich je hätte träumen lassen, und die Flüssigkeit an ihren Händen war heiß und schleimig.

Kageyama wich zurück und hielt sich dabei eine Hand vor den Mund. Er sah aus, als müsse er sich jeden Augenblick übergeben.

Night Owl sah sich um, als suche sie etwas, um sich daran die Hände abzuwischen. »Es tut mir so Leid«, krächzte sie. »Ich wusste nicht...« Sie schluckte die aufsteigende Galle herunter. »Ist hier irgendwo ein Bad...?«

Kageyama zeigte auf die Tür. »Den Korridor entlang«, quetschte er hervor, wobei er sich die Nase zuhielt. »Erst rechts, dann links. Es ist die dritte Tür auf der linken Seite.«

Night Owl eilte aus dem Zimmer. Kaum war sie um die erste Ecke herum, strebte sie dem Raum entgegen, in dem sie die grünlichen Formen gesehen hatte. Er war ein gutes Stück entfernt, aber das faule Ei lieferte ihr eine glaubhafte Entschuldigung, wenn sie eine Zeit lang fort blieb. Während sie durch die Flure eilte, zog sie ein Päckchen Hygienetücher aus der Jackentasche und riss es auf. Als sie schließlich vor der gesuchten Tür stand, waren Hände und Gesicht sauber. Sie stopfte die besudelten Tücher in ihre Jackentasche und zog den Reißverschluss zu.

Die Tür war nicht verschlossen. Night Owl öffnete sie und betrat einen Raum voll mit chinesischen Kunstgegenständen. Zierliche gelbe und rosafarbene Vasen, kunstvoll geschnitzte Elfenbeinskulpturen und handbemalte Seide waren überall. In den Boden war ein Mosaik eingearbeitet, das einen fauchenden Drachen darstellte, und riesige Holzstatuen von Menschen und Tieren füllten den Raum wie Bäume einen Wald. An der gegenüberliegenden Wand befand sich ein großes Bücherregal aus einem polierten rötlichen Holz. Darauf standen zahlreiche kleinere Statuen aus Keramik, Bronze – und Jade.

Genau in Augenhöhe warteten drei Statuetten, alle etwa dreißig Zentimeter groß. Aus hellgrünem Jade gefertigt, stellten sie drei Männer dar. Der erste hatte einen riesigen kuppelförmigen Kahlkopf und stützte sich auf einen Stab. Der zweite trug reich geschmückte Gewänder und einen mit kunstvollen Flügeln verzierten Kopfschmuck. Der dritte hielt eine Schriftrolle in den Händen. Night Owl erkannte in ihnen sofort die drei Götter, welche jedes chinesische Heim schmückten, wenngleich normalerweise in Form von Holobildern.

Während Night Owl noch in der Tür stand, spürte sie ein Kribbeln im Nacken und hatte plötzlich das Gefühl, beobachtet zu werden. Voller Sorge, dass Kageyama ihr gefolgt sein könnte, warf sie einen raschen Blick über die Schulter, sah ihn jedoch nicht. Dann lauschte sie unter Einsatz ihres Hörverstärkers. Abgesehen von Wasser, das in einem nicht weit entfernten Raum in einen Eimer tropfte, war alles ruhig. Das Gefühl, beobachtet zu werden, verschwand jedoch nicht.

Eine innere Stimme riet Night Owl, den Run abzubrechen. Kageyama war ein Millionär, der über Mittel verfügte, von denen sie sich keine Vorstellung machen konnte. Wenn er Night Owl bei dem Versuch erwischte, etwas aus seinem Heim zu stehlen, würde sie ziemlich tief im Drek sitzen.

Ihr Verstand sagte ihr jedoch, dass es besser sei, wenn sie an ihrem Plan festhielt. Die Statuette in der Mitte – Fu Shen, der Gott des Glücks – musste ihr Ziel sein. Er stand direkt vor ihr und bettelte förmlich darum, gestohlen zu werden.

Fortsetzen... oder abbrechen? Night Owl schob eine Hand in ihre Jeans. Sie hatte früher an diesem Abend eine Parkuhr aufgebrochen und sich eine Handvoll Münzen herausgenommen. Diejenige, welche sie jetzt aus der Tasche zog, zeigte ein Langhaus auf der einen und die lächelnden Gesichter des Salish-Shidhe Council auf der anderen Seite. Night Owl warf die Münze in die Luft. Bei Kopf würde sie die Statuette stehlen. Bei Zahl würde sie verschwinden und es auf eine Konfrontation mit dem Roten Lotus und dessen Drachenmeister ankommen lassen.

Die Münze landete mit der Council-Seite nach oben. Kopf.

Night Owl ging zu dem Regal, hob die mittlere Statue hoch – die dafür, dass sie angeblich hohl war, überraschend schwer in der Hand lag – und schüttelte sie leicht. Sie hörte nichts klappern, und als sie die Statue umdrehte und genauer untersuchte, fand sie keine Nahtstellen: Die Figur des Gottes war aus einem einzigen Stück Jade geschnitzt worden. Eines fiel ihr jedoch auf: der Buchstabe ›Bat‹, der in den Rücken des Gottes eingraviert war. Das ließ sie grinsen. Dieses Wort, das im Kantonesischen *Fu* ausgesprochen wurde, war ein Homonym für ›Glück‹. Auch wenn sie nicht hohl war, dies war eindeutig die Statue, die der Drache haben wollte.

Night Owl fragte sich, was wohl darin sein mochte, und für einen Augenblick war sie versucht, sie aufzubrechen. Dann kam sie zu dem Schluss, dass es vielleicht besser war, es nicht zu wissen.

Nun, da sie hatte, wofür sie gekommen war, musste sie sich beeilen. Sie zog die Jacke aus und wickelte sie um die Statue. Glücklicherweise war die Jadefigur weder groß noch unförmig – die Jacke verbarg sie vollständig. Sie klemmte sich die Jacke unter einen Arm und lief in das Badezimmer. Sie schaffte es gerade noch rechtzeitig: Die Tür hatte sich kaum hinter ihr geschlossen, als Kageyama anklopfte und fragte, ob alles in Ordnung sei.

»Es geht mir blendend!«, rief sie nach draußen, während sie Wasser in das Marmorwaschbecken laufen ließ. »Es ist nur schwieriger, den Gestank abzuwaschen, als ich dachte. Ich bin gleich so weit.«

Sie stopfte ihre Jacke in einen Müllschacht in der Wand und drückte auf das Entsorgen-Icon. Der Schacht schloss sich und füllte sich mit Meerwasser, Pumpen gurgelten und die Jacke wurde außer Sicht geschwemmt.

Night Owl seufzte vor Erleichterung. Die Statue war unterwegs. Sie wusste, wo sie wieder auftauchen würde: in einem Drahtkäfig, der, wenn er voll war, von einem Ballon an die Oberfläche gebracht wurde, wo er von einem Müllkutter abgeholt wurde. Night Owl kannte den Müllmann, der den für die Hafengegend von West-Vancouver zuständigen Müllkutter fuhr – Skimmer war ein Chummer von Wharf Rat. Sie hatte ihm bereits das Versprechen abgerungen, keine der Mülltüten aus Kageyamas Wohnung einzusammeln, bis sie ihm ihr Einverständnis gab. Dieser Gefallen würde sie einige hundert Nuyen kosten, aber die war die Sache wert. Sie genoss die Vorstellung, wie Wu Kageyamas Müll durchwühlen musste, um an die Statuette zu gelangen. Das geschah dem Wichser recht dafür, dass er sie zu diesem Run gezwungen hatte.

Als sie erkannt hatte, dass das Müllbeseitigungssystem die Schwachstelle in der Sicherheit der Wohnung war, hatte sie die Entdeckung zunächst für zu schön, um wahr zu sein, gehalten. Dann war ihr klar geworden, dass Kageyamas Sicherheit nicht davon abhing, genau zu verfolgen, was das Gebäude verließ, sondern davon, all das lückenlos zu erfassen, was hinein kam. Dank des BEBEW-Runs war es Night Owl gelungen, durch die Maschen des Netzes zu schlüpfen.

Kageyama wartete auf sie, als sie das Bad verließ, und bemerkte sofort, dass sie ihre Jacke in den Müll geworfen hatte. Tatsächlich schien er damit sogar gerechnet zu haben: Über einem Arm lag eine teuer aussehende Jacke aus weichem braunem Wildleder.

»Bitte«, sagte er. »Gestatten Sie mir, Ihnen die hier zu leihen.«

Er hielt die Jacke vor sich und Night Owl kehrte ihm den Rücken und schob die Arme in die Jackenärmel. Die Jacke saß perfekt und roch nach neuem Leder. Obwohl sie nach etwas aussah, das eine Konzernschnalle tragen würde, war sie verführerisch weich. Night Owl merkte plötzlich, dass sie sich zurücklehnte, bis sie sich fast an Kageyama schmiegte. Der ließ seine Hände einen Augenblick länger als nötig auf ihren Schultern liegen, bevor er zurückwich und sich verbeugte.

»Es ist schade um das Ei«, sagte er. »Ich weiß es zu schätzen, dass Sie es zu mir gebracht haben, obwohl es faul war. Was wollte Ihr Auftraggeber Ihnen dafür bezahlen?«

Night Owl zuckte die Achseln, als spiele das Geld keine Rolle. Sie nannte ihm die erste Zahl, die ihr in den Sinn kam. »Dreitausend Nuyen.«

Kageyama nickte. Er schob eine Hand in seine Hosentasche und zückte einen Kredstab, den er Night Owl anbot. »Dies dürfte Sie entschädigen.«

Night Owl wollte danach greifen, hielt dann aber inne. Es juckte sie in den Fingern, den Kredstab zu nehmen. Für Kageyama waren dreitausend Nuyen nicht mehr als Kleingeld. Doch eine innere Stimme riet ihr, vorsichtig zu sein; sie hatte sich ihre Eintrittskarte in diese Wohnung, wenn auch unwissentlich, dadurch erworben, dass sie die Bezahlung für die Befreiung der Flachschädel ablehnte. Sie fragte sich, ob Kageyama sie auf die Probe stellte. Vielleicht löste sie ihren Fahrschein nach draußen, wenn sie...

Kageyama drückte ihr den Kredstab in die Hand und benutzte seine beiden Hände, um ihre Finger um den Kredstab zu schließen. »Nehmen Sie ihn«, flüsterte er. »Wenn Sie das Geld nicht für sich selbst wollen, können Sie es für wohltätige Zwecke spenden.« Seine Lippen verzogen sich zu einem Lächeln.

Sie bedachte ihn mit einem wachsamen Blick und fragte sich, wie viel er wirklich über sie wusste. Für alle, die Night Owl in den Schatten kannte, war sie eine Verschwenderin, die ihre Kreds zum Fenster hinauswarf, kaum dass sie sie verdient hatte. Falls sie je herausfanden, dass sie den Großteil der mit Shadowruns verdienten Kreds für Wohltätigkeitseinrichtungen spendete, die Kindern aus der Dritten Welt medizinische Versorgung und kybernetische Hilfe angedeihen ließen, würde man sie von der Straße lachen.

Plötzlich stellte sie fest, dass es ihr Leid tat, Kageyama bestohlen zu haben. Dann schüttelte sie im Geiste den Kopf. Geschäft war Geschäft – und die Absicht, die hinter diesem speziellen Run steckte, war die, am Leben zu bleiben. Kageyama war ein Narr, dass er ihr vertraute – und ein noch größerer, dass er ihr die Nuyen gab. Sie entzog ihm ihre Hand und schob den Kredstab in die Tasche.

»Danke für das Geld«, sagte sie. »Ich weiß das zu schätzen. Falls ich noch mehr Eier finde, werden Sie es zuerst erfahren.«

Während Kageyama sie zurück zum Fahrstuhl begleitete, erhaschte Night Owl einen Blick auf einen älteren asiatischen Mann, der durch eine der Glaswände in die Eingangshalle lugte. Mit seinem kahlen, altersfleckigen Kopf und den Händen, die so verwittert waren wie Herbstblätter, sah der Mann uralt aus, und er trug Kleidung, die seit mindestens drei Jahrzehnten aus der Mode war. Der Mann hob eine Hand und winkte ihr mit gedankenverlorener Miene zu.

»Ich dachte, Sie lebten allein«, sagte Night Owl. »Wer ist das? Ihr Großvater?«

»Wer?« Kageyama warf einen Blick auf die Wand, doch der Alte war bereits wieder verschwunden. Dann lachte er. »Ach, Sie meinen Kelvin. Er ist der Mann, der das Glas für dieses Gebäude hergestellt hat. Vor dem Erwachen war er Handwerksmeister und danach wurde er zu einem Magiermeister. Man hat mir gesagt, dass es ihm irgendwie gelungen ist, seine Essenz mit dem Glas zu vermengen, und er in seiner Astralgestalt in diesen Wänden weiterlebt.«

Night Owl schluckte nervös. »Er muss... eine interessante Gesellschaft sein.« Warum erzählte Kageyama ihr das?

Kageyamas grüne Augen funkelten. »Nicht so interessant wie manch andere Person.«

Die Fahrstuhltür öffnete sich mit einem leisen Seufzen. Night Owl betrat die Kabine und nickte Kageyama zum Abschied durch das Fenster in der Tür zu, während der Fahrstuhl sich an den Aufstieg machte. Erst als sie an der Oberfläche auf die vom Regen gepeitschte Plattform trat, löste sich die Verkrampfung in ihren Schultern ein wenig. Sie hatte es geschafft. Der Run war vorbei und sie konnte in der Nacht verschwinden.

Sie konnte sich jedoch des Gefühls nicht erwehren, dass Kageyama sie irgendwie reingelegt hatte – dass er nicht annähernd so dumm war, wie er vorgab.

Allmächtiger Fortschritt

Alma ging in das Fitness-Center, warf einen Blick auf die sich anstrengenden, schwitzenden Leiber und fragte sich, wer von ihnen ihr ›Johnson‹ war. Die Trainingshalle war altmodisch und die Übungsgeräte schon seit Jahrzehnten überholt. Gewichte schepperten in Trainingsmaschinen gegeneinander, Schattenboxzellen klingelten, wenn ein Punkt gegen einen virtuellen Gegner erzielt wurde, und Expander knarrten, wenn Leute ihre Kraft mit einem Spinnennetz aus elastischen Bändern maßen. In der Halle roch es nach Maschinenöl, Gummi und Schweiß.

Alma wartete, bis der Ork, der mit Bankdrücken beschäftigt war, seine Übung beendet hatte, und fragte ihn dann, ob das Gerät jetzt frei sei. Der Ork, ein vierschrötiger Ostindier mit einem dichten Pelz krauser schwarzer Haare auf Armen und Beinen, grinste sie mit Hauern an, die hier und da abgesplittert waren. Der Schatten eines Fünf-Uhr-Barts verdunkelte sein Gesicht, obwohl es noch keine zehn Uhr früh war.

»Sind Sie sicher, dass Sie das stemmen können?«, fragte er, wobei er sich das Gesicht mit einem zerfransten Handtuch abwischte. »Ich habe hundertfünfzig Kilo aufliegen.«

»Das schaffe ich«, sagte Alma.

»Soll ich Ihnen helfen?«

Alma schüttelte den Kopf und legte sich auf die Bank. »Nein, danke.« Sie griff nach oben, legte die Hände um die Hantel und betätigte mit dem Fuß das Pedal, welches das Gewicht freigab. Die Hantel wurde allmählich schwerer in ihren Händen, da die Automatik den Widerstand in ihren Armen prüfte und schließlich das gesamte Gewicht mit einem jähen Klicken freigab.

Der Ork stellte sich neben das Gerät, als Alma damit begann, die Hantel langsam zu heben und wieder abzusenken. Er hatte die Hand am Sicherungshebel, als rechne er damit, dass ihr das Gewicht jeden Augenblick auf die Brust fallen würde. Als sie die Last zwanzig Mal gestemmt hatte, nahm er die Hand weg. Beim vierzigsten Mal quollen ihm die Augen aus dem Kopf. Als sie die Hantel sechzig Mal gestemmt hatte, befeuchtete er sich die Lippen.

»Drek«, flüsterte er. »Sie sind nicht mal ins Schwitzen geraten. Was für Verstärkungen haben Sie?«

Alma lächelte zu ihm auf, während sie das Fußpedal trat. Die Hantel rastete über ihr ein und sie richtete sich auf. »Yamatetsu-Muskelverstärkungen«, antwortete sie und schnippte mit einem Finger gegen einen gespannten Bizeps. »Das Beste vom Besten.«

Sie stand auf und zeigte auf die leere Bank. »Sie sind an der Reihe. Ich muss Flüssigkeit nachtanken.«

Ein Zittern begann in ihrer linken Hand – diesmal nur ein leichtes Flattern der Finger, aber es dauerte achtundfünfzig Sekunden. Die Anfälle wurden immer schlimmer. Mit jedem Tag, der verstrich, schienen sie länger zu dauern, und jeder Anfall schien sie auszulaugen und ließ sie mit einem Gefühl der Lethargie zurück. Sie war froh, dass dieser Anfall nicht mitten in ihrer Übung begonnen hatte.

Die Hand zur Faust ballend, ging Alma zum Getränkeautomat und legte den Kredstab ein, den sie an ihre Gymnastikhose gebunden hatte. Sie wählte eine Dose Electro Lite und stellte sich ans Fenster, wo sie dem Regen dabei zusah, wie er auf den Lake Trout niederging. Auf den Bäumen vor dem Fitness-Center hockten mehr als ein Dutzend große schwarze Vögel. Sie fragte sich, ob das Sturmkrähen waren.

Eine Asiatin mit blond gebleichten Haaren nickte Alma zu, als sie sich ein Getränk aus dem Automaten zog. Ein blaues Plastikrechteck – eine für das Salish-Shidhe Council gültige Reiseerlaubnis – hing an einem Elastikband, das um ihr linkes Handgelenk gewickelt war, neben einem Mobiltelekom in Armbandform. Sie war kleiner als Alma, aber ebenso schlank, und hatte einen Waschbrettbauch und ausgeprägte Muskeln in den Armen und Beinen. Ihre Haltung ließ darauf schließen, dass sie mit Ärger rechnete – und bereit war, ihm zu begegnen. Ihre Augen hatten etwas Wachsames, als habe sie eine ganze Weile auf der Straße verbracht.

Die Frau betrachtete Alma mit einer fast sinnlichen Anerkennung von oben bis unten. »Sie sind fit«, sagte sie. »Und Sie bewegen sich geschmeidig. Ich wette, Sie sind schnell.«

Alma nickte und trank. Sie fragte sich, was die Frau von ihr wollte. Sie war mit der perfekten Balance und den federnden Schritten einer Kampfsportlerin zum Getränkeautomat gegangen. Alma hoffte, dass sie nicht versuchte, einen Kampf anzuzetteln, und Alma sie ebenso leicht abwimmeln konnte wie den Ork – sie wollte nicht, dass ein Fremder zuhörte, wenn Mr. Johnson ihr seine Aufwartung machte.

Alma sah sich beiläufig in der Halle um, während sie gleichmütig ihr Getränk leerte. Wenn sie in den nächsten fünf Minuten niemand ansprach, würde sie die Hantel weitere sechzig Mal in der Hoffnung stemmen, dass der Johnson es bemerkte. Es war das Signal, das sie mit Tiger Cat vereinbart hatte, als er Zeit und Ort für das Treffen bestätigt hatte.

Die Augen der blonden Frau verengten sich zu schmalen Schlitzen. »Schnelligkeit und Kraft bedeuten auf diesem Run gar nichts, es sei denn, Sie kommen nah an Ihr Ziel heran.«

Alma drehte sich um und erkannte, dass *dies* der Johnson war, mit dem sie sich treffen sollte. Sie sah sich die Frau genauer an und richtete dabei ihre Augenkamera auf die besonderen Kennzeichen der Frau. Das einzig sichtbare war eine Tätowierung über der linken Brust, die teilweise unter ihrem Sport-BH verborgen war: ein schwarzer Wolfskopf mit einem weißen Zeichen darüber, das wie ein asiatischer Buchstabe aussah.

»Sprechen Sie Koreanisch?«, fragte die Frau.

Alma ging das Menü ihres Headware-Speichers durch. Sie hatte mehr als ein Dutzend Sprachsofts darin gespeichert, die alle in Vancouver gebräuchlichen Sprachen abdeckten: Kantonesisch, Mandarin, Punjabi, Hindi, Vietnamesisch, Tagalog, Koreanisch, Spanisch – sogar Salish für den Fall, dass sich ihr Mr. Johnson als Vollblut erwiesen hätte.

»*Ye*«, antwortete Alma, indem sie auf Koreanisch wechselte. »Ich spreche es.«

»*Choun*«, sagte die Frau. »Folgen Sie mir.«

Sie gingen durch den Umkleideraum zum Whirlpool. Ein Schild, das an einem im Putzeimer stehenden Wischmop hing, verkündete, dass der Whirlpool zwecks Reinigung und neuer Anreicherung mit Chlor geschlossen sei – die blonde Frau schnippte den Mop wie ein Drehkreuz beiseite und trat ein. Als sie sich beide in dem gekachelten, hallenden Raum befanden, schloss sie die Tür und schaltete die Massagedüsen des Whirlpools ein. Alma musste die Geräuschfilter in ihren Cyberohren aktivieren, um die Frau vor dem Gurgeln des Wassers noch zu verstehen.

»Tiger Cat sagt, Sie seien Experte für Extrahierungen«, begann die Frau.

»Das stimmt«, log Alma glattzüngig. »Ich habe vor

noch gar nicht so langer Zeit bei einem Run gegen PCI Hand angelegt.« Sie achtete genau auf eine Reaktion. Wenn die Frau von Graues Eichhörnchens Extrahierung wusste, kannte sie vielleicht auch den Namen der Frau, die Alma hereingelegt hatte.

Die blonde Frau zuckte lediglich die Achseln.

»Ich habe Tiger Cat um jemanden gebeten, der sich in den Kreisen der Hochfinanz bewegen kann«, sagte sie. »Unsere Zielperson ist durch einen Gürtel aus Nuyen geschützt. Es wird schwierig sein, sich Zugang zu ihm zu verschaffen. Aber Sie werden als Konzernschnalle durchgehen. Hätte Tiger Cat Sie nicht empfohlen, würde ich sogar schwören, dass Sie eine sind.«

»Wer ist die Zielperson?«, fragte Alma, die das Gespräch rasch in eine andere Richtung lenken wollte.

Die blonde Frau grinste. »Nicht so schnell, Cybergirl. Ich will mich zuerst vergewissern, ob Sie auch liefern können. Wie schalten Sie eine Zielperson aus?«

Tiger Cat hatte sie gewarnt, dass sie mit dieser Frage rechnen müsse. Manche Johnsons wollten ihre Extrahierungen ›Chemikalien-frei‹ ausgeführt haben und bestanden auf den Einsatz nichttödlicher Magie. Anderen war es egal, wenn der Zielperson bei Lieferung ein Arm oder ein Bein fehlte. Alma hoffte, dass die blonde Frau nicht zu den Puristen gehörte.

»Mit Gamma-Skopolamin«, antwortete sie. »Ich werde einen Pressluft-Injektor benutzen. Er wird nie erfahren, was ihn getroffen hat.«

Das Lächeln der blonden Frau war wölfisch. »Perfekt«, sagte sie. »Das müsste ihn bestens für unsere Zwecke vorbereiten. Sorgen Sie nur dafür, dass Sie ihn abliefern, bevor seine Zunge sich löst. Wir wollen ihn bei uns haben, wenn er am gesprächigsten ist.«

Alma nickte. »Wohin soll ich ihn bringen?«

»Ich gebe Ihnen eine Telekomnummer. Wir sind bereit, die Lieferung überall im Lower Mainland in Empfang zu nehmen. Sobald er in unseren Händen ist, überweise ich die zweite Rate an Ihre Wäscherei.«

Es dauerte einen Augenblick, bis Alma aufging, was die Frau damit meinte. Dann begriff sie: Sie glaubte, Tiger Cat wasche die Kreds für sie und sorge dafür, dass sie sich nicht zurückverfolgen ließen. Tatsächlich hatte Tiger Cat damit für ein nettes Detail gesorgt. Es erklärte, warum Alma nicht auf einer persönlichen Geldübergabe bestand.

Jetzt, da sie über die eigentlichen Einzelheiten des Shadowruns verhandelte, ging Alma plötzlich auf, dass sie ihn würde ausführen müssen. Sie hatte sich bisher nicht gestattet, über die Konsequenzen ihrer Handlungen nachzudenken, aber nun stellte sie fest, dass sie sich fragte, was aus ihrer ›Zielperson‹ werden sollte. Es fiel ihr schwer, sich Graues Eichhörnchens durchschnittene Kehle aus dem Kopf zu schlagen.

»Wer ist die Zielperson?«, fragte sie.

»Ein Finanzberater. Akira Kageyama.«

Alma nickte voller Erleichterung darüber, dass es niemand war, den sie kannte. Der Name war ihr durchaus geläufig – wie nahezu jedem in Vancouver, nachdem Dunkelzahns Testament veröffentlicht worden war. Außerdem hatte sie eine vage Vorstellung von Akira Kageyamas Aussehen – sie hatte ihn irgendwann einmal auf dem Gesellschaftskanal im Trid gesehen, war ihm aber noch nicht in Fleisch und Blut begegnet. Er verkehrte zwar in Konzernkreisen, hatte aber noch nie eine PCI-Veranstaltung besucht.

»Noch Fragen?«, wollte die blonde Frau wissen.

»Nur eine«, sagte Alma. »Wenn ich Akira Kageyama liefere und sie die Informationen bekommen haben, hinter denen Sie her sind, was passiert dann mit ihm?«

Die blonde Frau stieß ein kurzes hartes Lachen aus, das Antwort genug war. Was immer sie mit Kageyama vorhatte, es war nicht angenehm. Sie wedelte ungeduldig mit der Hand. »Geben Sie mir Ihr Handy.«

Alma überprüfte es zuerst und sah, dass die Memo-Funktion nichts anzeigt. Ihre Nemesis war, so schien es, zu beschäftigt gewesen, um ihr weitere spöttische Botschaften zu schicken. Sie gab das Gerät der anderen Frau, die eine Nummer in den Wahlspeicher eingab.

»Unter welchem Namen arbeiten Sie?«

Alma hatte eine ganze Reihe von Namen in Erwägung gezogen, aber keiner schien so gut zu ihr zu passen wie der Spitzname, den die Frau ihr soeben gegeben hatte. »›Cybergirl‹ ist schon in Ordnung«, sagte sie. »Wie soll ich Sie nennen?«

»Machen Sie sich deswegen keine Gedanken«, antwortete die Frau. »Rufen Sie einfach den Eintrag unter dem Namen ›Johnson‹ auf. Ich werde den Anruf beantworten.«

Sie gab Alma das Telekom zurück. »Tiger Cat sagte, Sie würden auch mit einem eiligen Job fertig – aus diesem Grund zahlen wir auch so viel. Sie haben Zeit bis morgen um Mitternacht. Wenn Sie Kageyama bis dahin nicht abgeliefert haben, ist unser Geschäft geplatzt. *Chakbyol insa* – auf Wiedersehen.«

Leise vor sich hin kichernd, verließ sie den Raum und drückte dabei auf den Knopf, der den Whirlpool ausschaltete. In der jähen Stille hörte Alma das leise Tuten eines Mobiltelekoms, das eine Nummer wählte. Als ihr aufging, dass es sich dabei um das Armbandtelekom der blonden Frau handeln musste, schaltete sie den Verstärker ihrer Cyberohren gerade noch rechtzeitig auf volle Leistung, um ein Gesprächsfragment mitzubekommen: »…Sorge. Wir werden früh genug erfahren, wo…« Dann war die Stimme nicht mehr zu verstehen, da sie im Lärm der Übungsgeräte unterging.

Alma hatte das Gefühl, dass man Kageyama nach seiner Unterhaltung mit der blonden Frau beseitigen würde – dauerhaft. Alma wollte nicht für den Tod eines unschuldigen Mannes verantwortlich sein. Damit würde sie sich auf die Stufe der Frau begeben, die Graues Eichhörnchen getötet hatte. Aber sie brauchte diesen Run – er war ihr Fenster zu Vancouvers Schattengemeinde.

Ihr war bisher nur nicht klar gewesen, dass sie möglicherweise die Scheibe einschlagen musste, um hineinzukommen.

Alma schritt vorsichtig einen schwimmenden Fußweg entlang, der bei jedem Schritt schwankte und schaukelte. Aus Treibholz zusammengesetzt und mit Styroporblöcken und Bierfässern verstärkt, führte er an den Hunderten von kleinen Booten vorbei, die in False Creek ankerten. Diese Boote, auf denen eine bunte Mischung von Pennern beheimatet war, rangierten von kleinen Aluminium-Schnellbooten mit provisorischen Abdeckplanen bis hin zu Fischer- und Kajütbooten. Es gab sogar eine Hand voll uralter Jachten. Die meisten waren in schlechtem Zustand und lagen tief im Wasser, der Rumpf mit Muscheln und Seegras verkrustet, das verrostete Oberdeck mit Graffiti besprüht und die Fenster mit Klebeband geflickt. Es gab auch eine Reihe von Hausbooten, manche davon kaum mehr als ein Floß aus einfachen Holzbohlen mit einem verfallenen Fertigschuppen oder sogar einem Zelt darauf.

Regen kräuselte die Wasseroberfläche zu beiden Seiten des schwimmenden Gehwegs und verstärkte den Geruch nach Abwässern und Öl. Die Bohlen unter ihren Füßen waren vom Regen nass und glitschig. Alma fragte sich, wie sich überhaupt jemand darauf ohne Reflexbooster halten konnte. Jene, die ihr begegneten, bewegten sich auf der schlüpfrigen Oberfläche jedoch wie Matrosen auf einem schwankenden Schiff. Erst als sie genauer hinsah und ihr auffiel, dass die Bretter des Gehwegs mit Tausenden von winzigen Löchern perforiert waren, erkannte sie, dass die Leute Schuhnägel unter den Sohlen haben mussten.

Die Penner, die hier lebten, waren ein Gemisch aus allen Rassen und Metatypen mit einem hohen Prozentsatz von Orks und Trollen – ›yomi‹, die in den zwanziger Jahren nach der ersten Goblinisierungswelle aus Japan vertrieben worden waren. Sie beäugten Alma argwöhnisch durch gesprungene Fenster. Fremde waren hier in den False Creek Floats nicht willkommen. Die Stadt hatte mehr als einmal versucht, die ›Floater‹ zu verscheuchen, indem sie ihnen die Council-Polizei auf den Hals gehetzt hatte, die so viele von ihnen verhaftete, wie sie Handschellen überstreifen konnte, und dann die Boote aufs Meer schleppte und weit vor der Küste versenkte. Aber irgendwie bekamen die Floater immer rechtzeitig Wind von den geplanten Razzien und die Polizei erwischte nur die langsamsten und am wenigsten seetüchtigen Boote. Die übrigen lichteten den Anker und flohen, wobei sie sich wie Löwenzahnsamen verteilten und dann in winzigen Gruppen entlang der städtischen Küste vor Anker gingen.

Schließlich, nachdem die Floater die Grundstückspreise in mehreren Stadtgebieten ruiniert hatten, scheuchte die Gemeinde sie nach False Creek zurück, wo man sie wenigstens unter Kontrolle hatte. Die Stammespolizei unternahm jedoch immer noch hin und wieder Razzien und bahnte sich mit ihren Polizeibooten einen Weg durch das Labyrinth der Wege und Boote, und zwar immer dann, wenn scharfes Vorgehen gegen BTL-Chips, illegale Einwanderer oder verbotene Waffen angesagt war, da es all diese Dinge in den False Creek Floats so reichlich gab wie Flöhe im Fell einer Ratte.

Schließlich sah Alma das Boot, das sie suchte: ein ramponiertes Patrouillenboot, ein Surfstar Marine Seacop, dessen Rumpf mit verrosteten Kugellöchern übersät war. Die Löcher mussten von panzerbrechenden Geschossen stammen: Die Metallpanzerung des Boots sah aus, als sei sie mehrere Zentimeter dick. Die Waffen waren aus den Geschützstellungen ausgebaut worden, bevor das Boot zum Verschrotten verkauft worden war, und der gegenwärtige Besitzer hatte sie durch Videokameras ersetzt. Große Flecken aus grauer Grundierung deckten die ursprünglichen Kennzeichen der Küstenpatrouille ab, von der nur noch die schwach hervortretenden Umrisslinien eines stilisierten Killerwals zu sehen waren. Scheinwerfer und Megaphone waren jedoch noch an Ort und Stelle. An einer der Antennen auf dem Oberdeck des Bootes hingen die beiden Flaggen, nach denen Alma Tiger Cat zufolge Ausschau halten sollte: eine Piratenflagge – Schädel und gekreuzte Knochen auf schwarzem Grund – und die rote Flagge mit weißer Diagonale, die besagte, ›Taucher unter Wasser‹.

Alma verzog das Gesicht ob des Wortspiels. Nach Tiger Cats Worten zu schließen, ›tauchte‹ dieser Cyberpirat ausschließlich in den elektronischen Wassern der Matrix. Tiger Cat hatte ihr gesagt, dass der Mann einer der heißesten Hacker in Vancouver sei, aber in Anbetracht der Umgebung kamen Alma ernsthafte Bedenken.

Als sie auf den Steg bog, der zu dem Boot führte, schwenkten die Bordkameras, sodass sie ihren Bewegungen folgen konnten. Gleichzeitig trat ein Ork von einem Floß auf den Steg und rollte eines der schweren blauen Plastikfässer, die jeden Zentimeter Deckplatz ausfüllten, auf die knarrenden Bohlen. Dieselöl schwappte aus einer Öffnung im Fass auf den Steg, der von der gemeinschaftlichen Last von Ork und Ölfass unter Wasser gedrückt wurde. Der Ork, der einen vernarbten, rasierten Kopf und so kleine, zusammengekniffene Augen hatte, dass Alma nicht erkennen konnte, ob er Asiat war, drehte sich um und beäugte Alma mit kriegerischem Blick.

»Hast du Landratte hier irgendwas zu erledigen? Oder willst du dir nur mal den Abschaum aus der Nähe ansehen?«

Alma blieb stehen. Der Ork und sein Fass versperrten ihr den Weg, und er hatte eindeutig nicht die Absicht, ihr Platz zu machen. Er stand ein wenig breitbeinig da, als sei er zum Kampf bereit, und ignorierte die Fast-Food-Verpackungen, die sanft gegen seine genagelten Arbeitsstiefel schwappten.

Der Zeitpunkt seines Auftritts war zu perfekt abgepasst, um Zufall zu sein. Es war klar, dass er eine erste Verteidigungslinie darstellte, um unerwünschte Besucher noch vor dem Boot aufzuhalten. Alma hatte den Kommlink in seinem Ohr und die leichte Vertiefung in seinem Hals, wo ein nicht sonderlich fähiger Chirurg ein Kehlkopfmikrofon implantiert hatte, bereits bemerkt. Die Kameras auf dem Patrouillenboot waren nur eine zusätzliche Vorkehrung. Dieser Ork war Augen und Ohren – und Muskeln – des Computerhackers, den Alma aufsuchen wollte.

»Ich habe etwas mit Bluebeard zu besprochen«, antwortete Alma mit einem Kopfnicken in Richtung des Boots hinter ihm. »Er erwartet mich. Sag ihm, Cybergirl ist da.« Beim Reden fing ihre linke Hand an zu zittern. So beiläufig wie möglich veränderte sie ihre Haltung, sodass die Hand hinter ihrem Rücken verborgen war.

»Ach ja? Na, das kannst du ihm dann ja selbst sagen – nachdem ich dieses Fass umgestellt habe.« Der Ork beugte sich zur Seite, um einen Blick auf ihre verborgene linke Hand zu werfen, und grinste dann. Offenbar dachte er, er habe sie eingeschüchtert. »Und jetzt sieh zu, dass du deinen hübschen kleinen Arsch aus dem Weg schaffst.«

Er hob das Ölfass an der Schlaufe hoch und balancierte mühelos unter seiner Last, obwohl der Steg hin und her schaukelte. Der Blick aus seinen winzigen Augen bohrte sich tief in Almas und verkündete, dass er sie beiseite schieben werde, falls sie versuchte, ihre Position zu behaupten.

Alma erwiderte das Funkeln, denn ihre Reflexbooster glichen das Schaukeln mühelos aus. Jedes Sicherheitssystem hatte sein Protokoll, und wenn sie sich als Shadowrunner ausgeben wollte, musste sie wohl oder übel durch die Reifen springen, die diese Leute hochhielten. Der Umgang mit Tiger Cat – mit dem sie bisher nur über Mobiltelekom Kontakt gehabt hatte – hatte ihr verraten, dass Shadowrunner gern einen Sicherheitsabstand zwischen sich und den Rest der Welt legten. Tiger Cat hatte sie gewarnt, dass Bluebeard sehr scheu sei und sich hinter einer Mauer aus Panzerung und Tech verberge. Alma hatte damit gerechnet, gescannt, gefilmt und chemisch beschnüffelt zu werden, bevor man sie an Bord ließ. Sie hatte nicht damit gerechnet, auch noch Beleidigungen über sich ergehen lassen zu müssen.

Sie hatte nicht die Absicht nachzugeben – nicht jetzt, da Bluebeards Kameras auf sie gerichtet waren und der Regen beständig ihre Jacke durchweichte. Sie hatte den Verdacht, dass die Streitlust des Orks eine Prüfung war.

Sie mochte Prüfungen.

Alma hatte bereits die Nachgiebigkeit der schwimmenden Bohlen unter sich und entlang des Stegs hinter dem Ork überschlagen. Plötzlich ging sie in die Hocke und sprang dann hoch in die Luft. Sie landete – nur für einen Sekundenbruchteil – im Handstand auf den Schultern des Orks und nutzte den Schwung aus, um den Überschlag zu vollenden und leichtfüßig hinter ihm auf dem Steg zu landen, die Knie gebeugt, um das heftige Schaukeln auszugleichen, das ihr Sprung und ihre Landung verursacht hatten. Sie hörte einen Fluch und ein Klatschen hinter sich, als der Ork, sowohl durch das Ölfass als auch durch die zusätzliche Last auf seinen Schultern aus dem Gleichgewicht gebracht, ins Wasser fiel. Er tauchte prustend und um sich schlagend neben dem schwankenden Fass auf, das Gesicht mit Dieselöl bedeckt.

»Verdammte Landratte!«, bellte er, während er sich bemühte, den schwankenden Steg mit seinen vom Öl glitschigen Händen zu fassen zu bekommen. »Dafür halte ich dein Gesicht in eine Schiffsschraube!«

Ein Kichern drang aus einem der Lautsprecher auf dem Patrouillenboot und dann meldete sich eine Männerstimme zu Wort: *Lass sie in Ruhe, Stoker. Sie hat Recht. Ich erwarte sie.*

Einen Augenblick später schnappten Almas Cyberohren das leise Surren eines Elektromotors und das gedämpfte Klicken sich öffnender Magnetschlösser auf. Am Heck des Bootes senkte sich eine Metallleiter auf den Steg herab.

Willkommen an Bord.

Sie erklomm die Leiter und stieg über die Reling auf das kleine Achterdeck des Boots, in dem sich eine Luke hydraulisch öffnete, als sie darauf zuging.

Alma stieg eine Leiter herab und fand sich in einem Raum wieder, der wie eine elektronische Reparaturwerkstatt mit düsterer Beleuchtung aussah. Sie musste die Lichtverstärker in ihren Cyberaugen zuschalten, um etwas erkennen zu können. Das einzige Licht fiel durch die Luke über ihr, die sich wieder schloss, oder wurde von roten Anzeigelämpchen erzeugt. Das Patrouillenboot war innen vollständig ausgeräumt worden, und man hatte sogar die Trennwände entfernt, um einen einzigen großen Raum zu schaffen. Billige, an die Wand geschraubte Metallregale enthielten elektronische Bauteile aller Art, und unzählige Werkzeuge baumelten an Spiralkabeln von der Decke. Federnd am Boden befestigte Tische wackelten sanft, da das Boot hin und her schaukelte. Darauf war eine Fülle von Computerausrüstung ausgebreitet, doch kein einziger Bildschirm war zu sehen.

Ein unglaublich fetter Ork saß in der Mitte des Raums auf einem Ruhesessel mit Rollen anstatt Füßen. Glasfaserkabel steckten in den Datenbuchsen in seiner Schläfe und in Anschlüssen in den Seiten seines Kopfes, wo sich früher einmal seine Ohren befunden haben mussten. Er war Asiat mit schwarzen Haaren, die ihm allmählich auszugehen schienen, und voll vercyberten Augen mit silbernen Pupillen. Ein Spitzbart fiel über den nackten Bauch bis hinunter zum Saum des verblichenen Sarong, der sein einziges Kleidungsstück war. Im Geiste schüttelte Alma den Kopf über sein schlampiges Erscheinungsbild. Tiger Cat hatte ihr versichert, dass dieser Bursche einer von Vancouvers besten Matrix-Spezialisten war, aber der Mann hatte nicht einen Funken Professionalismus an sich. Er hätte sich für dieses Zusammentreffen wenigstens ein Hemd überziehen können.

Widerwillig trat Alma einen Schritt vor und rümpfte in Erwartung des Kommenden die Nase. Doch trotz des Umfangs des Mannes – er sah aus, als verlasse er den Sessel nur ganz selten – stank er nicht so schal, wie Alma erwartet hatte. Der Geruch nach Massageöl lag in der Luft, und Alma fragte sich, ob der Hacker eine Masseurin hatte, die seine Muskeln knetete und für eine anständige Durchblutung seines Körpers sorgte, während sein Geist in der Matrix weilte.

»Das ist nah genug«, sagte er.

Bluebeard saß so, dass sein Sessel teilweise von Alma abgewandt war, die Hände auf dem Bauch verschränkt, der so massig wie der einer Buddhastatue war. Er machte sich nicht die Mühe, sich beim Sprechen zu ihr umzudrehen, und seine Augen schienen ins Leere zu starren. Alma hatte den Verdacht, dass er sie unter Benutzung der überall im Boot angebrachten Videokameras beobachtete.

Alma verbeugte sich in die Richtung der nächsten Videokamera. »Danke, dass Sie zu einem persönlichen Treffen bereit waren.«

Er grunzte und winkte ruckartig. »Tiger Cat kann ziemlich überzeugend sein. Er sagte, ein Treffen mit Ihnen würde sich für mich lohnen. Was für Daten suchen Sie?«

»Ich bin an jemandem interessiert – an einem Mann namens Akira Kageyama. Ich muss mich mit seinen Gewohnheiten vertraut machen, um herauszufinden, wo ich mich ihm nähern kann. Mein Johnson will ihn extrahiert haben – bis morgen um Mitternacht.«

Bluebeards Augenbrauen ruckten kurz nach oben. »Ohne Ausgangspunkt ist das eine ziemlich üppige Bestellung.«

»Ich habe einen Ausgangspunkt.« Alma griff in ihre Jackentasche und zückte einen Kredstab und die Geschäftskarte, die Ajax ihr gestern gegeben hatte. »Ich habe einige... Verbindungen... zur Sicherheitsindustrie. Sie haben mir verraten, dass Kageyama früher Leibwächter von Priority One Security beschäftigt hat. Priority One wird eine Akte angelegt haben, in der eine Liste der Orte aufgeführt sein dürfte, die Kageyama bei diesen Gelegenheiten zu welcher Uhrzeit aufgesucht hat.«

Bluebeards Wangen bebten, als er den Kopf schüttelte. »Priority One ist von Knight Errant aufgekauft worden. Wenn ich versuchen soll, mich mit Knight Errants Schwarzem Eis anzulegen, müssen Sie die Bezahlung verdreifachen.«

Alma hob einen leeren Kredstab, dessen Chip bis auf eine Information vollkommen gelöscht war. Diese Information stammte aus Almas eigener medizinischen Akte: ihr genetischer Fingerabdruck. Sie wusste, dass Priority One dieselbe Erkennungsprozedur anwandte wie PCI und eine zufällige Probe der hunderttausend Gene im menschlichen Genom entnehmen und nach einer hundertprozentigen Übereinstimmung suchen würde. Das dreiundzwanzigste Chromosomenpaar wurde dabei typischerweise übersprungen, weil das kleinere Y-Chromosom, das man in Männern fand, so wenig genetische Informationen enthielt. Das bedeutete, das der einzige Unterschied zwischen Almas und Ajax' genetischem Fingerabdruck, ein XX anstelle eines XY-Chromosomenpaars, unter den Tisch fallen würde.

»Ich habe eine Möglichkeit, Priority Ones Matrix-Sicherheit zu umgehen: mit diesem Schlüssel zu einer Hintertür, die in ihr Netz führt«, erklärte sie. »Aus diesem Grund habe ich auch darauf bestanden, persönlich hierher zu kommen. Dieser Kredstab enthält den genetischen Fingerabdruck eines Angestellten von Priority One namens Ajax Penzler. Ich weiß nicht, welche Freigaben er in dem System hat, aber unter Benutzung seiner Identität sollte es Ihnen gelingen, in das Erstellungssystem für die Arbeitspläne der Angestellten einzudringen. Vielleicht war Penzler nicht als Leibwächter für Kageyama eingeteilt, aber dann war es eben jemand anders von Priority One.«

Bluebeards Lippen verzogen sich zu einem Lächeln. Alma wusste ganz genau, was er dachte: dass sie dabei war, ihm den Hauptschlüssel für Priority One und sogar eine mögliche Eintrittskarte für Knight Errant auszuhändigen. Natürlich wusste er nicht, dass der Kredstab ein Programm enthielt, das den gesamten Chip nach einmaligem Heraufladen seiner Daten löschen würde. Priority Ones Sicherheit würde nur kompromittiert sein, bis Bluebeard das System der Firma wieder verließ – was er tun musste, um Alma mitzuteilen, was er herausgefunden hatte.

Bluebeard beugte sich langsam vor, wobei er mehrfach innehielt, um sein Gleichgewicht nicht zu verlieren, und nahm ihr den Kredstab und die Visitenkarte aus der Hand. Alma ließ die Karte nur widerwillig los. Sie hatte gerade erst Verbindung mit Ajax aufgenommen und für sie kam er einer Familie noch am nächsten. Und jetzt war sie hier und tat ihm dasselbe an, was die Entführerin von Graues Eichhörnchen ihr angetan hatte. Sie konnte nicht einmal altruistische Gründe geltend machen: Sie benutzte Ajax, um ihren Ruf und ihren Job zu retten.

Das Ironische daran war, dass sie auch im Erfolgsfall nie wieder auf dem Feld der Sicherheit arbeiten würde. Abgesehen von Aaron, Aella und Akiko, die entweder tot oder dem Tode nah waren – und Ajax, dem Alma vertraute –, gab es außer ihr noch sieben andere Superkids dort draußen. Drei von diesen sieben waren Frauen, deren genetischer Code mit Almas nahezu identisch war. Ihr war immer klar gewesen, dass es mögliche Sicherheitsrisiken gab, aber nachdem die Verbindung zu ihnen vor so vielen Jahren gerissen war, hatte sie bezweifelt, dass sich ihre Wege je wieder kreuzen würden. Dennoch war es fahrlässig gewesen, Hu bei ihrer Einstellung nicht alle Einzelheiten mitgeteilt zu haben. Er hatte ihren Hintergrund als normalen Bestandteil ihrer Bewerbung überprüft und erfahren, dass sie ein Superkid war. Er wusste, dass sie im Zuge eines experimentellen Programms in einem sehr frühen Alter bionisch verstärkt worden war, hatte aber keine Ahnung, dass man das genetische Material der Superkids so verändert hatte, dass es praktisch identisch war.

Bluebeard hatte bereits sowohl den Kredstab als auch die Visitenkarte mit dem automatischen Anrufprogramm in ein Cyberdeck auf dem Tisch vor sich geschoben. Sein Körper sank wie Teig in sich zusammen, und seine Augen schlossen sich flatternd, da er sich Zugang zur Matrix verschaffte. Sechs Minuten und vierzehn Sekunden später öffneten sich seine Augen wieder.

»Heute ist Ihr Glückstag«, sagte Bluebeard. »Akira Kageyama besucht zwei Mal im Jahr eine Cyberklinik in der Woodwards Arcologie namens Executive Body

Enhancements und hat dort morgen um zehn Uhr früh einen Termin. Ein Leibwächter von Priority One Security hat den Auftrag, ihn bis zur Klinik zu eskortieren, aber er hat auch Anweisungen, Kageyama nicht in die eigentliche Klinik zu begleiten. Das ist Ihre Gelegenheit.«

Alma runzelte die Stirn. »Das ist ein ernsthaftes Loch in den Sicherheitsvorkehrungen. Die übliche Vorgehensweise ist die, vor der Tür des Untersuchungsraums zu warten.«

Alma hörte die Linse der Kamera, die ihr am nächsten war, näher heranzoomen, und ihr ging auf, dass sie soeben größere Kenntnisse in Bezug auf die Verfahrensweisen auf dem Gebiet der Sicherheit hatte erkennen lassen, als sie eigentlich hätte haben dürfen.

»Das hat mir auch zu denken gegeben«, sagte er. »Also habe ich noch etwas herumgeschnüffelt – deshalb hat es auch so lange gedauert. Das Eis auf den Patientenakten der Klinik ist ziemlich dick, aber ich konnte es schmelzen und einen Blick auf Kageyamas Akte werfen. Er hat nur eine einzige kybernetische Verstärkung, aber die ist dafür desto seltsamer. Es handelt sich um die kleinen Finger beider Hände, ein rein kosmetischer Job. Die Finger haben keinen Kontakt mit seinem Nervensystem. Sie sind nicht einmal mit Muskelgewebe verbunden. Sie funktionieren unabhängig und empfangen ihre Befehle von den anderen Fingern der betreffenden Hand, denen sie jeweils untergeordnet sind – und sie sind batteriegetrieben. Kageyama muss die Klinik zwei Mal im Jahr aufsuchen, um Feineinstellungen vornehmen und die Batterien auswechseln zu lassen.«

»Steht in seinen medizinischen Unterlagen auch, wie er seine beiden kleinen Finger verloren hat?«, fragte Alma, obwohl sie so eine Ahnung hatte, als wüsste sie die Antwort bereits. In der japanischen Yakuza entschuldigten sich Untergebene, die schwerwiegende Fehler begingen, bei ihren Vorgesetzten, indem sie sich rituell das letzte Glied des kleinen Fingers abtrennten. Kageyama stammte ursprünglich aus Japan. Allem Anschein nach war er ein gesetzestreuer Bewohner Vancouvers. Alma fragte sich, ob es in seiner Vergangenheit Verbindungen zum organisierten Verbrechen gab – wenn das der Grund dafür war, warum jemand ihn extrahieren wollte.

Bluebeard schien auf derselben Wellenlänge zu sein. »Wenn Kageyama früher zu den Yaks gehört hat, war er jedenfalls ein ziemlicher Stümper«, sagte er mit einem Glucksen. »Beide kleinen Finger sind vollständig weg. Aber wir reden hier nicht über Selbstverstümmlung. Den Unterlagen des Klinikarztes zufolge ist es ein genetischer Defekt, ein Geburtsfehler.«

Alma dachte darüber nach. »Warum kosmetische Kybernetik?«, fragte sie. »Warum die Finger nicht einfach fest an sein Nervensystem anbinden?«

»Er muss ein Erwachter sein«, antwortete Bluebeard. »Ihre Zielperson hat wahrscheinlich magische Fähigkeiten. Das wird keine leichte Extrahierung für Sie.«

Er entnahm seinem Deck einen Speicherchip und hielt ihn Alma hin. »Ich habe ein paar Ausschnitte aus Nachrichtensendungen für Sie kopiert, in denen es um Kageyama geht. Die können Sie sich später ansehen«, sagte er. »Ich glaube, Sie werden sie ziemlich interessant finden.«

Alma hörte nur mit halbem Ohr zu, als sie den Chip nahm. Sie wurde das Gefühl nicht los, dass Kageyama Verbindungen zum organisierten Verbrechen hatte. Die Frau, die sie angeworben hatte, war keine Japanerin, sondern Koreanerin, hatte aber das arrogante Selbstvertrauen von jemandem gehabt, der im Rudel jagte.

Das war es.

»Sie müssen in der Matrix noch etwas für mich finden«, sagte Alma. »Diesmal geht es um eine bestimmte

Tätowierung: ein schwarzer Wolfskopf mit einem weißen asiatischen – wahrscheinlich koreanischen – Buchstaben darüber. Ich nehme an, sie ist das Kennzeichen einer Gang. Ich will wissen, von welcher.«

»Das dürfte kein Problem sein«, sagte Bluebeard. »Die über alle Staaten der NAN übergreifende Polizeieinheit hat detaillierte Unterlagen über das organisierte Verbrechen.«

Kurz darauf sank sein Körper wieder in sich zusammen.

Während Alma wartete und sich fragte, wie Bluebeard sich Zugang zu einem gesicherten Polizeigitter verschaffte, fing ihre linke Hand an zu zittern. Bevor er ihr durch die Finger gleiten konnte, verstaute sie den Chip, den Bluebeard ihr gegeben hatte, in einer Tasche. Was mit ihr auch nicht stimmen mochte, es wurde schlimmer. Die Anfälle traten immer noch nur zwei oder drei Mal am Tag auf, aber wenn sie es taten, war es wie bei einem Erdbeben mit Nachbeben, und anschließend fühlte sie sich immer schwach und benommen. Bevor Alma jedoch die Dauer dieses Anfalls stoppen konnte, war Bluebeard wieder da.

»Die Wolfskopf-Tätowierung gehört zu den Initiationsriten eines Seoulpa-Rings mit Hauptquartier in Seattle: dem Komun'go. Es gibt einen Haufen Daten darüber, aber die meisten sind ziemlich nichtssagend. Ich nenne Ihnen hier nur die Highlights: Die Gang hat nur einen Stützpunkt in Nordamerika. Das Hauptquartier befindet sich in Korea, und dort gibt es auch einen schattenhaften Puppenspieler, der an den Fäden zieht. Schattengerüchte besagen, dass der Oberbonze ein bewusst denkendes paranormales Wesen ist, obwohl man sich nicht darüber einig zu sein scheint, ob es sich um einen Vampir oder einen Drachen handelt. Es könnte auch Konzern-Verbindungen geben. Laut Einwanderungsbehörde von Salish-Shidhe wurde vor fünf Monaten ein Mitglied der Komun'go-Gang in Vancouver verhaftet. Dieser Mann benutzte bei seiner Verhaftung eine falsche Reiseerlaubnis, die ihn als Angestellten der Eastern Tiger Corporation auswies. Der Konzern behauptete, die Papiere seien gestohlen worden, aber es scheint eine besondere Verbindung zwischen ihm und dem Komun'go zu geben: Seine Seattler Niederlassung ist die einzige koreanische Firma, die kein Schutzgeld an den Komun'go bezahlen muss.«

Alma verdaute diese Informationen erst einmal. Sie hatte noch Zugang zu allen in ihrer Headware gespeicherten Daten über andere Konzerne. Hu hatte nichts gelöscht, was nicht direkt mit PCI zu tun hatte. Eastern Tiger, ein bekanntes Mitglied der Pacific Prosperity Group, konzentrierte sich auf Schwerindustrie und petrochemische Verfahren – Gebiete, die von Akira Kageyamas Betätigungsfeld, Banken und Investment, sehr weit entfernt waren. Was wollten sie von Kageyama?

Plötzlich ging Alma auf, dass sie immer noch wie ein Sicherheitsprofi dachte und nicht wie ein Shadowrunner. Ihre Aufgabe bestand nicht darin herauszufinden, wer Kageyama aus welchem Grund extrahieren wollte – sie brauchte nur die Extrahierung auszuführen.

Bluebeard rutschte auf seinem Sessel herum. Offenbar wartete er voller Ungeduld darauf, dass Alma ging, doch sie war noch nicht fertig.

»Nur noch eine Sache«, sagte sie zu ihm. »Sie müssen noch einmal in das System der Cyberklinik eindringen und mir einen Termin buchen – unmittelbar vor Kageyamas Termin, wenn möglich. Können Sie das?«

»Natürlich«, schnaubte Bluebeard verächtlich, als sei der Job, um den sie ihn gebeten hatte, so leicht, wie Daten in einen persönlichen Terminkalender zu notieren. »Unter welchem Namen soll ich Sie eintragen?«

»Jane Lee«, nannte sie ihm eine Identität, die sie vor mehreren Monaten im Zuge einer Routineüberwachung benutzt hatte. Sie hatte immer noch einen gültigen Ausweis für die fiktive Jane Lee – er gehörte zu den Dingen, die Hu beim Ausräumen ihrer Wohnung übersehen hatte.

Bluebeard nickte. »Und welchen Grund soll ich für Ihren Klinikbesuch anführen?«

Alma hob die linke Hand, die ein wenig bebte. »Schläfenlappen-Epilepsie.«

Bluebeard starrte wie verzaubert auf ihre Hand. »Sehr überzeugend«, sagte er. »Ich bin sicher, die Cyberdocs werden es glauben.«

Sein Blick begegnete dem ihren für einen kurzen Moment und dann fügte er hinzu: »Gibt Tiger Cat Ihnen einen anständigen Anteil vom Erlös dieses Runs?«

Alma war nicht sicher, warum er fragte, aber sie nickte.

»Gut«, sagte Bluebeard. »Weil Sie das Geld brauchen werden. Operationen dieser Art sind nicht billig.«

»Aber ich…«

»Ich hatte Sie groß im Bild, als Sie mit Stoker geredet haben, und da hat Ihre Hand gezittert«, sagte Bluebeard. »Das macht zwei Mal in weniger als einer Stunde. Ich bin kein Cyberdoc, aber ich kenne ein paar Leute mit SLE – ich hatte früher selbst mal Reflexbooster. Meiner Schätzung nach haben Sie noch eine Woche, höchstens zwei, bevor sich Ihr gesamtes Nervensystem kurzschließt. Wenn Sie morgen bei diesem Cyberdoc sind, sprechen Sie ihn besser darauf an. Sie brauchen eine Operation, und zwar bald.«

Alma spürte jähen Zorn in sich aufsteigen. Wer war dieser… dieser Shadowrunner, ausgerechnet, ihr zu sagen, was sie tun sollte? Ihre Cyberware war keine Dutzendware von der Straße. Sie war Spitzentechnologie, das Beste, was man für Geld und gute Worte kaufen konnte.

Bluebeard nannte Alma den Zeitpunkt ihres Termins

und den Namen des Arztes, der sie empfangen würde, und sank dann wieder auf seinem Sessel zusammen. Sein Körper war da, aber sein Geist hatte sich in die Welt der Matrix verabschiedet.

Die Magnetschlösser in der Dachluke öffneten sich klickend und ein dünner Strahl grauen Lichts fiel in den Raum. Alma wurde klar, dass ihr Treffen mit Bluebeard beendet war. Es wurde Zeit für sie zu gehen.

Dankbar, dass ihre Hand endlich zu zittern aufgehört hatte, wandte Alma sich ab und erklomm die Leiter, die nach draußen führte. Als der Regen auf ihre Schultern prasselte, bemerkte sie, wie kalt es war, und fing an zu zittern. Ihre Reflexbooster nahmen das zum Anlass, ihre Muskeln automatisch zu stimulieren, bis sie wieder warm waren, aber das Gefühl, welches das Zittern ausgelöst hatte, blieb.

Sie versuchte sich einzureden, dass Bluebeard Shadowrunner war und kein Cyberdoc. Was wusste er schon über SLE? Sobald Alma die Frau, die sie reingelegt hatte, aufgespürt und Mr. Lali ihre Unschuld bewiesen hatte, würde sie sich von den PCI-Ärzten gründlich untersuchen und wenn nötig auch operieren lassen.

Doch ein furchtbarer Gedanke ließ ihr keine Ruhe: Was, wenn Bluebeard Recht mit seiner Vorhersage hatte, die SLE werde in ein oder zwei Wochen so weit fortgeschritten sein, dass sich ihr Nervensystem kurzschloss? Er hatte gesagt, er hätte früher einmal selbst Reflexbooster gehabt – und das Entscheidende daran war die Vergangenheitsform: Er hatte welche gehabt. Seine ruckartigen Bewegungen und sein Mangel an Beweglichkeit liefen alle auf dasselbe hinaus: auf ein SLE-geschädigtes Hirn.

Alma hatte das niederschmetternde Gefühl, dass ihr nicht mehr viel Zeit blieb.

Konflikt

Night Owl schlenderte an der einen Block langen Schlange der Leute vorbei, die ungeduldig vor dem Nachtclub ausharrten. Die meisten der Wartenden, die sich zum Schutz vor dem Regen unter den Markisen untergestellt hatten, waren von knapp unter zwanzig bis Anfang dreißig, aber es gab auch eine Hand voll älterer Hoffnungsvoller. Alle hatten sich in eine Montur gezwängt, von der sie glaubten, sie werde sie in den Nachtclub bringen: cooles schwarzes Leder mit verchromten Stacheln, Umhänge mit Knöpfen in der Form von Ziermünzen, Reifröcke aus Leuchtröhren, LoGo-Klamotten, auf deren Brust wie auf einer Reklametafel Konzern-Logos prangten, und Anzüge aus Goldfolie. Manche stellten Cyberware zur Schau, aber die meisten waren unvercybert und hatten ihre beinahe nackten Leiber mit falschen magischen Foki behängt oder mit ›mystischen‹ Sigillen tätowiert. Sie rangen um ihre Position in der Warteschlange, und alle Augen richteten sich jedes Mal auf die Tür, wenn sie sich mit einem Schwall von Lärm und Musik öffnete. Nicht viele Leute verließen den Club. Auch um drei Uhr morgens herrschte immer noch Hochbetrieb.

Der Club befand sich in einem dreistöckigen Lagerhaus auf der Ostseite der Stadt, das mit dichtem, sorgfältig gehegtem Efeu bewachsen war. Die Clubbesitzer wollten nicht, dass sich jemand in das Lokal schlich. Die Türen waren mit Schutzvorrichtungen gesichert und ließen nur solche astrale Besucher ein, die das Eintrittsgeld im Voraus bezahlt hatten.

Der Rausschmeißer war eine kaukasische Trollfrau, deren gewundene Widder-Hörner den Rahmen der Tür streiften, in der sie stand. Ihr eisengraues Haar war stoppelkurz geschnitten. Ihre beiden unteren Hauer waren mit Gold überkront und die Fingernägel ihrer riesigen Hände waren ebenfalls vergoldet. Sie trug Jeans, Cowboystiefel mit Sporen und ein langärmeliges schwarzes T-Shirt mit den Worten MAGIC BOX auf jedem Arm. Die Buchstaben änderten ständig die Farbe und sprühten Funken. Eine klobige Faust steckte in einem Schockhandschuh. Mit der anderen Hand hielt sie die rote Samtkordel vor der Tür fest, während sie die Menge beäugte.

»Hoi, Tatyana«, begrüßte Night Owl sie. »Ziemlich was los heute Nacht.«

Tatyana grinste und winkte Night Owl aus dem Regen heraus. »Ist lange her«, grollte sie. »Fast hätte ich dich gar nicht erkannt – das Make-up sieht gut aus. Bist du geschäftlich hier?«

»Nicht heute Nacht.« Night Owl fuhr sich durch ihre nassen Haare und strich sie sich aus den Augen. »Ich bin nur hier, um mich zu entspannen und ein paar Kreds auszugeben.«

Donner grollte am wolkenverhangenen Himmel über den Häusern und der Regen wurde stärker. Night Owl hörte ein heiseres Krähen, als sie in den Schutz des Eingangs trat – wahrscheinlich war es eine der verdammten Sturmkrähen, über die Hothead sich ausgelassen hatte. Sie warf einen nervösen Blick über die Schulter. Sie hatte genug von ›bösen Gottheiten‹ und wollte keinen Drachen mehr über den Weg laufen.

Nun, da der Regen stärker wurde, zog sich die Menge vor der Tür ein wenig zurück, um den Tropfen auszuweichen, die vom Gehsteig aufspritzten. Das Pärchen, das den Abschluss der Schlange bildete, gab auf und lief los, um ein Taxi anzuhalten.

»Willst du rein?«, fragte Tatyana.

»Sicher.« Night Owl warf einen Blick zurück auf die Leute in der Schlange, sah aber keine feindlich gesinnten. »Ich versuche den Kopf unten zu halten – der Rote Lotus ist hinter mir her. Sind welche von denen im Club?«

Tatyana schüttelte den Kopf. »Der Rote Lotus hängt normalerweise im Triple Eight rum. Aber wenn einer von ihnen auftaucht, geb ich dir Bescheid.«

»Danke.«

Tatyana löste die Samtkordel und trat zur Seite. Night Owl schlenderte durch die Tür und kicherte vor sich hin, als sie hörte, wie die Trollfrau sie ungeachtet der Proteste der Anstehenden wieder schloss. Tatyana war nicht der hellste Trog auf diesem Planeten, aber sie war Night Owl etwas schuldig und das bedeutete, dass sie heute Abend besonders wachsam sein würde.

Night Owl erklomm eine kurze Treppe zu einem Raum, der wie das Innere eines ägyptischen Grabmals gestaltet war. Hieroglyphen rahmten die Innentür des Clubs ein, die mit einem Illusionszauber versehen war, der sie wie einen Samtvorhang aussehen ließ. Tatsächlich bestand die Tür aus Panzerstahl, wie mehr als ein überdrehter Chiphead hatte herausfinden müssen, nachdem er versucht hatte, sich am zweiten Rausschmeißer vorbeizustehlen und durch den ›Vorhang‹ zu laufen. Die dahinter pulsierende Musik wurde durch die massive Tür nur unwesentlich gedämpft.

Der zweite Rausschmeißer war ein junger Schamane in einer hautengen schwarzen Vinylhose mit einer vielsagenden Ausbuchtung vorn. Eine Schlangenhaut war wie eine Krawatte um den Hals gebunden und der augenlose Schlangenkopf lag schlaff auf seiner nackten Brust. Sein Skalp war bis auf eine Pony-Strähne pechschwarzer Haare kahl rasiert, die er mit einem nervösen Kopfrucken in den Nacken warf. Er winkte Night Owl zu sich.

Night Owl blieb ruhig stehen, als der Schamane die Hände auf die Höhe ihrer Schultern hob, die Innenseiten zu ihr gewandt. Er ließ sich langsam auf die Knie sinken, bis die Hände auf Höhe ihrer Füße angelangt waren. Night Owls Haut kribbelte, als züngelten unsichtbare Schlangenzungen darüber, und dann verschwand das Gefühl, als der Schamane sich erhob und fordernd eine schlanke Hand ausstreckte.

»Du musst die Kanone abgeben.«

Night Owl griff unter ihren wasserfesten Duster und zog den Ares Predator aus dem Rückenhalfter. Sie vergewisserte sich, dass die Waffe gesichert war, und reichte sie dem Schamanen. Er steckte die Hand in die Wand zu seiner Rechten und die Kanone und sein Arm verschwanden bis zum Ellbogen darin. Die Hand kam mit einer Marke wieder heraus. Night Owl nahm die Marke und wandte sich der Vorhang-Tür zu.

Der Schamane glitt vor sie und versperrte ihr den Weg. »Außerdem musst du den Shuriken abgeben.«

Night Owl grinste entschuldigend, aber der Schamane verzog keine Miene. Der an ihren Duster geheftete Wurfstern war getarnt, sodass er wie eine Sternbrosche aussah. Sie trug ihn schon so lange, dass sie beinahe vergessen hatte, dass es sich dabei um mehr als ein Schmuckstück handelte. Aber das Betäubungsmittel in der ausgehöhlten Mitte des Sterns und der Wahrnehmungszauber des Schamanen musste auf die in seinen Armen verborgenen Nadeln angesprochen haben.

»Kann ich auch den Mantel abgeben?«, fragte sie.

Der Schamane nickte, nahm den Mantel, schob ihn durch die ›Wand‹ und reichte Night Owl noch eine Marke.

Dann zog der Schamane den Samtvorhang beiseite und enthüllte ein in die Tür eingebautes Überweisungsgerät. Night Owl schob einen Kredstab hinein – einen sauberen, auf den sie Kageyamas Kreds übertragen hatte, falls derjenige, den er ihr gegeben hatte, einen Spürer enthielt – und sah, wie sich das Guthaben auf dem Stab um hundert Nuyen verringerte. Dann schwang die Tür auf, und Night Owl wurde von einer Welle ohrenbetäubender Musik verschlungen, während sie den brechend vollen Laufsteg betrat, der die gesamte zentrale Tanzfläche umgab.

Das Magic Box war kaum mehr als ein leeres Lagerhaus mit schwarz gestrichenen Wänden und Decken. Es gab keine Tische oder Stühle, nur eine Reihe Pfeiler, etwa schulterhoch und mit eingravierten Pentagrammen. Magier und Schamanen – sowohl professionelle Magie-Jockeys als auch Amateurzauberer – saßen oder standen auf diesen Plattformen und wirkten ihre Zauber auf die Tanzfläche. Ihr Ziel war die Menge, die sich darauf tummelte: Menschen und Metas, Schulter an Schulter, die im Rhythmus der Mood Muzak schwankten, einem markerschütternden Chaos aus Ultraschallvibrationen, Stammestrommeln und Gongs.

Illusionszauber erfüllten die Luft über der Menge in einem wirren Durcheinander: explodierendes Feuerwerk, fauchende Drachenköpfe, Neon-Schmetterlinge und durch die Luft sausende Kometen mit hallenden Musikklängen in ihrem Kielwasser. Doch die Menge kam wegen der emotionalen Manipulationszauber hierher. Sie erwartete einen Gefühlstrip aus höchsten Höhen in tiefste Tiefen und wieder zurück. Inmitten der Bildervielfalt erhob sich jetzt die Illusion von einem gekreuzigten Jesus empor, die sich rasend schnell im Kreis zu drehen begann und die Menge unter sich mit Blut besprühte. Die von den Blutstropfen getroffenen verfielen augenblicklich in einen religiösen Wahn und sanken weinend auf die Knie. Anderswo auf der Tanzfläche lachten die Leute, duckten sich vor Angst, barsten vor sexueller Erregung oder sprangen auf und ab und schrien und brüllten wie die Fans von Combatbiker-Spielen, da die gefühlsveränderndern Zauber wie Wellen über sie hinwegbrandeten und sie keuchend zurückließen.

Night Owl nickte unmerklich, als der sich im Kreis drehende Jesus verblasste. Es musste eine von Miracle Workers Illusionen sein – es hatte den Anschein, als arbeite die ehemalige Shadowrunnerin trotz ihrer Anstellung bei der Kirche immer noch schwarz. Night Owl suchte die Plattformen am Rande der Tanzfläche nach ihrem Chummer ab, hatte aber keine Ahnung, in welche Illusion Miracle Worker sich heute gehüllt hatte. Sie konnte jede der Personen auf den Plattformen sein.

Sie gab das Ratespiel auf und quetschte sich den mit neuen Besuchern vollgestopften Laufsteg entlang, Leute, die noch zu ängstlich waren, um sich in das Chaos der Zauber zu wagen. Sie machte einen Satz zu einer der polierten Messingstangen neben dem Laufsteg, glitt daran zum Boden herunter und tauchte in die Menge ein.

Sie landete neben einem riesigen Sasquatch, der sich zeitlupenhaft im Kreis drehte, die weiß behaarten Arme wie Rotorblätter ausgestreckt, und einem Haufen Zwerge, deren holografische Stirnbänder realistische Bilder indianischer Masken der Westküste projizierten. Der Krummschnabel eines Donnervogels fuhr wie ein geisterhaftes Schwert durch Night Owls Taille, als einer der Zwerge mit dem Kopf zur Seite und wieder zurück zuckte. Eine andere Maske schien ihren Holzmund zu spitzen und wie ein Wolf zu heulen, während der Zwerg, der sie trug, auf allen vieren auf dem Boden herumkroch.

Eine Woge des Gelächters durchlief die Menge und näherte sich Night Owl, und einen Augenblick später krümmte sie sich vor Lachen und hielt sich den Bauch, während ihr die Lachtränen über die Wangen liefen. Der haarige Arm des Sasquatch schlug ihr in magisch hervorgerufener Kameraderie auf den Rücken und dann war die Welle vorbei und ließ sie beide nach Luft schnappend zurück. Night Owl streifte den schweren Arm von ihren Schultern und schwankte weiter.

Sie fand sich inmitten einer Gruppe junger Vollblut-Elfen in Vashon-Island-Anzügen wieder, die sich ihre teure Kleidung gegenseitig mit Wasserpistolen bespritzten, welche mit Körpermalfarbe gefüllt waren. Ein Spritzer feuerrote Farbe traf Night Owl in dem Augenblick, als ein illusorischer Sonnenstrahl von der Decke zuckte. Grünes Gras schien unter ihren Füßen aus dem Boden zu schießen. Obwohl sie Stiefel trug, fühlte es sich an, als stehe sie barfuß auf weichem, federndem Gras.

Sofort verschwand ihr Ärger über den Farbspritzer und wich einem warmen, glücklichen Strahlen, das sie wie Sonnenschein erfüllte. Sie umarmte einen der Elfen wie einen lange vermissten Bruder. Der Elf, ein Teenager mit perfekt modellierten Zügen, erwiderte ihr Lächeln und rief etwas auf Salish, das in der pulsierenden Musik unterging. Es spielte keine Rolle, dass sie ihn nicht verstehen konnte. Sie empfand jähe Verbundenheit mit dem Jungen. Außerdem konnte sie die kleinliche Eifersucht jedes Einzelnen, der ihn ansah, wie heißes Wachs auf ihrem nackten Rücken spüren.

Sie nahm sein Gesicht in die Hände. »Es ist nicht unsere Schuld, dass wir perfekt sind«, schrie sie zurück. »Wir haben das Licht der Welt im Jahr der Ratte erblickt – dem Jahr der Laborratte!«

Dann verschwand der Sonnenstrahl. Der Junge wand sein Gesicht aus ihren Händen und aus seinen Augen schossen wütende Blitze. Night Owl wich zurück und sah zu ihrer Überraschung, dass ihre Hände Male auf seinen Wangen hinterlassen hatten. Im gleichen Augenblick durchzuckte die Menge eine Woge der Erregung. Der Elf und seine Freunde jubelten vor Freude und liefen der Welle hinterher. Plötzlich allein, ging Night Owl auf, dass sie ihre eigenen Unsicherheiten projiziert und die Leere eines Fremden mit ihrer eigenen Vergangenheit ausgefüllt hatte.

Sie kämpfte sich durch zum Rand der Tanzfläche und setzte sich mit dem Rücken gegen einen der Pfeiler gelehnt auf den Boden. Hier im Schatten zwischen Pfeiler und Wand, der Laufsteg ein paar Meter über ihr, hielt sie sich vorübergehend abseits des Stroms der Magie auf, der über die Tanzfläche waberte.

Sie sah, dass sie sich auf gleicher Höhe mit einem der astral anwesenden Gäste des Clubs befand. Es handelte sich um einen Geist mit einer körnigen, betonfarbenen Haut und blinzelnden Augen, die aussahen, als seien sie mit einem Ölfilm bedeckt. Der Skalp des Geistes war unter einem bunten Gewirr aus haarfeinen elektrischen Drähten verborgen. Er trug einen Anzug aus weggeworfenen Fastfood-Behältern und Plastiktüten anstelle von Schuhen. Der Geist lächelte Night Owl an und öffnete dann den Mund zu einem perfekten Rechteck, in dem zwei Reihen quadratischer Zähne sichtbar wurden, bei denen es sich um winzige Computerbildschirme handelte.

Worte liefen über die Zähne: JEMAND SUCHT DICH.

Night Owl merkte auf.

»Wer?«

EIN MANN MIT KOMISCHEN AUGEN.

»Warum erzählst du mir das?«

TATYANA HAT MICH GESCHICKT.

Night Owl sprang auf und brachte den Pfeiler zwischen sich und die Tanzfläche. Sie beugte sich vor, um sich die Menge genauer anzusehen, entdeckte aber niemanden, der ihr als Mitglied des Roten Lotus bekannt war. Das wollte jedoch nichts heißen. Der Schamane Wu hatte bereits bewiesen, dass er sich im Schutz eines Unsichtbarkeitszaubers an sie anschleichen konnte, und der Rote Lotus rekrutierte ständig neue Mitglieder aus dem unerschöpflichen Reservoir der Illegalen Vancouvers. Das junge Mädchen in dem flatternden Rock gehörte vielleicht einer Gang an – sie konnte ein Messer in ihrem üppigen Dekollete eingeschmuggelt haben. Oder der alte Bursche, in dessen Bart flexible Leuchtröhren eingeflochten waren und der ständig über die Schulter sah, als befürchte er, jemand könne ihn anspringen. Er war zwar Europäer, konnte aber dennoch ein Mitglied des Roten Lotus sein. Man wusste nie, wer einem eine Kugel in den Rücken jagte...

Hatte der Geist sich bewegt? Night Owl fuhr herum, während ihr rechtes Augenlid wie verrückt zuckte. Ihre linke Hand fuhr in einer vergeblichen Suche nach ihrem Predator zu ihrem leeren Halfter. Dann ging ihr auf, was soeben geschehen war. Als sie sich vorgebeugt hatte, war sie von den Ausläufern einer Paranoia-Welle erwischt worden.

Erst als ihr Herz seinen Schlag von Schnellfeuer auf Einzelschuss verlangsamte, hörte ihr Augenlid endlich auf zu zucken. Sie lehnte sich gegen den Pfeiler, um wieder zu Atem zu kommen. Auch ohne Emotionszauber, die sie mit Adrenalin vollpumpten, ging ihr auf, dass es ein Fehler war, ins Magic Box gekommen zu sein. Sie musste von hier verschwinden, bevor der Mann mit den komischen Augen sie fand. Es sei denn...

Sie betrachtete den Geist, der geduldig neben ihr wartete. Sie ging in die Hocke, damit er sie trotz der ohrenbetäubenden Musik hören konnte, und schrie ihm ins Ohr: »Hat Tatyana den Mann mit den komischen Augen in den Club gelassen?«

Der Geist grinste. JA.

»Gehört er zum Roten Lotus?«

NEIN. TATYANA SAGTE, SIE HÄTTE IHN NOCH NIE ZUVOR GESEHEN.

Night Owl seufzte vor Erleichterung. Tatyana hatte mehrere Jahre lang den Screamin' Mimis angehört und kannte praktisch jedes Gangmitglied der Stadt. Vielleicht hatte Komische Augen gar nicht vor, Night Owl umzulegen. Die Begegnung mit Wu und seinem Drachen-Gebieter vor zwei Nächten hatte sie ziemlich nervös gemacht. Nach allem, was sie wusste, konnte der Bursche auch ein weiterer Johnson mit einem hübschen, fetten Kredstab in der Hand sein.

»Wo ist er?«

Der Geist suchte langsam den Raum ab. ICH SEHE IHN NICHT.

Toll. Night Owl musste den Burschen also selbst finden. Sie bedankte sich bei dem Geist, der wieder im Betonboden verschwand und nur ein paar leere Fastfood-Verpackungen zurückließ, und lehnte sich wieder mit dem Rücken an den Pfeiler, um nicht in den Bannkreis der Zauber zu geraten. Ihre Nachtsichtbrille hing an ihrem Gürtel. Sie setzte sie auf und aktivierte die Fernglas-Funktion. Der naheliegenste Platz, wo man nach jemandem Ausschau halten konnte, war der Laufsteg über ihr. Night Owl wandte langsam den Kopf und hielt nach jemandem Ausschau, welcher der Beschreibung des Geists entsprach.

Sie machte ihr Ziel auf halbem Weg den Laufsteg entlang zu ihrer Linken aus. Ganz ohne Zweifel war das ihr Mann – er hatte die merkwürdigsten Augen, die sie je gesehen hatte: völlig weiß ohne die Andeutung einer Iris oder Pupille. Sie mussten vercybert sein – obwohl es ein Rätsel war, warum er sich nicht für ein naturfarbenes Modell oder auch verspiegelte Linsen entschieden hatte. Das hervorquellende Weiß erinnerte sie an ein hartgekochtes Ei.

Sie musterte sein Profil und zoomte dann näher heran, bis das Blickfeld der Brille vollständig von ihm ausgefüllt wurde.

Komische Augen war Eurasier – keine Überraschung, weil dies die Hälfte von Vancouvers Bevölkerung war – mit einem schmalen Gesicht und einer hohen Stirn mit tiefen Falten. Er schien von Natur aus kahlköpfig zu sein – jedenfalls war nicht einmal eine Andeutung von Stoppeln auf seiner Kopfhaut zu sehen – und war vermutlich Mitte vierzig. Er trug einen weißen Leinenanzug, einen Armanté-Umhang, dessen Fall auf ballistisches Futter schließen ließ, und weiche schwarze Baumwollschuhe, die angesichts des strömenden Regens draußen vermutlich völlig durchweicht waren. Er stand da wie die Terrakottastatue eines alten chinesischen Kriegers, die Arme vor der Brust verschränkt, während seine merkwürdigen weißen Augen die Menge betrachteten. Obwohl die Leute auf dem Laufsteg hin und her wogten, wurde er von niemandem angerempelt. Es war, als projiziere er eine Aura, die jeden davor zurückscheuen ließ, ihn auch nur zu streifen.

Night Owl griff in ihre Tasche, holte eine Parkmünze heraus, warf sie in die Luft und fing sie, ohne hinzusehen. Bei Kopf würde sie sich mit Komische Augen treffen und sich anhören, was er zu sagen hatte. Bei Zahl würde sie verschwinden und den abgefahrenen Wichser abhängen. Während sie den Mann weiterhin durch die Brille betrachtete, fuhr sie mit der Fingerspitze über die Oberseite der Münze. Sie fühlte die eckige Umrisslinie eines Langhauses: Zahl. Zeit für ihren Abgang.

Etwas an dem geheimnisvollen Mann fesselte jedoch ihre Aufmerksamkeit, als sie die Münze wieder in ihre Tasche schob. Sie erhöhte die Vergrößerung, um sich sein Gesicht genauer anzusehen. Die Augen machten sie neugierig – war er blind? Es war merkwürdig, dass er nicht blinzelte. Nicht ein einziges Mal.

Als sein Gesicht ihr Blickfeld ausfüllte, wandte er den Kopf. Obwohl sie über hundert Meter weit von ihm entfernt war, lief es Night Owl kalt über den Rücken, als sich ihrer beider Blicke trafen. Sie wusste zwar nicht, wohin diese leeren weißen Augen starrten, aber sie war sicher, dass er sie gesehen hatte. Sie hatte ein Gefühl, als seien ihre Eingeweide plötzlich mit Eiswasser gefüllt.

Eine Illusion leuchtete zwischen ihnen in der Luft auf und überflutete die Brille mit einem strahlenden blauweißen Licht, vor dem Night Owl unwillkürlich die Augen schloss. Als sie sich die Brille herunterriss, sah sie, dass einer der Magier die Illusion eines wallenden Rauchpilzes gewirkt hatte, der jetzt über der Tanzfläche hing. Surround-Sound-Lautsprecher verbreiteten ein Tosen, das Night Owl durch Mark und Bein ging, bis sie kaum noch Luft bekam. Als der Rauchpilz sich Sekunden später auflöste, war der Mann mit den leeren weißen Augen nicht mehr auf dem Laufsteg.

Night Owl lief zur Wendeltreppe in einer Ecke der Halle, wobei sie immer noch die vor ihren Augen tanzenden Punkte wegzublinzeln versuchte. Die kurze Nahansicht von Komische Augen hatte ihr einen ziemlichen Schreck eingejagt. Sie hätte selbst dann nichts mehr mit ihm zu tun haben wollen, wenn die Münze Kopf angezeigt hätte. Jedenfalls wollte sie diesem Wichser nicht hier im Club von Angesicht zu Angesicht gegenübertreten, ohne das beruhigende Gewicht ihres Ares Predator im Halfter.

Auf der Treppe nahm sie zwei Stufen auf einmal und zwängte sich an einer langsameren Gruppe atemlos kichernder Gäste vorbei. Auf dem Laufsteg angelangt, lief sie sofort los. Der Ausgang war direkt vor ihr.

Dasselbe galt für Komische Augen. Er stand lediglich vor dem Ausgang, eine Hand zu ihr ausgestreckt, die Innenseite nach oben, als erwarte er, dass sie seine Hand nahm. Night Owl blieb stehen und stellte fest, dass sie wie gebannt von seinen leeren weißen Augen war, die sie gleichzeitig abstießen und anzogen. Sie wich langsam zurück, konnte den Blick aber nicht von jenen vorquellenden weißen Augäpfeln abwenden. Seine Finger zuckten – einmal, ungeduldig – und eine Stimme flüsterte in ihrem Kopf: *Komm mit mir.*

Wie ein schlafwandelndes Kind trat Night Owl vor, nahm seine Hand und ließ sich von ihm hinausführen. Eine weit entfernte innere Stimme schrie protestierend auf, aber der Zauber, mit dem er sie beeinflusste, war zu stark, um sich ihm widersetzen zu können. Als sie durch den Raum am Ende der Treppe gingen, zwang Night Owl sich zu einer Drehung des Kopfes und warf dem Schamanen mit der Schlangenhaut einen flehentlichen Blick zu. Die Anstrengung beraubte sie ihrer ganzen Kraft. Es war fast unmöglich, ihren Körper zu etwas anderem zu veranlassen, als Komische Augen zu folgen. Worte schienen sich aus ihrem Mund zu quetschen, und Schweißperlen traten ihr auf die Stirn, als sie eine Hand in ihre Tasche zwang und eine Marke herausholte.

»Mein... Mantel.«

Komische Augen hielt inne, da er offenbar den Eindruck aufrecht erhalten wollte, dass Night Owl ihn freiwillig begleitete. Der Schamane, der Night Owls Ringen nicht zur Kenntnis nahm, verbeugte sich und nahm die Marke aus ihrer zitternden Hand. Er griff in die Wand und brachte nicht ihren Ares Predator zum Vorschein, wie sie halb gehofft hatte, sondern ihren Duster. Ihre Chance, die Marke aus der Tasche zu ziehen, die sie für ihre Waffe bekommen hatte, und Komische Augen mit einem Hagel aus heißem Blei zu überraschen, hatte fünfzig zu fünfzig betragen, aber heute Nacht war das Glück nicht auf ihrer Seite.

Komische Augen nahm ihr den Duster aus der Hand und legte ihn sich über den Arm. Er zog an Night Owls Hand und zwang sie so, ihm die Treppe hinunter zu folgen.

Die Tür öffnete sich und Komische Augen verließ mit ihr den Club. Als sie an Tatyana vorbeikamen, warf die Trollfrau einen Blick auf sie und schlug dann mit ihrem

Schockhandschuh nach Komische Augen. Ohne sie auch nur anzusehen, zuckte Komische Augen förmlich zur Seite und wich ihrem Hieb aus. Er schleuderte ihr zwei Worte entgegen: »Tritt beiseite!« Tatyana schauderte, dann wich sie langsam auf den Gehsteig zurück. Regen prasselte auf ihre breiten Schultern, während sie hilflos zusah, wie Night Owl weggeführt wurde.

Auf ihrem Weg den Gehsteig entlang tastete Komische Augen Night Owls Duster ab und durchsuchte seine Taschen, dann reichte er ihr den Mantel und bedeutete ihr, ihn anzuziehen. Sie zog ihn sich steif über ihr bereits durchnässtes Hemd und folgte ihm um die Ecke zu einem Mitsubishi Nightsky mit Seattler Kennzeichen. Die hintere Tür öffnete sich und Komische Augen stieg ein. Immer noch unter dem Bann seines Zaubers, folgte Night Owl ihm.

Die Tür schloss sich mit einem gewichtigen, dumpfen Knall, der Night Owl verriet, dass die Limousine gepanzert war, dann hörte sie Schlösser einrasten. Der Wagen hatte eine Klimaanlage, doch Night Owl zitterte, als sie sich auf die weiche, mit Wildleder bezogene Sitzbank gegenüber von Komische Augen setzte. Irgendwo hinter einer Rauchglasscheibe, die den vorderen Teil der Limousine vom Fond trennte, setzte ein Fahrer den Wagen in Bewegung. Die Limousine fädelte sich fast ruckfrei in den fließenden Verkehr ein und entfernte sich vom Magic Box.

Komische Augen saß stumm da und starrte auf alles und nichts. Anders als Night Owl war er vollkommen trocken. Nur seine Schuhsohlen hinterließen nasse Stellen auf dem Teppich. Er hatte den Zauber aufgehoben, mit dem er Night Owl gezwungen hatte, ihm zu folgen. Sie konnte das Kribbeln im Nacken nicht mehr spüren, das auf aktive Magie hindeutete. Doch die Tatsache, dass Komische Augen allein, ohne den Schutz irgendwelcher Muskeln, mit ihr im Fond der geräumigen Limousine saß, ließ darauf schließen, dass er entweder sehr mächtig oder sich seiner Sache zu sicher war. Sie wollte nicht auf letztere Möglichkeit setzen und es darauf ankommen lassen.

Eines war tröstlich: Hätte er vorgehabt, sie umzulegen, wäre sie bereits kalt und steif. Sie ließ Stahl in ihren Tonfall einfließen und gab sich alle Mühe, dem leeren Blick jener vorquellenden weißen Augen zu begegnen. »Was wollen Sie von mir?«

Fast hatte sie damit gerechnet, dass seine Worte von einer telepathischen Stimme wie derjenigen übermittelt würden, die direkt in ihrem Kopf ertönt war, als er seine Magie gegen sie gewirkt hatte. Doch seine Stimmbänder schienen unabhängig davon zu funktionieren.

»Informationen.« Er legte die Hände sanft auf seine Knie. Seine Finger waren lang und schmal und am kleinen Finger der linken Hand trug er ein Band aus grünem Stein – einen Jadering. »Der Drache Chiao hat Sie angeworben, damit Sie einen Auftrag für ihn erfüllen. Ich will wissen, was es mit diesem Auftrag auf sich hatte.«

Sein Englisch war fließend, aber ein klein wenig verstümmelt. Nach einem Augenblick der Überlegung konnte Night Owl seinen Akzent unterbringen: Singapur. Seine Frage verriet ihr, dass er nicht zum Roten Lotus gehörte, und der Umstand, dass Tatyana ihn nicht erkannt hatte, bedeutete, dass er möglicherweise nicht aus Vancouver stammte. Die Limousine verriet ihr, dass jemand mit Nuyen hinter ihm stand – mit einem ganzen Haufen davon. Sie kam zu dem Schluss, dass Komische Augen zu einer rivalisierenden Gang gehören musste – einer Gang mit einem gesteigerten Interesse daran, was der Rote Lotus vorhatte.

Details über einen Run zu verraten gehörte nicht zu den Dingen, die ein schlauer Shadowrunner tat – nicht, wenn er noch eine Weile leben und atmen wollte. Aber wenn Komische Augen so mächtig war, wie es den Anschein hatte, gab er dem Roten Lotus und dessen Drachen-Anführer vielleicht ein paar Rätsel auf. Wenn ein Bandenkrieg ausbrach, geriet Night Owl möglicherweise vorübergehend in Vergessenheit. Sie konnte sich verziehen, während die beiden Seiten aufeinander eindroschen. Mit etwas Glück würde es keine Überlebenden geben, die sich an sie erinnerten.

Sie wollte jedoch nicht den Anschein erwecken, als sei sie scharf darauf, mit der Info rüberzukommen, also tat sie so, als mache sie Ausflüchte. Sie nahm den Namen des Drachen auf, als habe sie ihn die ganze Zeit gekannt.

»Woher wissen Sie von meiner Zusammenkunft mit Chiao?«, fragte sie. »Und wie haben Sie mich gefunden?«

Komische Augen schob seine langen Finger in die Brusttasche seiner Jacke und zückte den SkyTrain-Chip. »Ich hatte eine kleine Plauderei mit Wu. Er hat mir Ihren Namen genannt.«

Er beugte sich vor und gab Night Owl den Chip. Sie warf einen Blick darauf und sah etwas auf einer Seite, das wie eine Kruste aus getrocknetem Blut aussah. Sie rieb den Chip am nassen Stoff ihrer Jeans ab und säuberte ihn. Wer Komische Augen auch war, was sie betraf, hatte er soeben für die Informationen bezahlt, die er haben wollte.

»Chiao hat mich angeworben, um eine Jadestatuette für ihn zu stehlen.«

»Von wem?«

»Akira Kageyama.«

Komische Augen zuckte nicht mit der Wimper, aber seine Haltung wurde plötzlich steifer. »Beschreiben Sie die Statuette.«

Night Owl erzählte ihm von der Jadeskulptur, die sie aus Kageyamas Unterwasserwohnung gestohlen hatte.

Als sie den chinesischen Buchstaben beschrieb, der in den Rücken der Figur eingraviert war, vibrierte Komische Augen förmlich vor Aufregung.

»Was für ein Buchstabe?«

»*Fu*«, antwortete Night Owl. »Bat.«

Sein Stirnrunzeln vertiefte sich. Komische Augen wandte ein wenig den Kopf, als schaue er sonstwohin, während er nachdachte, und Night Owl spürte, dass er sie nicht mehr direkt ansah. Sie schälte sich aus dem nassen Duster und legte ihn mit der ›Sternbrosche‹ nach oben neben sich auf den Sitz. Sie spielte mit dem SkyTrain-Chip und hatte die linke Hand dabei nie weiter als ein paar Zentimeter von dem Shuriken entfernt. Er war noch immer am Mantelaufschlag befestigt, aber wenn ihr ein Weg einfiel, wie sie Komische Augen damit stechen konnte, gelang es ihr vielleicht, ihn auszuschalten. Sie brauchte nur den SkyTrain-Chip auf ihren Duster ›fallen zu lassen‹, das würde ihr den Vorwand geben, den sie brauchte, um den Mantel aufzunehmen. Die Fenster waren alle schwarz getönt und Night Owl sah keine Überwachungskameras im Wagen. Sie hatte den Verdacht, dass Komische Augen dafür sorgen wollte, dass diese Unterhaltung unter ihnen beiden blieb. Das war zu ihrem Vorteil – es würde niemand zuschauen, wenn sie aktiv wurde...

Die leeren Augen richteten sich wieder auf sie. »Hat Chiao gesagt, warum er die Statuette will?«

Es war an der Zeit, sich bei Komische Augen lieb Kind zu machen, damit er sich ein wenig entspannte. Night Owl warf ihm einen weiteren Informationshappen hin. »Der Drache war gar nicht an der Statue an sich interessiert. Chiao wollte, was sich darin befand. Die Statue war hohl.«

Seine vorquellenden weißen Augen bohrten sich mit einer Intensität in sie, bei der Night Owls Haut zu kribbeln anfing.

»Was war darin?«, fragte er.

Night Owl hielt inne und versuchte sich zu entscheiden, ob sie bluffen sollte oder nicht. Wenn sie etwas erfand, das wertvoll klang, und Komische Augen erzählte, sie könne ihn dorthin führen, ließ er sie vielleicht am Leben. Andererseits kam er womöglich auch zu dem Schluss, dass sie zu viel wusste. Sie ließ den Blick auf den SkyTrain-Chip in ihren Händen sinken und runzelte die Stirn, während sie ihn immer wieder zwischen den Fingern drehte, da sie sich wünschte, sie könne den Chip für sie eine Kopf-oder-Zahl-Entscheidung treffen lassen.

Komische Augen interpretierte in ihren Blick mehr hinein, als sie beabsichtigt hatte. »Eine Münze«, flüsterte er. »Natürlich.«

Night Owl hörte Ehrfurcht und Gier aus seinem Tonfall heraus. Sie sah auf, begegnete seinem leeren Blick und nickte. »Das stimmt«, sagte sie, um Ausschmückung bedacht. »Eine Glücksmünze.«

Komische Augen blinzelte.

Night Owl konnte erkennen, dass sie ihn verblüfft hatte – und dass sie es irgendwie, unwissentlich, vermasselt hatte. Sie stand kurz davor, umgelegt zu werden – sobald er herausgefunden hatte, was er sonst noch wissen wollte, konnte sie sich für immer verabschieden. Komische Augen beugte sich auf seinem Sitz vor und seine schlanken Finger krümmten sich zu Krallen.

»Es ist die vierte Münze des Glücks, nicht wahr?«, zischte er. »Wo ist sie jetzt?«

Night Owl gab vor, erschrocken zu sein, und zuckte heftig zurück. Ihre linke Hand fiel auf ihren Duster. Sie senkte die Stimme zu einem Flüstern, als sei sie verängstigt. »Ich habe Chiao die Statuette gegeben, aber vorher habe ich die Münze herausgenommen. Sie ist in...«

Komische Augen hatte sich vorgebeugt, um besser verstehen zu können, was sie sagte. Immer noch redend, schlug Night Owl mit dem Duster wie mit einer Peitsche zu. Die Spitzen des Shuriken trafen seinen Handrücken und hätten sich tief hineinbohren müssen. Stattdessen verbogen sie sich nur und das Betäubungsmittel in der hohlen Mitte des Shuriken floss Night Owl wirkungslos über die Finger.

Komische Augen schlug den Duster mit einer Bewegung weg, die so schnell war, dass seine Hand nur noch verschwommen zu sehen war. Seine andere Hand zuckte vor und fand Night Owls Kehle.

»Das war dumm«, zischte er.

Night Owl versuchte zu schlucken, konnte es aber nicht.

»Wo ist die Münze jetzt?«, fragte er laut. Dann fügte er einen telepathischen Befehl hinzu: *Sag's mir*.

Die Magie zwang ihre Lippen, sich zu öffnen, und Night Owl wusste, dass sie so gut wie tot war. Der Zauber würde verhindern, dass sie log. Ihr rechtes Augenlid fing heftig an zu zucken. Sie hatte keine andere Wahl, als die Wahrheit zu sagen. »Ich weiß nicht, wo...«

Irgendwo draußen gab es eine gewaltige Explosion. Das Heck des Wagens bockte und hob sich mit dem Kreischen sich verbiegenden Metalls und Komische Augen wurde nach vorn und auf Nights Owls Schoß geschleudert. Er löste sich von ihr, als das Wagenheck auf den Boden krachte, und fuhr herum, um einen Blick durch das Fenster zu werfen. Obwohl die Scheibe fast schwarz getönt war, starrte er darauf, als könne er erkennen, was draußen vorging.

Als er sich flach auf den Sitz warf, folgte Night Owl seinem Beispiel. Eine Sekunde später wölbte sich die Seitenscheibe nach innen und zersplitterte dann, als sie von etwas getroffen wurde, das wie ein Vorschlaghammer klang. Ein Sprühregen aus getönten Glassplittern flog durch das Wagenheck und bestäubte sie wie mit schwarzem Schnee und dann explodierte das Fenster auf der anderen Wagenseite nach außen. Nach der Zerstörung der beiden Seitenfenster war das Knattern des Maschinengewehrs draußen plötzlich sehr laut. Die panzerbrechenden Geschosse, welche die Fenster zerschmettert hatten, zerfetzten jetzt den Bezugsstoff des Wagendachs. Andere Kugeln schlugen in die Seiten der Limousine und klangen dabei wie Hämmer auf Stahl.

Aus ihrer Position sah Night Owl Ampeln und Straßenschilder durch das zerschmetterte Fenster vorbeirauschen. Die Limousine fuhr immer noch, obwohl die Hinterräder zerschossen worden waren. Sie konnte das Schlackern von zerfetztem Gummi auf dem Asphalt hören, das Bullern des Auspuffs, dem jetzt der Schalldämpfer fehlte, und das Kreischen von Metall auf Asphalt, da die Limousine sich nur auf den Vorderrädern über die Straße schleppte.

Die Kugeln trafen jetzt das Heck des Fahrzeugs und pfiffen nicht mehr durchs Innere, und Komische Augen konzentrierte seine Aufmerksamkeit vollkommen auf das Rückfenster, das noch intakt war. Es hieß, jetzt oder nie.

Night Owl warf sich vorwärts, packte den Fensterrahmen und zog sich aus dem Wagen. Sie glitt durch das Fenster, knickte in der Hüfte ein und ließ sich dann aus dem Wagen fallen. Kaum berührten ihre Hände den Asphalt, duckte sie sich zu einem Überschlag und rollte sich ab und von der Limousine weg. Hupen blökten ringsumher, andere Wagen schleuderten an ihr vorbei, und dann sprang sie auf und rannte zum Gehsteig.

Das Glück war zu ihr zurückgekehrt. Sie hatte auf einer Kreuzung den Absprung gefunden. Die Limousine ratterte nach rechts und der oder die Schützen waren links von ihr. Night Owl rannte zu einer Seitenstraße und drehte sich im letzten Augenblick um, bevor sie darin einbog, um zu sehen, wer sie mit diesem Bleihagel eingedeckt hatte. Sie erhaschte einen flüchtigen

Blick auf ein vertrautes Gesicht: Es war das Gangmitglied, das auch im Saab gesessen hatte.

Während das Adrenalin in ihren Adern kreiste, rannte Night Owl den Block entlang und bog um die nächste Ecke. Sie hörte das Jaulen einer Sirene ganz in der Nähe. Es klang so, als seien die Gesetzeshüter nur noch ein paar Blocks entfernt. Hinter ihr verstummte das Geknatter der automatischen Waffe plötzlich. Sie hörte das Quietschen von Reifen auf Asphalt und einen beschleunigenden Motor. Das Motorengeräusch entfernte sich von ihr und wurde rasch leiser.

Night Owl huschte in den Schatten einer Gasse und blieb stehen, um wieder zu Atem zu kommen, während ein Streifenwagen der Stammespolizei an ihr vorbeirauschte.

Es sah ganz danach aus, als hätte sie gar kein Öl aufs Feuer zu gießen brauchen: Der Rote Lotus und die Gang, der Komische Augen angehörte, kreuzten bereits die Klingen. Doch Night Owl konnte nicht darauf hoffen, dass auch nur eine der beiden Seiten sie in nächster Zeit vergessen würde. Der Rote Lotus hatte sie aus dem Wagen fliehen sehen und würde annehmen, dass sie Komische Augen alles über Chiao und dessen Interesse an den ›Münzen des Glücks‹ erzählt hatte – was immer sie auch waren. Dafür würden sie ihr die Haut abziehen wollen. Komische Augen würde wiederum annehmen, dass Night Owl wusste, wo die Münze war. Auch er würde sie nicht einfach in Ruhe lassen.

Night Owl holte den SkyTrain-Chip aus der Tasche und balancierte ihn auf den Fingern, während sie sich überlegte, was sie jetzt tun sollte. Es sah ganz danach aus, als sei sie vom Regen in die Traufe gekommen. Ein Münzwurf würde ihr jetzt nichts nützen. Welche Wahl sie auch traf – Kopf oder Zahl –, sie würde nass werden.

Kleine Bewerkstelligungen

Alma bestieg den SkyTrain und setzte sich. Die Reklamebänder, welche den Bahnsteig säumten, glitten davon, als die Hochbahn den Bahnhof verließ und der Elektromotor seinen charakteristischen Zyklus eines dreimaligen anschwellenden Jaulens durchlief. Sie starrte auf das Mobiltelekom in ihrer Hand und dachte über die Nachricht nach, die das vom rechten Weg abgekommene Superkid hinterlassen hatte. Wie das I-Ging, das sie heute Morgen geworfen hatte, war auch die Botschaft bestürzend. Ihre Nemesis wusste nicht nur über Almas Schwierigkeiten mit PCI Bescheid, sondern schien mit der Erwähnung des ›festen Schlafs‹ auch anzudeuten, dass sie über die Betatest-Cyberware in Almas Kopf informiert war.

Alma hatte geglaubt, das Wissen um den REM-Induktor sei mit Graues Eichhörnchen gestorben. Jetzt fragte sie sich, ob diese Frau ihn gefoltert hatte, bevor sie ihm die Kehle durchschnitt.

Die Nachricht war auf ihrem Mobiltelekom gewesen, als Alma um sieben Uhr früh alle neuen Nachrichten abgerufen hatte. In den seitdem vergangenen neunzig Minuten hatte Alma sie mindestens zwanzig Mal gelesen.

HI, AL. ICH HOFFE, DU HAST GUT GESCHLAFEN. ABER WIR WISSEN JA BEIDE, WIE FEST DU SCHLAFEN KANNST, NICHT WAHR?

HEUTE MUSST DU GUT AUF DICH ACHT GEBEN. DER ROTE LOTUS KÖNNTE HINTER DIR HER SEIN. UND HALTE DIE AUGEN OFFEN NACH EINEM KERL MIT

KOMISCHEN WEISSEN AUGEN – DER SCHALTET DEINEN VERSTAND SCHNELLER AUS, ALS DU BLINZELN KANNST.

ALSO... HAST DU SCHON ERRATEN, WER ICH BIN?

Alma löschte den Bildschirm und damit endlich auch die Botschaft. Sie nahm sich einen Augenblick Zeit, um ihre Antwort zu formulieren, und sprach dann in das Mobiltelekom. »Ich weiß, dass du ein Superkid aus der Alphagruppe bist. Was ich jetzt wissen will, ist, was du von mir willst. Treff dich mit mir. Nenn mir einen Ort und eine Zeit. Ich werde kommen.«

Sie sah zu, wie das Handy ihre Botschaft in Text umwandelte und als Memo speicherte. Wenn das Superkid sich beim nächsten Mal Zugang zu Almas Handy verschaffte, um eine spöttische Nachricht zu hinterlassen, würde sie das Memo sehen.

Aber es war irgendwie merkwürdig: Die Nachricht des heutigen Tages war in einem anderen Tonfall abgefasst als die anderen. Sie war kein Spott, sondern eine Warnung – wenngleich eine, die Alma nicht völlig verstand. Sie hatte vom Roten Lotus gehört, eine der berüchtigtsten Banden Vancouvers. Vermutlich war der Mann mit den ›komischen weißen Augen‹ ein Mitglied dieser Gang. Offenbar hatte das Superkid diese Person verärgert und jetzt drohte ihr Vergeltung. Und weil sie Alma bis aufs Haar glich, würde die Gang sich vermutlich Alma vornehmen, wenn sie gesehen wurde. Das Superkid wollte sie davor warnen.

Das warf jedoch eine Frage auf. Wenn sie sich solche Mühe gegeben hatte, Alma zum Sündenbock und bei PCI unmöglich zu machen, warum wollte sie jetzt, dass sie am Leben blieb?

Alma dachte über ihre Möglichkeiten nach. Wenn das Superkid sich zu einem Treffen bereit erklärte, hatte es keinen Sinn, die Extrahierung durchzuziehen. Wenn die Frau jedoch nicht damit einverstanden war, konnte

Alma sich ihr nur dadurch nähern, dass sie die Shadowrunner-Gemeinde infiltrierte.

Sie beschloss abzuwarten, was in den nächsten neunzig Minuten passieren würde. Wenn sie vor zehn Uhr eine Antwort auf ihre Handy-Botschaft erhielt, würde sie die Extrahierung abbrechen. Wenn nicht…

Abgesehen von der beunruhigenden Nachricht auf ihrem Handy bot auch ihr heutiges I-Ging Grund zur Besorgnis. Die Trigramme waren Wasser über Feuer gewesen, also zwei gegensätzliche Elemente. Gemeinsam ergaben sie das Hexagramm Kleine Bewerkstelligungen. Dies deutete zwar darauf hin, dass ihr Tag gut beginnen würde, ließ aber auch auf kommenden Ärger schließen, wenn Gleichgewicht und Flexibilität nicht aufrecht erhalten werden konnten: *Was verheißungsvoll beginnt, kann im Chaos enden.* Anlass zur Hoffnung gab jedoch die Tatsache, dass vier der Linien entweder wechselndes Yin oder wechselndes Yang waren. Später würde das Hexagramm in jenes für Großer Besitz übergehen. Das I Ging schien zu bedeuten, wenn Alma einen flexiblen und ausgewogenen Kurs beibehalten konnte, würden Katastrophe und Chaos lange genug abgewendet werden können, um einen ›großen Besitz‹ zu erlangen: Akira Kageyama vielleicht?

Während der SkyTrain leise seinen erhöht verlaufenden Gleisen folgte, starrte Alma aus dem Fenster. Es regnete. Die Wolken, die in der vergangenen Woche wie ein nasses graues Handtuch über dem Häusermeer gehangen hatten, reichten immer noch von einem Ende der Stadt bis zum anderen. Wässriges Tageslicht sickerte durch die Wolkendecke und wusch alle Farbe aus der Stadt. Die Graffiti auf den Häusermauern unter ihr, die von den am Fenster herunterlaufenden Regentropfen verwischt wurden, sahen streifig und verschwommen aus, blasse Schatten ihrer üblicherweise trotzig-grellen Farben.

Ungeachtet des Regens wimmelten die Straßen unter ihr von Leben. Dieser Abschnitt der SkyTrain-Strecke führte über die östlichen Bezirke der Innenstadt, wo BTL-Dealer, Zuhälter und Bandenmitglieder wie Haie durch große Schwärme von Chipheads, Prostituierten, Leuten von der Straße und illegalen Einwanderern pflügten. Früher, als Vancouver noch zu Kanada gehört hatte, war die Gegend auch als ›Kanadas ärmstes Postleitzahlgebiet‹ bekannt gewesen. In den vierundvierzig Jahren, seit das Salish-Shidhe Council dafür verantwortlich war, hatte sich in der östlichen Innenstadt nicht viel verändert. Wie Schimmel, der immer wieder neu wucherte, wie kraftvoll der Reiniger auch war, widersetzte sich dieser Stadtteil allen Versuchen, Verbrechen und Armut aus ihm fortzuschrubben. Ungezählte Hunderttausende von Nuyen, die für soziale Hilfsprogramme ausgegeben wurden, versickerten in diesem Stadtteil, ohne eine Spur zu hinterlassen, wie Wasser in einem Schwamm.

Aus dieser Einöde erhob sich wie ein hochkant aus einem Müllhaufen ragender Goldbarren die Woodwards-Arcologie. Zweiundzwanzig Stockwerke hoch und an der Basis vier Stadtblöcke breit, war diese Stadt innerhalb der Stadt ein rechteckiger Klotz aus golden getöntem Glas und Beton. Die Fenster in den unteren Stockwerken waren so dick, dass nicht einmal ein T-Bird sie durchbrechen konnte, und die einzigen Türen auf Bodenniveau waren massiv überwachte Notausgänge. Die einzigen beiden legitimen Eingänge waren der Hubschrauberlandeplatz auf dem Dach und der Tunnel, der vom SkyTrain-Bahnhof in den zweiten Stock der Arcologie führte.

Die Woodwards-Arcologie war nach dem Kaufhaus benannt worden, das früher einmal dort gestanden hatte – ein Gebäude, das Aktivisten über Jahrzehnte hinweg in Behausungen für die Obdachlosen der östlichen Innenstadt hatten umwandeln wollen. Wie diese Träume war auch das ursprüngliche Kaufhaus schon lange Geschichte. Überdauert hatte lediglich das riesige ›W‹, das auf dem Vorgängergebäude gestanden hatte. Fünf Meter hoch und von rotem Neon erhellt, erstrahlte es jetzt seit über einem Jahrhundert wie ein Leuchtfeuer über Vancouver. Eine hiesige Legende besagte, wenn man das eisglatte Glas der Arcologie zum Dach emporklettern und das W berühren konnte, werde man unsagbar reich, aber die einzigen, die davon profitierten, waren die Geier, die auf den Straßen warteten, um über die Leichen jener herzufallen, die beim Versuch zu Tode stürzten.

Alma sah zu den Hubschraubern hoch, die das Dach der Arcologie umschwirrten. In einer Stunde und achtundfünfzig Minuten – vorausgesetzt er war pünktlich – würde Buzz, der Shadowrunner, der ihr bei diesem Unternehmen taktische Unterstützung zukommen ließ, mit seinem Lufttaxi auf dem Dach der Arcologie landen. Unter der Voraussetzung, dass sie die Extrahierung bis dahin noch nicht abgebrochen hatte, würde sie Kageyama um Punkt 10:30 Uhr aufs Dach schaffen müssen.

Als der SkyTrain in den Bahnhof einfuhr, erhob Alma sich. Sie glättete ihren Seidenrock von Zoé, wartete, bis sich die Türen des Bahnwagens geöffnet hatten, und verließ dann den Zug zusammen mit den anderen Passagieren in Richtung Sicherheitskontrollpunkt. Sie widersetzte sich entschlossen ihrem Drang, sich zu vergewissern, dass die gelbe Plastikkarte von Jane Lees Ausweis noch über der Brusttasche ihrer Kostümjacke hing. Sicherheitsleute waren darauf abgerichtet, auf nervöse Gesten zu achten. Wenn sie keinen entspannten und selbstbewussten Eindruck machte, würde man sie besonders sorgfältig unter die Lupe nehmen. Als sie eine verspiegelte Wand passierte – wahrscheinlich ein Einweg-Fenster für die optische Überwachung –, tat sie so, als überprüfe sie darin ihre Erscheinung. Sie tätschelte den ordentlichen Knoten, zu dem sie ihre Haare an diesem Morgen hochgesteckt hatte, und schaute dann an sich herab, als wolle sie sich vergewissern, dass ihre Jacke nicht verknittert war. Der Ausweis saß noch an Ort und Stelle.

Die SkyTrain-Passagiere wurden zwischen zwei Plastiksäulen hindurch geleitet, die so hoch waren, dass sie einen Troll von den Hörnern abwärts erfassen konnten. In die Säulen eingebaute Scanner waren darauf eingestellt, alles zu durchleuchten, von Kleidung bis hin zu Zentimeter dickem Stahl. Die Abtastung würde auf Waffen, Sprengstoffe und gefährliche Materialien reagieren, ganz gleich ob jemand sie einfach nur bei sich trug oder sie in Cyberware eingebaut war.

Alma hatte ihre beiden ›Waffen‹ dort verborgen, wo es am wahrscheinlichsten war, dass sie übersehen wurden: in den Absätzen ihrer modischen Stöckelschuhe. Mit etwas Glück war der Sicherheitsmann an der Konsole nachlässig und würde sie nicht bis ganz auf den Boden scannen. Wenn er hingegen die Injektoren entdeckte, hatte sie eine Geschichte parat: Sie seien Teil eines neuen Systems zur Dämpfung von Erschütterungen.

Als sie zwischen den Säulen hindurchging, hielt Alma den Atem an. Einen Augenblick später hatte sie den Kontrollpunkt passiert, ohne auch nur eine einzige Frage beantworten zu müssen. Neugierig geworden, ging sie durch den Bahnhof zu einer Stelle, von wo aus sie den Monitor sehen konnte, vor dem der Sicherheitsmann saß. Sie sah die Antwort sofort. Der Scanner war so eingestellt, dass er nur Kleidung durchdrang – das Innere ihrer Absätze hatte gar nicht erfasst werden können. Nackte blau-weiße Gestalten gingen über den Schirm, ohne zu wissen, dass die Scanner sie auf elektronischem Weg entkleideten.

Mit schierem Glück war es Alma gelungen, ihren Injektor unentdeckt in die Woodwards-Arcologie zu schmuggeln. Sie kam zu dem Schluss, dass dies die erste der kleinen, aber bedeutenden Bewerkstelligungen war, die das I-Ging prophezeit hatte.

Dr. Silverman stützte einen Ellbogen auf ihren Schreibtisch, während sie die dreidimensionale Darstellung von Almas Gehirn studierte, die über dem Projektionspolster in der Luft schwebte. Mit einem leichten Stirnrunzeln schickte sie ein Signal durch das Glasfaserkabel, das sie mit dem Cyberterminal auf ihrem Schreibtisch verband, und gab den Befehl, das projizierte Bild zu drehen und in Segmente aufzuteilen. Wie Brotscheiben, die vom Hauptlaib abfielen, wurden Teile des Bilds abgetrennt, fielen auf die horizontale Ebene und verschwanden dort, was es der Cyberchirurgin ermöglichte, tiefer in das Gehirn zu schauen.

»Ich sehe keine Anzeichen für chronisch funktionsuntüchtiges Gewebe«, sagte Silverman. Sie zeigte mit dem Finger auf eine Stelle, und in der linken Bildhälfte, die gelb, grün und blau codiert war, um zwischen den verschiedenen Bereichen des Gehirns zu differenzieren, leuchtete ein roter Punkt auf. »Ich hätte damit gerechnet, etwaige Gewebeschäden hier in den präzentralen Windungen oder im prämotorischen Kortex zu lokalisieren, aber diese beiden Regionen machen einen gesunden Eindruck... Das hier sind Ihre Reflexbooster.«

Der rote Leuchtpunkt schwebte zu einer klobigen schwarzen Form an der Basis des Gehirns und folgte dann den schwarzen Ranken, die davon ausgingen. Die Anzeige wechselte und zeigte jetzt eine Markise aus alphanumerischen Zeichen und etwas, das wie ein Schaltkreis-Diagramm aussah.

»Sie scheinen innerhalb normaler Grenzen zu funktionieren und alle synaptischen und neuralen Verbindungen sind intakt. Ich sehe keine Gewebeschäden – nichts, was zu einer Schläfenlappen-Epilepsie führen könnte.«

Alma lag auf der Untersuchungsliege und in einer ihrer Chipbuchsen am Nackenansatz steckte eine Diagnosesonde. Die Neuigkeit, dass ihr Zittern nichts mit SLE zu tun hatte, war beruhigend und beängstigend zugleich. Es war eine Erleichterung zu wissen, dass ihre Gehirnzellen nicht abstarben und ihr zentrales Nervensystem nicht in einen Zustand dauerhafter Verkrampfung verfallen würde. Andererseits war es entnervend, nicht zu wissen, was das Zittern verursachte – keine Anhaltspunkte darüber zu haben, wie ernst das Problem noch werden konnte.

Dr. Silverman wandte sich Alma zu. Sie sah jung aus: Sie hatte den Muskeltonus und die glatte Haut einer Zwanzigjährigen, aber das war wahrscheinlich auf Altershemmer zurückzuführen. Ein goldener Hochzeitsreif mit indianischen Totems bestätigte ihre Staatsbürgerschaft: Nur Vollblutindianer durften Schmuck oder Kleidung tragen, auf denen ein Stammestier abgebildet war.

»Haben Sie so etwas wie Entfremdung oder Entpersönlichung erfahren?«, fragte sie.

»Nein.«

»Wie steht es mit Störungen bei der Wahrnehmung? Haben Sie Schwierigkeiten, Entfernungen zu bestimmen oder die Quelle eines Geräuschs zu lokalisieren?«

»Nein. Meine Cyberohren und Cyberaugen scheinen vollkommen in Ordnung zu sein. Warum? Glauben Sie, dass sie für das Zittern verantwortlich sind?«

»Nein.« Die Ärztin schüttelte den Kopf. »Das sind nur Symptome, die auftreten können, wenn die Reflexbooster einen Nebenschwerpunkt in den motorischen Systemen erzeugen. Andere Symptome sind Impotenz, Inkontinenz…«

»Nein«, unterbrach Alma rasch. »Nichts dergleichen.«

Dr. Silverman wandte sich wieder der Hirndarstellung zu und richtete den Leuchtpunkt auf einen schwarzen Schatten unweit der Schädelbasis. Alma identifizierte die Cyberware als den REM-Induktor. Er hatte den Durchmesser und die Dicke einer ihrer I-Ging-Münzen und war von Induktionsdrähten umgeben, die ihm das Aussehen einer flachen Spinne verliehen. Auf einer Seite war eine zylindrische Ausbuchtung, die Alma für die Miniaturbombe hielt, mit der der Induktor gesichert worden war.

»Was ist das für eine Vorrichtung?«, fragte die Ärztin. »Sie ist mir völlig fremd.«

Alma verwob Dichtung und Wahrheit. Wenn sie herausfinden wollte, was wirklich die Ursache für das Zittern war, musste sie der Ärztin zumindest einen Teil der Wahrheit erzählen.

»Das ist experimentelle Cyberware«, antwortete Alma. »Ich leide an jahreszeitlich bedingten Gemütsstörungen. Vor sechs Monaten habe ich mich freiwillig für die Implantation eines neuen Serotonin-Induktors gemeldet, um zu sehen, ob ich auf diese Weise meine Winterdepressionen abmildern kann.«

Sie schenkte der Ärztin ein heiteres Grinsen und fuhr in plapperndem Tonfall fort. »Ich bin so froh, dass ich mich für die Studie gemeldet habe, besonders wenn ich an das schreckliche Wetter denke, das wir in letzter Zeit hatten. Normalerweise würde ich acht Stunden am Tag unter einer Bank von Kunstlichtstrahlern auf dem Rücken liegen.«

Dr. Silverman nickte, den Blick auf das Bild gerichtet. Alma konnte erkennen, dass sie eine Einstellung vornahm. Eine Reihe dreidimensionaler Balkenanzeigen leuchteten neben dem Gehirnhologramm auf und verschwanden dann wieder.

»Die Vorrichtung scheint zu funktionieren«, sagte sie. »Es fließt Strom hindurch und Ihr Serotonin-Wert ist hoch – er liegt deutlich über dem Normalwert.«

»Könnte das für das Händezittern verantwortlich sein?«, fragte Alma.

»Es muss so sein – ich kann keinen anderen Grund dafür erkennen. In Anbetracht der Gehirnregion, in der sich die Vorrichtung befindet, könnte sie so genannte PGO-Ausschläge hervorrufen. PGO-Ausschläge ereignen sich typischerweise im Schlaf. Sie sind der Grund für die REMs, die auftreten, wenn wir träumen. Außerdem können sie unwillkürliche motorische Aktivitäten überall im Körper verursachen, insbesondere in den Extremitäten. Sollten Sie je einen Hund oder eine Katze im REM-Schlaf erlebt haben, ist Ihnen vielleicht mit dem Auftreten der REMs ein gleichzeitiges Zucken der Pfote aufgefallen.«

Die Ärztin hielt gedankenverloren inne. »Aber es ist merkwürdig, dass nur Ihre linke Hand betroffen ist. Warum nicht die rechte Hand – oder die Füße? Ist es in Ihren anderen Extremitäten zu ähnlichen Vorfällen gekommen?«

»Nein«, antwortete Alma. »Sie sind vollkommen ruhig und stark.«

»Hatten Sie irgendwelche Halluzinationen – traumartige Visionen in irgendeiner Form?«

Alma schüttelte den Kopf.

»Wer hat die Cyberware installiert?«, fragte die Ärztin. »Ich würde mich gern mit dem betreffenden Ingenieur beraten.«

»Das ist leider nicht möglich«, sagte Alma. »Er ist im Moment... unabkömmlich. Er hatte einen Unfall und erholt sich in einer Privatklinik. Aus diesem Grund bin ich auch zu Ihnen gekommen. Ich habe das Zittern jetzt seit zehn Tagen und wollte einen Arztbesuch nicht mehr länger aufschieben.«

Alma aktivierte die Uhr in ihrem Cyberauge. Es war 09:47 Uhr – und damit blieben nur noch dreizehn Minuten bis zu Kageyamas Termin. Ihre Untersuchung hatte länger gedauert als die dafür anberaumte halbe Stunde. Sie musste hinaus und ins Wartezimmer, um festzustellen, ob Kageyama bereits eingetroffen war. Sie versuchte mit Hilfe ihres Hörverstärkers auf Geräusche von jenseits der geschlossenen Tür zu lauschen, aber die schalldichte Isolierung des Untersuchungsraums hielt alle Geräusche aus Flur und Wartezimmer fern.

»Natürlich könnte sich Ihr Problem auch ganz von selbst erledigen«, fügte die Ärztin hinzu.

»Wie meinen Sie das?«, fragte Alma.

Die Ärztin drückte ein Icon und neben dem Bild von Almas Gehirn leuchtete eine Zahl – 50:12:05 – in der Luft auf. Sie sah wie eine Zeitanzeige aus, nur dass die erste Zahl zu groß war. Doch der letzte Teil der Zahl verringerte sich in Sekundenabständen, also nahm Alma an, dass es sich dabei um eine Darstellung von Stunden, Minuten und Sekunden handelte. Sie verglich die Zahl mit der Zeitanzeige auf ihrer Netzhaut und rechnete kurz. Der Countdown würde in gut zwei Tagen enden, gegen Mittag des 28. Februars.

Alma lief es kalt über den Rücken, als ihr aufging, welches Datum dies war. Hu hatte bei ihrer geflüsterten Unterhaltung vor dem Aufzug nicht übertrieben. Als er gesagt hatte, Mr. Lali habe beschlossen, Alma zu ›entlassen‹, doch er – Hu – habe ihr noch etwas Zeit verschafft, hatte er das wörtlich gemeint. Es handelte sich um den Countdown der Schädelbombe, die mit ihrem REM-Induktor gekoppelt war. Wenn Alma das schuldige Superkid nicht vor dem Mittag des 28. fand, würde die Bombe explodieren.

Dr. Silverman hatte ihre eigenen – irrigen – Schlüsse gezogen: »Es sieht so aus, als sei Ihr Serotonin-Induktor darauf programmiert, in zwei Tagen in einen neuen Zyklus einzutreten«, sagte sie. »Vielleicht wird dann Ihre Serotonin-Dosis verringert. In diesem Fall ist es durchaus möglich, dass das Zittern aufhört, wenn Ihr Serotonin-Wert sich normalisiert. Ich würde Sie nach dem Zykluswechsel gern noch einmal untersuchen. Können Sie am 28. Februar um 14 Uhr wiederkommen?«

»Was sagten Sie?«, fragte Alma. Es fiel ihr schwer, sich von der Erkenntnis loszureißen, dass die Bombe in ihrem Kopf die Stunden, Minuten und Sekunden herunterzählte, bis ein Teil ihres Gehirns zerstört würde. Wie war die Bombe aktiviert worden? Angesichts Hus Bemerkung, dass Alma vier Tage Zeit habe, ihre Unschuld zu beweisen, musste es irgendwann während ihrer Zusammenkunft mit ihm und Mr. Lali im Konferenzraum geschehen sein. Dann erinnerte sie sich an die merkwürdige Abfolge von Zahlen, die kurz vor dem Abspielen der Aufnahmen aus den Überwachungskameras über den Monitor gehuscht war: die Quadratzahlen von neun bis eins gefolgt von einem Datum, das zu kurz aufgeblitzt war, um es bewusst registrieren zu können. Der Countdown musste die Bombe scharf gemacht haben und die kurze Datumseinblendung hatte den Endpunkt des Countdowns festgelegt.

Eine Woge der Furcht überschwemmte Alma, als ihr aufging, dass ihr Todeszeitpunkt bereits feststand, und sie konnte sich nur unter größter Mühe davon befreien. Es ist eine Prüfung, redete sie sich ein. Wie die endlosen Prüfungen, deren man sie im Superkids-Programm unterzogen hatte. Sie würde es sich als Prüfung vorstellen und als nichts anderes.

Ihr blieben immer noch fünfzig Stunden. Reichlich Zeit, das schuldige Superkid zu finden und Mr. Lali zu beweisen, dass er sich in ihr getäuscht hatte. In der Zwischenzeit musste sie sich mit dem Hier und Jetzt befassen.

»Können Sie etwas für mich tun?«, fragte Alma. »Ist es möglich, den Countdown des Induktors mit der Countdown-Funktion meines Cyberauges zu koppeln?«

»Ja, aber ich habe Ihnen doch bereits gesagt, wann…«

»Bitte tun Sie es.«

Dr. Silverman stöpselte eine Vorrichtung in Almas Auge ein und nahm ein paar Einstellungen vor, dann forderte sie Alma auf, die Uhrenfunktion ihres Cyberauges zu aktivieren und auf Countdown-Modus zu schalten. Die Zahlen 50:03:01 erschienen, blinkten eine Sekunde später zu 50:03:00 und wurden weiter heruntergezählt. Die Ärztin zog ihr Instrument aus Almas Auge, bedeutete ihr, den Kopf vorzubeugen, und stöpselte die Diagnosesonde aus.

»Ich lasse Ihnen von unserem Apotheker einen Dopamin-Verstärker mischen«, sagte sie, indem sie Alma eine Karte reichte, auf der Datum und Zeit des nächsten Termins vermerkt waren. »Wir werden sehen, ob das Auswirkungen auf das Zittern hat. Die Zubereitung des Präparats dauert etwa eine halbe Stunde. Können Sie so lange warten oder sollen wir es Ihnen per Kurier nach Hause schicken?«

Konzentrier dich, sagte Alma sich und schaltete den Countdown aus. Sie war hierher gekommen, um einen Job zu erledigen. Sie öffnete ihr Mobiltelekom und schaltete es ein. Die Memo-Funktion enthielt lediglich die Nachricht, die sie dem anderen Superkid hinterlassen hatte. Keine Antwort. Es sah ganz danach aus, als werde sie mit der Extrahierung fortfahren.

»Ich werde auf das Präparat warten«, antwortete sie.

Sie klappte das Mobiltelekom zusammen. Abgesehen von dem mehr als unangenehmen Gefühl, dass die Zeitbegrenzung für das Auffinden des anderen Superkids sehr real und die Konsequenzen für deren Überschreitung noch weitaus realer waren, lief alles reibungslos. Das Präparat lieferte ihr einen erstklassigen Vorwand, noch eine halbe Stunde im Wartezimmer zu sitzen – reichlich Zeit für Kageyama, seinen Termin wahrzunehmen. Eine weitere kleine Bewerkstelligung.

Was sie nervös machte. Das I-Ging besagte, dass auf

eine Reihe kleiner Bewerkstelligungen eine Katastrophe folgen mochte. Alma konnte nur das Beste hoffen – dass die Bewerkstelligungen, die sich zu einem Kartenhaus auftürmten, sich nicht so hoch stapelten, dass es einstürzte.

Ihre Zielperson saß im Wartezimmer und zappte sich durch die Kanäle eines in die Armlehne seines Polstersessels eingebauten Mini-Telekoms. Alma erkannte ihn nur durch Vergleich mit den Digibildern, die sie in ihre Headware geladen hatte – ohne sie hätte sie ihn in keiner wie auch immer gearteten Menschenmenge wiedererkannt. Kageyama war durchschnittlich groß und schwer und hatte ordentlich geschnittene schwarze Haare. Er trug einen konservativen Geschäftsanzug und eine braune Lederjacke, die auf den ersten Blick nach Freizeitkleidung aussah, doch von hervorragender Qualität war.

Alma stellte fest, dass sie wie gebannt auf Kageyamas Hände starrte. Nun, da sie wusste, womit sie es zu tun hatte, konnte sie die nicht ganz natürliche Ausbuchtung erkennen, wo seine schmalen Hände verbreitert worden waren, um Platz für die künstlichen kleinen Finger zu schaffen. Kageyama spürte ihren Blick auf sich ruhen und sah auf. Alma lächelte – es war schwierig, angesichts der sinnlichen Offenheit in jenen grünen Augen nicht zu lächeln – und deutete mit einem Kopfnicken auf das Telekom, auf dem seine Hand ruhte.

»Irgendwas, das sich anzuschauen lohnt?«, fragte sie.

»Nicht im Telekom«, antwortete er. Seine Augenbraue hob sich ein wenig. »Sie kommen mir bekannt vor – sind wir uns schon einmal begegnet?«

»Das glaube ich nicht«, sagte Alma, indem sie die Hand ausstreckte und sich zu seinem Sessel vorbeugte. »Jane Lee.«

Kageyama nahm ihre Hand und neigte den Kopf in

einer Verbeugung. Die Bewegung brachte seine Lippen in unmittelbare Nähe ihres Handrückens und die Wärme seines Atems auf ihrer Haut jagte ihr einen Schauder über den Rücken. Sie hatte das unheimliche Gefühl, dass sie sich tatsächlich schon einmal begegnet waren, aber wahrscheinlich war das nur die Folge ihrer gründlichen Beschäftigung mit der Zielperson.

»Freut mich, Ihre Bekanntschaft zu machen, Ms. Lee. Ich bin…«

Eine automatisierte Sprechstundenhilfe – das zweidimensionale Bild eines Bronzerobots mit einem fast unangenehm höflichen englischen Akzent – erschien auf einem wandgroßen Monitor neben ihnen. »Mr. Kageyama, der Techniker kann Sie jetzt empfangen. Gehen Sie bitte zu Dr. Silverman in Untersuchungsraum drei.«

Kageyama erhob sich mit einer geschmeidigen Eleganz, von der Alma geschworen hätte, dass sie nur das Resultat von Reflexboostern sein konnte, hätte sie nicht Kageyamas Abneigung gegen implantierte Cyberware gekannt. Er verbeugte sich noch einmal vor Alma. »Bis später, Ms. Lee«, sagte er mit einem Augenzwinkern. Dann betrat er den Gang, der zu den Untersuchungsräumen führte.

Almas Ärger darüber, dass sie sich instinktiv zu ihm hingezogen fühlte, half ihr dabei, die sinnliche Lethargie abzuschütteln, die das Gespräch mit Kageyama in ihr hervorgerufen hatte. Sie erkannte ihre Reaktion als das, was sie war: als einen magisch hervorgerufenen Effekt. Etwas Vergleichbares hatte sie schon einmal erlebt, als sie es als junge Sicherheitskraft frisch aus dem Justice Institute mit einem Eindringling mit magischen Fähigkeiten zu tun bekommen hatte. Die hatte er benutzt, um in ihr ein Gefühl der Wärme zu erzeugen, das es ihr extrem erschwert hatte, ihn mit dem Taser auszuschalten. Glücklicherweise hatte sie Rückendeckung gehabt. Ihr damaliger Partner bei der PCI-Sicherheit war nicht in Reichweite des Zaubers gewesen und hatte den Mann mit seinem ersten Schuss niedergestreckt. Erst später, als der Eindringling zuckend dalag, war Alma die Pistole in seiner Hand aufgefallen. Es hatte nicht viel gefehlt und ihr ›Freund‹ hätte ihr eine Kugel verpasst.

Ihr war klar, dass sie bei Kageyama ebenso vorsichtig sein musste. Diesmal gab es keine Rückendeckung.

Es war eine Minute nach zehn. Priority Ones Sicherheits-Logbüchern zufolge endeten Kageyamas Besuche bei Executive Body Enhancements eine oder höchstens zwei Minuten vor oder nach Ablauf der anberaumten Viertelstunde. Kageyama würde in vierzehn plus minus zwei Minuten ins Wartezimmer zurückkehren.

Sie überprüfte ihr Mobiltelekom zum dritten Mal – immer noch keine Antwort –, stand dann auf und ging zur Eingangstür, um in den Flur zu starren, als langweile sie sich. Die Türen waren aus Einweg-Glas. Die wohlhabende Klientel der Klinik verlangte vom Betreten der Einrichtung bis zum Verlassen Abgeschiedenheit. Mehr als Almas Silhouette konnte von draußen niemand durch die Tür sehen.

Sie entdeckte Kageyamas Leibwächter sofort. Er war der Europäer mit den rötlichen Haaren auf der anderen Seite des Foyers, der neben den Aufzügen an der Wand lehnte und Soykaf aus einem Pappbecher trank. Er gab sich absichtlich lässig und unbeteiligt, aber er hatte einen Daumen in seinen Gürtel gehakt – direkt neben dem gehalfterten Taser. Seine Augen folgten jedem, der am Klinikeingang vorbeiging. Dann hielten sie inne, und er straffte sich ein wenig, als er Almas Silhouette sah. Sie wartete einen Augenblick, sah sich dann um, als antwortete sie auf den Aufruf der Sprechstundenhilfe in der Klinik, und wandte sich dann ab. Aus dem Augenwinkel bemerkte sie, wie der Leibwächter sich entspannte und seine sorgfältige Beobachtung des Korridors wieder aufnahm.

Der Mann, der neben Alma gesessen hatte, wurde von der Sprechstundenhilfe in einen Untersuchungsraum gerufen, sodass Alma allein im Wartezimmer war. Sie setzte sich und rief die Uhrzeit auf: noch elf Minuten und neunundvierzig Sekunden bis zum Ende von Kageyamas Termin.

Während sie wartete, überdachte sie, was sie über den Mann erfahren hatte. Oder vielmehr das, was Bluebeard ausgegraben und auf den Chip kopiert hatte, den Alma eingelegt hatte. Sie musste – wenn auch widerwillig – zugeben, dass der Computerhacker gut war. Es war ihm gelungen, Informationen auszugraben, die Jahrzehnte alt waren – Daten, die Alma zu einigen verblüffenden Schlussfolgerungen in Bezug auf die Zielperson dieser Extrahierung geführt hatten.

Kageyamas Mutter war eine japanische Sängerin, die in der zweiten Dekade dieses Jahrhunderts über Nacht zum Star geworden war, als sie den Namen Benten annahm und dazu überging, Lieder vorzutragen, die von der japanischen Mythologie inspiriert waren. Von ihrem Superhit ›Tides of a Dragon's Heart‹ waren in einem einzigen Monat mehr Videos verkauft worden, als alle anderen Rockgruppen in Japan zusammen in einem ganzen Jahr verkauften.

Damals hatten die Japaner alles verschlungen, was auch nur ansatzweise mit Drachen zu tun hatte. Ihr Land hatte das erste Auftauchen eines Großdrachen erlebt, als Ryomyo sich im Jahre 2011 unweit des Fujijama ein Wettrennen mit einem Hochgeschwindigkeitszug geliefert hatte, und die Drachenhysterie hatte in jenem Jahrzehnt beständig zugenommen. Benten profitierte von ihrem Künstlernamen. Dabei handelte es sich um den Namen einer alten Göttin der Liebe, Redegewandtheit und Musik, die einen Drachen gezähmt und ihn daran gehindert hatte, die Kinder eines Küstendorfs zu verschlingen. Sie setzte Gerüchte in Umlauf, ihre Lieder, die so anders waren als die seichten Pop-Balladen, die sie bisher gesungen hatte, würden insgeheim von einem Drachen geschrieben. Sie ging sogar so weit zu behaupten, diese Muse – die wie alle Großdrachen eine Stimme hatte, welche nur telepathisch zu vernehmen war – benutze ihren Körper als Gefäß, um selbst zu singen.

Eine Woche später hatte Benten bei einer dramatischen Pressekonferenz unter Tränen verkündet, diese Behauptungen entsprächen nicht der Wahrheit. Ihre Lieder seien tatsächlich von ihrem Bassisten, einem normalen Menschen, komponiert worden.

Das war im Jahre 2020 geschehen, auf dem Höhepunkt von Bentens Karriere. Ein paar Wochen später war die Schwangerschaft der Sängerin bekannt gegeben worden. In vollständiger Umkehr ihres bisherigen Verhaltens war die Sängerin vor dem Scheinwerferlicht der Medien zurückgescheut und hatte sich in die Abgeschiedenheit zurückgezogen. Trotz der unermüdlichen Bemühungen der asiatischen Presse, die täglich darüber spekulierte, wer wohl der Vater des Kindes war, brachten die Nachrichtenkanäle über die Geburt nur sehr wenig. Es gab Gerüchte über eine Totgeburt, unbestätigte Meldungen, das Kind sei mit einer Entstellung geboren, und später Geschichten darüber, dass der Säugling aus dem Krankenhaus entführt und eine Lösegeldforderung in Höhe von zwanzig Millionen Nuyen gestellt worden sei.

Als Akira den Medien präsentiert wurde, hatte das die Gerüchte sofort verstummen lassen. Das Baby war gesund und in keiner Weise entstellt. Auf den Bildern, die Bluebeard aufgetrieben hatte, waren die Hände normal mit jeweils fünf Fingern. Außerdem hatte das Kind auf den Bildern braune Augen.

Was nicht zusammenpasste. Alma hatte Kageyama soeben in die Augen geschaut. Die Augen waren nicht vercybert und er trug auch keine farbigen Kontaktlinsen. Seine Augen hatten eine natürlich aussehende grüne Farbe. Zwar ist es möglich, dass ein Kind bei seiner Geburt blaugrüne Augen hat, die später braun werden, aber ein braunäugiges Baby wird auch als Erwachsener immer braune Augen haben.

Kurz nach der Geburt hatte Benten preisgegeben, wer der Vater war: der Komponist ihrer Lieder, Bassist Yoshi Kageyama. Ein DNS-Test, dessen Ergebnis zu den Medien durchsickerte, bestätigte, dass er in der Tat der Vater des Kindes war. Ein paar Monate später trennte sich das Paar und vier Wochen danach starb Yoshi an einer Überdosis BTL.

Nach Yoshis Tod verloren Bentens Lieder ihren Glanz und ihre Beliebtheit ging ganz allmählich zurück. Nachdem sie mehrere Jahre lang nur bei Retro-Konzerten aufgetreten war, beendete sie schließlich ihre Karriere als Sängerin. Sie verschwand aus dem Blickfeld der Öffentlichkeit und tauchte erst im Jahre 2057 wieder in den Nachrichten auf – und dann auch nur posthum, als Fußnote –, als Kageyama in Dunkelzahns Testament mit der Vancouverschen Unterwasserwohnung des Drachen bedacht wurde.

Die andere Information, die Bluebeard gesammelt hatte, enthielt nur wenig, was Alma nicht bereits gewusst hatte. Kageyama war vermögend – die Urheberrechte an den frühen Hits seiner Mutter versorgten ihn immer noch mit einem beträchtlichen Einkommen. Er war zu Beginn der fünfziger Jahre ins Salish-Shidhe Council eingewandert und zu einem engen Freund von Vancouvers berühmtestem Teilzeit-Bewohner geworden: Dunkelzahn.

Alma sah auf die Uhr. Noch fünf Minuten und achtzehn Sekunden. Wenn Kageyama nach Beendigung seines Termins auftauchte, würde sie das Gespräch fortsetzen, das sie zuvor begonnen hatte, und mit ihm zum Fahrstuhl gehen. Sie hatte sich bereits auf das vorbereitet, was da kommen würde, nachdem die Fahrstuhltüren sich schlossen – sie hatte die Absätze ihrer Pumps bei einem Toilettenbesuch abgebrochen und ein anderes Paar Schuhe angezogen, das sie in der Arcologie gekauft hatte. Die Injektoren waren in ihren Jackentaschen verborgen. Es musste ein Leichtes sein, sowohl Kageyama als auch seinen Leibwächter mit einem Injektor auf die bloße Haut auszuschalten, wenn sie den richtigen Zeitpunkt für ihre Aktion wählte.

Die Sekunden tickten dahin. Noch drei Minuten.

Kageyama musste jetzt jeden Augenblick aus dem Untersuchungsraum kommen. Alma erhob sich, sodass sie in den Korridor schauen konnte. Wartete der Leibwächter von Priority One vor der Tür oder in der Nähe der Aufzüge?

Der Leibwächter war nicht mehr da. An seinem Platz stand jetzt ein Eurasier in einer schwarzen Hose im Pyjamastil und einem blutroten Seidenhemd. Er drehte der Klinik den Rücken zu, als warte er auf den Fahrstuhl, aber sein Kopf war zur Seite gewandt, als beobachte er jemanden, der gerade den Korridor entlang ging. Alma sträubten sich die Nackenhaare, als sie eins und eins zusammenzählte und ein Ergebnis erhielt, das ihr nicht gefiel.

Hinter ihr öffnete sich eine Untersuchungsraumtür, und sie hörte, wie Kageyama sich bei der Technikerin bedankte. Seine Schritte näherten sich und sie wollte sich gerade zu ihm umdrehen und ihn ansprechen, als der Mann neben den Aufzügen sich zu ihnen umdrehte. Ein Schock wie ein elektrischer Schlag durchfuhr sie, als sie sah, dass die Augen des Mannes vollkommen weiß waren und keine Iris oder Pupille hatten. Sie hatte das jähe beängstigende Gefühl, jene Augen könnten sie trotz des Einweg-Glases sehen. Dies musste der Mann sein, vor dem sie das andere Superkid gewarnt hatte: der Mann mit den komischen Augen.

Im gleichen Augenblick berührte Kageyama ihren Ellbogen. Alma musste die Reaktion ihrer Reflexbooster augenblicklich unterbinden – ihre Hand mit dem Injektor war schon halb aus der Tasche heraus, bevor sie die Bewegung stoppen konnte.

Das Gefühl, angestarrt zu werden, ließ nach, als habe der Mann mit den weißen Augen plötzlich das Interesse an ihr verloren. Er schaute jedoch immer noch in die Richtung der Klinik und ging jetzt darauf zu.

»Hallo, Jane«, sagte Kageyama, der die herannahende Gefahr nicht bemerkte. Er betonte den Namen ein wenig, als habe er einen ironischen Hintergedanken dabei. »Ich bin froh, dass Sie noch hier sind. Ich wollte etwas mit Ihnen besprechen und zwar...«

Der Mann mit den weißen Augen öffnete die Tür. Alma konnte spüren, dass seine Aufmerksamkeit nicht mehr ihr galt. Sie schien sich stattdessen auf Kageyama zu konzentrieren.

Kageyama blinzelte... und dann überlief ihn ein Schauder. »Nein!«, rief er. Mit Reflexen so schnell wie Almas sprang er in die Luft und landete einen Kampfsporttritt auf dem Kinn des anderen Mannes. Dessen weiße Augen schlossen sich blinzelnd, als sein Kopf in den Nacken schnappte, aber einen Augenblick später kam er geduckt durch die Tür und schickte Kageyama mit einer Beinsichel zu Boden, kaum dass er aus der Tür heraus war. Kageyama sprang wieder auf die Beine und die beiden prallten in einer Reihe nur verschwommen erkennbarer Schläge und Tritte aufeinander. Kageyama zielte einen Tritt gegen die Kniescheibe des anderen Mannes, doch der tänzelte rasch außer Reichweite. Der Mann mit den weißen Augen packte Kageyama an der Jacke und versuchte dessen Schwung zu einem Wurf auszunutzen, doch Kageyama entglitt seinem Griff wie ein Fisch, der sich vom Haken wand, und seine Jacke riss, als er sich befreite.

Ohne ihre kybernetischen Verstärkungen hätte Alma dagestanden wie eine Statue und zwei Wirbelstürmen bei ihrem Kampf zugesehen. Nur ihre Reflexbooster ermöglichten ihr eine angemessene Reaktion. Der Mann mit den weißen Augen ignorierte sie und konzentrierte sich völlig auf Kageyama. Ihre linke Hand war ihm am nächsten. Sie ließ sie vorwärts zucken und versuchte, ihm den Injektor in den Rücken zu stechen.

Irgendetwas ließ sie schlecht zielen – später wusste sie nicht mehr, ob es an den blitzschnellen Reflexen des Mannes mit den weißen Augen lag oder an dem Zitteranfall, der ihre Hand plötzlich erfasste. Sie stieß zittrig zu und verfehlte den Mann mit den weißen Augen um mehrere Zentimeter. Der Injektor traf Kageyama in der Seite, als er gerade wieder aufsprang, und die Ladung Gamma-Skopolamin wurde mit dem lauten Zischen von Pressluft injiziert.

Kageyamas Muskeln verkrampften sich. Der Mann mit den weißen Augen lachte glucksend und trat vor, um ihn sich zu schnappen, da Kageyama taumelte und fiel. Ihr Pech verfluchend – das vom I-Ging prophezeite Chaos hatte sie schließlich doch noch eingeholt –, fuhr Alma mit der rechten Hand in ihre Tasche.

Als sie den zweiten Injektor zückte, zwang Alma sich, den Rat des I-Ging zu beherzigen und sich auf ihr Gleichgewicht zu konzentrieren. Sie tat so, als wolle sie sich von dem Mann mit den weißen Augen entfernen, während sie die Hand mit dem Injektor aus der Tasche zog und sie dabei mit ihrem Körper verbarg. Im letzten Augenblick zuckte ihre Hand vorwärts und rammte den zweiten Injektor in seinen Arm. Ein einziges Wort hallte flüsternd durch ihren Verstand – *Aufhören* –, bevor er sich verkrampfte. Starr wie eine Statue, die Arme immer noch um Kageyama gelegt, fiel er zu Boden.

Schlagartig war alles ruhig. Hinter Alma bat die

Robot-Sprechstundenhilfe auf dem Wand-Monitor den ›neuen Patient‹, sich anzumelden, bitte.

Alma bückte sich, um Kageyama aus der Umklammerung zu befreien, nur um voller Überraschung zurückzuweichen, da er sich plötzlich aus eigener Kraft aus dem Griff des Mannes mit den weißen Augen löste. Kageyama kam schwankend auf die Beine, und Alma fragte sich, ob ihm Gamma-Skopolamin überhaupt etwas anhaben konnte. Dann sah sie seine geweiteten Pupillen und hörte, wie undeutlich und stockend er sprach.

»Danke vielmalsch, Ni-howl.« Er sah sich benommen um, als wisse er nicht, was er als Nächstes tun sollte.

Seine Unsicherheit entsprach ganz Almas. Ihr Blick irrte zwischen Kageyama und dem auf dem Boden liegenden Mann hin und her. Seine Augen quollen ihm förmlich aus dem Kopf, und seine Muskeln waren so steif, als habe gerade die Leichenstarre bei ihm eingesetzt. Sie war stark genug, um beide Männer aus der Arcologie zu tragen, aber auf dem Weg nach draußen gab es mehrere Überwachungskameras. Sie würde es niemals schaffen. Sie musste sich für einen der beiden entscheiden – und Kageyama konnte sich wenigstens halbwegs aus eigener Kraft bewegen.

Er schien die logische Wahl zu sein. Der Nachricht auf ihrem Handy zufolge suchte der Mann mit den weißen Augen das andere Superkid und wusste auch, wie sie aussah. Aber er schien Alma nicht mit ihr verwechselt zu haben, als er sie durch die Tür angestarrt hatte. Er hatte sie abgetan, als sei sie ein unbeteiligter Zuschauer. Anscheinend kannte er das andere Superkid doch nicht *so* gut. Kageyama hatte sich wiederum soeben bei Alma bedankt, als sei sie eine Freundin. Vielleicht ...

Eine der Untersuchungsraumtüren öffnete sich. Trotz der Schallisolierung musste jemand etwas gehört haben. Das gab den Ausschlag für Alma. Sie hob den Mann mit den weißen Augen auf und setzte ihn auf einen Sessel, dann schnappte sie Kageyama am Arm und führte ihn aus der Klinik zum Fahrstuhl.

Die Fahrstuhltüren öffneten sich und sie schob Kageyama hinein. Die drei bereits in der Kabine befindlichen Personen wichen ein wenig zurück und rümpften die Nase, als schnüffelten sie verstohlen nach Alkohol. Alma drückte auf das Icon für das Dach.

Kageyama mochte die physischen Wirkungen des Gamma-Skopolamin in Rekordzeit abgeschüttelt haben, aber der ›Wahrheitsserum‹-Wirkung der Droge unterlag er noch immer. Er sah Alma so vertrauensvoll an wie ein Hundewelpe, aber seine Augen schienen von Sekunde zu Sekunde klarer zu werden. Sie konnte erkennen, dass es nicht mehr lange dauern würde, bis die Droge keinerlei Wirkung mehr zeigte. Trotz der Anwesenheit anderer Personen musste sie sofort damit beginnen, Fragen zu stellen.

»Erkennen Sie mich wieder?«

Der Express-Fahrstuhl raste nach oben und ließ Kageyama ein wenig schwanken. »Gewisch«, antwortete er mit einem schläfrigen Grinsen. »Sie haben die Flachsch… die Flachschädel für unsch geschtoh… befreit. Und Sie haben meine Schtaschue geschtohlen. Warum haben Sie dasch getan?« Er schwenkte den Zeigefinger vor ihrer Nase und kicherte dann, als ihm auffiel, dass sein vercyberter kleiner Finger sich aus eigenem Antrieb hin und her bewegte. Er sah ihm fasziniert dabei zu.

Der Fahrstuhl hielt im siebzehnten Stock. Zwei Personen stiegen aus – aber fünf neue stiegen ein. Kurz bevor sich die Türen schlossen, hörte Alma einen Alarm durch den Korridor jaulen. Sie wechselte die Stellung, sodass ein massiger Troll zwischen ihr und der dicht unter der Kabinendecke angebrachten Sicherheitskamera stand, und tat dann das einzig Mögliche, um Kageyamas Gesicht zu verbergen. Sie umschloss mit beiden Händen seinen Kopf, zog ihn zu sich heran und küsste ihn.

Er erwiderte den Kuss mit einem Geschick, wie sie es jemandem, dessen Lippen vom Gamma-Skopolamin taub waren, niemals zugetraut hätte. Ein Schwall sexueller Energie erfüllte sie und ließ sie erröten. Ihre Hände fingen an zu zittern – beide.

Sie küssten sich, bis der Fahrstuhl das Dach erreichte. Als sich die Türen zu einem verglasten Durchgang zum Hubschrauberlandeplatz öffneten, löste Kageyama sich schließlich von ihr und blinzelte. »Das war schö…«

Sie scheuchte ihn aus dem Fahrstuhl und rief die Uhrzeit in ihrem Cyberauge auf. Es war 10:32 Uhr – trotz allem, was vorgefallen war, hinkte sie bei ihrer Extrahierung nur zwei Minuten hinter ihrem Zeitplan her. Jetzt brauchte sie nur noch das richtige Lufttaxi zu finden, immer vorausgesetzt, der Shadowrunner war pünktlich erschienen…

Sie sah den schwarz-gelben Hubschrauber – Black Chopper 51 – und lief darauf zu, wobei sie Kageyama an der Hand hinter sich her zog. Eine Tür in der Seite des Hubschraubers wurde geöffnet, und sie stiegen ein, beide nach ihrem kurzen Sprint über das Dach vom Regen durchnässt.

Buzz – ein Zwerg mit einem Bürstenschnitt und faltigem rosa Narbengewebe im Gesicht und am Hals, wo er seinen Bart hätte tragen müssen – neigte den Kopf, um zu lauschen, als Alma und Kageyama hinten im Taxi Platz nahmen. Seine Augen waren voll vercybert: zwei Glasfaserkabel steckten in der ›Pupille‹ jeden Auges und verbanden ihn mit den internen und externen Videokameras des Hubschraubers.

»Wohin?«, knurrte er mit einer Stimme wie ein erstickender Pitbull. Welchen Schaden der Shadowrunner auch davongetragen hatte, seine Stimme hatte beinahe ebenso darunter gelitten wie sein Bart.

»Kreisen Sie über der Stadt«, sagte Alma. »Ich muss unserem Passagier noch ein paar Fragen stellen, bevor wir ihn absetzen.«

Buzz nickte. Das Dach kippte unter ihnen weg, als der Hubschrauber geschmeidig abhob. Alma stieß einen Seufzer der Erleichterung aus. Sie hatte es geschafft: Sie hatte Kageyama extrahiert. Jetzt musste sie nur noch entscheiden, was sie mit ihm tun sollte.

Sie schrak zusammen, als sie Kageyamas Stimme neben sich hörte, klar und deutlich und ohne die geringste Beeinträchtigung. »Ich muss Ihnen auch ein paar Fragen stellen.«

Alma drehte sich langsam um und sah, dass seine Pupillen wieder völlig normal waren – was ihre Mutmaßungen, was seine Person betraf, zu bestätigen schien. Gamma-Skopolamin ließ die Muskeln eines gewöhnlichen Menschen oder Metas für eine Stunde erstarren. Danach hatte jeder Betroffene eine weitere Stunde unter Nachwirkungen zu leiden. Kageyama hatte die Wirkung der Droge dagegen in... sie zog die Uhr auf ihrer Netzhaut zu Rate... knapp unter vierzehn Minuten vollständig abgebaut.

Sie hoffte, der Mann mit den weißen Augen war dazu nicht ebenfalls fähig.

Sie starrte Kageyama einen Moment lang an und versuchte zu entscheiden, ob er zu jenen Männern gehörte, die sich durch eine Drohung gefügig machen ließen. Der Hubschrauber würde erst landen, wenn sie Buzz entsprechende Anweisungen gab. Kageyama war ein Gefangener. Doch er machte einen gefassten Eindruck, obwohl seine Jacke nicht mehr da und sein Hemd aufgerissen und vom Regen durchnässt war. Seine grünen Augen funkelten vor Neugier – sie sah keine Spur von Furcht darin. Alma ging plötzlich auf, dass er wusste, dass er extrahiert wurde – und es tatsächlich *genoss*.

»Ich tausche«, sagte sie. »Frage für Frage und Antwort für Antwort. Einverstanden?«

Kageyama nickte. »Bitte – Sie zuerst.«

»Kennen Sie meinen richtigen Namen?«, fragte sie.

»Gewiss.« Er lächelte, sagte aber kein einziges Wort mehr.

»Wie haben Sie mich in der Klinik genannt?«

»Tut mir Leid, aber jetzt bin ich an der Reihe«, neckte er sie. Er dachte kurz nach. »Wer hat Sie angeworben, um mich zu entführen?«

Jetzt war Alma die Schüchterne. Sie erinnerte sich an Bluebeards Spekulation darüber, wer hinter dem Seoulpa-Ring Komun'go stand. Die Chance, das Richtige zu treffen, stand fünfzig zu fünfzig.

»Ein Drache«, antwortete sie.

Kageyamas Augen weiteten sich. »Aha.« Bevor er noch mehr sagen konnte, feuerte sie ihre nächste Frage ab. »Für wen halten Sie mich?«

Er runzelte die Stirn. »Hören Sie auf, mir etwas vorzuspielen, Night Owl. Sie haben die Kleidung und die Frisur gewechselt – Sie bewegen sich sogar anders –, aber ich kenne Ihre Aura.«

Alma erstarrte. Wenn Kageyama tatsächlich erwacht war, konnte er ihre Aura lesen. War es tatsächlich möglich, dass Kageyama eines der Superkids so gut kannte, dass er deren Aura mit Almas verwechselte? Und konnte dieses Superkid die Frau sein, die Alma suchte?

Alma hörte ihr Herz in der Brust hämmern. Ihre Atmung war plötzlich sehr flach.

Sammle dich, sagte sie sich. Sammle dich und finde dein inneres Gleichgewicht.

Ihre Cyberohren schnappten das leise Surren einer zoomenden Linse auf, und sie registrierte, dass die Videokamera mit dem eingebauten Mikrofon direkt auf sie gerichtet war. Buzz hörte mit. Nach allem, was Alma wusste, konnte der Shadowrunner auch ein Freund dieser Night Owl sein.

Sie schaute auf die Stadt herab. »Buzz«, sagte sie zur Videokamera, »wir sind jetzt weit genug von der Arcologie entfernt. Setzen Sie uns auf dem nächsten Landeplatz ab. Nehmen Sie einen, auf dem nicht so viel los ist.«

»Verstanden.«

Als der Hubschrauber an Höhe verlor, ging Alma auf, dass sie ein Risiko einging. Sobald sie gelandet waren, konnte sich Kageyama einfach davonmachen. Sie konnte lediglich auf seine Neugier zählen. Er war genauso scharf auf Antworten wie sie.

Der Hubschrauber setzte federleicht auf einem fast leeren Landeplatz vor einem großen Zementgebäude auf, das wie eine Universität aussah. Alma warf Buzz einen Kredstab zu, und der Zwerg fing ihn auf, ohne sich auf seinem Sitz umzudrehen. Dann öffnete sie die Seitentür des Hubschraubers.

»Soll ich warten?«, knurrte Buzz. »Sie haben noch Kreds gut.«

Alma schüttelte den Kopf. »Sie können abschwirren. Von hier aus komme ich allein zurecht.«

Sie stieg aus in den Regen und Kageyama folgte ihr. Sie führte ihn in den Schutz eines verglasten Wartehäuschens mit einem schwarzen Plastikdach, das unter der Wucht des herunterprasselnden Regens klapperte. Nachdem sie die Tür hinter ihnen geschlossen hatte, sah sie sich schnell darin um. Gut – sie waren allein und die Überwachungskamera des Wartebereichs war außer Betrieb. Hier waren sie tatsächlich unter sich.

Sie wandte sich an Kageyama, als Buzz' Lufttaxi unter Erzeugung eines Wirbels abhob, der den Regen seitlich gegen die Scheiben des Häuschens peitschte. »Ich schlage Ihnen einen Handel vor«, sagte sie zu ihm. »Ich bin nicht die, für die Sie mich halten. Ich heiße nicht Night Owl, obwohl ich ihr sehr ähnlich sehe. Ich will sie finden. Sagen Sie mir, wie ich das schaffe, dann erzähle ich Ihnen alles, was ich über meinen Auftraggeber und dessen Motive weiß, Sie extrahieren zu lassen.«

Darüber dachte Kageyama lange Zeit nach. Schließlich sagte er: »Warum suchen Sie sie?«

»Sie hat ein Verbrechen begangen«, antwortete Alma. »Die Leute, die sie bestohlen hat, haben mich mit ihr verwechselt, genau wie Sie, und jetzt bin ich der Sündenbock. Ich will meine Unschuld beweisen. Danach...«

Sie hielt inne. Danach würde das andere Superkid nach allen Regeln der Kunst von der PCI-Sicherheit verhört und anschließend der Stammespolizei übergeben werden, die sie des Mordes an Graues Eichhörnchen anklagen würde. Wie Akiko würde sie wahrscheinlich in der Todeszelle enden.

Was Alma betraf, so würde sie gezwungen sein, sich zur Ruhe zu setzen – für immer. Ihre Vorgesetzten bei PCI wussten zwar, dass sie ein ehemaliges Superkid war, aber sie hatte es unterlassen, ihnen im Einzelnen zu erklären, was das bedeutete: dass es dort draußen noch andere gab, die praktisch denselben genetischen Fingerabdruck hatten wie sie. Dieses potentielle Sicherheitsrisiko hatte sie nicht erkannt und somit auch nicht enthüllt, und jetzt konnte sie sich schon glücklich schätzen, wenn sie einen Job bei PCI – in irgendeiner Funktion – behielt. Doch zumindest würde sie Mr. Lali ihre Unschuld beweisen können.

»Ich kann Ihnen nicht sagen, wo Night Owl sich aufhält, weil ich es nicht weiß«, antwortete Kageyama. »Meine Freunde und ich haben sie über einen Mittelsmann angeworben, einen Schieber namens Hothead. Wahrscheinlich kann er Ihnen weiterhelfen.«

Alma gab sich alle Mühe, eine kühle und professionelle Miene zu bewahren, als Kageyama ihr eine Beschreibung des Schiebers gab und erklärte, wie sie mit ihm in Verbindung treten konnte. Endlich kam sie voran – sie war ihrer Zielperson jetzt ganz dicht auf den Fersen.

»Beschreiben Sie mir Night Owl.«

»Sie könnte Ihre Zwillingsschwester sein«, sagte Kageyama. »Sogar ihre Aura ähnelt der Ihren: eine große Anzahl dunkler Schatten um Augen, Ohren und Hals, die eine Folge der dort implantierten Cyberware sein müssen. Aber ihre Körpersprache ist völlig anders, und sie hat auch nicht Ihre Eleganz, wenn sie sich bewegt. Tatsächlich ist sie ziemlich unbeholfen – manchmal endet es damit, dass sie Ei im Gesicht hat.«

Er zwinkerte Alma zu, doch als sie sein Lächeln nicht erwiderte, zuckte er die Achseln, als habe sie einen Witz nicht verstanden.

Alles, was Kageyama soeben gesagt hatte, bestätigte Almas Vermutung: Night Owl musste das Superkid sein, das ihr die Extrahierung von Graues Eichhörnchen angehängt hatte. Die Frau hatte nicht nur dieselbe Aura, sondern auch dieselbe Cyberware wie die anderen Mitglieder der Alphagruppe. Die Reflexbooster, die bei allen Superkids Standard waren, hätten sie so graziös wie eine Katze machen müssen. Wenn Night Owl unbeholfen war, tat sie entweder nur so, oder ihre Reflexbooster funktionierten nicht mehr. Oder sie hatte sie sich entfernen lassen. Vielleicht waren die Reflexbooster, mit denen die Superkids ausgerüstet worden waren, defekt...

Alma zwang sich, ins Hier und Jetzt zurückzukehren. »Können Sie mir sonst noch etwas über Night Owl sagen?«

Kageyama breitete die Arme aus und zuckte die Achseln. Seine kybernetischen kleinen Finger arbeiteten wieder richtig und im Einklang mit seinen echten Fingern. »Ich kann Ihnen nur sagen, dass ihre ›Verbrechen‹ nicht durch Gier motiviert sind, sondern durch Mitgefühl. Sie...«

Alma hatte genug gehört. »Sie ist eine Mörderin«, knirschte sie. Blut schoss ihr ins Gesicht, als sie Graues Eichhörnchens durchschnittene Kehle vor ihrem geistigen Auge sah.

Kageyama ließ die Hände sinken. Er flüsterte: »Das müssten Sie besser wissen als ich.«

Der Regen hatte die Schultern von Almas Kostümjacke durchnässt und ihre Haut abgekühlt. Sie fing an zu zittern, bevor ihre Reflexbooster die unfreiwillige Bewegung beendeten. Ihr fiel auf, dass Kageyama ebenfalls durchnässt war. Beim Kampf mit dem weißäugigen Mann waren ein paar Knöpfe von seinem Hemd abgerissen, und seine Brust war bis auf einen kleinen Kreis aus blauem Stein nackt, der an einer Goldkette um seinen Hals hing. Der Anhänger bebte auf seiner fast haarlosen Brust, da Kageyama ebenfalls zitterte.

Kageyama bemerkte ihren Blick und berührte den Anhänger mit einem Finger. »Hübsch, nicht wahr?«

Alma ging plötzlich auf, worum es sich dabei handelte: um ein *Pi*, einen Glücksbringer, den man chinesischen Kindern traditionell gab. Es war nur eine der Traditionen, die auch auf andere Kulturen übergegriffen hatten. Die Hälfte aller Bewohner Vancouvers hatte eines ungeachtet ihrer ethnischen Herkunft. Offenbar war dieser Brauch in Japan ebenfalls populär geworden.

»Sie haben versprochen, mir zu sagen, wer Sie für diese Entführung angeworben hat«, erinnerte Kageyama sie. »Halten Sie Ihre Versprechen auch?«

Alma sah keinen Grund, es nicht zu tun. Sie kannte jetzt den Namen der Frau, die sie suchte, und hatte Name und Beschreibung eines Mannes, der ihr sagen konnte, wo sie Night Owl finden würde. Sie hatte Kontakt zu zwei Shadowrunnern – Bluebeard und Buzz – hergestellt, die ihre Authentizität bezeugen konnten, wenn sie mit Hothead redete. Sie hatte einen Shadowrun durchgezogen.

Jetzt hatte es keinen Sinn mehr, die Extrahierung zu vollenden. Um Mitternacht würde das blondhaarige Seoulpa-Mitglied, wenn es bis dahin immer noch nichts von Alma gehört hatte, annehmen, die Extrahierung Kageyamas sei gescheitert, und sich nach jemand anderem umsehen, der den Job für sie erledigte. Was Tiger Cat betraf, so würde Alma ihn hinhalten müssen, indem sie ihm einen Teil des Geldes überwies, das PCI ihm schuldete. Das würde ihn daran hindern auszuposaunen, dass sie eigentlich gar kein Shadowrunner war. Wenn alles andere missglückte, konnte sie immer noch versuchen, die Spur des weißäugigen Mannes aufzunehmen, der das andere Superkid ebenfalls suchte, und sich an ihn zu hängen. Vielleicht führte er sie zu ihrer Zielperson.

Alma hatte sich in ihrem Bemühen, die Frau zu finden, die ihr das alles eingebrockt hatte, weit genug in die Welt der Shadowrunner begeben. Sie wollte die Grenze nicht überschreiten, indem sie tatsächlich ein Verbrechen beging. Kageyama war ein unschuldiges Opfer – genau wie Graues Eichhörnchen. Alma schuldete ihm eine Erklärung.

»Ihre Extrahierung wurde von einem in Seattle ansässigen Seoulpa-Ring angeordnet: dem Komun'go. Sie wollten ihnen ein paar Fragen stellen – worüber, das weiß ich nicht, aber es klang so, als suchten sie etwas.«

Kageyama täuschte Bestürzung vor. »Wie schrecklich: Das sind dann drei Drachen, die versucht haben, mich zu entführen oder zu bestehlen.«

Alma hatte keine Ahnung, wovon er sprach. »Drei Drachen?«

Er zählte sie an den Fingern ab. »Mang, der Drache, dessen Leute Sie angeworben haben, um mich zu entführen. Chiao, der Sie angeworben hat...«

Er hielt inne, um sich zu korrigieren. »Der Night Owl angeworben hat, um eine Skulptur aus meiner Wohnung zu stehlen. Ich habe ihn sofort erkannt, als er kam, um seine Beute zu holen, obwohl ich mir nicht erklären kann, warum er sich so große Mühe gemacht hat, um in den Besitz einer einfachen Statuette aus Jade zu gelangen. Es überrascht mich, dass er stattdessen nicht einfach ein Mitglied des Roten Lotus geschickt hat, um sie zu stehlen.«

Alma nickte, da sie nun ein anderes Puzzleteil einordnen konnte: den Roten Lotus – die Gang, deren Mitglieder der Nachricht zufolge, die Night Owl an diesem Morgen auf Almas Handy hinterlassen hatte, hinter dem anderen Superkid her waren.

Kageyama fuhr fort: »Der dritte Drache, Li, will mich anscheinend ebenfalls entführen. Der Angreifer in der Klinik war seine Nummer eins.«

Als Alma ihn verständnislos ansah, fügte Kageyama mit leiser Stimme hinzu: »Die 88er, eine Triade, die bis zu Dragon Eyes' Gebieter nach Singapur zurückreicht.«

»Was wollen all diese Drachen von Ihnen?«, fragte Alma.

Kageyama schauderte und zog sich sein nasses Hemd über die nackte Brust. »Das weiß ich wirklich nicht. Sie müssen glauben, dass es in meiner Wohnung etwas sehr Wertvolles gibt, da sie sich früher einmal im Besitz eines Großdrachen befunden hat. Vielleicht ist ihnen nicht klar, dass ich derjenige bin, der sie eingerichtet hat – Dunkelzahn ist gestorben, bevor er Gelegenheit hatte, irgendwelche seiner Schätze dort unterzubringen. Aber Li, Chiao und Mang glauben, dass es dort etwas extrem Wertvolles gibt – etwas, um das es sich zu kämpfen lohnt. Was es auch ist, jeder ist gewillt, die Auflösung einer sehr mächtigen Allianz zu riskieren, um es in seinen Besitz zu bringen.«

Almas Gedanken überschlugen sich, da sie versuchte, alle Einzelteile zu einem Bild zusammenzusetzen. Hinter Kageyama waren drei Drachen her, von denen jeder über eine Gang verfügte, Triade oder Seoulpa-Ring.

Einer davon – der Drache Mang, der den Seoulpa-Ring kontrollierte – hatte nach Bluebeards Worten außerdem Verbindungen zur Eastern Tiger Corporation, einem mächtigen Mitglied der Pacific Prosperity Group. Alma fragte sich, ob die PPG die ›Allianz‹ war, von der Kageyama soeben gesprochen hatte – falls die anderen beiden Drachen ebenfalls Konzerne jener Gruppierung kontrollierten. In diesem Fall würde die Kombination aus Gang, durch die Konzerne und deren Töchter kontrollierte Nuyen und magischen Fähigkeiten der Drachen einen Sicherheitsalbtraum schaffen, den sie niemandem wünschte.

Sie verstand nur eines nicht. »Warum erzählen Sie mir das alles?«

Von oben näherte sich Rotorengeräusch, als ein Hubschrauber niederging. Alma und Kageyama schauten nach oben. Es war ein gelb-schwarzes Lufttaxi, aber nicht Buzz' Maschine. Alma schaute auf den Boden und erkannte zu spät, dass eine druckempfindliche Platte in den Beton eingelassen war, die automatisch ein Taxi anforderte, sobald der Unterstand besetzt war.

Kageyama griff in die Gesäßtasche seiner Hose und zückte ein kleines Lederetui. Dann verbeugte er sich leicht und reichte ihr ein Rechteck aus Plastik: eine persönliche Visitenkarte. Der blaue Stein um seinen Hals schwang an der Kette vorwärts und fiel dann wieder auf die Brust, als er sich aufrichtete.

»Ms. Lee – oder wie Sie tatsächlich heißen mögen –, Sie scheinen eine sehr fähige Frau zu sein«, sagte er. »Wären Sie nicht gewesen, dann wäre ich jetzt in den Klauen von Li oder eines anderen Drachen. Ich bin zu dem Schluss gekommen, dass man einen Dieb braucht, um sich vor Dieben zu schützen. Ich würde Sie gerne zu meiner Sicherheit anwerben.«

Er bedachte sie mit einem derart wissenden Blick, dass Alma sich für einen Augenblick fragte, ob er vielleicht wisse, wer sie tatsächlich war. »Danke«, stammelte sie, während sie die Karte in eine Jackentasche steckte. »Aber im Augenblick bin ich... anderweitig beschäftigt.«

Die Hand an der Tür, hielt Kageyama noch einmal inne. »Eine Beschäftigung, von der ich annehme, dass sie gefährdet ist, wenn Sie Ihren Namen nicht reinwaschen können – ist es so?«

Alma beherrschte ihre Gefühle, obwohl seine Vermutung genau ins Schwarze getroffen hatte. Der Hubschrauber setzte draußen vor dem Unterstand auf und seine Rotoren schleuderten eine Gischt von Regentropfen gegen die Glaswände.

Kageyama neigte den Kopf, als er die Tür öffnete. »Wenn Sie Ihre Meinung ändern, lassen Sie es mich wissen.« Dann schritt er hinaus in den Regen und stieg in das Taxi.

Großer Besitz

Night Owl düste auf ihrer Electroglide die Straße entlang und hielt nach der Adresse Ausschau, die sie im Telekomverzeichnis erfahren hatte. Die Straßen in diesem Teil der Innenstadt waren um diese Nachtzeit ruhig. Die Geschäfte für Antiquitäten, Retro-Kleidung und Retro-Musik sowie thaumaturgischen Bedarf waren dunkel und hatten geschlossen und nur vereinzelte Personen waren auf den protzigen Gehsteigen mit aufgeklapptem Regenschirm zum Schutz vor dem unablässig fallenden Regen unterwegs.

Sie entdeckte die gesuchte Adresse in der Mitte des Blocks. Das Geschäft war winzig und hatte nur ein vergittertes Fenster zur Straße. Eine kurze Treppe aus abgenutzten Steinstufen führte zur Eingangstür. Darüber hing ein ramponiertes Neonschild, dessen Licht hinter dem Namen des Geschäfts flackerte: Nationale Münzen & Briefmarken. Das Schild sah aus, als existiere es schon seit einem Jahrhundert, ebenso wie der Laden. Jemand lief darin herum. Night Owl hoffte, dass es der Mann war, den sie suchte.

Sie fuhr in Richtung Waterfront Station und stellte ihr Motorrad auf einem Metermate-Parkplatz im Schatten eines Eurovan ab, der noch mehr als zwei Stunden Parkzeit auf seiner Uhr hatte. Mit einer Hand voll der Parkmünzen, die sie gestohlen hatte, kaufte sie sich sechs Stunden Parkzeit. Falls der Rote Lotus ihr Motorrad entdeckte, wollte sie den Eindruck erwecken, dass sie noch eine ganze Weile unterwegs sein würde. Mit etwas Glück würden sie annehmen, dass sie den Seabus zum Nordstrand genommen hatte.

Night Owl eilte über den Parkplatz, bog an der Bronzestatue eines Engels, der einen Soldaten zum Himmel trug, nach rechts ab und betrat die Waterfront Station durch den Vordereingang. In dem großen hallenden Gebäude herrschte Tag und Nacht reger Betrieb, da der Bahnhof ein Knotenpunkt für SkyTrain, Seabus und Schnellzüge war. Leute strömten in alle Richtungen hindurch: Rolltreppen hinunter zur U-Bahn und zu den Bahnsteigen der Fernzüge, über den erhöhten Laufsteg, der zum Seabus-Dock führte, und Rolltreppen hinauf zu den Halteplätzen der Lufttaxis auf dem Dach. Noch mehr Leute scharten sich in Trauben um die Soykaf-Stände, um sich einen raschen Schuss Koffein zu genehmigen, oder standen einfach nur da und sahen sich die Elf-Uhr-Abendnachrichten auf dem riesigen Tribal-Newsnet-Monitor an, der eine ganze Wand ausfüllte.

Night Owl ging in einen Waschraum, wo sie ihre nasse Jacke und Jeans gegen eine trockene Hose und die teure Wildlederjacke tauschte, die Kageyama ihr gegeben hatte. Sie föhnte sich ihre vom Wind zerzausten Haare und kämmte sie, bis sie glatt und ordentlich herunterhingen. Dann trug sie Reinigungscreme auf die Maske der Beijing-Oper, mit der sie zuvor ihr Gesicht geschminkt hatte, und wischte die diagonalen Balken aus schwarzem, rotem und blauem Make-up weg. Als ihr Gesicht sauber war, betrachtete sie sich im Spiegel, nahm eine entspannte Haltung an und versuchte sich das Lachen zu verbeißen.

»Hallo, ›Alma‹«, sagte sie. »Bist du bereit für deinen nächsten Run?«

Vor dem Waschraum deponierte sie ihre nasse Kleidung in einem Schließfach und zückte dann das Mobiltelekom, das sie zuvor aus der Wohnung gestohlen hatte. Sie überflog die Botschaft, die für sie hinterlassen worden war, in der sie gebeten wurde, Zeit und Ort für ein Treffen zu nennen, und tippte ihre Antwort: MICH MIT DIR TREFFEN? NUR IM TRAUM, AL. Dann ging sie die Liste der Telekom- und Handy-Nummern durch, die der Speicher des Mobiltelekoms verwaltete, und fand die Einträge EGON, PRIVAT und dann EGON, NATIONALE MÜNZEN & BRIEFMARKEN. Sie ließ die Nummer aufleuchten und drückte auf das Wähl-Icon.

Als sich ein automatischer Anrufbeantworter meldete, legte sie auf und wählte die Nummer dann noch einmal. Wieder meldete sich der Anrufbeantworter: *Nationale Münzen & Briefmarken ist jetzt geschlossen. Bitte rufen Sie wieder an. Unsere Geschäftszeiten sind...*

»Drek«, flüsterte sie. »Ich weiß, dass du da bist. Melde dich.«

Nach fünf weiteren Versuchen erhellte sich der kleine Bildschirm des Mobiltelekoms. Der bärtige Zwerg darauf bedachte sie mit einem gehetzten Blick, bevor er seine Aufmerksamkeit auf etwas außerhalb des Aufnahmebereichs der Videokamera richtete, während er sich meldete. »Wir haben geschlossen und ich bin mitten in der Inventur. Was ist so wichtig, dass es nicht bis morgen warten kann?«

Das Telekom, welches das Bild des Zwergs übermittelte, war etwa in Hüfthöhe positioniert. Wahrscheinlich stand es auf der Ladentheke. Seine Hände huschten ständig durch den Aufnahmebereich, da er damit beschäftigt war, Plastikumschläge mit bunten Briefmarken zu stapeln.

Night Owl hielt das Mobiltelekom auf Armeslänge vor sich. Sie neigte es ein wenig, sodass die Videokamera ihr Gesicht erfasste. »Egon?«

Er sah wieder auf. »Ach, Sie sind es, Alma. Was wollen Sie?«

Bingo! Night Owl hatte vermutet, dass dieser Egon und Alma sich kannten – andernfalls hätte Alma nicht seine private Telekomnummer gehabt. Jetzt musste sie darauf hoffen, dass sie nicht so gute Chummer waren, dass er Night Owls kleine Scharade durchschaute.

»Erinnern Sie sich noch an das Gutachten, das Sie vor etwa einem Jahr für mich erstellt haben?«, fragte sie ihn.

»Gewiss. Drei Münzen aus der Qing-Dynastie, ordentlicher Zustand, keine nachweisbare Magie, jede ungefähr dreißig Nuyen wert. Ich hoffe, Sie haben es aufgegeben, das I-Ging damit zu werfen – der ständige Gebrauch wird ihren Wert verringern.«

Night Owl nickte, beeindruckt vom Gedächtnis des Mannes. Er hatte jede bemerkenswerte Einzelheit des Gutachtens genannt, das sie in einer Schublade in Almas Wohnung gefunden hatte. Entweder hatte der Zwerg ein fotografisches Gedächtnis oder einen kybernetischen Datenspeicher. Sie hoffte, dass sein Gedächtnis für Körpersprache nicht ganz so hervorragend war.

»Ich bin nur ein paar Blocks von Ihrem Laden entfernt, im Waterfront-Bahnhof«, sagte Night Owl zu ihm. »Kann ich mich mit Ihnen treffen? Ich brauche Informationen über eine seltene Münze.«

»Jetzt?« Der Zwerg verschwand kurz aus dem Aufnahmebereich der Kamera, als er sich zu etwas umdrehte. »Es ist gleich halb zwölf.«

»Haben Sie je von den Münzen des Glücks gehört?«, fragte Night Owl. »Eine davon ist hier, in Vancouver.«

Das erregte seine Aufmerksamkeit. Egon starrte direkt in die Videokamera, seine Augen waren weit aufgerissen. Offenbar hatte er von den Münzen gehört. Er leckte sich die Lippen. »Haben... Sie die Münze?«

Night Owl hatte bereits beschlossen, sich nicht ganz so weit aus dem Fenster zu lehnen – wenn der Zwerg sie aufforderte, ihm die Münze zu beschreiben, musste sie passen. Sie wählte ihre Worte sehr sorgfältig. Sie wollte keinen Fehler machen und Schattenslang benutzen – immerhin gab sie sich als Konzernschnalle aus.

»Sagen wir einfach, dass ich ein wenig Schwarzarbeit für den Besitzer der Münze leiste – jemand, der anonym bleiben möchte. Er hat mich als zusätzliche Sicherheit angeworben, war aber nicht bereit, mir viel über die Münze zu erzählen. Ich dachte, Sie könnten diese Lücke füllen. Ich will wissen, womit ich es zu tun habe.«

»Lassen Sie uns unter vier Augen darüber reden«, sagte der Zwerg. »Kommen Sie in meinen Laden.«

Der Bildschirm verdunkelte sich und Night Owl grinste. »Bytehirn«, flüsterte sie verächtlich. Sie klappte das Mobiltelekom zusammen, verließ den Bahnhof und ging die Straße entlang zu dem kleinen Laden von Nationale Münzen & Briefmarken.

Der Zwerg brauchte ein paar Minuten, um die Tür zu öffnen, nachdem sie geklopft hatte. Night Owl stand mit über den Kopf gezogener Jacke da, zum Schutz sowohl vor dem Regen als auch vor den Blicken der Passanten oder der Insassen in den vorbeifahrenden Wagen. Es war nicht viel Verkehr, aber sie wollte kein Risiko eingehen. Nicht jetzt, da der Rote Lotus und Komische Augen hinter ihr her waren.

Der Zwerg rollte das Innengitter hoch und öffnete dann die eigentliche Ladentür. Er reichte Night Owl nur bis zur Hüfte, aber seine untersetzte Statur glich die fehlende Größe wahrscheinlich Kilo für Kilo aus. Seine Haare waren blond und kurz geschnitten, desgleichen sein Bart. Trotz der Tatsache, dass der Laden geschlossen war, saß seine Krawatte immer noch stramm. Die Ärmelaufschläge seines Frackhemds wurden von Manschettenknöpfen aus Goldmünzen zusammengehalten.

»Tut mir Leid, dass ich Sie im Regen habe warten lassen«, entschuldigte er sich. »Ich musste zuerst mit dem Beobachtergeist sprechen, damit er Ihre Anwesenheit im Laden akzeptiert. Und übrigens danke für den Tipp hinsichtlich des Sicherheitssystems. Er hat mir einen Haufen Kreds gespart.«

Night Owl nickte, als sie den Laden betrat. Hätte der Münzhändler sich nicht gerade bei ihr bedankt, hätte sie angenommen, er wolle sie warnen, dass der Laden magisch gesichert war. Doch als sie ihre tropfende Jacke auszog und sich umdrehte, um sie über einen der Stühle vor der Ladentheke zu hängen, zuckte Egon beim Anblick der Kanone in ihrem Rückenhalfter mit keiner Wimper.

Night Owl betrachtete die Regale und Tresen, die den winzigen Laden ausfüllten, während Egon die Tür wieder schloss und absperrte. Die Regale waren vollgestellt mit Aktenordnern, und auf den Tresen stapelten sich Metallschubladen, die mit kleinen Plastiketuis gefüllt waren, in denen sich jeweils eine Münze, ein altmodischer Dollarschein oder eine Briefmarke befand – Zahlungsmittel, welche die Reise ins einundzwanzigste Jahrhundert überlebt hatten, um dann mit dem Aufkommen des Kredstabs und der Matrix zu verschwinden. Eine große Uhr zum Aufziehen, deren antiquierter Mechanismus laut tickte, stand auf einem Regal hinter dem Tresen, und die Regale selbst enthielten verstaubte Bücher anstatt Speicherchips. Alles in dem Laden war, so schien es, das Produkt eines vergessenen Zeitalters – mit Ausnahme des Kredstab-Lesegeräts auf dem Tresen. Egon stand zumindest mit einem Bein im einundzwanzigsten Jahrhundert.

Es dauerte einen Augenblick, bis Night Owl den Beobachtergeist des Ladens ausgemacht hatte, der natürlich unstofflich war. Sie konnte ihn nur aus dem Augenwinkel wahrnehmen. Er hatte Gnom-Größe und ein runzliges Gesicht, und seine Augen waren geschlossen und von Münzen bedeckt, die auf seinen Augenlidern hingen, als seien sie dort festgeklebt. Der Geist saß reglos wie der Tod mit gekreuzten Beinen in einem Schaukasten mit gläserner Front. Night Owl hatte jedoch den Eindruck, dass er durch die Münzen auf seinen Augen schauen konnte und jede ihrer Bewegungen genau beobachtete.

Egon ließ das Gitter wieder herunter und wandte sich dann Night Owl zu. Offenbar vertraute er ›Alma‹ so weit, dass er sich mit ihr in seinem Laden einschloss – manchmal hatte es auch Vorteile, sich als Konzernschnalle auszugeben. Entweder das oder er war entschlossen, sie im Laden festzuhalten, bis sie ihm alles gesagt hatte, was sie über die Münze wusste.

Night Owl beabsichtigte das Gegenteil.

»Erzählen Sie mir von den Münzen des Glücks«, begann sie. Sie zog sich einen Stuhl zu einer Stelle, wo ein hohes Regal sie vor der Straße abschirmte, und setzte sich mit dem Rücken zur Wand. »Was sind sie wert und wozu sind sie imstande?«

Sie war bereits zu der Ansicht gelangt, dass die Münze, die sie zu besitzen vorgab, magisch sein musste – Geld allein konnte das Interesse eines Drachen nicht erklären.

Egon trat hinter den Schaukasten mit dem Beobachtergeist und auf ein Podest, das seine Augen auf gleiche Höhe mit ihren brachte. »Die Münzen des Glücks sind viele Jahrhunderte alt. Sie reichen bis in die Chin-Dynastie zurück. Allein dadurch wären sie mehrere hunderttausend Nuyen wert. Aber wie Sie sich bereits gedacht haben, gibt es noch einen anderen Grund für ihren außerordentlichen Wert. Angeblich sind diese Münzen äußerst wirkungsvolle magische Foki. Der Legende nach bringt jede Münze eine andere Art von Glück mit sich: Wohlstand, Langlebigkeit, Fruchtbarkeit und Glückseligkeit.«

Das passte. Glückseligkeit – *Fu* – war der Buchstabe, der sich Chiao zufolge auf der Rückseite der Skulptur befand, die sie hatte stehlen sollen. Night Owl war einer Eingebung gefolgt – gestützt durch einen Münzwurf –, dass Egon sich mit den Münzen des Glücks auskennen würde, und zwar aufgrund der Tatsache, dass er Almas Münzen thaumaturgisch geprüft hatte. Die etwas weithergeholte Annahme hatte sich bezahlt gemacht. Sie war an der richtigen Adresse.

Night Owl beugte sich vor. »Was ist das für eine Legende?«

Egons Augen funkelten. »Die Münzen des Glücks wurden angeblich vor zweitausend Jahren von den *Lung Wang* geschaffen – den ›Drachenkönigen‹ der chinesischen Mythologie, Drachen, die Meere, Regen und Winde beherrschten. Die Münzen wurden der Menschheit als Prüfung gegeben, um zu sehen, ob die Sterblichen die mit den Münzen verbundenen Segnungen zum Guten oder zum Schlechten benutzen würden. Die Männer und Frauen, welche die Münzen bekamen, gelangten zu Ansehen und Reichtum und wurden zu Herrschern ihres Volks. Aber wie bei so einer Geschichte nicht anders zu erwarten, waren die Sterblichen nicht mit einer Münze zufrieden. Sie führten Krieg gegeneinander, da jeder versuchte, sich die anderen drei Münzen anzueignen.«

Night Owl hob eine Augenbraue. »Sie waren mit nur einer Sorte Glück nicht zufrieden?«

»Es lag nicht nur daran. Der Legende nach verleihen alle Münzen zusammen besondere Kräfte der Weissagung. Mit ihnen kann man den günstigen Augenblick für das Wirken eines Zaubers feststellen – aber nur, wenn sie alle zusammen befragt werden. Angeblich ist es dazu zuletzt im dreizehnten Jahrhundert gekommen. Als die Mongolen Japan im Jahre 1281 angriffen, benutzte der japanische Kaiser die Münzen, um den Augenblick zu bestimmen, in dem die Priester einen Wirbelsturm beschwören konnten. Ihr ›göttlicher Wind‹ zerstörte die Mongolenflotte und damit auch das Invasionsheer.«

Egon zuckte die Achseln. »Natürlich könnte das alles

auch nur eine Legende sein. All das hat lange vor dem Erwachen stattgefunden, in einem Zeitalter, in dem Magie eigentlich unmöglich gewesen sein soll.«

Night Owl, die der Geschichte andächtig gelauscht hatte, nickte. Die Münze, die sie hatte stehlen sollen, war noch wertvoller, als sie gedacht hatte. Kein Wunder, dass der Drache ein Interesse daran hatte, sie in seine Hände zu bekommen.

»In den nächsten Jahrhunderten«, fuhr Egon fort, »waren der Verbleib der Münzen unbekannt. Erst im Jahre 2057, als der Drache Dunkelzahn starb und sein Testament verlesen wurde, tauchten drei der Münzen wieder auf. Die Münze der Langlebigkeit, Shou-Münze genannt, ging an den Großdrachen Lung. Die Feng-Münze der Fruchtbarkeit wurde einer Frau namens Sharon Chiang-Wu vermacht, der Gemahlin des Geschäftsführers von Wuxing, Incorporated. Die dritte Münze, die Lu-Münze, bekam ein verarmter Fischer aus Hongkong. Gerüchte besagen, dieser Mann habe Dunkelzahn irgendeinen großen Dienst erwiesen und der Drache wollte seine Familie mit großem Wohlstand belohnen. Bedauerlicherweise brachte die Belohnung nur Tod: Der Fischer Sun Yat-sun wurde von Gangstern des Gelben Lotus erschossen, als diese versuchten, die Lu-Münze zu stehlen. Über ihren Verbleib ist derzeit nichts bekannt. Was die vierte Münze betrifft, so darf über die Frage, ob Dunkelzahn sie je besessen hat, spekuliert werden. Die Fu-Münze wurde in seinem Testament nicht erwähnt. Doch ihr Besitzer muss eine sehr glückliche und zufriedene Person sein, ungeachtet ihrer Lebensumstände.«

Das passte zu allem, was Night Owl bisher in Erfahrung gebracht hatte. Akira Kageyama machte jedenfalls einen sehr glücklichen Eindruck – andererseits half dabei wohl auch der Umstand, dass er mehrere Millionen Nuyen schwer war. Wer behauptete, Geld allein mache nicht glücklich, hatte nie von Kredstab zu Kredstab und von der Hand in den Mund gelebt.

»Wie sehen die Münzen des Glücks aus?«, fragte Night Owl. Sie überlegte, ob es ihr wohl gelingen mochte, eine von Almas Münzen an Komische Augen oder an den Drachen Chiao zu verhökern. Sie würden sich nicht lange täuschen lassen, aber damit konnte sie sich vielleicht etwas Zeit erkaufen.

Egon nahm die Päckchen mit Münzen und Briefmarken, die auf dem Tresen lagen, stapelte sie säuberlich auf einer Seite, griff in den Schaukasten – wobei seine Hände dem Beobachtergeist auswichen – und holte einen in Leder gebundenen Aktenordner heraus. Er legte ihn auf die frei geräumte Stelle und schlug die durchsichtigen Plastikseiten auf. In jeder befanden sich mehrere Fächer mit Münzen darin.

»Sie sehen wie diese aus«, sagte er, indem er auf ein halbes Dutzend stark zerfurchter Münzen zeigte. »Die Münzen des Glücks ähneln den anderen in der Zeit der Chin-Dynastie hergestellten Münzen bis auf die Tatsache, dass sie niemals anlaufen. Sie sind mit irgendeinem magischen Schutz versehen, hinter den nur sehr mächtige Magier schauen können.«

Night Owl glitt von ihrem Stuhl und trat vor die Ladentheke. Sie beugte sich über den Ordner, betrachtete die Münzen und prägte sich ihr Aussehen ein. Jede durchmaß etwa fünf Zentimeter und hatte ein quadratisches Loch in der Mitte mit einer Kantenlänge von vielleicht zwei Zentimetern. Die Darstellungen auf den Münzen waren fast völlig abgenutzt. Sie konnte kaum erkennen, dass es sich um chinesische Buchstaben handelte. »Wie kann man eine Münze des Glücks von den anderen unterscheiden?«, fragte sie.

»Nach allem, was ich über die Münzen des Glücks gelesen habe, trägt jede dieselben vier Buchstaben auf der Vorderseite«, sagte Egon. »Es bedarf eines initiierten

Magiers, um den magischen Schutz der Münzen zu durchdringen. Ist das gelungen, leuchtet einer der Buchstaben – *Fu, Lu, Shou* oder *Feng* – im Astralen.«

Er strich sich mit einer Hand den ordentlich gestutzten Bart, während er laut spekulierte. »Der Verbleib zweier Münzen ist bekannt: Lung hat seine Höhle irgendwo in China und Sharon Chiang-Wu lebt in Hongkong. Keiner hat seine Bereitschaft bekundet, seine Münze zu verkaufen, obwohl es wiederholte Anfragen von Händlern aus der ganzen Welt gegeben hat. Was drei Fragen aufwirft: Welche der anderen beiden Münzen des Glücks befindet sich hier in Vancouver, wer ist der Besitzer und ist derjenige an einem Verkauf interessiert?« Er senkte die Stimme zu einem verschwörerischen Flüsterton. »Ich bin sicher, ich könnte einen Käufer finden.«

Night Owl überlegte noch, wie sie das Angebot am geschicktesten ablehnte, als ein Ford Americar vor dem Laden vorfuhr und anhielt. Die Scheinwerfer erloschen und der Fahrer – ein asiatischer Mann – stieg aus und trat in den Regen.

Der Beobachtergeist beugte sich vor, um einen Blick auf ihn zu werfen, und sein Kopf schimmerte, als er ihn durch die Glaswand des Schaukastens schob. »Er ist da«, sagte er mit einer Stimme, die wie Münzklimpern klang.

Egon lugte auf die dunkle Straße und redete über die Schulter mit Night Owl. »Ah, gut. Ich hoffe, es macht Ihnen nichts aus, Alma, aber ich habe einen Freund zu uns eingeladen...«

Bevor er seinen Satz beenden konnte, hatte Night Owl ihre Kanone gezogen. Sie hatte den Ares Predator aus dem Magic Box geholt – mit Tatyanas Hilfe – und jetzt war sein perforierter Schalldämpfer direkt auf Egons Kopf gerichtet.

Sie begriff jetzt, warum der Zwerg so lange gebraucht

hatte, sie in den Laden zu lassen. Er war am Telekom gewesen und hatte diesen Wichser angerufen.

Sie entsicherte ihre Kanone. Das Klicken veranlasste Egon zu einem nervösen Schlucken.

Der Mann draußen erklomm die Treppe und klopfte an die Ladentür. Von seinem Platz aus konnte er Night Owl nicht sehen.

»Wer ist das?«, knirschte Night Owl.

Egon machte Anstalten, die Hände von der Theke zu nehmen, besann sich dann aber eines Besseren. Er warf einen wehmütigen Blick auf den Beobachtergeist, der Night Owl ignorierte und den Blick wie ein erwartungsvoller Hund starr auf die Tür gerichtet hatte. »Alma – entspannen Sie sich. Er heißt Lei Kung. Er hat eine Studie über die Münzen des Glücks gemacht. Er... weiß eine ganze Menge über sie.«

»Wer sind seine Chummer in den Schatten?«

Egons Augenbrauen hoben sich. »Woher wissen Sie, dass er ein Shadowrunner ist?«

Night Owl funkelte ihn an, wütend über ihre Entgleisung. »Mit wem arbeitet er zusammen?«, korrigierte sie sich.

»Kung ist völlig unabhängig. Vielleicht hätte ich Ihnen sagen sollen, dass er Shadowrunner ist, aber ich versichere Ihnen, dass er kein Verbrecher ist. Er handelt nur mit Informationen. Ich habe ihn selbst schon hinzugezogen, um die Echtheit einiger der Waren überprüfen zu lassen, mit denen ich handle – und den Leumund jener, die sie verkaufen.«

Dieser letzte Teil gefiel Night Owl ganz und gar nicht. Sie hielt ihre Kanone verborgen, als sie sich über den Schaukasten beugte, um sich den Mann durch die Glastür genauer anzusehen. Er war dreißig oder vierzig und hatte einen Schnurrbart, der nicht mehr als ein dünnes Haarbüschel über beiden Mundseiten war, dazu dichte, schulterlange schwarze Haare, die mit breiten orangefarbenen Streifen durchzogen waren. Er trug eine durchsichtige Regenjacke aus Plastik über einer engen schwarzen Jeans und einem langärmeligen schwarzen T-Shirt, in das Goldfäden gewirkt waren, die im Licht der Straßenlaternen glänzten. Die Beine der Jeans verschwanden in hohen Schnürstiefeln.

Night Owl zog sich in den Schatten des Regals zurück, als der Bursche ein zweites Mal an die Tür klopfte und Egon zuwinkte. »Ich kenne ihn nicht.«

»Woher auch?«, sagte Egon. »Er stammt aus Hongkong und ist erst vor ein paar Monaten nach Vancouver gekommen. Ich versichere Ihnen, dass er zwar ein Shadowrunner, aber trotzdem völlig harmlos ist.«

Die Kanone unverwandt auf Egon gerichtet, zog Night Owl den SkyTrain-Chip aus der Tasche und warf ihn in die Luft. Kopf, dann würde sie mit diesem Lei Kung reden. Zahl, dann würde sie Egon sagen, er solle seinen Freund in die Wüste schicken.

Sie fing den Chip und klatschte ihn auf den Rücken der linken Hand, die sie ein wenig gedreht hatte, während sie immer noch die Pistole darin hielt. Kopf.

Sie halfterte die Waffe. »Na schön. Lassen Sie ihn rein.«

Egon eilte zur Tür und öffnete sie. Der Mann, der draußen gewartet hatte, betrat den Laden und schüttelte sich den Regen von den Händen.

Egon hielt seinen Arm fest. »Bitte, Kung! Sie machen die Ware nass!«

»*Dui bu qi*«, antwortete Kung, während er seine Regenjacke auszog. Er wechselte auf Sprachsoft-perfektes Englisch. »Entschuldigen Sie. Es regnet, falls Ihnen das bisher entgangen sein sollte.«

Egon nahm die Jacke und faltete sie so, dass die trockene Seite nach außen zeigte, bevor er sie über einen Stuhl legte, wo sie auf den Teppich tropfte. Währenddessen wandte Kung sich an Night Owl und neigte den Kopf in einer leichten Verbeugung. »Seien Sie gegrüßt, Ms. Wei – oder sollte ich ›Ms. Johnson‹ sagen? Es ist so nett, Sie persönlich kennen zu lernen.«

Night Owl ging plötzlich auf, dass Kung Alma kannte – und nicht deshalb, weil Egon dem Shadowrunner am Telekom Almas Namen genannt hatte. Dieser Shadowrunner und Alma hatten eine berufliche Beziehung, und seiner Anrede ›Ms. Johnson‹ nach zu urteilen, hatte sie ihn angeworben!

Night Owl fiel nur ein Grund ein, warum ein hochrangiger Sicherheitsmann eines Konzerns wie PCI einen Shadowrunner anwerben würde: die Extrahierung. Das bedeutete, dass Kung in Night Owls Hinterhof herumgeschnüffelt haben würde. Ein köstlicher Kitzel überlief sie bei dem Gedanken, direkt vor ihm zu stehen, unter der perfekten Maske verborgen: dem Gesicht der Frau, die ihn angeworben hatte. Es kribbelte bis hinunter in ihre Zehenspitzen.

»Egon hat mir verraten, dass Sie ein Shadowrunner sind, Mr. Lei«, sagte sie, sorgfältig auf Vermeidung jeglichen Schattenslangs bedacht. »Unter welchem Namen arbeiten Sie in den Schatten?«

Kung legte ein wenig den Kopf auf die Seite, als sei er belustigt. »Tiger Cat.«

»Egon hat mir gesagt, dass Sie eine Menge über die Münzen des Glücks wissen.«

»Er hat auch gesagt, dass sich eine der Münzen in Vancouver befindet.«

»Das stimmt«, sagte Night Owl. »Ich wurde angeworben, um für ihre Sicherheit zu sorgen.«

Egon stand neben Tiger Cat und Night Owl und sein Blick war während ihrer Unterhaltung von einem zum anderen gehuscht. Jetzt richteten sich seine Augen auf Night Owl. Er räusperte sich, bevor er sagte: »Lei Kung hat mich gebeten, ihn zu verständigen, sollte jemals jemand mit einem Angebot auf mich zukommen, eine der Münzen des Glücks zu verkaufen.«

»Ich habe nie behauptet, mein... mein Arbeitgeber wollte sie verkaufen«, sagte Night Owl.

»Gut.« Tiger Cat bedachte Egon mit einem ernsten Blick. »Ich würde auch nicht wollen, dass Sie einen Anteil an dieser Transaktion haben, mein Freund.«

Die Augen des Zwergs verengten sich zu Schlitzen. »Warum nicht? Die Vermittlungsgebühr wäre fürstlich – genug, um mich zur Ruhe zu setzen.«

»Zur Ruhe zu setzen, ja. Aber der Tod ist nicht der Ruhestand, der Ihnen dabei vorschwebt.« Tiger Cat seufzte. »Ich kann Sie ebenso gut beide warnen, obwohl...« Er hielt inne und funkelte Night Owl an. »Obwohl einer von Ihnen beiden nach der Klemme, in der man mich hat sitzen lassen, keine Warnung verdient hat.«

Night Owl erwiderte den funkelnden Blick, sagte jedoch nichts. Es wurde langsam interessant.

Tiger Cat hob die rechte Hand, die Finger zusammengekniffen, als umklammerten sie etwas Kleines. »Vor fünf Jahren habe ich eine der Münzen des Glücks in der Hand gehalten. Ich war dabei, als Sun Yat-sun getötet wurde. Ich hielt mich für einen sehr glücklichen Mann, weil ich sowohl mit dem Leben als auch mit der zweiten Münze des Glücks entkommen konnte. Ich versuchte sie zu verkaufen, obwohl Sun Yat-sun mir gesagt hatte, dass es Unglück bringe, die Münze zu verkaufen – dass sie vielmehr verschenkt werden müsse. Als ein Käufer und ein Preis feststanden, einigten wir uns auf einen Treffpunkt und auf eine Zeit. Aber die Leute, die sich mit mir trafen, waren Mitglieder derselben Triade, die Sun Yat-sun getötet hatte. Ich verlor beinah mein Leben – gerettet hat mich nur, dass ich die Münze ›verschenkt‹ habe. Als mir einer der Gangster eine Kanone an den Kopf hielt, warf ich ihm die Münze zu und sagte: ›Nimm sie – sie gehört dir!‹ Dann rannte ich davon. Irgendwie habe ich überlebt.«

»Das klingt, als sei das Glück auf Ihrer Seite gewesen«, sagte Night Owl, wobei sie den SkyTrain-Chip in ihrer Tasche befingerte. Sich anzuhören, was Tiger Cat zu sagen hatte, war die richtige Wahl gewesen – es war offensichtlich, dass der Shadowrunner noch viel mehr erzählen würde.

Egon starrte ihn mit weit aufgerissenen Augen an. »Unglaublich«, flüsterte er und sah dabei so verzückt aus, dass Night Owl glaubte, er fange jeden Augenblick an zu weinen. »Sie haben tatsächlich die Lu-Münze in der Hand gehalten.«

»Für allzu kurze Zeit – sie hat keinen Reichtum gebracht. Jedenfalls nicht mir. Aber das ist eine andere Geschichte, die ich gleich erzähle. Aber zuerst will ich Sie warnen, Egon. Die Münze des Glücks zu verkaufen – auch nur eine Provision für sie zu kassieren – ist unklug. Und was Sie betrifft, Ms. Wei, so empfehle ich Ihnen, dass Sie jeglicher Versuchung widerstehen, in irgendeiner Art beim Verkauf der Münze behilflich zu sein, sonst könnten Sie so enden wie der Beobachtergeist hier, nämlich mit Münzen auf den Augen.«

Als sei dies sein Stichwort, beugte der Beobachtergeist sich durch den Schaukasten vor. Er neigte den Kopf, als lausche er, und richtete dann die mit Münzen bedeckten Augen auf die Eingangstür. »Jemand kommt«, klimperte er.

»Wer?«, fragte Egon. Seine Hände schlossen den Aktenordner mit den Münzen auf der Theke. »Und was will er?«

Ein Wagen rauschte auf der nassen Straße vorbei und wurde langsamer, bevor er das Ende des Blocks erreichte.

»Jemand... der jemanden finden will...« Der Beobachtergeist wandte den Kopf, bis die von Münzen bedeckten Augen auf Night Owl gerichtet waren. »Nämlich sie.«

Night Owl beugte sich vor, um einen Blick aus dem Fenster zu werfen, und sah einen Toyota Elite etwa einen halben Block entfernt in eine Parklücke auf der anderen Straßenseite setzen. Eine blondhaarige asiatische Frau stieg aus und betrachtete etwas in ihrer Hand. Sie drehte sich langsam, während sie den Blick darauf gerichtet hielt, als orientiere sie sich an einem Kompass. Ihr Blick wanderte die Straße entlang und blieb schließlich auf dem Münz- und Briefmarkenladen haften.

»Wer ist das?«, fragte Night Owl.

Tiger Cats Lippen waren zu einer dünnen Linie zusammengepresst. Sein Blick zuckte zu Night Owl. »Ich habe ihren Vorschuss zurücküberwiesen, aber es sieht so aus, als sei sie immer noch wütend. Ich halte es für das Beste, wenn Sie…«

»Sie haben dieser Frau gesagt, dass ich hier bin?«, knurrte Night Owl. Das gefiel ihr nicht im geringsten. »Warum?«

»Nein, ich…«

Die Frau eilte jetzt auf den Laden zu. Im Laufen hob sie die freie Hand und beschrieb eine Geste, die große Ähnlichkeit mit einem Karatehieb hatte. Im gleichen Augenblick durchschlug etwas, das wie eine losgelöste leuchtende Hand aussah, das Ladenfenster. Ein Metallkasten über Night Owls Kopf beulte sich ein, als er von dem Keil magischer Energie getroffen wurde. Der Deckel des Kastens explodierte förmlich in die Höhe und Briefmarken regneten auf Night Owl herab wie bunte Schneeflocken.

Egon stammelte etwas und verschwand hinter seiner Ladentheke. Tiger Cat warf sich auf den Boden. Night Owl hatte sich bereits hinter ein Regal geduckt. Der Ares Predator lag entsichert in ihrer linken Hand. Ihr rechtes Augenlid fing an zu zucken. Wer, zum Teufel, war jetzt schon wieder hinter ihr her? Die Frau dort draußen sah wie ein Gangmitglied aus, gehörte aber nicht zum Roten Lotus. Vielleicht gehörte sie zur Mannschaft von Komisches Auge.

»Zeit zu verschwinden«, zischte Night Owl mehr zu sich selbst als zu jemand anders.

Tiger Cat schlich geduckt über den Boden. Egon hob eine Hand über die Theke und wirkte einen Zauber, der zur Folge hatte, dass an der Stelle, wo sich bis vor kurzem noch das Fensterglas befunden hatte, magische Kraftlinien schimmerten. Sein Gesicht war so bleich wie sein Bart, da er sich das Resultat seines Zaubers durch das Glas des Schaukastens betrachtete.

Night Owl griff sich ihre Jacke, duckte sich um das Ende der Theke und lief in den hinteren Teil des Ladens – um dort eine leere Wand mit Regalen und Aktenschränken vorzufinden. Sie blieb stehen, entdeckte dann jedoch einen Waschraum mit einem Fenster, das gerade groß genug für sie war, um sich hindurchzuwinden.

Aus dem vorderen Teil des Ladens ertönte ein Geräusch, als schlage jemand mit einer Axt auf einen Maschendrahtzaun ein, da die blonde Frau draußen vor dem Laden einen weiteren magischen Angriff ausführte. Alma warf einen raschen Blick zurück und sah, dass die magische Barriere hielt, die der Zwerg gewirkt hatte – aber wie lange noch?

»Alma! Wohin wollen Sie?«, rief Egon ihr nach. »Bleiben Sie im Laden – ich habe einen Barrierenzauber gewirkt.«

Night Owl hatte nicht die Absicht, herauszufinden, ob die magische Barriere tatsächlich hielt. Auf dem Rand der wackligen Toilette balancierend, riss sie das Fenster auf und glitt hindurch.

Sie landete in einer Gasse. Die Jacke noch in der einen Hand, lief sie in Richtung Waterfront Station, wobei ihre Füße eine Pfütze nach der anderen trafen. Wenn sie ihr Motorrad erreichte, konnte sie die blondhaarige Schnalle vielleicht abhängen, wie sie auch den Roten Lotus abgehängt hatte. Sie würde nach Richmond düsen und...

Als wisse sie, wohin Night Owl wollte, tauchte die Frau vor ihr in der Gasse auf. Drek! Blondie mochte vielleicht noch darauf gekommen sein, dass Night Owl sich durch den Hinterausgang verziehen würde – aber woher wusste die Frau, welche Richtung Night Owl einschlagen würde?

Night Owl griff nach ihrem Predator, doch kaum hatte sie ihn aus dem Halfter gezogen, als die Hand der Frau in einem angedeuteten Karateschlag herabsauste. Die Waffe wurde Night Owl aus der Hand geschlagen, und sie hatte das Gefühl, als sei sie von einem Vorschlaghammer getroffen worden.

Irgendwo in der Ferne fing eine Polizeisirene an zu jaulen. Night Owl hatte keine Ahnung, ob Egon sie mit einem Anruf zum Laden geholt hatte oder ob die Stammespolizei in eine andere Richtung unterwegs war. Selbst wenn sie hierher kam, blieb Blondie reichlich Zeit, um alles zu tun, was sie tun wollte. Wenigstens hatte sie Night Owl nicht angegriffen – noch nicht. Das war ein gutes Zeichen.

»Es ist Mitternacht«, sagte die Frau. »Warum haben Sie nicht angerufen, Cybergirl? Wir haben auf Ihre Erklärung gewartet.«

Für einen Augenblick fragte Night Owl sich, wovon, zum Teufel, die blonde Schnalle redete. Dann ging ihr ein Licht auf. Blondie glaubte, Alma vor sich zu haben. Night Owl warf einen Blick auf das Mobiltelekom, das an ihrem Gürtel klemmte. »Ich konnte nicht anrufen«, versuchte sie Zeit zu gewinnen. »Mein Handy war...«

Das Mobiltelekom hatte sich in der Gürtelklammer gedreht, sodass die Unterseite nach oben zeigte. Da fiel ihr etwas auf dem Boden des Geräts auf: etwas, das wie ein winziges Stück Klebeband aussah. Sie wusste, was sie darunter finden würde: einen Peilsender. Blondie, so schien es, hatte Alma nicht aus den Augen gelassen. Offenbar hatte sie ein mit einem Empfänger gekoppeltes Navigationsgerät in der Hand gehabt, als sie aus dem Wagen gestiegen war. Night Owl fragte sich, womit, zum Teufel, Alma diese Aufmerksamkeit verdient hatte.

»Mein Gebieter war nicht besonders glücklich über die Sache mit Kageyama«, sagte Blondie.

Night Owl fuhr innerlich zusammen. Vielleicht war die Frau ja doch hinter *ihr* her. »Ihr Gebieter?«, stammelte sie, während ihr rechtes Augenlid heftig zuckte. »Sie meinen Chiao?«

Die blonde Frau lachte. »Gut geraten, ist aber der falsche Drache. Ich arbeite für Mang. Und nun, da ich Ihnen das verraten habe: Sie wissen doch, was man sagt: ein wenig Wissen ist gefährlich. Wie Sie.«

Night Owl war angespannt wie ein Rennläufer in den Startblöcken. Als die Hand der Frau zuckte, warf sie sich zur Seite. Magische Energie schoss aus der Hand der Frau, und eine leuchtende Hand zischte zusammen mit einem Strom heißer Luft an Night Owl vorbei, die auf den Boden prallte und sich mit den flachen Händen abfing, kurz bevor ihr Gesicht auf den Asphalt schlug. Sie hatte das Unmögliche geschafft und war einem Zauber ausgewichen. Doch noch während sie sich mit aller Kraft herumwälzte und sich in den Schutz eines geparkten Wagens zu rollen versuchte, wusste sie, dass es ihr nicht gelingen würde, einem zweiten Angriff auszuweichen.

In diesem Augenblick hörte sie ein knisterndes Geräusch und sah einen blau-weißen Blitz durch die Gasse und der blonden Frau entgegen schießen. Als er sie traf, grunzte sie, als habe sie einen Faustschlag in den Magen erhalten, und klappte auf dem Gehsteig zusammen.

Night Owl erkannte, dass irgendetwas die Frau erledigt hatte, bevor sie zu einem zweiten magischen Angriff hatte ansetzen können, und sprang auf.

Die blonde Frau lag stöhnend und kaum noch bei Bewusstsein auf dem Gehsteig. Der Geruch nach Ozon und verbrannten Haaren verriet ihr, was sie niedergestreckt hatte. Ein Strahl magischer Energie hatte sie getroffen.

Tiger Cat trat hinter einer Mülltonne hervor und verbeugte sich. »Gut gemacht«, sagte er. »Sehr überzeugend. Sehr... schlau. Ich hatte mich schon gefragt, für wen Ihr Johnson wohl arbeitet. Jetzt weiß ich es.«

Donner grollte am Himmel und der Regen wurde stärker. Tiger Cat trat behende unter eine Markise und schaute wachsam zum Himmel. Night Owl hob ihren Predator auf und steckte die Kanone in ihr Halfter. Als etwas Dunkles von einem Laternenpfahl in der Nähe aufflog, hätte sie die Waffe beinahe wieder gezogen. Dann erkannte sie, dass es nur eine große schwarze Krähe war.

»Eine Sturmkrähe«, murmelte Tiger Cat. »Es heißt, sie bringen schlechtes Wetter – und Pech. Es gibt ein altes chinesisches Sprichwort: ›Wo Sturmkrähen sich niederlassen, nisten bald Drachen.‹«

Night Owl warf einen Blick auf Blondie, die immer noch zuckend auf dem Gehsteig lag und sie anfunkelte, während sie sich bemühte, den Kopf zu heben. »Für einige bringen sie ganz sicher Pech.«

Night Owl wollte Tiger Cat fragen, wer Blondie war, aber das würde ihm verraten, dass sie sich nur als Alma ausgab. Stattdessen bückte sie sich und tastete rasch die Taschen der Frau ab. Sie trug keine Waffe bei sich. Zwar verließ sie sich auf den Peilsender, zog Magie aber offenbar der Technologie vor, wenn es darum ging, ihre Beute zu erlegen. Night Owl fand lediglich ein Besuchervisum für Salish-Shidhe bei ihr – wahrscheinlich eine Fälschung. Außerdem entdeckte sie eine Wolfskopf-Tätowierung am Brustansatz der Frau, die ihr viel mehr verriet: sie gehörte zum Komun'go. Was einfach erste Sahne war. Damit waren jetzt dank Almas Aktionen, wie immer die auch ausgesehen hatten, drei Gangs hinter ihr her.

Die Sirenen kamen näher. Tiger Cat trat hinaus in den Regen und beugte sich über die am Boden liegende Frau. »Die Polizei wird bald hier sein, Ms. Johnson. Wenn Sie clever sind, halten Sie den Mund.«

Night Owl spannte sich, als ein Wagen um die Ecke bog und an den Straßenrand fuhr, sah dann aber, dass es nur Tiger Cats Ford Americar war. Egon saß hinter dem Steuer und seine Augen überragten das Armaturenbrett nur um ein paar Zentimeter.

Tiger Cat lief zur Fahrertür und stieg ein, während Egon auf den Beifahrersitz rutschte. Night Owl blieb gerade noch so lange, um Blondie einen raschen Tritt in die Rippen zu verpassen, und sprang dann auf den Rücksitz des Wagens. Sie öffnete ein Fenster, riss den Klebestreifen von dem Mobiltelekom ab und warf den Minisender aus dem Fenster. Mit etwas Glück würde er am Rad eines vorbeifahrenden Wagens haften bleiben und Blondie Rätsel über das Ziel ihrer Fahrt aufgeben.

Als der Wagen anfuhr, richtete Blondie sich auf. Sie schloss gerade das Fenster, als die Polizeiwagen in Sicht kamen. Dann bog Tiger Cat um die Ecke und Night Owl verlor sie aus den Augen.

Der Shadowrunner schaute in den Rückspiegel und begegnete dort Night Owls Blick. »Akira Kageyama hat eine der Münzen des Glücks, nicht wahr? Aus diesem Grund wollte der Gebieter dieser Frau ihn extrahieren lassen.«

Night Owl setzte zu einem Kopfschütteln an, hielt dann aber inne. Tiger Cat warf heute Abend nur so mit

Informationen um sich. Vielleicht halfen ihr ein paar mehr aus diesem Drek heraus. Sie beschloss, auf den anderen Runner einzugehen. Einstweilen.

»Und wenn Kageyama die Münze hätte?«, fragte sie.

Tiger Cat nickte und seufzte dann. »Ich erzähle jetzt meine Geschichte zu Ende – dann haben Sie Ihre Antwort.«

Egon, der neben ihm saß, wandte sich Tiger Cat zu. Der Zwerg war ganz Ohr.

»Ich habe Ihnen von dem Angriff auf den Fischer in Hongkong erzählt«, sagte Tiger Cat. »Die Männer, die Sun Yat-sun töteten, versuchten die Sache dem Gelben Lotus anzuhängen, aber in Wirklichkeit steckte die Yakuza dahinter. Jemand arrangierte den angeblichen Münzenkauf und ließ mich aus den Händen der ›Triade‹ entkommen. Die ganze Sache war von Anfang an darauf angelegt, mich am Leben zu lassen. Ich sollte die Geschichte meiner Flucht erzählen und würde damit den Anschein erwecken, als habe jemand anders die Lu-Münze.«

Egon beugte sich vor. »Und wer hat sie tatsächlich?«

Tiger Cats Lippen verzogen sich zu einem Lächeln. »Eine Deckerin namens Snow Tiger stellte dieselbe Frage. Sie fand ganz leicht heraus, dass der Gelbe Lotus nicht hinter dem Angriff steckte – zu leicht. Snow Tiger entfernte diese Schicht von Daten und fand drei Antworten – wiederum zu leicht. Drei Drachen: Mang, Li und Chiao.

Snow Tiger wollte mehr herausfinden – warum sollte jemand Spuren hinterlassen, die darauf hindeuteten, dass einer der Drachen die Münze hatte? Sie fand die Antwort, als sie jeden Drachen zu einem anderen Konzern zurückverfolgte. Mang war dem Vernehmen nach Geschäftsführer der Eastern Tiger Corporation in Korea, Chiao ist Hauptaktionär von Tan Tien Incorporated in der Republik China und Li sitzt im Aufsichtsrat von

Red Wheel Engineering in Singapur. Alle drei Konzerne gehören der Pacific Prosperity Group an.«

Während er redete, fügte Night Owl im Geiste ein paar Puzzleteile zusammen. Blondie arbeitete für den Drachen Mang und der Rote Lotus war mit Chiao verbunden. Das bedeutete, Komische Augen musste für den Drachen Li arbeiten.

Tiger Cat nahm Night Owls zögerndes Nicken nicht zur Kenntnis und fuhr fort. »Jeder der drei Drachen glaubt, dass einer der beiden anderen die Lu-Münze hat. Und jetzt glaubt jeder, dass er der einzige Drache ohne eine Münze sein wird, wenn er nicht auch eine bekommt. Das hat wiederum zur Folge, dass die Pacific Prosperity Group nicht mehr als Gruppe handelt und auch nicht mehr so prosperiert wie zuvor. Snow Tiger fragte sich, wer daraus einen Nutzen ziehen konnte.«

Er schaute wieder in den Rückspiegel. Night Owl zuckte die Achseln, aber der Zwerg stieß einen leisen Pfiff aus. »Wenn die Pacific Prosperity Group geschwächt wird, ist Japan der große Gewinner. Wenn ein anderer Drache dahinter steckt, kann es nur Ryomyo sein.«

»Genau«, sagte Tiger Cat. »Ryomyo brauchte den anderen Drachen gegenüber nur anzudeuten, die Münze sei in Vancouver, und schon mussten sie annehmen, dass Kageyama sie hat. Es war bekannt, dass Dunkelzahn drei Münzen in seinem Besitz hatte, warum also nicht alle vier? Wenn er Kageyama eine Millionen-Nuyen-Wohnung hinterließ, warum dann nicht auch die Münze?«

Night Owl begegnete seinem Blick im Rückspiegel. »Warum erzählen Sie mir das eigentlich alles, Tiger Cat?«

»Ich glaube, Sie wissen, wo die Münze ist – oder werden sie in Kürze finden. Versuchen Sie keinesfalls, sie zu verkaufen. Das übersteigt Ihren Horizont – Sie sollten Shadowruns den Profis überlassen.«

»Aber wenn sie...«, stotterte Egon.

»Bringen Sie stattdessen mir die Münze«, sagte Tiger Cat fest.

»Warum, zum Teufel, sollte ich das tun?«, fragte Night Owl. »Was springt dabei für mich heraus?«

»Ihr Leben, Ms. Wei. Nach Ihrem Besuch bei Bluebeard hat er ein kleines Experiment mit der Visitenkarte angestellt, die Sie ihm dagelassen haben, und herausgefunden, dass Sie keinen Zugang mehr zu PCI haben. Das hat ihn neugierig gemacht, also hat er tiefer gegraben. Er hat von Ihrer bevorstehenden Entlassung erfahren und darüber hinaus etwas, das seiner Ansicht nach sehr wertvoll für Sie sein könnte.«

Night Owl hörte nur mit halbem Ohr zu. Es interessierte sie einen feuchten Drek, ob Alma gefeuert wurde. PCI war ein moralisch so korrupter Konzern, wie man kaum einen zweiten fand. Alma würde gut daran tun, sich ehrliche Schattenarbeit zu suchen.

Night Owl hatte kein Interesse an Kungs Angebot. Sie würde stattdessen auf eine Zahlung von Kreds bestehen, sollte sie die Münze jemals in die Hände bekommen. Und da diese Kreds nicht ihr überwiesen wurden, würde sie rein technisch gesehen die Münze auch nicht ›verkaufen‹. Sie würde fein raus sein, was etwaiges Pech betraf.

»Nun?«, fragte Kung. »Haben wir eine Vereinbarung?«

»Vielleicht – aber es müssen Kreds sein, keine Informationen.«

Kung zuckte die Achseln. »Sie machen einen großen Fehler.«

»Mag sein«, antwortete Night Owl. »Vielleicht auch nicht.« Sie griff in ihre Tasche und zückte ihren Glückschip. Kopf, dann gab sie Kung die Münze, wenn sie sie fand, und verlangte als Gegenleistung eine Riesenüberweisung an ihre bevorzugte Wohltätigkeitseinrichtung. Zahl, dann würde sie ihm hier und jetzt sagen, dass er sich zum Teufel scheren konnte.

Kopf.

Was sollte es – vielleicht machte es sogar Spaß. Wenn sie ihre Karten richtig ausspielte, konnte sie vielleicht noch ein paar Kreds aus Tiger Cat herausquetschen, bevor sie ihm die Münze gab. Einen Haufen Kreds. Genug, um den Ärzten, die freiwillig für *Cybercare für Kinder* arbeiteten, die Arbeit ganz massiv zu erleichtern.

Night Owl neigte den Kopf vor Tiger Cat. »Ich bin dabei. Wenn ich die Fu-Münze finde, gehört sie Ihnen.«

Beobachten

Alma erwachte nur langsam und reckte die Steifheit aus ihren Gliedern. Sie aktivierte die Zeitanzeige auf ihrem Cyberauge – Punkt 08:12 Uhr – und eine Sekunde später die Countdown-Funktion, obwohl sie genau wusste, was sie anzeigen würde: 27:47:59. Sie weigerte sich beharrlich, sich in die düstere Stimmung zu fügen, die mit dem Wissen kam, dass ihre Zeit ablief, und konzentrierte sich stattdessen auf die Fortschritte, die sie gemacht hatte. Heute früh um elf Uhr würde sie sich mit dem Schieber Hothead treffen. Unter der Voraussetzung, dass er ihr die benötigten Informationen gab, war es nur eine Frage der Zeit – und hoffentlich nicht zu viel Zeit –, bis sie das andere Superkid aufspürte und ihre Unschuld bewies.

Sie drehte sich um und sah, dass an ihrem Mobiltelekom eine rote Lampe blinkte, die anzeigte, dass jemand eine Nachricht hinterlassen hatte. Augenblicklich hellwach, nahm sie das Gerät und klappte es in einer einzigen fließenden Bewegung auf. Während sie die Memo-Funktion aktivierte, wappnete sie sich gegen das, was sie dort aller Wahrscheinlichkeit nach vorfinden würde: eine Nachricht von der Shadowrunnerin Night Owl.

Diesmal war die Botschaft weder Spott noch Warnung, sondern die Annahme ihrer Einladung.

ICH TREFFE MICH MIT DIR, AL, UNTER EINER BEDINGUNG. ICH WILL ETWAS HABEN – ETWAS, WOMIT ICH DAS LEBEN VIELER KINDER GLÜCKLICHER MACHEN KANN.

ES SIEHT GANZ SO AUS, ALS WÄRE AKIRA KAGEYAMA EIN GEMEINSAMER BEKANNTER VON UNS. DIE WELT IST KLEIN, NICHT WAHR?

AKIRA BESITZT EINEN GEGENSTAND AUS JADE MIT EINER CHINESISCHEN MÜNZE DARIN. IN DEN JADE IST DAS CHINESISCHE SYMBOL FÜR GLÜCK EINGRAVIERT. MACH MIT DEM JADE, WAS DU WILLST. ICH WILL NUR DIE MÜNZE. WENN DU SIE STEHLEN KANNST, BRING SIE ZUR GOLDEN PROSPERITY BANK AN DER ECKE BROADWAY UND NANAIMO STREET UND DEPONIERE SIE IN EINEM SCHLIESSFACH – KEINES MIT EINEM KOMBINATIONSSCHLOSS, SONDERN EINES MIT EINEM SCHLÜSSEL.

Am Ende der Nachricht angelangt, starrte Alma zwischen Hochstimmung und Zweifel hin- und hergerissen auf ihr Handy. Das andere Superkid hatte einem Treffen zugestimmt – doch was sie dafür verlangte, war vielleicht ein zu hoher Preis. Diese Münze, die Night Owl wollte, war offensichtlich wertvoll – wahrscheinlich ein seltenes Stück aus Kageyamas Antiquitätensammlung. Um die Münze an sich zu bringen, musste Alma sie entweder kaufen – was angesichts ihres Kontostands ein Ding der Unmöglichkeit war –, Kageyama überreden, sie ihr zu überlassen, oder sie stehlen, wie Night Owl vorschlug.

Alle drei Möglichkeiten liefen auf dasselbe Problem hinaus: Sobald Night Owl hatte, was sie wollte, gab es keinen Grund mehr für sie, ihr Versprechen zu erfüllen. Nein, es war besser, wie geplant zu ihrem Treffen mit Hothead zu gehen. Vielleicht versorgte er sie mit den notwendigen Informationen, um Night Owl ausfindig zu machen.

Alma nahm die Rolltreppe hinauf zum Straßenniveau der Broadway Station und wappnete sich gegen die Bettler und Dealer, denen sie dort begegnen würde. Sie war in all den Jahren ihres Aufenthalts in Vancouver nur ein paar Mal in diesem Stadtteil gewesen. Er gefiel ihr nicht besonders. Der Commercial Drive mit seinen Trend-Läden, ethnischen Restaurants, Cafés und kleinen Theatern und Varietés mochte von einigen als kulturelles Zentrum Vancouvers gepriesen werden, aber er war auch ein Brennpunkt krimineller Aktivitäten. Die bunten Graffiti und exotischen Schaufensterdekorationen ließen die Gegend fröhlicher aussehen als die abweisenden Betonmauern der östlichen Innenstadt, aber die Anzahl der BTL- und Drogendeals, die auf den farbenfrohen Gehsteigen abgewickelt wurden, war dieselbe. Es hieß, dass die Anzahl illegaler Machenschaften zwischen Shadowrunnern – auf der Straße auch als ›Schattengeschäfte‹ bekannt – genauso hoch war.

Während Alma den Bettlern und Kleinkriminellen auswich, die ihr zuzischten, sie möge ihre SkyTrain-Chips kaufen, die natürlich gefälscht oder gestohlen waren, wurde sie nachdrücklich daran erinnert, wohin ein Leben in den Schatten führen konnte. Vor den Glasfenstern des Bahnhofsgebäudes lag ein junger Elf auf dem Gehsteig im Regen, der soeben an einer Überdosis BTL gestorben war, wenn sie die richtigen Schlüsse daraus zog, wie die Polizisten ihm den schwarzen Filzhut abnahmen, um die Chipbuchse in seiner Schläfe zu begutachten. Alma schaltete ihr Cyberauge auf Vergrößerung und sah, dass der Chip, an dem er krepiert war, noch in der Buchse steckte. Der Bursche musste seinem abgerissenen Äußeren nach zu urteilen erst kürzlich zu ein paar Kreds gekommen sein. Seine Hose bestand aus Klarsichtfolie, und seine Cyberhand sah aus, als sei sie schon vor Jahren reif für den Müll gewesen. Wahrscheinlich hatte er die Kreds bekommen, indem er in jemandes Wagen oder Haus eingebrochen war. Alma schüttelte angewidert den Kopf und wandte sich ab.

Sie bahnte sich einen Weg durch die Pendler zum *Kaf Kounter*, bestellte einen Cappuccino und warf einen

Blick auf die Uhr. Es war genau elf Uhr, der für ihr Treffen mit Hothead vereinbarte Zeitpunkt. Der ›Schieber‹, wie er im Schattenslang bezeichnet wurde, war leicht aufzuspüren gewesen. Bluebeard kannte den Namen und war gegen ein geringes Honorar bereit gewesen, sich in ›Cybergirls‹ Namen mit ihm in Verbindung zu setzen. Bislang hatte es den Anschein, als zahlten sich die Kontakte aus, die Alma im Zuge ihres Shadowruns geknüpft hatte. Jetzt konnte sie nur hoffen, dass Hothead auch auftauchte.

Die Minuten schleppten sich dahin und draußen regnete es auch weiterhin in Strömen. Nach fünf Minuten wurde Alma unruhig. Nach zehn Minuten ließ sie ihre Tasse fallen, als plötzlich ihre linke Hand heftig zu zittern anfing. Sie bestellte einen neuen Cappuccino und hielt ihn in der rechten Hand. Nach fünfzehn Minuten versuchte ein Dealer ihr BTL-Chips zu verkaufen. Sie bedachte ihn mit einem mürrischen Blick und sagte ihm, er solle sich verpissen. Nach zwanzig Minuten blieben die Sicherheitsbeamten des Bahnhofs auf ihrem Rundgang stehen und beäugten sie argwöhnisch. Alma lächelte im stillen, da sie mit ihrer Reaktion zufrieden war. Sie hatte sich für dieses Treffen absichtlich schäbig gekleidet und trug eine mehrfach eingerissene Lederhose und eine verblichene Urban-Brawl-Fließjacke. Sie hatte sich umgeschminkt und sich die Haare gefärbt, sodass Hothead – der als Night Owls Schieber in regelmäßigem Kontakt zu ihr stehen musste – nicht über die Ähnlichkeit zwischen den beiden Frauen stolpern würde. Alma wollte nicht, dass er die Shadowrunnerin warnte, ihr ›Zwilling‹ suche sie. Nicht jetzt, da sie ihr so dicht auf den Fersen war...

Schließlich tauchte Hothead um dreiundzwanzig Minuten nach elf auf. Alma erkannte ihn sofort an den flackernden blauen Flammen auf seinem Skalp, während er dastand und die Leute an der Kaffee-Bar betrachtete. Sie hatte in ihrem ganzen Leben noch kein lächerlicheres Implantat gesehen, aber es gelang ihr, eine neutrale Miene zu wahren. Sie trank ihren Cappuccino aus und stellte die Tasse verkehrt herum auf die Untertasse: das Erkennungszeichen, das sie vereinbart hatten. Der Schieber blinzelte mit einem Auge, das entweder kybernetisch oder mit einer grell gelben Kontaktlinse bedeckt war, und zeigte auf einen der winzigen Läden, von denen es auf dieser Etage des Bahnhofs wimmelte: ein Beautiful Horns Schönheitssalon. Alma nickte und folgte ihm.

Hothead schlenderte in den Laden und warf einer Rothaarigen einen Kredstab zu, die gerade die Politur trocken föhnte, mit der sie die gewundenen Hörner eines Trolls eingerieben hatte. »Hoi, Meg«, strahlte er sie an. »Ich brauche kurz den Laden. Bist du hier fertig?«

»Augenblick noch, Hothead, dann gehört alles dir.«

Hothead setzte sich auf den zweiten Stuhl des Ladens – ein auf die Körpermaße eines Trolls zugeschnittener Sitz, auf dem seine Füße hoch über dem Boden baumelten wie die eines Kindes. Er schaukelte sanft hin und her, während er darauf wartete, dass die Rothaarige ihren Kunden abfertigte. Alma quetschte sich an ihr vorbei und lehnte sich gegen eine Theke voller Farbtuben, Blättern mit Gold- und Silberfolie, einer Vielzahl von Werkzeugen sowie unzähligen Hornpolituren und Füllmaterialien für Risse und Löcher von namhaften Herstellerfirmen.

Nachdem sie sich ein, zwei Minuten mit dem Föhn beschäftigt hatte, verließ die Rothaarige zusammen mit dem Troll den Laden. Hothead stand auf, hängte ein Schild mit der Aufschrift ›Geschlossen‹ an die Tür und zog die Fensterjalousie herunter.

»Der Pirat sagt, Sie wollen Verbindung mit einem anderen Runner aufnehmen«, begann er.

»Stimmt genau«, sagte Alma, wobei sie sich des Straßenslangs bediente, den sie so sorgfältig studiert hatte. »Sie nennt sich Night Owl. Ich stelle ein Team für einen Run zusammen und will sie dabei haben. Ich habe gehört, dass Sie ihr Schieber sind, und ich hätte gern, dass Sie ein Treffen zwischen uns arrangieren – ich will sie mir mal aus der Nähe ansehen.«

Die Flammen, die aus Hotheads Skalp züngelten, nahmen eine rötlichere Farbe an. Seine gelben Augen schauten wissend drein. »Wenn Sie etwas über Night Owls Fähigkeiten erfahren wollen, kann ich Sie aufklären. Wenn Sie mehr wissen wollen, kann ich auch damit dienen... für ein Honorar.«

»Wie meinen Sie das?«

»Wenn man einen Run mit einem Fremden unternimmt, ist es gut, über ihn Bescheid zu wissen. Das war schon immer meine Politik. Night Owl ist vor drei Monaten aus dem Nichts aufgetaucht. Zuerst habe ich mir nichts dabei gedacht – ständig verschwinden Runner aus einer Stadt und tauchen in einer anderen auf, und meistens achten sie darauf, keine Spuren zu hinterlassen. Aber als ich zufällig Night Owls ›Nachtsichtbrille‹ in die Finger bekam und sah, dass sie nicht mehr als eine gewöhnliche Schutzbrille mit durchsichtigen Gläsern war, kam ich ins Grübeln. Ich fragte mich, warum eine Runnerin wohl die Tatsache verbergen wollte, dass sie mit Cyberware ausgerüstet ist. Vor ein paar Nächten hat Night Owl zufällig eine Bemerkung fallen lassen. Ich habe Nachforschungen angestellt. Das Ergebnis war... sehr interessant. Aber es wird Sie was kosten. Mein Preis beträgt sechzehnhundert Nuyen. Fest.«

Alma konnte ihr Glück kaum fassen. Bot Hothead ihr Informationen darüber an, wer Night Owl in Wirklichkeit war? Wusste er, dass sie ein Superkid war? Wenn seine Informationen zutrafen, konnte Alma endlich das Rätsel lösen, das ihr so zusetzte, ihren Namen rein waschen, zu PCI zurückkehren – und ihr Leben retten.

Sie konnte den von ihm genannten Preis soeben bezahlen. Ihr Konto wies ein Guthaben von etwas unter siebzehnhundert Nuyen auf. Hotheads Informationen erwiesen sich vielleicht als wertlos – aber Alma musste es darauf ankommen lassen.

»Gekauft«, sagte sie. Dann hielt sie inne, als ihr ein paranoider Gedanke kam. Hatte Hothead *gewusst*, wie viel Geld sie noch auf dem Konto hatte? Hatte er ihre Tarnung durchschaut und erkannt, dass sie in Wirklichkeit kein Shadowrunner war? Wenn ja, schien ihm das jedenfalls nichts auszumachen. Shadowrunner waren dafür bekannt, einander zu verraten und zu verkaufen. Er lieferte wieder einmal die Bestätigung für ein altes Sprichwort: Es gibt keine Ehre unter Dieben.

Hothead drehte das Kredstab-Lesegerät um, das auf der Theke des Ladens stand, und schob einen leeren Kredstab hinein, den er aus seiner Jackentasche genommen hatte, dann reichte er Alma das Gerät. Eine Minute später war die Transaktion beendet. Alma zog den Kredstab aus dem Lesegerät und hielt ihn hoch, sodass der Schieber den Stand auf der Seite lesen konnte.

»Lassen Sie hören, was Sie zu sagen haben.«

Hothead beugte sich auf seinem Stuhl vor. »Die Information, die Night Owl herausgerutscht ist, betraf ihren Vater. Er hat sich auf eine einzigartige – und äußerst gründliche – Art das Leben genommen, indem er sich mit einer Monofaser erhängt hat. Der Tod trat so augenblicklich ein, als habe er sich guillotiniert.«

Alma nickte, während sie für sich die Neuigkeit in die richtige Perspektive rückte. Der Schieber musste von Night Owls Pflegevater reden.

»Den Bostoner Polizeiberichten war zu entnehmen, dass die Leiche von einem Mädchen entdeckt wurde – von Night Owl, obwohl sie diesen Namen damals offensichtlich nicht benutzt hat.«

Hothead hielt inne. Es war klar, dass er seine Geschichte so weitschweifig erzählen würde, wie er konnte. Alma war das egal – es gab ihr die Zeit, zu verdauen, was sie hörte. Welches von den Superkids Night Owl auch war, offensichtlich war sie zu Pflegeeltern nach Boston gekommen, derselben Stadt, wo die Superkids aufgewachsen waren. Unter Berücksichtigung dessen, was Ajax über die absichtlich breite Streuung der Superkids zu berichten gewusst hatte, war Night Owl wahrscheinlich das einzige, das in unmittelbarer Nähe ihres ›Geburtsorts‹ geblieben war.

»Wie hieß das Mädchen?«, fragte Alma.

Auf Hotheads Kopf tanzten die Flammen. »Dazu kommen wir gleich«, sagte er. »Ihr Name ist nicht halb so interessant wie das, was jetzt kommt.«

Alma war anderer Ansicht, hielt aber den Mund.

Hothead zog eine dünne gelbliche Zigarette aus der Brusttasche seiner Jacke und hielt sie sich über den Kopf, bis sie angezündet war. Er nahm einen tiefen Zug und blies eine Wolke nach Gewürznelken duftenden Rauchs aus.

»Night Owl war Teil eines genetischen Experimentalprogramms namens ›Superkids‹«, fuhr er fort. »Es zielte darauf ab, eine Rasse von Supermenschen zu züchten, deren Körper genetisch so verändert waren, dass sie eine viel höhere Toleranz für kybernetische Verbesserungen aufwiesen als normale Menschen. Sieben ›Würfe‹ von Kindern wurden geschaffen – mit unterschiedlichem Erfolg. Mehrere Kinder starben aufgrund fehlerhafter Genmanipulationen, die zu schweren Entstellungen führten. Andere wurden ›terminiert‹, da sie ›nicht den Qualitätsansprüchen genügten‹. Mit anderen Worten, sie wurden als Säuglinge oder Kleinkinder umgelegt, wenn sich herausstellte, dass sie nicht so perfekt wie erwartet waren.«

»Nein!«, keuchte Alma. Sie schüttelte den Kopf, weigerte sich, es zu glauben. Poppy hätte so etwas nie zugelassen. Niemand aus der Alphagruppe war jemals

›terminiert‹ worden. Ein Dutzend Kinder waren geboren und ein Dutzend Kinder waren in New Horizons' Krippe aufgezogen worden.

Alma ging plötzlich auf, dass Hothead seine Erzählung unterbrochen hatte und sie anstarrte. Sie fügte ihrer Bemerkung rasch hinzu: »Das ist furchtbar – dass sie Kinder umgebracht haben, meine ich.«

»Ja – ein Jammer. Und so traurig.« Er schnippte Zigarettenasche auf den Boden. »Aber das ist eben typische Konzernmentalität. Das fehlerhafte Erzeugnis von heute ist die Asche von morgen.«

Er nahm noch einen Zug von seiner Zigarette und fuhr dann fort. »Das Superkids-Projekt wurde von einem in den UCAS eingetragenen Konzern namens New Horizons durchgeführt. Dieser Konzern existiert nicht mehr. Im Jahre 2040, nachdem eines der Kinder Selbstmord beging, sorgten Kinderschützer dafür, dass es zu einer Untersuchung des Projekts kam. Das Zuchtprogramm wurde per Gerichtsbeschluss eingestellt und die Superkids wurden in Verwahrung genommen. Danach werden die Dinge ein wenig unklar – viele Akten fehlen, sind angeblich gelöscht worden. Aber ein Polizeibericht aus diesem Jahr füllte eine der Lücken aus. Der ›Vater‹, den Night Owl erwähnt hat – der Selbstmörder –, war nicht ihr Vater im üblichen Sinn. Er hieß Michel Louberge und war Geschäftsführer von New Horizons Incorporated. Laut Polizeibericht hat er sich in seinem Büro das Leben genommen. Night Owl war das erste Superkid, das die Leiche entdeckt hat.«

Alma ließ sich auf ihrem Stuhl zurücksinken. Plötzlich verspürte sie eine leichte Übelkeit, als sei ihr Magen mit kaltem Schlamm gefüllt. All die Jahre hatte sie geglaubt, was ihre Pflegeeltern ihr erzählt hatten: Dass Poppy an einem Herzanfall gestorben sei. Sie konnte einfach nicht akzeptieren, dass er Selbstmord begangen haben sollte. Sie hatte ihn immer für einen so glücklichen, liebevollen Mann gehalten. Ein Bild tauchte ungebeten vor ihrem geistigen Auge auf: der einzige wirkliche Vater, den sie je gekannt hatte, wie er tot vor seinem Schreibtisch lag, während aus seinem durchtrennten Hals dunkelrotes Blut auf den Teppich sprudelte, und der dumpfe Knall, als seine Bürotür sich öffnete und dabei gegen den abgetrennten Kopf stieß, der wie ein Ball ein Stück weit weg rollte...

Almas linke Hand fing heftig an zu zittern. Als Hothead darauf starrte, war Alma froh darüber. Es bedeutete, dass er die Tränen nicht bemerken würde, gegen die sie mit aller Kraft ankämpfte. »Tut mir Leid«, sagte sie und räusperte sich. Ihr Hals fühlte sich an, als sei er mit Baumwolle gefüllt. »Ich habe SLE. Die Anfälle kommen immer im unpassendsten Augenblick.«

»Das ist unangenehm«, stimmte Hothead zu. »Sie sollten mal zu einem Cyberdoc gehen, bevor sich alles verkrampft.«

»Das habe ich auch vor«, sagte Alma. Sie war erleichtert darüber, das Gespräch auf ein emotional weniger gefährliches Terrain gelenkt zu haben. »Deshalb will ich auch diesen Run durchziehen. Cyberchirurgie ist teuer.«

Als ihre Hand schließlich aufhörte zu zittern – der Anfall dauerte zwei Minuten und sieben Sekunden –, gab Alma Hothead den Kredstab und wiederholte ihre Frage von zuvor. »Wie hieß das Mädchen?«

Hotheads Finger schlossen sich um das Ende des Kredstabs. »Sie hatte keinen Namen«, sagte er. »Für die Gendocs von New Horizons war sie eine Buchstabenkombination: Alphagruppe, Kind AB. Ihr Rufname war Abby.«

Alma ließ langsam den Atem entweichen, von dem sie nicht wusste, dass sie ihn angehalten hatte. Ihre Vermutung war korrekt gewesen. Abby hatte den Namen Night Owl angenommen – und sie hereingelegt. Sie ließ den Kredstab los und Hothead schob ihn in seine Tasche. »Welchen Nachnamen haben Abbys Pflegeeltern ihr gegeben?«

»Sie wurde von einem Paar aus Boston adoptiert: Brad und Erin Meade.«

»Wie ist es ihr danach ergangen?«

Hothead schwenkte seine Zigarette in einer verächtlichen Geste. »Von diesem Punkt an ist die Geschichte nicht mehr interessant. Abby Meade ging aufs College, machte einen Abschluss in Entspannungstherapie und wurde vom UCAS-Militär als Fitness-Trainer für die Navy-SEALs unter Vertrag genommen. Sie war auf Urlaub in Frisco, als das große Beben zuschlug, und gilt seitdem als tot, weil das Hotel, in dem sie abgestiegen war, dem Erdboden gleichgemacht wurde. Und da endet die Spur.«

Er nahm noch einen nach Gewürznelken riechenden Zug. »Kurz und gut, ich glaube, sie hat das Beben ausgenutzt, um ihren Tod vorzutäuschen und unterzutauchen. Was sie zwischen 2051 und vor drei Monaten gemacht hat, als sie angefangen hat, die Schatten Vancouvers unsicher zu machen, ist mir nicht bekannt.«

Er lehnte sich lässig auf dem übergroßen Stuhl zurück und ein Funkeln trat in seine Augen. »Also, Ms. Johnson, befriedigt das Ihre Neugier in Bezug auf Night Owl?«

Alma nickte, ohne sich die Mühe zu machen, auf die Tatsache einzugehen, dass er ihren Versuch durchschaut hatte, sich als Shadowrunner auszugeben. Wichtig war nur noch eines. »Ich will mich mit ihr treffen.«

Hotheads Flammen flackerten, als er den Kopf ein wenig neigte und sie forschend betrachtete. »Ich bin ziemlich sicher, dass ich Ihnen mit einer Gewebeprobe dienen kann, wenn es das ist, was Sie wollen.«

Es dauerte einen Augenblick, bis Alma aufging, worauf er anspielte. Dann begriff sie: Hothead glaubte, sie repräsentiere einen Konzern, der ein Interesse daran hatte, die Superkids zu klonen. Sie schüttelte den Kopf. »Ich will nur mit ihr reden.«

Das war eine Lüge. Um ihre Unschuld zu beweisen, würde sie Abby PCIs Sicherheitschef in die Hände spielen müssen.

»In Ordnung«, sagte Hothead. »Ich habe Night Owl in den vergangenen Nächten nicht gesehen, aber normalerweise hängt sie hier auf dem Drive herum. Wenn Sie sie finden wollen, versuchen Sie es mit einem Restaurant namens *Wazubee's*. Gewöhnlich taucht sie dort um Mitternacht auf. Da wäre aber noch eine Sache: Wenn Sie ihr sagen, dass Sie die Informationen von mir haben, sind Sie so gut wie tot. Haben Sie das verstanden, Ms. Wei?«

Alma blinzelte, schockiert durch die Benutzung ihres Nachnamens. Sie fragte sich, was Hothead noch über sie herausgefunden hatte – und wem er die Informationen verkaufte. Sie fragte sich, ob in Kürze Erpressungsversuche folgen würden. Wenn ja, konnte sie sich von ihrer Karriere im Sicherheitsgeschäft verabschieden. Aber im Augenblick war es weitaus wichtiger, ihren Namen bei PCI rein zu waschen und den Konzern dazu zu bringen, den Countdown für die Bombe in ihrem Kopf zu stoppen.

Sie nickte langsam. »Ich habe verstanden«, sagte sie.

Alma verbrachte die Stunde nach ihrem Treffen mit Hothead damit, über die schmerzlichen Enthüllungen über Poppys tatsächlichen Tod zu grübeln. Sie fuhr mit der Rolltreppe zum SkyTrain-Bahnsteig und stieg in den ersten Zug, der einfuhr. Sie fuhr mit ihm kreuz und quer durch die Stadt und starrte dabei hinaus in den Regen. Der graue Himmel und die Tränen der Natur, die an den Fenstern herunterliefen, entsprachen ihrer Stimmung.

Erst als das PCI-Gebäude zum dritten Mal an ihr vorbeiglitt, ging ihr auf, dass sie in dem Zug saß, mit dem sie normalerweise zur Arbeit fuhr. Sie starrte sehnsüchtig auf den ausgedehnten Komplex, und Gedanken an den Tod füllten ihren Verstand aus wie eine schwere, düstere Wolke. Wie sehr sie sich wünschte, die Uhr wieder zu dem Tag vor der Extrahierung von Graues Eichhörnchen zurückdrehen zu können. Hätte sie die Extrahierung irgendwie kommen sehen und verhindert, wäre er noch am Leben...

Sie zwang sich, damit aufzuhören. Diese Art zu denken war kontraproduktiv. Sie musste sich auf das Hier und Jetzt konzentrieren, nicht darauf, was hätte sein können. Sie löste ihr Mobiltelekom von ihrem Gürtel und starrte es an, während sie erwog, Hu anzurufen und ihm zu berichten, was sie bisher herausgefunden hatte. Der Leiter der PCI-Sicherheit hatte Alma an jenem Tag vor dem Fahrstuhl ein Vertrauensvotum erteilt, als er ihr gesagt hatte, sie solle ihn anrufen, sobald sie die Wahrheit hinter Graues Eichhörnchens Extrahierung aufgedeckt habe. Seitdem war sie mehrfach kurz davor gewesen, ihn anzurufen, hatte sich aber jedes Mal anders besonnen. Hu zu sagen, dass die Extrahierung von einem anderen Superkid ausgeführt worden war, reichte nicht – nicht einmal jetzt, da sie den Namen dieses Superkids kannte. Eine Anschuldigung und ein Name allein waren noch kein Beweis – sie brauchte etwas Konkreteres. Hu hatte ein Gefühl für Professionalismus in sie eingetrichtert, einen Durst nach Gründlichkeit. Sie musste Abby schon in Handschellen zu PCI bringen. Weniger würde nicht reichen.

Also würde Alma heute um Mitternacht genau das tun, wenn die Götter es wollten. Sie würde das Restaurant von der anderen Straßenseite aus beobachten und Abby folgen, bis sich eine Gelegenheit ergab, wo sie ihr auflauern konnte, um ihr dann eine Dosis Gamma-Skopolamin zu verpassen. Sie musste davon ausgehen, dass Hothead Abby einen Tipp geben würde. Doch Alma vertraute ihrer Ausbildung im Justice Institute und den Fähigkeiten, die sie sich in über zwölf Jahren Sicherheitsarbeit angeeignet hatte. Selbst wenn Abby nach ihr Ausschau hielt, würde sie Alma nicht sehen.

Alma ließ noch einmal Revue passieren, was der Schieber ihr über Poppys Tod erzählt hatte, und ging die Einzelheiten immer wieder durch, bis sie sich selbst überzeugt hatte, dass es tatsächlich möglich war. Poppy war nicht an einem Herzanfall gestorben. Er hatte sich umgebracht. Genau wie Aaron.

Nein – nicht ganz wie Aaron. Das Superkid war vom Dach des Firmengebäudes von New Horizons gesprungen und Poppy hatte sich mit einer Monofaser die Kehle durchgeschnitten.

Wiederum hielt Alma inne, um sich zu korrigieren. Nein, er hatte sich nicht die Kehle durchgeschnitten. Poppy hatte sich fein säuberlich den Kopf abgetrennt...

Alma fing sich wieder, als ihr aufging, dass sie unbewusst die Art, wie Poppy gestorben war, mit Graues Eichhörnchens Ermordung vermischt hatte. Die Erkenntnis nagte noch einen Augenblick an ihr und dann sah sie eine zweite Übereinstimmung. Akiko, die in einem texanischen Gefängnis in der Todeszelle saß, hatte ihrem Opfer ebenfalls die Kehle durchgeschnitten. Das musste mehr als ein bloßer Zufall sein: Studien eineiiger Zwillingspaare, die bei der Geburt getrennt wurden und unabhängig voneinander aufwuchsen, zeigten, dass es immer wieder Übereinstimmungen gab. Zwillinge – die Klone der Natur – heirateten Partner gleichen Namens, wählten denselben Beruf, hatten dieselben Hobbys und kauften sich sogar dieselben Haustiere, denen sie dieselben Namen gaben. Die Superkids hatten in den ersten acht Lebensjahren eine enge Gemeinschaft gebildet. Es war vollkommen logisch, dass sie sich für dieselbe Vorgehensweise entschieden, wenn sie jemanden umbrachten.

Aber das war noch nicht alles. Nicht alle Superkids waren zu Mördern geworden. Ajax und jene Superkids, mit denen er in Verbindung stand, waren ehrliche Bürger geworden – und sie hielten nicht nur selbst die Gesetze ein, sondern in einigen Fällen sorgten sie auch dafür, dass andere sie einhielten. Irgendein Umwelteinfluss musste Abby und Akiko auf den falschen Weg gebracht haben. Wahrscheinlich etwas, das sich in den Jahren bei ihren jeweiligen Pflegeeltern ereignet hatte...

Oder in den letzten Tagen in der Krippe von New Horizons. Was hatte Hothead noch gleich gesagt? Abby sei das *erste* Superkid gewesen, das Poppys Leiche gefunden habe. Wenn sie das erste war, resultierte daraus eine Frage: Wer war das zweite?

Sie nahm ihr Mobiltelekom und tippte eine Nummer ein. Drei Anrufe später wusste sie, in welchem texanischen Gefängnis Akiko eingesperrt war, und redete mit dem Direktor. Ein wenig widerwillig, da das Todesurteil in nur zwei Stunden vollstreckt werden sollte, hörte er sich ihre Bitte um Genehmigung einer Telefonverbindung zur Gefangenen 2897436, Jacqueline Boothby, an. Erst als es Alma gelang, den Direktor davon zu überzeugen, dass sie Akikos lange verschollene Schwester war, gab er ihrem Ersuchen schließlich nach.

Nach einer fünfminütigen Pause erschien Akikos Gesicht auf dem Monitor von Almas Handy. Es war so, als schaue sie in einen Spiegel aus der Zukunft – Akiko sah zwanzig Jahre älter aus, als sie tatsächlich war. Ihr Gesicht war hager und ausgezehrt und wies tiefe Sorgenfalten um Augen- und Mundwinkel auf. Ihre Haare waren stoppelkurz geschnitten und sie trug Anstaltsgrau. Sie betrachtete Alma zunächst mit offener Skepsis, als könne sie nicht glauben, dass sie von einem anderen Superkid angerufen wurde, und bedachte sie dann mit einem grimmigen Lächeln.

»Hoi, Al«, sagte sie. »Die blonden Haare gefallen mir.«

Akikos Stimme war viel härter, als Alma sie in Erinnerung hatte, und ihre Körpersprache war völlig falsch – meilenweit von der beherrschten Eleganz entfernt, an die Alma sich erinnerte. Sie nahm an, dass dafür die beiden Jahre im Gefängnis verantwortlich waren.

Vor drei Tagen, als Ajax ihr mitgeteilt hatte, dass Akiko in der Todeszelle saß, hatte sie es nicht richtig begriffen. Akiko war eine entfernte Erinnerung, die im Vergleich zu Almas Freude darüber, Ajax wiedergefunden zu haben, verblasst war. Jetzt aber, da Alma der zum Tode verurteilten Frau in die Augen sah, ging ihr die wahre Bedeutung auf. Plötzlich tat es ihr Leid, dass sie Akiko in diesem Augenblick mit einer so trivialen Frage belästigte.

Sie schenkte Akiko das herzlichste Lächeln, das sie zustande brachte. »Hallo, Akiko«, sagte sie. »Ich habe gerade von deiner... davon gehört, was heute passiert.«

Akiko war direkter. »Ich werde hingerichtet.«

»Ja. Ahmed hat dich aufgespürt und mir gesagt, wo du bist. Es tut mir so Leid, dass...«

»Mir tut es nicht Leid. Dieser Ort macht einen fertig. Ich bin froh, dass ich hier rauskomme. Und jetzt hör auf mit dem Schwachsinn und sag mir, was du willst.«

Alma kämpfte den Kloß in ihrem Hals nieder. Sie konnte ebenso gut gleich zur Sache kommen. Akiko sah aus, als wolle sie die Verbindung am liebsten unterbrechen.

»Ich habe gerade etwas über Poppys Tod erfahren«, sagte Alma zu ihr. »Ich dachte immer, er sei an einem Herzanfall gestorben, aber so war es nicht. Er...«

Akiko sagte etwas, und Alma musste innehalten und sie bitten, es noch einmal zu wiederholen.

»Ich sagte: ›Du solltest es eigentlich wissen‹«, wiederholte Akiko ungeduldig.

»Wie bitte? Wie meinst du das?«

Akiko starrte sie aus dem winzigen Bildschirm des

Mobiltelekoms heraus kopfschüttelnd an. »Du warst diejenige, die seine Leiche gefunden hat.«

Alma runzelte verwirrt die Stirn. »War ich das?«

»Du bist durch den Flur gerannt und hast etwas über einen Kopf geschrien. Ich habe in Poppys Büro geschaut und eine kopflose Leiche auf dem Boden liegen sehen. Später versuchten sie mir einzureden, es sei jemand anders gewesen, nicht Poppy. Aber ich habe ihnen nie geglaubt.«

»Das... war ich nicht«, sagte Alma. »Das war Abby.«

»Nein, du warst es.«

»Das kann nicht sein«, beharrte Alma. »An so etwas würde ich mich doch erinnern. Ich habe erst bei meiner neuen Familie von Poppys Tod erfahren, als meine Pflegemutter mir davon erzählte. Du musst mich mit Abby verwechselt haben. Im Polizeibericht steht auch, dass sie die Leiche gefunden hat.«

Akiko lachte rau. »Was weiß die Polizei schon? In der Mehrzahl der Fälle werden Daten verfälscht oder verstümmelt. Wäre die Polizei auch nur im geringsten kompetent, wäre der Wichser, der mich vergewaltigt hat, ein für alle Mal hinter Schloss und Riegel gewandert. Hast du gewusst, dass er drei Frauen umgebracht hat? Wäre ich kein Superkid, hätte er mich auch umgebracht. Ich hätte ihn damals erledigen können, aber nein, ich war zu anständig. Und später habe ich darauf vertraut, dass die Cops so schlau sein und genug Beweise sammeln würden, um alle diese Verbrechen in Zusammenhang zu bringen. Aber sie haben die Sache vermasselt. Also komm mir nicht mit Polizeiberichten.« Akiko betonte das letzte Wort mit verzerrtem Mund, als sei sie bereit auszuspucken.

»Ich verstehe«, sagte Alma, die nicht wusste, was sie noch sagen sollte. »Äh... wenn ich irgendwas für dich tun kann, Akiko...«

»Kannst du aber nicht. In einer Stunde und zweiundvierzig Minuten werde ich schmoren. Aber danke für deinen Anruf«, fügte sie in sarkastischem Tonfall hinzu. »Das Gespräch über Poppy hat das, was von meinem Tag noch übrig ist, ungemein aufgehellt.«

Der Bildschirm des Mobiltelekoms wurde dunkel.

Langsam und mit leicht zitternden Händen klappte Alma das Handy zu.

Später an jenem Nachmittag, nachdem Alma das Restaurant gründlich in Augenschein genommen und sich den besten Überwachungsplatz ausgesucht hatte, kehrte sie in ihre Wohnung zurück. Aus Hochachtung vor Graues Eichhörnchen hatte sie den von ihm niedergelegten Testzeitplan äußerst gewissenhaft befolgt. Heute war der sechzehnte Tag einer aus einundzwanzig Tagen bestehenden Periode der Passivität des REM-Induktors – die abschließende Phase des Betatests. Doch jetzt wurde es Zeit, dieses Schema zu durchbrechen. Heute Nacht musste sie so frisch und ausgeruht wie nur möglich sein. Als Superkid würde Abby ihr in Bezug auf Kraft, Schnelligkeit und Intelligenz ebenbürtig sein. Alma durfte ihr also keinen Vorteil geben, indem sie übermüdet antrat.

Alma blieb keine andere Wahl, als die Anordnungen von Graues Eichhörnchen außer Kraft zu setzen. Sie musste den REM-Induktor für einen viertelstündigen Nachmittagsschlaf benutzen, um frisch zu bleiben.

Sie war so in Gedanken versunken, dass sie das falsche Icon drückte, als sie in den Fahrstuhl stieg. Alma bemerkte ihren Irrtum erst, als sich die Türen öffneten und sie die Tiefgarage vor sich sah. Sie konnte sich nicht erklären, warum sie das entsprechende Icon gedrückt hatte. Schließlich kam sie niemals hierher, weil sie immer mit dem SkyTrain oder mit einem Taxi zur Arbeit fuhr, also konnte sie als Entschuldigung für ihr Verhalten kaum geltend machen, mechanisch gehandelt zu haben.

Ein leises *Ping* ertönte und dann glitten die Türen wieder zu. Erst im letzten Augenblick nahm sie das Motiv auf dem Motorrad bewusst zur Kenntnis, das Alma anstarrte. Auf dem Benzintank war eine zwinkernde Eule vor dem Hintergrund eines mit Sternen und einem Halbmond gesprenkelten Nachthimmels zu sehen. Alma warf sich förmlich gegen das Türöffner-Icon des Fahrstuhls, als sich in ihrem Verstand die beiden Worte ›Nacht‹ und ›Eule‹ zu Night Owl zusammenfügten.

»Nein«, flüsterte sie. »Das ist unmöglich. Hier wohne *ich*.«

Als die Türen sich wieder öffneten, glitt Alma vorsichtig, ständig mit dem Rücken an einer Wand, in das unterirdische Parkhaus. Sie erhöhte die Verstärkung ihres Cyberohrs, bis das Zischen der Luftumwälzungsanlagen wie das Tosen eines Wirbelsturms klang, und filterte dann das Geräusch ebenso wie ihr Atmen und das Pochen ihres Herzens heraus, sodass sie einen eventuellen Eindringling hören würde. Ihre Cyberaugen tasteten das Parkhaus ab, sowohl dicht über dem Boden, wo sie die Füße einer Person sehen würde, die sich hinter einem Wagen versteckte, als auch unter der Decke, wo jemand wie eine Spinne zwischen den Rohren kleben mochte.

Nichts. Das Parkhaus war leer.

Alle Sinne aufs äußerste angespannt, näherte Alma sich dem Motorrad. Es war eine Harley Electroglide – ein brandneues 62er Modell. Alma ging langsam um den Abstellplatz herum und suchte auf dem Betonboden nach Spuren. Ein zerknitterter Pappbecher aus einem Stuffer Shack lag an der Wand, wo ihn jemand hingeworfen hatte, und sie fand ein paar Stiefelabdrücke, wo jemand durch eine Öllache gegangen war. Ansonsten war alles sauber.

Alma ging in die Hocke und hielt einen Finger an die Auspuffrohre des Motorrads. Sie waren kalt. Die Maschine stand bereits seit einiger Zeit. Und das war vielleicht das Beunruhigendste daran. Lag Abby auf der Lauer und wartete schon auf Alma, vielleicht sogar in Almas eigener Wohnung?

Alma lächelte. Das würde die Dinge auf jeden Fall vereinfachen.

Sie sagte sich, nur nichts übereilen. Sie musste mit Bedacht vorgehen. Sie setzte ihre Inspektion des Motorrads fort und klappte den Sitz hoch, um einen Blick in den Stauraum darunter zu werfen, dann öffnete sie die ledernen Satteltaschen. Nichts. Einer Eingebung folgend, schaute sie in die Auspuffrohre und sah in einem etwas glitzern. Sie steckte einen Finger hinein und zog den Gegenstand heraus.

Es handelte sich um einen Zylinder aus versilbertem Plastik von der Dicke eines Griffels mit einem Magnetstreifen an einer Seite: ein Magnetschlüssel. Und nicht irgendein Schlüssel, sondern einer, den Alma sofort wiedererkannte. Der Schlüssel war in Form, Größe und Farbe mit demjenigen in ihrer Tasche identisch, wenn man von dem schwachen X absah, das in ein Ende geritzt war. Es war ein Schlüssel für eine Wohnung in ihrem Wohnhaus.

Sie starrte ihn noch einen Augenblick länger an, wobei sie sich fragte, was das zu bedeuten hatte. Hatte sich die Situation ins Gegenteil verkehrt – war Abby in eine Nachbarwohnung gezogen, um Alma unter ständiger Beobachtung zu halten? Aber wenn dem so war, warum war dann der Wohnungsschlüssel im Auspuffrohr des Motorrads versteckt? Wenn Abby sich im Haus aufhielt, würde sie den Schlüssel dann nicht bei sich haben?

Alma brauchte Antworten. Die Spur in der Hand zu verfolgen schien der beste Weg zu sein, sie zu bekommen. Sie ging zum Fahrstuhl zurück, stieg ein und drückte das Icon für die elfte Etage. Dort angekommen, öffnete sie vorsichtig die Tür zum Treppenhaus und erklomm leise die beiden Treppen zu ihrem Stockwerk. Nachdem sie sich sorgfältig im Flur umgesehen und mit Hilfe der Zoomfunktion ihrer Cyberaugen die wahrscheinlichsten Anbringungsplätze für eine Überwachungskamera untersucht hatte, schlich sie durch den Flur und probierte den gefundenen Schlüssel an jeder Tür aus, an der sie vorüberkam. Er funktionierte nicht an den Türen links und rechts von ihrer eigenen Wohnung und auch nicht an der gegenüberliegenden. Drei Türen von ihrer eigenen entfernt leuchtete das Magnetschloss jedoch plötzlich grün auf, als sie den Schlüssel hineinsteckte.

Alma öffnete die Tür einen Spalt weit und lauschte auf Geräusche. Jeder Muskel ihres Körpers war angespannt. Es war durchaus möglich, dass Abby hinter der Tür stand und sie im Augenblick ihres Eintretens ansprang. Alma langte in ihre Tasche und holte den Gamma-Skopolamin-Injektor heraus, den sie vorsichtshalber zu ihrem Treffen mit Hothead mitgenommen hatte. Sie legte den Schalter um, der den Injektor betriebsbereit machte, und hörte das leise Zischen von Luft, die komprimiert wurde. Dann duckte sie sich und schob die Tür weiter auf.

Die Wohnung war ein Spiegelbild ihrer eigenen – zumindest was den Grundriss betraf. Das Badezimmer war links anstatt rechts, aber Küche und Wohnzimmer waren ein großer offener Raum, in dem niemand zu sehen war.

Ein einziges Chaos, das beschrieb es treffender. Wohin Alma auch sah, Boden und Möbelstücke waren mit Kleidung, elektronischer Ausrüstung, Zeitungen und leeren, ineinander gestapelten Fastfood-Behältern übersät. Auf dem Küchentisch lag eine gewaltige Pistole in einem Halfter: ein Ares Predator. Im Badezimmer – in das Alma einen Blick warf, um sich zu vergewissern, dass sich auch dort niemand verbarg – gab es Regale, in denen sich kosmetische Artikel aller Art stapelten. Bei den meisten handelte es sich um Tuben der bunten ›Beijing Opernmaske‹, einem Make-up, das der letzte Schrei war.

Alma schloss leise die Wohnungstür hinter sich und schob den Injektor wieder in ihre Tasche. Sie sah sich die Wohnung langsam und sorgfältig an, indem sie sich vorsichtig einen Weg durch den gestapelten Müll bahnte. Sie hatte damit gerechnet, dass es nach verdorbener Nahrung und Schimmel riechen würde, aber stattdessen roch das Zimmer schwach nach Sandelholz. Die Fastfood-Behälter waren gesäubert und gestapelt worden – für irgendeinen Zweck aufbewahrt, den Alma sich nicht erklären konnte. Als sie sich genauer in dem Durcheinander umsah, kam ihr allmählich die Erkenntnis, dass Abby die Wohnung nicht einfach nur als Beobachtungsposten nutzte. Sie *wohnte* hier.

Was einfach zu abgedreht war, um wahr zu sein.

Alma durchsuchte den ganzen Raum gründlich und methodisch, aber das Chaos verriet ihr nichts Neues. Auf einem Schreibtisch am Fenster sah sie ein Cyberterminal, das aussah, als sei es aus Ersatzteilen zusammengeschraubt worden. Alma schaltete es ein und erwog kurz, sich einzustöpseln, verwarf die Idee dann aber als zu gefährlich. Einmal in der Matrix, würde sie Abby weder hören noch sehen, falls sie in die Wohnung zurückkehrte. Stattdessen aktivierte sie den Bildschirm und ging das Menü durch, das darauf erschien.

Viel gab es nicht zu sehen. Nur ein paar Anwenderprogramme sowie elf Dateien. Alma klickte die erste an, die DOURSAVE betitelt war, und eine schematische Darstellung erschien auf dem Bildschirm. Nach genauerer Betrachtung erwies sie sich als Grundriss des Gebäudes eines Unternehmens namens Technology Institute samt Forschungsnotizen. Sie klickte die zweite Datei an, NUKESPEW, und fand einen Bericht über die Beseitigung von Atommüll durch die Gaeatronics Corporation mit dem Logo des Western Wilderness Committee obenauf. Die dritte Datei, FRYBABY, enthielt einen Laborbericht aus dem Jahre 2039 über eine technische Vorrichtung, die das Verhalten straffällig gewordener Kinder verändern sollte, indem sie sie weniger aggressiv machte. Alma ging weiter zur vierten Datei, INPUT, und stellte fest, dass es sich dabei um eine Datei mit gesammelten E-Mails handelte. Sie ging die Dutzende von Botschaften darin rasch durch, doch keine enthielt etwas von Interesse. Es schien sich um Tipps anderer Shadowrunner zu allen möglichen Themen zu handeln, angefangen damit, wie man ein Magnetschloss knackte, bis hin zu solchen Dingen, wie man sich eine fernsteuerbare Lauscheinrichtung zusammenbaute.

Sie ging auch die anderen Dateien durch und bei der letzten, die den Namen GRIMREAPER trug, stockte ihr der Atem. Die erste Seite war ein Digibild von Graues Eichhörnchen mit übergelegtem Fadenkreuz. Alma zuckte zusammen und blätterte in der Datei vorwärts. Beim nächsten Bild, das den Schirm ausfüllte, handelte es sich um ein Dokument. Oben auf der Seite prangte ein Logo, das Alma augenblicklich erkannte: die wogende Flutwelle von Pacific Cybernetics Incorporated.

Das Dokument war eine Denkschrift von Graues Eichhörnchen an Mr. Lali, datiert vor zehn Monaten. Obwohl Alma das Herz im Halse schlug, zwang sie sich, ganz langsam zu lesen, um nichts Wichtiges zu übersehen. Jemand – vielleicht sogar Abby selbst – hatte drei Abschnitte des Memorandums gelb hervorgehoben. Der erste Abschnitt lautete:

Die Ergebnisse der Alphatest-Einheit sind nicht zufriedenstellend. Zweiundsiebzig Prozent der Testpersonen weisen einen progressiven Verlust des Muskeltonus auf, der nur durch das Entfernen der Testeinheiten aufzuhalten war. In zwanzig Prozent dieser Fälle blieben die Nebenwirkungen nicht nur bestehen, trotz des Ausbaus verschlimmerten sie sich noch. Die Nebenwirkungen beinhalteten Narkolepsie, wobei Anzahl und Dauer der Anfälle beständig zunahm und schließlich in einen katatonischen Zustand mündete. Die bisherige Sterblichkeitsrate der Katatonie-Opfer beträgt sechsundneunzig Prozent unter den Versuchspersonen des Metatypus Troll und fünfundfünfzig Prozent unter den Versuchspersonen des Metatypus Ork. Schlage Verlegung des Versuchsprojekts von Yomi an einen Ort mit alternativem Versuchsmaterial vor.

Es war offensichtlich, dass Graues Eichhörnchen über das Alphatest-Modell des REM-Induktors sprach, das in Übersee getestet worden war. Die Erwähnung Yomis verriet Alma auch, wo: Yomi war eine philippinische Insel, auf die Japan seine Ork- und Troll-Bevölkerung ausgesiedelt hatte, die dort im Exil lebte. Damit hatte sich PCI einen merkwürdigen Ort für das Testprojekt ausgesucht. Aus dem Memo schien hervorzugehen, dass nur Orks und Trolle als freiwillige Testpersonen für das Gerät akzeptiert worden waren – obwohl alle Rassen vom REM-Induktor profitieren sollten.

Nach allem, was Alma soeben gelesen hatte, war eine schrecklich hohe Anzahl dieser Freiwilligen trotz größter Bemühungen von Graues Eichhörnchen gestorben. Kein Wunder, dass er so glücklich gewesen war, jemanden mit Almas Stamina als Freiwillige für die Betatest-Einheit zu bekommen. Sie warf einen flüchtigen Blick auf ihre linke Hand und fragte sich, wie viel schlimmer das durch den REM-Induktor verursachte Zittern noch würde. Wäre Graues Eichhörnchen doch noch am Leben gewesen...

Mit grimmiger Entschlossenheit ging Alma zum nächsten hervorgehobenen Abschnitt und las weiter.

Schlage vor, die Mitglieder des Salish-Shidhe Council noch hinzuhalten. Die Alphaversion ist eindeutig noch nicht reif für einen Test an Soldaten. Gegenwärtig scheinen die An-

wendungsmöglichkeiten im Gefechtseinsatz sehr begrenzt zu sein, wenn das Council nicht dazu gebracht werden kann, sich mit einer zu erwartenden Verlustrate von zehn bis zwanzig Prozent durch ›Eigenbeschuss‹ abzufinden.

Alma hielt inne. Wovon redete Graues Eichhörnchen? Die Soldaten, die den REM-Induktor erhalten würden, waren bereits Verluste. Ihr Gehirn war durch feindliche Magie geschädigt worden, nicht durch ›Eigenbeschuss‹.

Plötzlich sah Alma noch eine andere Interpretationsmöglichkeit. Was, wenn die REM-Induktoren nicht für die Heilung der verwundeten Soldaten, sondern für den Einsatz in gesunden gedacht waren? Die Cyberware würde sie in perfekte Kampfmaschinen verwandeln: Männer und Frauen, die zwischen den Kämpfen nur ein viertelstündiges Nickerchen machen mussten, um wieder frisch und ausgeruht zu sein. Diese zusätzliche Anwendungsmöglichkeit hätte Alma eigentlich nicht überraschen dürfen, und sie verstand jetzt auch, warum Graues Eichhörnchen die erste Testreihe so weit entfernt gefahren hatte. Wenn PCI die Tech dem Salish-Shidhe-Militär verkaufen wollte, würde dieses nicht wollen, dass Tsimshian etwas über das Projekt herausfand. Sie staunte über die Tatsache, dass Graues Eichhörnchen so viele Testpersonen gefunden hatte – insgesamt fünfzig, wenn die in dem Report angegebenen Zahlen stimmten. Was konnte Leute, die Salish-Shidhe wahrscheinlich auf keiner Landkarte finden würden, dazu veranlasst haben, sich freiwillig für ein derart gefährliches Projekt zu melden? Patriotismus schied als Motiv jedenfalls aus.

Die Antwort fand sich im letzten Abschnitt des gelb hervorgehobenen Texts.

Die Probleme mit dem Alphatest-Modell werden gegenwärtig eines nach dem anderen beseitigt, aber die Überweisung zusätzlicher Mittel oder ein Wechsel des Testgebiets ist unabdingbar und so schnell wie möglich durchzuführen. Der Di-

rektor des Internierungslagers ist angesichts der hohen Sterblichkeitsrate nicht gewillt, eine Enthüllung aller mit dem Projekt verbundenen Vorgänge zu riskieren, und erweist sich als zunehmend unkooperativ. Er weigert sich, weitere Testpersonen zur Verfügung zu stellen, bis zusätzliche Mittel überwiesen werden.

Es kam noch mehr – die üblichen Floskeln und Grüße –, doch Alma las sie nicht. Sie starrte auf den Schirm, nicht bereit zu glauben, was sie gerade gelesen hatte. Wenn das stimmte, gab es noch ein dunkleres Motiv dafür, den REM-Induktor auf Yomi zu testen. Die Leute, denen man die Alphatest-Einheiten implantiert hatte, waren keine Freiwilligen. Sie waren Laborratten. Und Graues Eichhörnchen hatte sie umgebracht.

Alles ergab jetzt einen Sinn. Die mangelnde Bereitschaft des Forschers, der PCI-Sicherheit detaillierte Zielangaben zu machen, wenn er sich auf seine Geschäftsreisen zu den Philippinen begab, die unterschwellige Anspannung, für deren Ursache Alma Streitereien mit seiner Frau verantwortlich gemacht hatte, und sein Widerstreben, über die Alphatest-Modelle zu reden. Als er sich geweigert hatte, sie mit Einzelheiten hinsichtlich der Alphatests vertraut zu machen, hatte sie geglaubt, er wolle gewährleisten, dass sie die Beurteilung der Betaversion möglichst vorurteilsfrei anging. In Wirklichkeit hatte er ihr nichts über diese Tests erzählt, weil er wusste, dass sie sie verabscheuungswürdig finden würde.

Was tat man, wenn man plötzlich herausfand, dass einer seiner besten Freunde – ein Mann, den man für einen Wohltäter der Menschheit hielt und zu dem man aufsah – in Wirklichkeit ein Mörder war? Alma presste die Lippen zu einer grimmig dünnen Linie zusammen, als sie die Frage für sich beantwortete. Entweder man akzeptierte die Beweise nicht und vergaß, dass man sie je gesehen hatte, oder man konfrontierte den Freund mit seinem Wissen und verlangte eine Erklärung.

Sie ging zurück zu dem Bild von Graues Eichhörnchen, das mit einem Fadenkreuz versehen war. Dank Abby würde Alma niemals Gelegenheit dazu bekommen. Wenngleich ihr sinkender Mut ihr verriet, dass Graues Eichhörnchen der im Memorandum unabsichtlich eingestandenen Verbrechen schuldig war, hätte Alma gern Gelegenheit gehabt, aus seinem eigenen Mund eine Erklärung für sein Verhalten zu hören.

Ein Teil von ihr fand sich jedoch bereits mit der Tatsache ab, dass es wenig geändert hätte. Zu sehr hatte sie Hus Worte verinnerlicht: Es gibt keine Entschuldigungen, nur Gründe. Dennoch, Alma suchte nach Entschuldigungen – und verwarf sie eine nach der anderen.

Vielleicht war Graues Eichhörnchen gezwungen worden, die Experimente an den Testpersonen vorzunehmen – aber der Tonfall des Memorandums ließ auf nichts dergleichen schließen. Selbst zwischen den Zeilen fand Alma nicht die Spur einer Andeutung von Bedauern oder Mitgefühl für seine Opfer.

Vielleicht war das Memo gefälscht und beschuldigte Graues Eichhörnchen eines Verbrechens, das er nicht begangen hatte – aber wenn es so war, warum hatte Abby ihn dann ermordet und nicht bloßgestellt?

Da Alma nachsehen wollte, wann und woher die Datei kopiert worden war, rief Alma die Eigenschaften von GRIMREAPER auf. Sie war nicht überrascht festzustellen, dass sie direkt aus einem privaten Host gehackt worden war, der keine Verbindung mit PCIs Hauptsystem hatte. Was sie schockierte, war der Herkunftscode auf der eigentlichen Datei. Abby hatte sich nicht einfach nur Zugang zu einem geheimen System verschafft, von dessen Existenz Alma nichts wusste – sie hatte es von Almas Arbeitsplatz aus getan! Und Datum und Zeit des Kopiervorgangs – 23:03 Uhr am 10. November – hatten etwas bestürzend Vertrautes...

Alma erkannte plötzlich, warum. Das war der Abend,

an dem sie noch bis spät in den Abend hinein in der Firma geblieben war und den Sicherheitsstab in Maßnahmen gegen feindliches Eindringen gedrillt hatte. Zu Hause angelangt, war sie zu erschöpft gewesen, um auch nur das Licht einzuschalten, und gleich ins Bett gegangen. Bei ihrem Erwachen am nächsten Morgen hatte sie sofort erkannt, dass am Tag zuvor in ihre Wohnung eingebrochen war. Nichts war gestohlen worden, aber überall fanden sich subtile Hinweise, dass ein Eindringling die ganze Wohnung von oben bis unten durchsucht hatte. Ein Blatt von ihrer Orchidee war abgebrochen, das Fenster war auf ungetönt geschaltet, das Holobild von den Superkids stand schief auf dem Tisch, und die Kleidung in ihrem Schrank hatte nicht mehr dieselbe Ordnung wie zuvor. Der Eindringling hatte sogar eine Tüte Sojamilch aus dem Kühlschrank genommen, sie ausgetrunken und die leere Tüte in den Müll gepackt.

Alma hatte Hu den Einbruch umgehend gemeldet und PCI hatte eine vollständige Untersuchung des Vorfalls vorgenommen – ohne jedes Ergebnis. Alma hatte die Codierung ihres Wohnungsschlosses ändern lassen und in den nächsten Wochen die Sicherheitsstufe im Konzern erhöht, doch es hatte keine weiteren Zwischenfälle gegeben. Schließlich hatte sie das Eindringen als Zufall abgetan, der nichts mit ihrer Arbeit zu tun hatte – als gewöhnlichen Einbruch. Der Dieb hatte in ihrer Wohnung nichts von Wert gefunden und das Weite gesucht.

Jetzt kannte sie die Wahrheit. Abby war in ihre Wohnung eingebrochen, vermutlich in der Absicht, Almas Sicherheitssysteme zu testen. Dann war sie einen Schritt weitergegangen und bei PCI selbst eingedrungen. Sie hatte die Datei kopiert, die Alma gerade gelesen hatte, und sie verwendet, um den Appetit der Execs eines Konkurrenzunternehmens zu wecken – Tan Tien Incorporated. Dann hatte sie Graues Eichhörnchen extrahiert und Alma die Tat angehängt.

Nein... nicht angehängt. Dass sie auf die Kameralinse gespien hatte, war nur ein Hinweis wie die spöttischen Botschaften auf Almas Mobiltelekom. Wahrscheinlich hatte Abby angenommen, dass man Alma als Anti-Extrahierungs-Expertin PCIs mit der Untersuchung beauftragen würde. Es war ihr gar nicht in den Sinn gekommen, dass Alma dieser so wohlüberlegt zurückgelassene Hinweis entgehen könnte – dass es Almas Vorgesetzter Hu sein würde, der ihn entdeckte.

Abby hatte Alma die Tat gar nicht angehängt. Sie hatte sie geprüft. Wie die Superkids früher geprüft worden waren.

Mit einem Schauder der Furcht schaltete Alma das Cyberterminal ab. Abby war nicht einfach nur ein Shadowrunner. Sie war ein *verdammt guter* Shadowrunner.

Das I-Ging heute Morgen hatte Alma daran erinnert, wie wichtig es war, ein Auge auf ihre unmittelbare Umgebung zu haben. *Beobachte das Auf und Ab deines Lebens*, wurde ihr geraten. *Beobachte dein eigenes Leben, wenn du geistigen Frieden finden willst.*

Ihr fiel nur ein Ort ein, der noch zu beobachten blieb und zugleich als Teil ihres ›eigenen Lebens‹ bezeichnet werden konnte: ihre Wohnung. Dort würde sie Abby finden. Sie war sich dessen völlig sicher.

Sie schlich sich aus Abbys Wohnung und den Flur entlang.

Alma marschierte in ihrer Wohnung auf und ab und versuchte sich darüber klar zu werden, was sie als Nächstes tun sollte. Sie hatte keine Spur von Abby gefunden – die Wohnung war leer, und alles war ganz genau so, wie sie es am Morgen hinterlassen hatte. Sie hatte das Apartmenthaus von oben bis unten durchsucht, Dachboden, Kellerräume, Waschküche und Heizungs- und Elektro-Keller eingeschlossen, um sich zu vergewissern, dass Abby sich nicht an anderer Stelle im Haus verborgen hielt. Das tat sie nicht. Als allerletzte Maßnahme hatte Alma eine Mini-Überwachungskamera in der vorderen Eingangshalle des Hauses und eine weitere im Parkhaus mit Blick auf das Motorrad angebracht. Eine dritte Kamera hing im Flur vor ihrer Wohnung und eine vierte in Abbys Wohnung und dann hatte sie alle an das Cyberterminal in ihrer Wohnung angeschlossen.

In den letzten sechs Stunden und fünfzehn Minuten hatte sie vor dem Cyberterminal gesessen, auf den Monitor gestarrt und das Kommen und Gehen anderer Hausbewohner beobachtet. Zwar waren mehrere Personen durch Eingangshalle und Tiefgarage gegangen, doch keine dieser Personen hatte Ähnlichkeit mit einem Superkid gehabt. Und keine von ihnen war auch nur in die Nähe des Motorrads gekommen oder in die dreizehnte Etage gefahren.

Alma aktivierte die Zeitanzeige in ihrem Cyberauge. Es war 22:06 Uhr. Sie musste noch ein fünfzehnminütiges Nickerchen einlegen, bevor sie beschloss, ob es den Versuch wert war, ihre Überwachung auf *Wazubee's* zu verlagern. Sie stellte das Programm auf Aufzeichnungsmodus um und stand dann auf und reckte sich. Sie würde den REM-Induktor benutzen, um von 22:10 Uhr bis 22:25 Uhr zu schlafen, und sich danach ansehen, was die Kameras in dieser Zeitspanne aufgezeichnet hatten.

Alma legte sich mit dem Rücken zur Wand auf ihr Bett, nahm eine fötale Haltung an – ihre übliche Schlafhaltung – und schloss die Augen. Um den REM-Induktor zu aktivieren, musste sie einen Code benutzen. Graues Eichhörnchen hatte das Betatest-Modell unter Vermeidung der ›Fehler‹ entwickelt, die er im Alpha-Modell gefunden hatte – Fehler, von denen Alma jetzt aufging, dass es Anfälle von Narkolepsie, ausgelöst durch eine zufällige Aktivierung des Geräts, gewesen sein mussten. Beim Betatest-Modell bestand der Auslöser darin, die Primzahlen von neunzehn abwärts zu zählen. Damit war eine zufällige Aktivierung des Geräts extrem unwahrscheinlich. Alma begann, wobei sie zur besseren Konzentration das Kehlkopfmikrofon benutzte.

»Neunzehn, siebzehn, dreizehn...«

Sie spürte eine heißes Kribbeln tief in ihrem Gehirn, ein oder zwei Zentimeter oberhalb der Stelle, wo ihre Reflexbooster implantiert waren.

»Elf, sieben, fünf...«

Traumartige halluzinatorische Bilder flackerten gegen ihre geschlossenen Augenlider, als sie in den REM-Schlaf glitt. Bestandteile ihrer Gedanken, ihre Beobachtungen des Tages, ihre Ängste. Sie saß mit Akira Kageyama auf dem Rücksitz von Abbys Motorrad und raste mit dem röhrenden Ungetüm durch den Nachthimmel. Etwas Monströses folgte ihnen, etwas, das mit Flügeln schlug, die ein Geräusch wie wogende Brandung machten. Der Zwillingsauspuff des Motorrads spie Wolken aus dichtem schwarzem Rauch, aus dem es Magnetschlüssel regnete, und wurde zu einem Schwarm Sturmkrähen, die davonflogen. Hoch über ihnen war der Mond eine riesige Silbermünze mit einem zwinkernden eckigen Auge und einem breiten Grinsen. Alma erwiderte das Grinsen – es war das Grinsen eines Narren.

»Drei, zwei eins...«

Das Bewusstsein verließ sie und der Schlaf nahm sie in seine Obhut.

Rückkehr

Night Owl öffnete die Augen, sah sich um und stellte fest, dass sie sich in Almas Wohnung befand. Gut. Sie hasste es, wenn Alma in einem Hotel schlief und sie damit zwang herauszufinden, wo, zum Teufel, sie eigentlich war, oder in ihrem Büro bei PCI übernachtete, was bedeutete, dass Night Owl extrem vorsichtig sein musste, um sich nicht zu verraten.

Sie setzte sich auf und schaute an sich herab. Sie war vollständig angekleidet und trug eine aufgeschlitzte Lederjeans und ein weites Fließhemd: Sachen, die Alma normalerweise nie tragen würde. Neugierig geworden, stand sie auf, ging ins Badezimmer und schaute in den Spiegel. Die überraschte Miene eines blond gefärbten Kopfes starrte ihr entgegen.

»Was hast du vor, Alma?«, fragte sie. Dann seufzte sie. »Ich wünschte, du würdest zu den Leuten gehören, die ein elektronisches Tagebuch führen. Das würde mein Leben erheblich vereinfachen.«

Sie sah auf die in den Küchenherd eingebaute Uhr – Alma schien nicht an das Wissen um die Uhrzeit zu glauben, da es die einzige Uhr in der ganzen Wohnung war: kurz nach 22:30 Uhr. Ein Blick aus dem Fenster und auf den dunklen Himmel draußen verriet ihr, dass in der Tat später Abend war.

Im Fenster spiegelte sich ein Fleckchen flackerndes Licht, das von einem Tisch auf der anderen Seite der Küchenanrichte kam. Night Owl ging in den Teil der Wohnung, der als Wohnzimmer diente, wobei sie darauf achtete, nichts zu verändern, und sah sich das Cyberterminal an. Der Bildschirm war in vier Fenster unterteilt. Jedes Fenster zeigte eine Stelle innerhalb des Apartmenthauses: Eingangshalle, Tiefgarage, Flur und... ihre Wohnung?

Night Owl hatte die Hände in die Taschen der Jacke geschoben, um zu verhindern, dass sie unabsichtlich etwas anfasste. In der Tasche ertastete sie die drei Münzen, mit denen Alma immer das I-Ging warf, und zwei zylindrische Gegenstände. Als sie sie herausholte, sah sie, dass beides Schlüssel waren. Einer musste der Schlüssel zu Almas Wohnung sein, aber in ein Ende des anderen war ein X eingeritzt.

»Tststs«, machte Night Owl. »Du hast geschnüffelt, nicht wahr, Alma?«

In der anderen Tasche befand sich der Injektor. Night Owl hatte keine Ahnung, welche Droge sich darin befand, wollte sich aber auch gar nicht damit befassen. Sie legte den Injektor neben das Cyberterminal und drückte auf das mit AUFZEICHNUNG – PAUSE untertitelte Icon, das auf dem Monitor blinkte. Die Ziffern, welche die Zeit der Aufnahme anzeigten, erstarrten bei 22:34:18.

Night Owl verließ Almas Wohnung und tapste über den Flur. Sie öffnete vorsichtig die Tür zu ihrer eigenen Wohnung, alle Sinne aufs äußerste angespannt, aber es gab keine Überraschungen. Alma hatte sich, wie es schien, mit bloßer Beobachtung zufrieden gegeben. Sie hatte keine Fallen gestellt.

Night Owl zog die Kleider aus, in denen sie aufgewacht war, und ließ sie in einem Haufen an der Tür liegen. Sie zog eine Jeans und ein Knitterfolienhemd an und schnallte sich das Halfter mit dem Ares Predator auf den Rücken. Sie nahm den SkyTrain-Chip, der neben der Waffe lag, und steckte ihn zusammen mit Almas I-Ging-Münzen in eine Jeanstasche. Dann ging sie ins Badezimmer, um sich zu schminken.

Sie schaltete das Licht ein und sah in den Spiegel. Welche Farbe sollte sie als Grundierung für ihre Maske benutzen? Das Rot der Loyalität oder das Weiß des Übeltäters? Das Schwarz der Rechtschaffenheit, das Blau des temperamentvollen Unruhestifters oder das Gelb der gequälten Seele? Vielleicht das Gold oder Silber des übernatürlichen Wesens...

Night Owl schloss die Augen und griff wahllos nach einer der Tuben, da sie das Schicksal für sich entscheiden lassen wollte. Es war Gold. Sie trug das Make-Up langsam und sorgfältig auf, zog eine schwarze Diagonale beiderseits ihres Mundes herunter und ein schwarzes Band über die Augen, um dann den Rest mit Gold auszufüllen. Sie konnte nur auf sechs bis acht Stunden hoffen, in denen sie sich tummeln konnte, bevor ein Gähnanfall signalisieren würde, dass es Zeit für ihre Rückkehr war. Wenn sie sich zum ersten Mal schläfrig fühlte, blieb ihr noch etwa eine halbe Stunde, um in die Wohnung zurückzukehren, sich abzuschminken, die Kleidung zu wechseln und wieder in Almas Bett zu kriechen.

Während sie das Make-up auf ihr Gesicht auftrug, überlegte sie sich, was wohl geschehen war. Alma würde diese Wohnung nicht untersucht haben, ohne sich die Dateien in ihrem Cyberterminal auf ihre übliche methodische Art eine nach der anderen anzusehen. Sie würde die FRYBABY-Datei gelesen und erkannt haben, dass die Serotonin-Booster, die 2039 in Aarons Hirn implantiert worden waren, zu dessen Selbstmord geführt hatten.

Diesem Bericht zufolge hatten die Superkids der Alphagruppe einen genetischen Defekt: eine Mutation des Serotonin-2A-Rezeptor-Gens, welches das Hirn in die Lage versetzte, mehr Serotonin als üblich zu absorbieren. Unter normalen Umständen, wenn der Serotoninwert in den durchschnittlichen Bereich fiel, gab es keine negativen Erscheinungen. Doch sobald sich der Wert dieses Neurotransmitters erhöhte, wurde das Gehirn mit Serotonin übersättigt. Dann passierte Fürchterliches wie die Selbstmord-Depression, die Aaron zum Sprung veranlasst hatte – und zur Spaltung der Persönlichkeit, was Alma widerfahren war.

Night Owl wusste, was sie war: ein Alter Ego Almas. Ihre frühesten Erinnerungen waren diejenigen, welche Alma ins tiefste, finsterste Loch ihres Unterbewusstseins verdrängt hatte – solche, die zu schmerzlich für sie waren, um sich bewusst daran zu erinnern. Das eine Mal, als sie der Techniker *dort* angefasst hatte... Alma hatte nie verstanden, warum man ihren Lieblingstechniker gefeuert hatte. Die Gelegenheit, als sich ihre Cyberaugen kurzgeschlossen hatten und Alma entsetzliche drei Stunden lang blind gewesen war. Und der Vorfall, als sie Poppys abgetrennten Kopf gesehen hatte. Sie bekam den ganzen Drek ab – und nichts von den guten Sachen. Sie hatte nicht einmal Zugriff auf Almas Cyberware.

Night Owl war jedoch erst zu ihrem eigenen Bewusstsein gekommen, als der REM-Induktor in Almas Hirn transplantiert worden war. Sie konnte sich noch an die Nacht ihrer ›Geburt‹ erinnern – sie war plötzlich ›zu sich gekommen‹, in ein Cyberterminal gestöpselt, und hatte auf das Memorandum gestarrt, das Graues Eichhörnchen Mr. Lali geschickt hatte. Sie hatte keine Ahnung gehabt, worum es eigentlich ging – das letzte, woran sie sich erinnern konnte, war, dass sie ein achtjähriges Mädchen war. Aber sie hatte gewusst, dass das Memorandum sowohl wichtig als auch grauenerregend war. Andernfalls wären ihr nicht die Tränen über die Wangen gelaufen. Sie hatte das Memo auf einen Chip kopiert, ihn in eine Tasche gesteckt und sich ausgestöpselt. Irgendwie war es ihr gelungen, aus dem PCI-Gebäude zu stolpern und sich von ihrem Instinkt nach Hause führen zu lassen, nachdem sie durch die halbe Stadt gelaufen war. Den Rest der Nacht hatte sie Almas

Wohnung durchwühlt und herauszufinden versucht, wer und was sie war, um schließlich in einen tiefen Schlaf zu fallen.

Aus diesem Schlaf war sie am nächsten Abend erwacht und da hatte sie die Suche fortgesetzt.

Night Owl hatte nicht gefallen, was sie herausbekam. Alma war eine Konzerndrohne, die der Firma, für die sie arbeitete, blind gehorchte und unfähig war, in ihren ›Freunden‹ und Kollegen das zu sehen, was sie in Wirklichkeit waren: Ungeheuer. Sie machte unzählige Überstunden, ohne dafür anständig entlohnt zu werden, und kehrte dann jeden Abend in eine sterile Wohnung zurück, allein. Das eine Mal, als sie wahre Liebe fand, hatte sie zugelassen, dass ihr aufgeblähter Sinn für Anstand und Pflichterfüllung sie einfach wegwarf. Sie war erbärmlich.

Night Owl dagegen war sorglos und kühn. Von Vancouvers Schatten angezogen, hatte sie ihre Runs dazu benutzt, um in dieser Welt etwas Gutes zu tun. Sie hatte *Cybercare for Kids* vielleicht nicht so viele Kreds gespendet, wie sie es gern getan hätte, aber sie war sicher, dass irgendein Kind irgendwo in einem armseligen Kaff am Arsch der Welt das Wenige zu schätzen wusste, das sie gespendet hatte.

Night Owl musste davon ausgehen, dass Alma die GRIMREAPER-Datei vollständig gelesen hatte. Alma war klug genug zu erkennen, dass der REM-Induktor in ihrem Gehirn einem Alter Ego gestattete, jede Nacht zu erwachen und ein Eigenleben zu führen, sobald sie in den REM-Schlaf sank. Den REM-Induktor zu entfernen würde jetzt, da Graues Eichhörnchen tot war, nicht mehr so einfach sein – aber Night Owl war sicher, dass Alma einen Weg finden würde. Warum sollte sich sonst eine Visitenkarte der Executive Body Enhancements Klinik in Almas Tasche befinden? Als Night Owl die Klinik angerufen und sich als ›Jane Lee‹ ausgegeben hatte, war ihr Termin für den 28. Februar bestätigt worden: für morgen. In einer kleinen Plauderei mit der Frau am Empfang hatte Night Owl erfahren, dass die Cyberware, um die sich die Cyberärztin kümmern wollte, ein ›Serotonin-Booster‹ war, der Schwierigkeiten machte. Sie konnte sich denken, was das bedeutete: Morgen sollte der REM-Induktor entfernt werden.

Heute würde ihr letzter Run stattfinden. Da sorgte sie besser dafür, dass er sich auch lohnte.

Night Owl schaute vom Dach eines der wenigen großen Gebäude, die in den Richmond-Ruinen noch standen, über die Stadt: dem Relax Hotel. Außerhalb des Lufttaxi-Unterstands, in dem sie sich befand, regnete es in Strömen. Regentropfen prasselten gegen das gesprungene Plexiglas und sammelten sich in großen Pfützen auf dem Dach, bevor das Wasser durch die Steinwurmlöcher ablief. Auf der anderen Seite des Flusses flimmerten die Lichter Vancouvers wie eine Unterwasser-Fata-Morgana. Night Owl fragte sich, ob sie die Stadt heute wohl zum letzten Mal sah, und schüttelte ihre melancholische Stimmung dann ab.

Zeit, sich ums Geschäft zu kümmern.

Der erste Käufer – die blonde Seoulpa-Schnalle – war am leichtesten aufzuspüren. Bei Tiger Cats Konfrontation mit ihr vor dem Münzgeschäft hatte er sie Almas ›Johnson‹ genannt. Einer Eingebung folgend, blätterte sie den Autowahl-Speicher von Almas Handy durch und fand einen Eintrag für MS. JOHNSON. Sie markierte die Nummer und drückte auf das Wähl-Icon. Nach fünf Klingelzeichen erschien Blondies Gesicht auf dem Bildschirm.

»*Yeboseyo?*«

Night Owl sah ein Restaurant im Hintergrund und keine Gefängnisgitter. Entweder hatte Blondie sich rechtzeitig von Tiger Cats Magie erholt, dass sie der Polizei entkommen war, oder sie hatte sich um eine Verhaftung herum geredet oder gekauft. Gut. Das ersparte es Night Owl, sich mit jemandem auseinandersetzen zu müssen, den sie nicht kannte.

Als Blondie sah, wer sie anrief, verzog sie das Gesicht. Ihr Bild wurde größer, als sie ihr Handy näher an ihr Gesicht hielt und in ihren Monitor starrte. Wahrscheinlich versuchte sie, Hintergrunddetails zu erkennen und herauszufinden, von wo aus Night Owl anrief. Damit hatte Night Owl jedoch gerechnet – tatsächlich verließ sie sich sogar darauf. Der Winkel, in dem sie das Handy hielt, ließ zu, dass die Videokamera das verfallene Dach und einen Teil der Skyline dahinter aufnahm. Sie hoffte, dass Blondie schlau genug war, die Ruinen zu erkennen – und dass sie sich in diese Richtung bewegen würde. Night Owl konnte nicht die ganze Nacht auf sie warten.

Sie zog eine von Almas I-Ging-Münzen aus der Tasche. Ihre Freundin Miracle Worker hatte einen novaheißen Illusionszauber auf alle drei Münzen gewirkt – und ihr versprochen, er werde auch unter einer Kameralinse bestehen. Night Owl würde jetzt herausfinden, wie heiß der Hokuspokus tatsächlich war. Sie hielt die in eine Illusion gehüllte Münze hoch, sodass die Minikamera des Handys sie vollständig erfasste. »Sucht Ihr Herr und Meister vielleicht das hier?«

Blondies scharfes Einziehen des Atems verriet ihr, dass sie einen Volltreffer gelandet hatte. »Woher haben Sie…«

»Ich verkaufe sie heute Nacht an den Meistbietenden«, verkündete Night Owl. »Entweder an Mang, Chiao oder Li – mir ist egal, an wen. In fünf Minuten rufe ich Sie wieder an und höre mir Ihr Eröffnungsgebot an.«

Bevor Blondie antworten konnte, unterbrach Night Owl die Verbindung. Sie wartete etwa zehn Minuten – lange genug, um Blondie ins Schwitzen zu bringen, ob sie tatsächlich zurückrief – und wählte die Nummer erneut. Diesmal beantwortete Blondie den Anruf nach dem ersten Klingeln. Sie war nicht mehr im Restaurant, sondern in einem fahrenden Wagen. Durch das Rückfenster konnte Night Owl das durch den Regen verschwommene rote W auf der Woodwards Arcologie im Hintergrund verschwinden sehen. Gut. Blondie war auf dem Weg nach Süden.

»Und?«, fragte Night Owl.

Blondie sah sie wachsam an. »Mein Gebieter zahlt fünfzehntausend Nuyen, wenn die Ware echt ist. Aber er besteht auf einem Beweis ...«

»Das nennen Sie sein Eröffnungsgebot?« Night Owl verdrehte die Augen. »Das ist erbärmlich. Ich nehme an, Ihr Gebieter meint es nicht ernst. Vergessen Sie's. Ich rufe ...«

Blondies Augen spuckten Gift und Galle. »Dreißigtausend.«

»Das kommt der Sache schon näher«, sagte Night Owl. »Geben Sie mir fünf Minuten, um herauszufinden, ob die Konkurrenz höher bieten will.«

»*Muyi!* Warten Sie, ich ...«

Wiederum unterbrach Night Owl die Verbindung. Diesmal ließ sie fünfzehn Minuten verstreichen. Während sie wartete, ging sie zum Rand des Unterstands und prüfte den Boden, indem sie den Zement vor ihr mit der Spitze ihrer Dayton-Stiefel anstieß. Irgendwo unter ihr war das leise Knirschen der fressenden Steinwürmer zu hören. Der Zement unter ihrer Stiefelspitze bewegte sich leicht und sie wich einen Schritt zurück.

Night Owl wählte die Nummer erneut und sprach, kaum dass Blondies Gesicht auf dem Monitor erschien. »Ihre Konkurrenz hat mit Geboten von einhunderttausend Nuyen gekontert und sich gegenseitig auf fünfhundert K getrieben«, sagte sie. »Ihr Herr und Meister muss sechshundert K anlegen, um im Geschäft zu bleiben.«

Blondies Lächeln war mehr als säuerlich. »Sechshunderttausend Nuyen sind sein letztes Angebot. Nehmen Sie an, dann verspreche ich Ihnen, dass Sie am Leben bleiben. Lehnen Sie ab...« Sie ließ den Rest des Satzes unausgesprochen in der Luft hängen.

Es war nicht nötig, die Leerstellen auszufüllen.

Night Owl achtete sorgfältig darauf, eine neutrale Miene zu bewahren, obwohl innerlich ihr Grinsen vom einen Ohr zum anderen reichte. Sie hatte darauf gesetzt, dass Blondies Gebieter nicht mit seinen schuppigen Konkurrenten redete – sich bei den anderen Drachen zu erkundigen, ob sie tatsächlich für eine der Münzen des Glücks boten, war das Letzte, was Mang tun würde.

Night Owls Bluff hatte funktioniert. Blondie hatte ihr alles abgekauft – Wortspiel beabsichtigt.

»Ich nehme das Angebot an«, sagte Night Owl.

»Gut.« Blondie grinste. »Wie rasch können Sie liefern?«

»Das hängt davon ab, wie schnell Sie die Kreds überweisen können. Wir handhaben das wie bei einem Run, also fünfzig Prozent im Voraus und fünfzig Prozent bei Lieferung. Es gibt eine international eingetragene Wohltätigkeitsorganisation, die ich für diese Art Geschäft benutze: *Cybercare for Kids*. Sie spenden einfach anonym dreihundert K auf das Konto, dessen Nummer ich Ihnen gleich nenne, um mir zu zeigen, dass es Ihnen ernst ist. Dann richten Sie bei der Bank ein Treuhänderkonto ein, auf das Sie die restlichen dreihundert K überweisen. Wenn Sie sich vergewissert haben, dass die Münze echt ist, verständigen Sie die Bank, die dann grünes Licht für die Überweisung gibt. Diese Vorgehensweise garantiert Vertraulichkeit, und was eigentlich ein Kauf ist, sieht aus wie eine Spende für wohltätige Zwecke.«

Night Owl tat so, als schaue sie auf eine Uhr. »Ich gebe Ihnen fünf Minuten, um die erste Überweisung zu tätigen. Wenn ich die Bestätigung dafür erhalte, rufe ich Sie wieder an.«

Sie nannte Blondie den Namen der Bank und die Kontonummer der Wohltätigkeitsorganisation und unterbrach dann die Verbindung. Zwei Minuten später rief ein Vertreter der Bank an, um zu berichten, dass die Einzahlung erfolgt und außerdem ein Treuhänderkonto eingerichtet worden sei. Wenn Blondie herausfand, dass die Münze eine Fälschung war, würde das Geld auf dem Treuhänderkonto zurück zu Blondies Gebieter wandern. Aber *Cybercare for Kids* würde trotzdem dreihundert K verdient haben.

Als Night Owl Blondie zurückrief, blieb ihr Bildschirm leer. Blondie versuchte die Tatsache zu verheimlichen, dass sie in einem Lufttaxi saß, aber das leise Schrappen der Hubschrauber-Rotoren verriet ihren Aufenthaltsort. Als Night Owl nach Norden in Richtung der Lichter Vancouvers schaute, sah sie die blinkenden Positionslichter eines Lufttaxis, das zu ihr unterwegs zu sein schien. In ein paar Minuten würde Blondie über den Richmond-Ruinen auftauchen.

»Ich habe das Geld überwiesen«, sagte Blondie.

»Gut.«

»Jetzt will ich die Münze. Wo sind Sie?«

Night Owl runzelte die Stirn, als habe sie Bedenken. »Ich brauche etwas Zeit, um die Übergabe vorzubereiten«, sagte sie. »Wir benötigen einen Treffpunkt, an dem wir uns beide sicher fühlen. Vielleicht...« Während sie redete, ließ sie die Minikamera des Handys wie zufällig über das Namensschild des Hotels auf dem Dach gleiten. Zwar war über der Dachkante nur die obere Hälfte der Worte RELAX HOTEL zu sehen, aber das würde reichen. Blondie war intelligent genug, um diesen Hinweis nicht zu übersehen – sie würde annehmen, dass Night Owl ihren Standort unachtsam verraten hatte. Aus diesem Grund würde sie bei ihrem Treffen etwas großspuriger auftreten und weniger Vorsicht walten lassen. Was genau das war, was Night Owl beabsichtigte.

»Nein. Wir machen es heute Nacht. Jetzt. Ich weiß, wo Sie sind: auf dem Dach des Relax Hotel. Bleiben Sie da. Ich komme zu Ihnen.« Ihre Stimme klang so, als grinse sie über beide Ohren.

Night Owl riss die Augen auf, als sei sie beunruhigt. »In Ordnung«, sagte sie. »Aber sagen Sie Ihrem Piloten, er soll drei Meter über dem Landeplatz schweben. Sie springen aufs Dach. Lassen Sie ihn nicht landen. Ich will sehen, dass tatsächlich nur Sie aussteigen. Wenn ich noch jemand anders zu sehen bekomme, ist unser Handel geplatzt. Und versuchen Sie nicht, mich mit einem Unsichtbarkeitszauber reinzulegen. Ich würde sehen, wie der Betreffende durch die Pfützen läuft.«

Ihr Bildschirm erwachte zum Leben und zeigte Blondie im Lufttaxi. Die Frau ließ ihr Handy kreisen, sodass die Videokamera das leere Passagierabteil des Taxis zeigte. »Keine Sorge«, knurrte sie. »Ich komme allein.«

Night Owl schaltete ihr Handy aus und beobachtete das Taxi bei seiner Annäherung über dem Fraser River. Das Lufttaxi kam hoch über den dunklen Ruinen herein – der Taxipilot war offenbar nicht gewillt, dem Gewirr aus Drähten und Beton unter ihm zu nahe zu kommen – und kreiste dann über dem Relax Hotel.

Der Landescheinwerfer am Bauch der Maschine erstrahlte plötzlich in weißglühendem Licht und beleuchtete das löchrige H des Landeplatzes, und dann sank das Taxi langsam und mit heulendem Motor dem Dach entgegen, während Luftwirbel die Pfützen auf dem zerfressenen Beton kräuselten. Der Hubschrauber verhielt in der Luft und dann öffnete sich die Luke. Blondie sprang hinunter in die Lichtinsel und landete mit einem Klatschen auf dem Dach. Das Lufttaxi zog sich zurück und ließ sie im Regen stehen. Es schwebte ein paar Dutzend Meter über dem Hoteldach und wartete darauf, dass Blondie ihr Geschäft abschloss. Offensichtlich rechnete Blondie nicht damit, dass die Transaktion lange dauerte.

Doch Blondie ging kein Risiko ein. Sie hatte die rechte Hand bereits zu einem Keil geformt und war bereit, einen magischen Angriff zu wirken. Infolge des Regens lagen die nassen Haare wie angeklatscht an ihrem Kopf, und ihre Jacke war nach wenigen Augenblicken völlig durchnässt, aber sie ignorierte diese Unannehmlichkeiten. Sie ging auf Night Owl zu und aus jedem Schritt sprach die Bedrohung. Ihr Blick war auf die Münze in Night Owls Hand gerichtet.

»Das ist nahe genug«, rief Night Owl.

Blondie blieb stehen, ohne darauf zu achten, wie sich unter ihrem rechten Fuß der Beton ein wenig durchbog. »Zeigen Sie mir die Münze«, knirschte sie. »Ich muss mich vergewissern, dass mein Gebieter bekommt, wofür er bezahlt hat.«

»Na schön.« Der Augenblick der Wahrheit war da – jetzt würde sie herausfinden, ob Miracle Workers Illusion die Probe bestand. Und selbst wenn sie Blondie zum Narren hielt, wusste Night Owl, was folgen würde. Sobald Blondie die Münze hatte, war Night Owl so gut wie tot.

Night Owl trat einen Schritt vor – einen kurzen Schritt. »Hier!« Sie warf die Münze in die Luft. Sie funkelte, da sie in trägem Bogen über das Dach und Blondie entgegen flog und sich dabei Kopf über Zahl überschlug – in einem Bogen, der ein Stück vor Blondie enden würde. Als ihr aufging, dass der Wurf zu kurz angesetzt war, sprang Blondie vor, um die Münze aus der Luft zu fangen. Sie hob die Münze hoch, um sie besser sehen zu können, und ein triumphierendes Lächeln breitete sich auf ihrem Gesicht aus. Sie hatte die Münze instinktiv mit der rechten Hand gefangen, aber jetzt nahm sie sie in die linke und bildete mit den Fingern der rechten wieder ihren Keil, bereit zu einem magischen Angriff. Night Owl spannte sich, um sich rechtzeitig zur Seite zu werfen...

Was nicht mehr nötig war. Als Blondie gerade Anstalten machte, die Hand zu heben, gab das löchrige Dach unter ihren Füßen nach. Die Augen vor Überraschung weit aufgerissen, verschwand sie in dem klaffenden Loch. Night Owl hörte einen gedämpften Schrei, aber das Geräusch ging im Rumpeln und Poltern der Zementbrocken unter, die Blondie in einer Lawine durch das Loch folgten und es dabei ausweiteten. Einen Augenblick später hörte sie wieder einen polternden Krach, als der Boden der Etage unter dem Dach ebenfalls einstürzte.

Night Owl lauschte noch einen Augenblick und fragte sich, ob es Blondie erwischt hatte, doch dann hörte sie gedämpftes Fluchen. Endlich entspannt, gestattete sie sich ein Lächeln. Ihr Plan hatte wunderbar funktioniert. Blondie lebte noch. Mit etwas Glück hatte sie die Münze im Schutt verloren und würde den Rest der Nacht mit der Suche verbringen. Und selbst wenn es Blondie gelungen war, die Münze beim Sturz festzuhalten, würde sie eine Weile brauchen, um aus der Hotelruine zu kommen. Sie würde sich so vorsichtig einen Weg über die von den Steinwürmern angefressenen Böden suchen müssen wie ein Soldat durch ein Minenfeld. Bis dahin würde Night Owl längst verschwunden sein.

Night Owl lächelte und zückte ihren SkyTrain-Glückschip. Bevor sie in der Nacht untertauchte, musste sie sich noch entscheiden, wen sie als Nächstes über den Tisch ziehen würde. Bei Kopf würde es der Rote Lotus sein, bei Zahl Komische Augen.

Sie warf die Münze in die Luft und klatschte sie auf den rechten Handrücken. Kopf.

Der Triple Eight Club war ein gewaltiger Block aus Beton, Glas und Neon und nur ein paar Schritte vom

SkyTrain-Bahnhof am Stadion entfernt. Vor der Jahrtausendwende als Kinopalast und Einkaufsgalerie erbaut, war das Gebäude in ein Casino umgebaut worden, als SimSinn die Technik der bewegten Bilder über Nacht zu einem alten Hut gemacht hatte. Jetzt bediente es jene, die nach dem Kick altmodischer Glücksspiele gierten: Blackjack, mit richtigen Spielkarten anstelle der virtuellen Karten auf Bildschirmtischen gespielt; Roulette-Räder, die von menschlichen Händen gedreht wurden; Geldspielautomaten mit mechanischen Räderwerken, die klimperten und rappelten; und Craps, das mit richtigen Plastikwürfeln gespielt wurde. Das einzige Zugeständnis an die moderne Technologie waren die riesigen, zwei Stockwerke hohen Bildschirme, auf denen Pferde- und Hunderennen von Rennbahnen in Tokio, Shanghai und Hongkong live übertragen wurden.

Night Owl schlenderte in das riesige Gebäude und versuchte sich in der Menge zu verlieren. Glücklicherweise war sie nicht die einzige in der Menge, die sich mit einer Beijing-Opernmaske geschminkt hatte. Sogar ein paar Mitglieder des Roten Lotus, die sich an Tischen flezten, Cocktails tranken und Mahjong spielten, hatten sich das Gesicht bemalt. Keiner von ihnen schenkte Night Owl mehr Beachtung als den anderen ›Schafen‹, die selbst zur Schlachtbank gingen und darum bettelten, geschoren zu werden. Ihre Ahnung hatte sich als Volltreffer erwiesen: Die Gang rechnete nicht damit, dass sie mitten in ihrem Revier auftauchen würde. Der Rote Lotus würde sie überall sonst in der Stadt suchen – aber nicht hier.

Night Owl betrat die Rolltreppe zum Balkon, der die erste Etage umringte, und ging dann zu einer der langen Automatenreihen. Sie hatte bereits eine Schale mit ›Lucky-Eight‹-Spielmünzen unten am Wechselschalter eingetauscht und jetzt ging sie wahllos von einem Automat zum anderen und fütterte jeden damit. Sie machte sich nicht einmal die Mühe, den sich drehenden Walzen zuzuschauen, und blieb nur so lange, wie es jeweils dauerte, einen Gewinn einzusammeln, wenn sie das lärmende Geklimper einer Auszahlung hörte. Es war ihr egal, ob sie gewann oder verlor, aber es würde verdächtig aussehen, wenn sie die Münzen liegen ließ, die in die Auffangschale rasselten. Sie sammelte jeden Gewinn so schnell wie möglich ein und ging dann weiter zum nächsten Gerät.

Eine Stunde später hatte sie Münzen in drei Viertel aller Automaten des Casinos geworfen. Sie hatte beobachtet, welche Automaten am meisten benutzt wurden: diejenigen am Eingang und an den Fahrstühlen – die das Casino so präpariert hatte, dass sie regelmäßig kleine Gewinne auszahlten, um die Hoffnungen soeben Eingetroffener zu wecken und ihnen umso leichter die Taschen zu leeren.

Night Owl wählte einen dieser Automaten aus und nahm eine der verbliebenen I-Ging-Münzen aus der Tasche. Sie hatte ungefähr dieselbe Größe und dasselbe Gewicht wie die im Triple Eight gültigen Spielmarken – jedenfalls war die Ähnlichkeit groß genug, um die in das Gerät eingebauten archaischen Messvorrichtungen zu täuschen. Darauf bedacht, das Loch in der Mitte der Münze mit Daumen und Zeigefinger zu verbergen – jeder Zentimeter der Casinos wurde von Sicherheitskameras überwacht –, ließ Night Owl die Münze in den Einwurfschacht gleiten und zog an dem schweren Starthebel des Apparats. Sie sah zu, wie die Symbole umherwirbelten, und als drei Kirschen erschienen, musste sie rasch die Hände zusammenlegen und unter die Münzschale halten, um den Schauer der Münzen aufzufangen, den die Maschine ausspie. Sie schob sich den Gewinn in die Tasche, während ihr jäh die brennende Eifersucht im Blick der Spieler neben ihr bewusst wurde. Der Gewinn hatte einige Aufmerksamkeit erregt. Sie würde in der Menge untertauchen, noch an ein paar Automaten spielen und dann aus dem Casino verschwinden.

Sie ging zu einem anderen Automat, musste jedoch einen Bogen um ein Paar machen, das darüber stritt, ob man das Casino verlassen solle oder nicht. Ohne Vorwarnung trat die Frau einen Schritt zurück und gab dem Mann eine Ohrfeige. Night Owl wurde zur Seite gedrängt. Sie stieß mit einem massigen Troll zusammen, der vor einem der Automaten in der Nähe stand. Wenngleich er ihr den Rücken zudrehte, erkannte sie ihn an seinen V-förmigen Spiralhörnern: der Schamane Wu – das einzige Mitglied des Roten Lotus, das sie sofort erkennen würde. Nach seiner Begegnung mit Komische Augen war der Schamane in keiner guten Verfassung. Ein Arm hing in einer Schlinge und durch einen Gesichtsverband sickerte Blut. Aber er sah noch so aus, als könne er mühelos Zauber wirken. Wenn er sich umdrehte, um einen Blick auf die Person zu werfen, die ihn gerade angerempelt hatte, würde Night Owl sich massivem Hokuspokus erwehren müssen.

Night Owl tastete bereits nach ihrer Pistole, als ihr aufging, dass der Schamane sie überhaupt nicht zur Kenntnis nahm. Seine Aufmerksamkeit blieb stur auf den Apparat vor ihm gerichtet. Sie hörte ihn auf Kantonesisch vor sich hin murmeln und sah ihn mit den Fingerspitzen über die Seite des Apparats streichen. Sie erkannte, dass er einen telekinetischen Zauber angewandt haben musste, um den Drehmechanismus für die Walzen im Innern des Apparats zu verlangsamen. Dann erschienen drei Symbole in der Mittelreihe: eine Sieben, noch eine Sieben und noch eine. Münzen klimperten in die Sammelschale vor Wu und ein wölfisches Grinsen sorgte für eine Aufhellung seiner finsteren Miene.

Als er sich schließlich umschaute – wahrscheinlich um nachzusehen, ob die Magier der Casino-Sicherheit seinen Zauber bemerkt hatten –, war Night Owl längst weg. Obwohl sie dem Schamanen den Rücken zudrehte, zuckte ihr Augenlid immer noch unter der Last der Erkenntnis, nur um Haaresbreite einer Entdeckung entgangen zu sein.

Zehn Automaten später verließ sie das Casino. Sie warf die Triple-Eight-Münzen, die sie noch in der Tasche hatte, in den schmierigen Pappbecher, den ein Penner zum Betteln hingestellt hatte, und marschierte dann eine Gasse entlang bis zur Verladebucht, wo sie ihr Motorrad versteckt hatte.

Zum Schutz vor dem Regen stellte sie sich unter das überhängende Dach der Verladebucht, wählte die Nummer des Triple Eight Club und verlangte Wu. Sein Gesicht war kaum auf dem Monitor aufgetaucht, als er zu schreien anfing.

»Du!«, übertönte er mühelos das Klimpern und Rattern der Automaten und Rouletteräder. »Du hast Ältester Bruder zum zweiten Mal betrogen. Die Statue war nicht...«

»Das ist jetzt unwichtig«, sagte Night Owl. »Ich habe die Münze gefunden, die dein Herr sucht. Und ich habe sie gerade abgeliefert.«

Das ließ den Troll innehalten. »Wie meinst du das?«

»Sie ist im Casino – ich habe sie in einen der Geldspielautomaten geworfen. Für fünfhunderttausend Nuyen verrate ich dir, in welchen. Andernfalls... na ja, wahrscheinlich wird die Münze jeden Augenblick in der Tasche eines anderen landen und das Casino verlassen.«

Wus Augen verengten sich zu schmalen Schlitzen. »Du bluffst.«

»Nein, ich bluffe nicht. Bis vor ein paar Minuten war ich noch im Casino. Ich habe gesehen, wie du einen Automat mit deiner Magie bearbeitet hast, bis er dir drei Siebener präsentiert hat. Lass dir die Kameraaufzeichnungen der Casino-Sicherheit vorspielen, wenn du mir nicht glaubst, dass ich im Casino war. Halte nach einer Frau mit einer goldenen Gesichtsmaske Ausschau.«

Sie sah das Glitzern in Wus Augen treten und erriet, was er dachte. »Falls du gerade in Erwägung ziehst, dir die Aufzeichnungen anzusehen, um herauszufinden, an welchem Automat ich gespielt habe, kannst du dir die Mühe sparen«, fügte sie hinzu. »Ich habe Münzen in über sechzig Automaten geworfen. Du würdest niemals rechtzeitig herausfinden, welches Spiel ich mit der Fu-Münze gemacht habe. Wenn du Ältester Bruder nicht verärgern willst, indem du dir das Ding, welches er sucht, durch die Finger gleiten lässt, solltest du ihn jetzt besser dazu bringen zu bezahlen. Du hast fünf Minuten, um ihn zu überzeugen. Wenn ich bis dahin nichts von der Bank gehört habe, ist unsere Abmachung hinfällig.«

Sie wiederholte die Kontonummer, die sie zuvor schon Blondie genannt hatte, und legte auf. Jetzt brauchte sie nur noch die Daumen zu drücken, dass der Rote Lotus nicht mit Härte reagierte. Die Bande war jederzeit und gut sichtbar im Casino anwesend und erpresste ein tägliches ›Schutzgeld‹, aber das Casino gehörte ihr nicht. Um die annähernd hundert Automaten darin zu durchsuchen, würde sie praktisch die ganze erste Etage abriegeln und einen Automat nach dem anderen aufbrechen müssen – ein Vorgehen, auf das die Stammespolizei mit jaulenden Sirenen und einem Rollkommando reagieren würde. Night Owl setzte darauf, dass die Bande nicht so viel Aufmerksamkeit auf sich lenken wollte. Leichter – und viel diskreter – war es, ihren Herrn und Meister zu veranlassen, die geforderte Summe zu überweisen, und dann so lange Münzen in den von ihr genannten Automat zu werfen, bis er seinen magischen Preis ausspie.

Diesmal rief die Bank nach etwas über vier Minuten zurück und bestätigte den Eingang einer anonymen Spende von fünfhundert K auf das Konto von *Cyber-*

care for Kids. Night Owl legte grinsend auf und rief Wu zurück.

»Zahlung eingegangen«, sagte sie. »Die Münze ist in Automat zweiunddreißig.«

Als sie auflegte, wurde ihr Grinsen noch breiter. Selbst wenn Wu seine Magie einsetzte, um eine Reihe größerer Auszahlungen zu erzwingen, würde es eine Weile dauern, bis die fragliche Münze an die Reihe kam. Im Augenblick musste sie ganz weit oben im Stapel sein. Wahrscheinlich war er die ganze Nacht damit beschäftigt.

Night Owl bestieg ihre Harley und ließ den Motor an. Sie lenkte die Maschine auf die Straße und fuhr zurück in ihre Wohnung, um sich umzuziehen.

Ein Münzverkauf blieb noch – aber das war der schwierigste von allen.

Komische Augen war der am schwersten aufzuspürende der drei Käufer. Night Owl hatte einen Blick auf das Kennzeichen der Limousine werfen können, in der er sie vor zwei Nächten ausgequetscht hatte, und den Wagen zu einer in Seattle ansässigen Mietwagenfirma zurückverfolgt. Komische Augen reiste offenbar gern komfortabel und mit Stil, was auch einen gemieteten Chauffeur beinhaltete, obwohl er dadurch so unauffällig war wie ein emporgehaltener verchromter Daumen. Night Owl hatte angenommen, er werde eine andere Limousine mieten, diesmal von einer Firma in Vancouver, und daher alle Mietwagengesellschaften angerufen, um herauszufinden, ob jemand, auf den seine Beschreibung passte, aufgelaufen war und einen Wagen gemietet hatte.

Doch niemand hatte – ihre Vermutung war falsch gewesen. Aber nur ganz knapp. Einer Eingebung folgend, hatte sie eine zweite Runde mit Anrufen gestartet, diesmal bei allen Autohändlern in Vancouver, die auf Luxuswagen spezialisiert waren. Ein Angestellter der dritten Vertretung, die sie anrief, konnte sich an einen Mann erinnern, der einfach so hereinspaziert war und hundertdreißigtausend Nuyen für einen Jaguar Z-Type auf den Tisch des Hauses gelegt hatte – ein Mann mit merkwürdigen, vollkommen weißen Augen. Der Jaguar war komplett ausgerüstet: globales Navigations- und Positionssystem, Cyberterminal mit Satellitenverbindung, Surround-Sound und Telekom im Armaturenbrett. Und, ja, dem Angestellten war es ein Vergnügen, Night Owl die Telekomnummer des Wagens zu geben, nachdem sie sich als Alma Wei, stellvertretende Leiterin der Sicherheit von PCI, vorgestellt hatte.

Night Owl wiederholte die Anrufserie, mit der sie bei Blondie begonnen hatte, und sagte Komische Augen, sie habe Kageyama die Münze gestohlen und sei bereit, sie zu verkaufen. Wie schon früher in dieser Nacht täuschte sie eine Versteigerung vor, bei der sie den Preis diesmal auf achthundert K trieb. Als die Malaysian Independent Bank anrief, um eine dritte anonyme Spende für *Cybercare for Kids* zu bestätigen und ihr mitzuteilen, dass weitere vierhunderttausend Nuyen auf einem Treuhänderkonto lägen, rief Night Owl Komische Augen an und nannte ihm den Ort, wo sie sich mit ihm zur Übergabe treffen würde: auf der Mitte der Lion's Gate Bridge.

Sie musste ihm versichern, dass er, jawohl, alles richtig verstanden hatte. Sie erklärte, sie habe die Münze mit Klebeband an einer Stelle an der Brücke befestigt, wo sie nur für jemanden mit ihrer erstaunlichen Gewandtheit und Kraft erreichbar sei. Sie werde ihn am Südturm des Lion's Gate, auf dem westlichen Gehweg erwarten, und zwar in fünfzehn Minuten. Wenn er nicht binnen fünfzehn Minuten dort auftauche, sei der Handel geplatzt. Wahrscheinlich war komische Augen jetzt mit quietschenden Reifen unterwegs.

Night Owl verließ mit ihrer Harley die dunkle Straßenecke, wo sie telefoniert hatte, und schlug die Richtung zum nach Norden führenden Stanley-Park-Damm ein – einer von zwei langen Tunnels, welche die Biokuppel des Parks durchdrangen. Sie hatte keine Uhr bei sich, aber der in das Handy eingebauten Uhr zufolge war es fast 04:30 Uhr. Um diese Zeit und angesichts des Gewitterregens, der die tiefer gelegenen Straßen der Stadt unter Wasser setzte, war kaum ein Wagen unterwegs.

Die Brutlampen im Park waren abgedunkelt. Der verglaste Tunnel wurde nur von den Straßenlaternen erleuchtet, die stroboskopartig vorbeirauschten, da die Harley den Damm entlang röhrte und das kehlige Dröhnen ihres Motors von den leeren Tunnelwänden widerhallte. Als das nachtdunkle Tunnelende in Sicht kam und ein Regenvorhang die Brücke dahinter verbarg, lächelte Night Owl grimmig über die Metapher: Sie fuhr durch einen Tunnel aus Licht der Dunkelheit und dem Tod entgegen – hoffentlich nicht ihrem eigenen.

Regen und Wind trafen sie in dem Augenblick, als sie den Tunnel verließ. Der größte Teil ihres Körpers blieb jedoch dank des wasserdichten Anzugs, den sie unter ihrer Straßenkleidung trug, warm und trocken. Er schützte sie vom Hals bis zu den Knöcheln und Handgelenken. Ihre Nachtsichtbrille hielt den Regen von ihren Augen ab, der dafür Stirn, Wangen und Kinn wie mit Eisnadeln bearbeitete. Ihre Finger waren trotz der mit Fließstoff gefütterten Handschuhe eiskalt. Die Temperatur schien in den letzten Stunden dramatisch gesunken zu sein – oder vielleicht lag es auch nur am Fahrtwind.

Sie passierte die beiden riesigen Löwen aus Beton, die das Südende der Brücke bewachten, und fuhr auf die eigentliche Brücke, die zunächst leicht anstieg. Über ihr heulte der Wind durch die dicken Aufhängungskabel. Unweit des ersten der beiden Brückentürme hielt Night

Owl das Motorrad an. Sie bockte es neben dem Gehsteig auf und schwang sich vom Sitz.

Nun, da sie nicht mehr auf der Maschine saß, blies der Wind sie gegen das Geländer am äußeren Rand des Gehwegs. Nachdem sie ihre Brille hochgeschoben hatte, umklammerte sie das Geländer und beugte sich weit darüber, um einen Blick auf das vom Wind gepeitschte Wasser des Burrard Inlet sechzig Meter unter ihr zu werfen.

Wonach sie Ausschau hielt, sah sie unweit der Basis des Turms: die roten und grünen Positionslichter eines Boots, das von den Wellen hin und her geworfen wurde. Sie hoffte, dass es Skimmer mit seinem Müllkutter war. Er hatte ihr versprochen, den Anker auszuwerfen und dort auf sie zu warten. Sie hoffte, dass er noch ein paar Minuten länger bereit war, sich dem Sturm auszusetzen. Er war ein wesentlicher Bestandteil ihres Plans – der einzige, der sie sicher zum Versteck ihrer Wahl bringen konnte.

Ein Blitz zuckte über den Himmel und ließ für einen Augenblick die Umrisse der beiden Brückentürme in greller Deutlichkeit hervortreten. Ein, zwei Sekunden später hallte der Donner. Im grellen Lichtblitz glaubte Night Owl eine Schar kleiner dunkler Gestalten am Himmel zu sehen – und eine größere S-förmige. Schaudernd sagte sie sich, dass es nur eine sonderbar geformte Wolke war. Einen Augenblick später, im Licht des nächsten Blitzes, entpuppten sich die kleineren Gestalten als Sturmkrähen. Sie landeten eine nach der anderen und hockten sich wie die Perlen einer Kette auf die Brückenkabel. Night Owl hatte das Gefühl, dass sie sie mit ihren pechschwarzen Knopfaugen beobachteten.

Im Tunnel tauchten zwei Scheinwerfer auf und zogen ihren Blick magisch an. Als der Wagen näher kam, erkannte sie in der lang gestreckten, rautenförmigen Karosserie einen Jaguar Z-Type.

Night Owl streifte die Handschuhe ab, öffnete ihr Handy und drückte das Icon, mit dem sie automatisch die beiden zuvor festgelegten Nummern anwählte: Blondies Mobiltelekom und das Telekom im Triple Eight Club, an dem Wu mit ihr gesprochen hatte. Als sie sah, dass die Verbindungen standen und die Textbotschaft, die sie eingegeben hatte, gesendet wurde, klebte sie das Handy mit Klebestreifen an den Turm. Die Kamera war bereits auf Weitwinkelaufnahme eingestellt und würde sowohl die Leitern erfassen, die das Brückendeck mit dem Haltekabel darüber verbanden, als auch die Stelle, wo Komische Augen höchstwahrscheinlich stehen würde. Dann lehnte sie sich ans Geländer und sah zu, wie der Jaguar neben ihrer Harley anhielt.

Eine Flügeltür wurde geöffnet und Komische Augen stieg aus. Er starrte sie mit seinen weißen Froschaugen an und streckte eine Hand aus, die Innenseite nach oben. Trotz des Regens, der auf die Brücke niederging, Night Owls Haare durchnässte und ihr in eisigen Rinnsalen den Nacken hinunter lief, sammelte sich kein Wasser auf seiner Handfläche. Komische Augen schien in eine unsichtbare Schutzblase gehüllt zu sein, die ihn vor Wind und Regen abschirmte. Während Night Owls Jacke und Hose wie Flaggen im Wind knatterten, hing seine Kleidung reglos an ihm.

»Die Münze, bitte«, zischte er mit einer Stimme, die trotz des Sturmtosens weit trug und gut zu verstehen war. Sie fragte sich, ob seine Telepathie am Werk war.

Night Owl verbeugte sich spöttisch. »Sogleich.« Sie drehte sich um, sprang hoch in die Luft und ließ sich vom heulenden Wind in die Stahlkabel-Leiter wehen, die über ihr hing. Dann kletterte sie.

Während sie wie eine Spinne die regennasse Leiter bis zu der Stelle erklomm, wo sie zuvor die letzte I-Ging-Münze mit Klebestreifen befestigt hatte, peitschte der

Wind ihr die Haare in die Augen und betäubte ihre nackten Finger. Doch das war ihr gleichgültig. Sie verspürte eine tröstliche innere Wärme, als sie im Geiste noch einmal die Botschaft durchging, die ihr Handy gerade Blondie und Wu sandte. Dieselbe Botschaft würde auch auf Komische Augens Telekommonitor im Jaguar erscheinen, doch wenn er sie sah, war es bereits zu spät. Zu diesem Zeitpunkt würde er den Kauf bereits abgeschlossen haben.

HALLO, IHR EINFALTSPINSEL, spottete sie. HEUTE NACHT HABE ICH JEDEM EURER HERREN, MANG, LI UND CHIAO, EINE MÜNZE DES GLÜCKS VERKAUFT. DIE LETZTE TRANSAKTION ERLEBT IHR GERADE LIVE MIT. DA ES NUR EINE FU-MÜNZE GIBT, DIE SICH VERKAUFEN LIESSE, HABEN ZWEI VON EUCH EINE FÄLSCHUNG ERWORBEN. VIEL SPASS BEI EUREN BEMÜHUNGEN, HERAUSZUFINDEN, WER VON EUCH DIE ECHTE MÜNZE GEKAUFT HAT!

Night Owl erreichte die Mitte der Leiter und tastete nach dem Klebestreifen, mit dem sie die letzte I-Ging-Münze befestigt hatte. Sie ließ sich Zeit und tat so, als sei die Münze schwerer zu finden, als dies tatsächlich der Fall war, um sicherzugehen, dass das Handy unten von Textbotschaft auf optische und akustische Übertragung geschaltet hatte, bevor sie die Leiter herabkletterte. Während sie den Klebestreifen von der Leitersprosse löste und dabei die Münze ganz fest hielt, damit der Wind sie ihr nicht entreißen konnte, lächelte sie grimmig, stolz auf sich, Ryomyos Idee, die Drachen gegeneinander auszuspielen, nicht nur gestohlen, sondern auch noch übertroffen zu haben.

Wenn die Drachen herausfanden, dass die von ihnen erworbene Münze nur eine in einen Illusionszauber gehüllte ganz gewöhnliche Münze war, würden sie alle davon ausgehen müssen, dass einer der anderen beiden Drachen die echte Münze hatte. Für jeden einzelnen war es zu gefährlich, etwas anderes anzunehmen, und keiner würde den anderen glauben, wenn sie behaupteten, ihre Münze sei ebenfalls eine Fälschung. Der Rote Lotus hatte bereits die ersten Schüsse im Krieg um die Fu-Münze abgegeben, und zwar auf Komische Augens Limousine. Night Owl konnte sich das eskalierende Chaos gar nicht richtig ausmalen, das ihre Nachricht auslösen würde.

Sie zog den Klebestreifen ab, nahm die Münze in den Mund, wo sie sie zwischen den Zähnen hielt, und kletterte die Leiter herab. Kurz bevor sie den Boden erreichte – und ganz wie sie geargwöhnt hatte –, hörte sie einen telepathischen Befehl von Komische Augen durch ihren Verstand wispern. Sie versuchte nicht einmal, sich diesem Befehl zu widersetzen.

Zeig mir die Münze.

Night Owls Lippen teilten sich in einem Grinsen, sodass Komische Augen einen Blick auf die Münze zwischen ihren Zähnen werfen konnte. Der Mann schien ganz weit weg zu sein. Seine Augen waren zwar immer noch weiß und leer, aber Night Owl erkannte, dass er nichts mehr auf dieser Ebene sah – er schaute in den Astralraum. Sein Mund deutete das Zucken eines Lächelns an, und Night Owl wusste, dass ihr Plan funktionierte. Er gab ihr einen weiteren geistigen Befehl – ohne innezuhalten, um über die Umstände nachzudenken.

Gib sie mir.

Night Owl spie die Münze aus. Sie landete vor seinen Füßen, fing an zu rollen und wurde dann von einer Windbö erfasst, die sie zum Brückenrand wirbelte. Komische Augen hechtete hinter der Münze her und seine Hand schoss über den Brückenrand hinaus und schnappte zu. Night Owl lachte, da sie glaubte, er habe sie verfehlt, doch dann richtete er sich wieder auf, und sie sah die Münze zwischen zweien seiner langen Finger klemmen.

Komische Augen sah zu ihr hoch und seine Miene war eine Maske aus schierem Hass.

Drek. Zeit zu verschwinden.

Night Owl fing wieder an zu klettern, hektisch und mit zuckender rechter Gesichtshälfte. Ihre nackten Hände waren vom Regen und vom Wind fast empfindungslos. Sie rutschte ab und hätte beinahe den Halt verloren. Nur noch ein, zwei Meter und sie würde in der Dunkelheit untertauchen und der Reichweite seiner Zauber entkommen sein...

Der Befehl kam, bevor sie es geschafft hatte.

Spring.

Night Owl stieß sich von der Leiter ab und spürte, wie sie vom Wind erfasst wurde. Sie fiel mit wild rudernden Armen und Beinen und stürzte sich überschlagend wie eine sich drehende Münze dem Wasser entgegen. Sie erhaschte einen flüchtigen Blick auf Komische Augen, wie er über das Brückengeländer schaute und ihren Todessturz mit einem zufriedenen Grinsen verfolgte, während ein Blitz über den Himmel zuckte, und dann war er verschwunden. Der Wind toste in ihren Ohren und die Brücke wirbelte davon. Von irgendwo hoch oben hörte sie einen Chor krächzender Krähen.

Im letzten Augenblick, als die Steuerbord-Positionslichter von Skimmers Müllkutter vorbeihuschten, streckte Night Owl sich und riss die Arme über den Kopf. Sie traf senkrecht auf die Wasseroberfläche und tauchte wie ein Pfeil hinein, hatte aber dennoch das Gefühl, mit Kopf, Schultern und Brust gegen eine Betonmauer zu prallen. Dann war sie unten in den eisigen Tiefen. Obwohl sie gleich nach dem Eintauchen gegensteuerte, glitt sie scheinbar eine Ewigkeit weiter in die Tiefe, bis ihr der Kopf brummte. Erst als das Wasser ihre Fallgeschwindigkeit aufgezehrt hatte, konnte sie mit dem mühsamen Aufstieg zur Oberfläche beginnen. Als sie schließlich ein grünes Licht über sich sah, tanzten rote Flecken vor ihren

Augen, und in ihren Cyberohren war ein Rauschen wie von einem Wasserfall. Einen Augenblick später durchbrach sie die Wasseroberfläche und schnappte keuchend nach der regennassen Luft. Unglaublicherweise fühlten die Regentropfen sich tatsächlich warm auf ihrer eiskalten Haut an.

Der Rest ihres Körpers, obwohl geschunden und zerschlagen, war noch trocken, geschützt durch den Taucheranzug, den sie unter ihrer Kleidung trug. Diesem Anzug verdankte sie ihr Leben – und ihren unglaublich starken Muskeln, welche die Aufprallwucht ihres Sechzig-Meter-Sturzes abgefedert hatten.

Während sie auf den hohen Wellen schaukelte, sah Night Owl, wie Skimmer sich über die niedrige Reling seines Kutters beugte und ihr ein an einer langen Stange befestigtes Bergungsnetz hinhielt. Sie packte das Netz mit tauben Fingern und klammerte sich daran fest, während Skimmer sie auf den Kutter hievte.

Als sie schließlich auf dem Deck des Kutters lag und dabei inmitten der Müllsäcke nach Luft schnappte wie ein Fisch auf dem Trocknen, gratulierte Night Owl sich im Stillen. Ihr Plan hatte wunderbar funktioniert, bis in die letzte Einzelheit. Sie hatte alle drei Parteien dazu gebracht, falsche Münzen zu kaufen, und durch die Enthüllung des Tricks dafür gesorgt, dass die Drachen in der nächsten Zeit aufeinander losgehen würden. Was das Beste war, sie war für alle sichtbar ›gestorben‹. Das würde sie davon abhalten, Zeit und Mühe auf eine Suche nach ihr zu verschwenden.

Jetzt brauchte sie nur noch das bevorstehende Gewitter abzuwarten. Sie wusste auch, wo sie das tun würde: am letzten Ort, an dem einer der Drachen sie vermuten würde.

Sie zwang sich dazu, sich zu erheben, und gab Skimmer Richtungsanweisungen.

Veränderung

Alma erwachte jäh, als Finger ihre Hand berührten. Ihre Reflexbooster setzten sofort ein, und in einer fließenden, geschmeidigen Bewegung fegte sie das Laken von ihrem Körper, riss die Hand, die sie berührt hatte, nach unten weg und zog die Beine an. Einen Sekundenbruchteil bevor sie den tödlichen Tritt ausführte, registrierte sie die Tatsache, dass es Akira Kageyama war, der sich über das Bett gebeugt hatte und vor Schmerzen zusammenzuckte, da sie ihm den Arm umgedreht hatte. Sie ließ ihn los, richtete sich in dem ihr unbekannten Bett auf und sah sich um.

Almas letzte Erinnerung war die, sich in ihr eigenes Bett gelegt und den REM-Induktor mit dem Primzahl-Countdown aktiviert zu haben. Sie befand sich nicht mehr in ihrer Wohnung. Stattdessen war sie in einem Zimmer mit Wänden und einer Decke aus Milchglas aufgewacht. Das Bett, in dem sie lag, hatte ein Kopfbrett und ein Fußbrett aus massivem Mahagoni, in die ineinander verschlungene Drachen geschnitzt waren. Ein dazu passendes Nachtschränkchen stand neben dem Bett. Eines der Kissen war mit goldener und schwarzer Farbe verschmiert. Außerdem sah Alma einen goldenen Fleck auf ihrem Handrücken. Sie fuhr sich über die Wange, und als sie ihre Fingerspitzen betrachtete, waren sie golden.

Aus dem Zimmer führte eine Tür. Daneben stand ein langer, niedriger Tisch, auf dem eine Sammlung winziger Bonsai-Bäume stand. Über einem Stuhl an der gegenüberliegenden Wand lagen eine Hose und eine

Jacke, aus der Wasser auf den Boden tropfte, und ein gummiartiges schwarzes Kleidungsstück. Nach einem Augenblick eingehenderer Betrachtung erkannte Alma darin den Schutzanzug eines Tauchers.

»Wo bin ich?«

»In meiner Wohnung.« Kageyama stand neben dem Bett und rieb sich das Handgelenk. Er trug nur eine schwarze Pyjamahose aus Seide. Seine Füße waren nackt, und Alma sah, dass er nur vier Zehen an jedem Fuß hatte. »Du bist heute früh zu mir gekommen und hast mich gebeten, dir Zuflucht zu gewähren. Das habe ich getan.«

Heute früh? Alma aktivierte die Zeitanzeige ihres Cyberauges und starrte auf die leuchtend roten Zahlen, die sich über Kageyama legten. Es war 06:22 Uhr. Wo waren die letzten acht Stunden und zwölf Minuten geblieben? Das einzige, woran sie sich erinnerte, war ein bruchstückhafter Traum über eine Motorradfahrt über den Nachthimmel und an einen endlosen Sturz vom Motorrad hinab an einen kalten, nassen und dunklen Ort...

Ihr Cyberohr registrierte das leise Tröpfeln von Wasser in einem anderen Teil des Hauses. Ihr ging endlich auf, wo sie sich befand: in der Unterwasserbehausung, die Kageyama von Dunkelzahn geerbt hatte, Vancouvers berühmteste ›undichte Wohnung‹.

Sie konnte sich nicht erinnern, hierher gekommen zu sein und Kageyama um Zuflucht gebeten zu haben. Als ihr Blick auf seine Brust fiel, die abgesehen von dem *Pi*-Stein um seinem Hals nackt war, fragte sie sich, woran sie sich sonst noch nicht erinnern konnte. Sein Lächeln war ein wenig zu wissend, eine Spur zu sinnlich, seine Anrede war zu vertraulich. Ihr kam plötzlich zu Bewusstsein, dass sie nackt war, und sie zog das Laken wieder über ihren Körper.

»Wie lange habe ich geschlafen?«, fragte sie.

»Ungefähr fünfzehn Minuten. Du hast dich bemüht,

so lange wie möglich wach zu bleiben, aber am Ende hast du mehr gegähnt als geredet.«

Alma stürzte sich auf das Einzige, was sie verstand: die fünfzehnminütige Schlafperiode. Sie musste REM-induziert gewesen sein, da sie sich so frisch und munter fühlte, als habe sie die ganze Nacht geschlafen. Sie konnte in den vergangenen acht Stunden nicht geschlafen haben, da sie ganz eindeutig zumindest einen Teil der Nacht damit verbracht hatte, in diese Wohnung zu gelangen und mit Kageyama zu reden. Die einzig mögliche Schlussfolgerung, die sie daraus ziehen konnte, war, dass etwas mit dem REM-Induktor nicht stimmte – eine Fehlfunktion bewirkte, dass sie im Schlaf herumlief und redete, ohne sich hinterher daran erinnern zu können. Sie fragte sich, ob dies heute zum ersten Mal vorgekommen war.

»Bin ich schlafgewandelt? Was habe ich erzählt?«

Kageyama setzte sich auf die Bettkante und tastete nach ihrer Hand. Almas instinktive Reaktion bestand darin, die Hand wegreißen zu wollen, aber das Gefühl seiner langen schlanken Finger, die ihre hielten, war irgendwie beruhigend – aber auch beunruhigend vertraut. Sie konnte seiner Miene entnehmen, dass er nach der besten Möglichkeit suchte, ihr etwas mitzuteilen, von dem er glaubte, es könne sie aufregen. Sie wappnete sich gegen schlechte Nachrichten.

»Du bist heute Morgen um kurz nach fünf vor meiner Tür erschienen und hast mich angefleht, dich einzulassen. Du sagtest, du hättest wichtige Neuigkeiten für mich, du wüsstest nämlich, was die drei Drachen suchten: eine magische Münze.«

Alma schüttelte ungläubig den Kopf. Was konnte in sie gefahren sein, so etwas zu tun? Ihr Unterbewusstsein hatte sich offenbar mit Night Owls Angebot beschäftigt. »Ich muss die Münze gemeint haben, die Night Owl in ihrer Handy-Botschaft erwähnt hat«, dachte sie laut.

Kageyama starrte sie fragend an. »Night Owl?« Er hielt inne, dann versuchte er es noch einmal: »Du redest von ihr, als... aber sie sagte, du wüsstest...«

Er schüttelte verwundert den Kopf. »Sie hat sich geirrt. Du weißt es *nicht*, oder?«

»Was weiß ich nicht?«, fragte Alma aufgebracht.

»Dass du und die Shadowrunnerin ein und dieselbe Person seid – dass ihr euch einen Körper teilt. Wie sie es so treffend formuliert hat: Ihr seid zwei Seiten derselben Münze.«

Alma empfand ein jähes Schwindelgefühl, als sei die Luft aus dem Raum gesogen worden. Es war schwer, richtig Luft zu holen, und ihr Magen fühlte sich kalt und schwach an. Mit der losgelösten Aufmerksamkeit einer Person im Schockzustand registrierte sie, dass ihre Atmung sehr flach war und ihre linke Hand zitterte.

»Nein«, flüsterte sie. »Night Owl ist Abby, eines der anderen Superkids der Alphagruppe.«

Kageyama ließ ihre Hand los und stand auf. Er ging zu ihrer nassen Kleidung, öffnete den Reißverschluss einer Jackentasche und entnahm ihr ein rechteckiges flaches Stück Plastik. Er drehte es hochkant, als er wieder zum Bett ging, und Alma sah die vertraute menschliche Pyramide von einem Dutzend Superkids Gestalt annehmen. Er reichte ihr das Holobild.

»Night Owl wollte, dass du dir das ansiehst«, erklärte er. »Sie sagte, ich solle dich daran erinnern, dass sie seit deinem achten Geburtstag ein Teil von dir ist. Außerdem soll ich dich darum bitten, deine Entscheidung noch einmal zu überdenken.«

Entscheidung? Alma hatte keine Ahnung, wovon Kageyama redete. Sie starrte auf das Holobild und fühlte sich dabei so losgelöst vom Hier und Jetzt wie von dem achtjährigen Mädchen, das immer wieder von der Pyramide sprang und im Handstand vor den anderen Kindern landete. Wie das Mädchen auf dem Holobild durchliefen auch Almas Gedanken immer wieder dieselbe Schleife – Frage und Verneinung, Frage und Verneinung –, während ihr Blick zwischen Abby hin und her huschte, da sie herauszufinden versuchte, wer von ihnen tatsächlich Night Owl war.

Was, wenn es stimmte? Wenn der REM-Induktor nicht richtig funktionierte und Alma dazu brachte, Träume wahr werden zu lassen, in denen sie ihr genaues Gegenteil spielte: Shadowrunner anstatt Sicherheitsexpertin? Wie Träume, die beim Erwachen verblassen, würde alles Wissen um ihr Tun, während sie ›schlafwandelte‹, aus ihrer bewussten Erinnerung verschwunden sein – wie die Erinnerung an die vergangene Nacht.

Nein, sagte sie sich. Hothead hatte gesagt, Night Owl sei bereits seit mindestens drei Monaten in den Schatten Vancouvers aktiv. Wenn Alma bereits so lange als Night Owl aktiv war, hätte es doch Anzeichen für ihre nächtlichen Exkursionen geben müssen. Es war unmöglich, dass sie überhaupt keine Spuren ihres Kommens und Gehens hinterlassen hatte.

Aber sie hatte Spuren hinterlassen: Die erste war der ominöse Einbruch in Almas Wohnung im letzten November gewesen. Das war vor gut drei Monaten, ungefähr um die Zeit, als Night Owl zum ersten Mal in Vancouver aufgetaucht war. Dann war es ein paar Mal vorgekommen, dass Alma so ein Gefühl hatte, als sei etwas in ihrer Wohnung *nicht ganz* so, wie es sein sollte. Das musste dann Night Owl gewesen sein, die Dinge berührt und bewegt hatte, während sie in Almas Wohnung herumschlich.

Nein, sagte sie sich. Es musste Abby sein, die in ihre Wohnung eingebrochen war.

Aber wenn es nicht so war? Wenn es stimmte, dass dieses Alter Ego lange vor dem Erscheinen des Shadowrunners ›Night Owl‹ Teil von Alma war? Im Alter von acht Jahren war das Superkids-Programm gestoppt worden und Poppy hatte sich das Leben genommen. Was, wenn Akiko Recht hatte: dass es Alma und nicht Abby war, die Poppy nach seinem Selbstmord gefunden hatte? Vielleicht hatte Alma den Schmerz über seinen Tod verdrängen wollen und der Polizei erzählt, ihr Name sei Abby, um sich dann in den darauf folgenden Jahren einzureden, es sei *tatsächlich* Abby gewesen, die den abgetrennten Kopf gesehen hatte.

Nein, sagte sie sich – Abby hatte die Leiche tatsächlich gefunden. Alma hätte sich an so etwas erinnert.

Dann fielen ihr die lebhaften Bilder ein, die ihr Hotheads Beschreibungen dessen beschert hatten, was ›Abby‹ gesehen hatte. Das hohle Gefühl in ihrem Magen verstärkte sich, als ihr aufging, dass sie sich möglicherweise auf einer tieferen Ebene doch erinnerte.

Eine letzte Frage blieb. Wenn der REM-Induktor Alma tatsächlich dazu veranlasst hatte, ihre dunkelsten Regungen in schlafwandlerischen Anfällen auszuleben, warum hatte Graues Eichhörnchen dann nicht bemerkt, dass etwas nicht stimmte? Ein Fehler dieser Größenordnung musste doch irgendwo einen Alarm ausgelöst haben.

Alma nahm zur Kenntnis, dass ihre linke Hand noch immer zitterte. Und während sie noch darauf starrte, erkannte sie die Wahrheit. Eine Warnglocke hatte in der Tat geläutet – vor elf Tagen. Die Ärztin bei Executive Body Enhancements hatte völlig Recht gehabt: Das Zittern, das Alma in den vergangenen zehn Tagen geplagt hatte, war nicht das Ergebnis fortschreitender SLE. Es wurde durch den REM-Induktor verursacht. Alma hatte Graues Eichhörnchen erzählt, ihre linke Hand werde ab und zu von einem rätselhaften Zittern befallen, und er hatte sich zur Durchführung einiger Tests bereit erklärt. Er war kurz davor gewesen, den Fehler zu entdecken, als Night Owl ihn umgebracht hatte.

Nein – als *Alma* ihn umgebracht hatte.

Sie hörte ein Knacken und sah, dass sie das Holobild so fest umklammerte, dass sie es zerbrochen hatte. Eine dünne Störungslinie knisterte über das Bild und schnitt die Kinderpyramide – und Alma – entzwei.

Alma sah auf. »Was hat sie... was habe ich gemeint: ›meine Entscheidung noch mal überdenken?‹«

»Du meintest deinen Termin heute am frühen Nachmittag bei Executive Body Enhancements. Wenn der REM-Induktor entfernt wird, verschwindet Night Owl vielleicht für immer. Sie hat mich gebeten, dich wissen zu lassen, dass sie niemals die Absicht hatte, dir wehzutun – sie hat dich nur beschützt, obwohl dir das gar nicht klar war. Graues Eichhörnchen war ein Ungeheuer, und die Experimente, die PCI durchgeführt hat, sind moralisch verwerflich. Du... sie hat gesagt, es täte ihr Leid, dir wehgetan zu haben – sie habe mehrmals versucht, dir zu sagen, was los sei, aber du wolltest nicht hören. Du wolltest sie nicht aufwachen lassen.«

»Aber ich habe nie... ich wollte gar nicht...« Das Zittern in Almas linker Hand wurde stärker. Die Hand schlug wie in einem Schüttelfrost gegen das Laken, als trommle sie um ihre Aufmerksamkeit. Alma war plötzlich sehr müde und musste ein Gähnen unterdrücken. Dann erkannte sie, was los war: Night Owl versuchte aufzuwachen.

Mit einer geistigen Anstrengung, die auf ihrer Stirn Schweiß ausbrechen ließ, zwang sie ihre Hand, still zu liegen. Die Erschöpfung und die Sehnsucht nach Schlaf verschwanden sofort.

Also stimmte es – alles stimmte. Sie *war* Night Owl. Sie hätte beinah über die Ironie gelacht. Sie hatte endlich erfahren, wer der Mörder war, und das Ergebnis war, dass sie nie wieder zu Pacific Cybernetics zurückkehren konnte. Ihre Karriere als Sicherheitsexpertin war vorbei. Das Leben, das sie sich aufgebaut hatte, lag in Trümmern. Die Kehrseite ihrer Persönlichkeit – die finstere, brütende Seite – war eine Mörderin und Gesetzlose. Obwohl es eigentlich nicht ›Alma‹ war, die die Verbrechen begangen hatte, war es doch Alma, die dafür büßen würde. Sie würde eine Ausgestoßene sein, die in der Konzernwelt unerwünscht war und der man nicht mehr vertraute. Die einzige Gemeinde, die sie noch aufnehmen würde, war eine, in der es von Mördern und Dieben nur so wimmelte: die Gemeinde der Shadowrunner.

Dann ging ihr auf, dass nichts davon zählte – die Szenarios, die sie gerade durchgespielt hatte, gingen alle von der Voraussetzung aus, dass sie noch eine Zukunft hatte. Als sie den Countdown aktivierte und auf ihr Cyberauge legte, sah sie, dass ihr nur noch fünf Stunden, dreizehn Minuten und achtunddreißig Sekunden blieben, bis die Bombe in ihrem Kopf explodierte. Nun, da sie PCI nicht mehr ihre Unschuld beweisen konnte, gab es keinen Ausweg mehr. Sie konnte sich den REM-Induktor nicht entfernen lassen – jedenfalls nicht von einem PCI-Techniker –, und damit gab es nur noch zwei mögliche Alternativen: Hirnschaden oder Tod.

Ihre Hoffnungen erwachten kurzzeitig, als ihr eine Möglichkeit einfiel. Sie konnte zu Mr. Lali gehen und ihm erklären: Jawohl, sie sei diejenige, welche Graues Eichhörnchen extrahiert habe, aber der REM-Induktor habe überhaupt erst Night Owls Persönlichkeit geschaffen – sein Tod sei in Wahrheit PCIs Schuld. Doch diese Hoffnung zerschlug sich rasch wieder, als ihr aufging, dass Night Owl keine separate Wesenheit war – sie war ein Teil von Alma. Ein Alter Ego, ein Teil ihrer selbst, den sie vorsätzlich unterdrückt hatte, aber dennoch und nichtsdestoweniger ein Teil von ihr. Sie war schuldig.

Und selbst wenn Mr. Lali gewillt war, darüber hinwegzusehen, wusste Alma nicht mehr, ob sie PCI überhaupt noch trauen konnte, jetzt, da sie wusste, was Graues Eichhörnchen getan hatte. Der Konzern hatte seinen Segen für die Eliminierung von Alphatestpersonen gegeben und war mehr als bereit, auch Alma zu opfern – die Schädelbombe war dafür Beweis genug. Sie hatte PCI vertraut und zu Mr. Lali wie zu einem Vater aufgesehen. Jetzt wurde ihr klar, dass sie für ihn keine Tochter war. Sie war zunächst Angestellte, später Versuchsperson und danach ein Sicherheitsrisiko gewesen, das es zu eliminieren galt – und nicht mehr.

Mit Tränen der Enttäuschung in den Augen schleuderte sie das Holobild der Superkids durch das Zimmer. »Sie sagten, ich sei hergekommen und habe um ›Zuflucht‹ gebeten. Wovor?«

»Vor den drei Drachen, die dich verfolgt haben«, antwortete Kageyama. »Es ist dir gelungen, Mang, Li und Chiao so sehr zu verärgern, dass alle drei dich tot sehen wollten.«

Almas Lachen war bitter. Was spielte das jetzt noch für eine Rolle?

»Keine Sorge«, fügte Kageyama rasch hinzu. In seinen Augen funkelte schelmische Freude. »Du hast deinen eigenen Tod vorgetäuscht – ganz offenbar auf eine äußerst überzeugende Art und Weise. Die drei Drachen glauben, du seist bei einem Sturz von der Lion's Gate Bridge ums Leben gekommen.«

Alma sperrte Mund und Nase auf und wurde sich zum ersten Mal seit ihrem Erwachen der Schmerzen in Gesicht, Händen und Schultern bewusst. Es fühlte sich an, als sei jeder Zentimeter ihres Körpers mit etwas so Hartem wie Zement geschlagen worden. Ihr Blick fiel auf die nasse Kleidung und den Taucheranzug, der obenauf lag. Etwas wie dem eiskalten Wasser des Burrard Inlet zum Beispiel.

»Warum sollten die Drachen mich töten wollen?«, fragte sie, da die Neugier sie aus ihrer Apathie riss. »Der einzige, den ich verärgert haben könnte, war Mang, als ich Ihre Extrahierung abgebrochen habe.«

»Du vergisst Night Owl«, erinnerte Kageyama sie sanft. »Sie hat sich ebenfalls Feinde gemacht.«

»Ich verstehe.« Das erklärte zumindest eine der Handy-Nachrichten – diejenige, in der Night Owl versucht hatte, Alma vor dem Roten Lotus und einem Mann mit komischen weißen Augen zu warnen.

Kageyama seufzte. »Ich begreife immer noch nicht, warum die Drachen annehmen, ich besäße eine der Münzen des Glücks. Natürlich habe ich von ihnen gehört – drei der Münzen wurden in Dunkelzahns Testament erwähnt. Offensichtlich glauben die Drachen, Dunkelzahn hätte mir die vierte Münze des Glücks zusammen mit dieser Wohnung hinterlassen, aber sie irren sich. Die Fu-Münze war nicht in der Statuette, die du gestohlen hast, und sie ist auch nicht in diesem Haus.«

Alma konnte Kageyama nicht ganz folgen. Offensichtlich redete er über Dinge, die Night Owl getan hatte. Sie konnte sich jedenfalls nicht daran erinnern, eine Statuette gestohlen zu haben. »Was ist die Fu-Münze?«, fragte sie.

»Sie vermittelt der Person, die sie besitzt, glückselige Zufriedenheit – Zufriedenheit, die dadurch entsteht, dass man Glück hat. Du hast darauf bestanden, dass ich sie haben müsse – dass sie sich in einer mit dem Buchstaben *Fu* gekennzeichneten Jadeskulptur irgendwo in dieser Wohnung befinden müsse. Aber sie ist ganz einfach nicht hier. Ich besitze keinen derartigen Kunstgegenstand.«

Alma starrte Kageyama an, ohne ihm richtig zuzuhören. Die Erkenntnis, dass sie und Night Owl ein und dieselbe Person waren – und das klaffende Loch, das die Bombe in sie und in ihre Zukunft sprengen würde –, war einfach zu überwältigend für sie, um sich auf etwas anderes konzentrieren zu können. Sie stellte fest, dass sie Kageyamas gedankenverlorenes Lächeln irritierte und sie ihn darum beneidete, dass ihn niemals etwas aus der Ruhe zu bringen schien. Er segelte durch das Leben, heiter und glücklich, blind und taub für die Tatsache, dass das Leben der Person, mit der er sich unterhielt, in blutigen Fetzen hing. Er hatte wohl auch allen Grund, glücklich zu sein – man brauchte sich nur den Reichtum anzusehen, der ihn umgab. Er schwamm förmlich darin, von der Multimillionen-Nuyen-Wohnung, die er geerbt hatte, bis zu der teuren Goldkette mit dem blauen Stein um seinen Hals...

Ihre sich überschlagenden Gedanken kamen jäh zur Ruhe, als sie das *Pi* anstarrte. Das war nicht einfach irgendein Stein. Ein *Pi* wurde immer aus demselben Stein geschnitzt, aus einem Stein, den es in allen Farben des Regenbogens gab, von Weiß, Gelb und Rot bis hin zu Lavendel und Blau, der teuersten Farbe von allen. Und natürlich Grün.

Dieser Stein war Jade.

»Akira«, unterbrach Alma seine Ausführungen. Seltsam, dass sein Vorname auf ihren Lippen ein so vertrautes Gefühl hervorrief. Wütend schob sie den Gedanken beiseite. »Beug dich herab.«

Als er es tat, nahm sie das *Pi* in die Hände und sah es sich genauer an. Sie fand, was sie erwartet hatte, in den Stein eingraviert: den chinesischen Buchstaben *Fu*.

»Was ist los?«, fragte Akira.

»Wer hat dir das gegeben?«

»Meine Mutter. Es war bei ihren Habseligkeiten – ich habe es nach ihrem Tod gefunden. Ich trage es zu ihren Ehren.«

»Nimm es ab – bitte. Nur für einen Moment. Ich will es mir genauer ansehen.«

Kageyama zögerte kurz, dann griff er sich in den Nacken, löste den Verschluss der Goldkette und gab Alma den Anhänger. Sie aktivierte das Vergrößerungssystem in ihrem Cyberauge und sah sich den Stein wie unter einem Mikroskop an. Abermals fand sie, was sie erwartet hatte: eine haarfeine Linie, für das normale Auge unsichtbar. Bevor Kageyama fragen konnte, was sie tat, löste sie die Kette, presste den Jade zwischen den Handflächen und drehte. Es war so, als schraube sie einen Glasdeckel auf. Als sie die Hände öffnete, hatte der Jade sich in zwei Hälften geteilt, und zum Vorschein kam eine funkelnde Bronzemünze mit einem eckigen Loch in der Mitte.

Als sie die Münze hoch hielt, sodass Kageyama sie sehen konnte, verbreiterte sich ihr Lächeln zu einem Grinsen. Sie empfand den Ansturm reiner Freude als so stark, dass ihr Verstand abschweifte und sich an einen der glücklichsten Augenblicke ihres Lebens erinnerte: an den Tag, als sie alle anderen Superkids bei einer extrem schwierigen Prüfung geschlagen hatte und mit einem Ausflug in den virtuellen Zoo belohnt worden war. Die Beklommenheit, die in den vergangenen Tagen wie ein Eisklumpen in ihr gewachsen war, schmolz dahin, und ihr Blickfeld verschwamm vor unvergossenen Freudentränen. Nur mit größter Mühe konnte sie sich auf das Hier und Jetzt konzentrieren.

»Du hast die Fu-Münze tatsächlich«, sagte sie in einem freudigen Seufzer. »Du hattest sie seit dem Tod deiner Mutter um den Hals. Es muss ein… wunderbares Gefühl sein.«

Kageyama starrte mit leicht geöffnetem Mund auf die Münze. Zum ersten Mal seit ihrer Bekanntschaft sah er nachdenklich, sogar traurig aus. »Ich frage mich, ob Dunkelzahn es die ganze Zeit gewusst hat«, flüsterte er mehr zu sich selbst.

Er streckte eine Hand aus. Widerstrebend – da sie das Glücksgefühl, das sie erfüllte, nicht verlieren wollte – ließ Alma sich die Münze von ihm aus den Fingern ziehen. Sofort war die Last der Beklemmung wieder da, die zuvor auf ihren Magen gedrückt hatte.

Kageyama legte die Münze in die hohlen Hälften des

Jadesteins zurück. Er schraubte sie zusammen und fädelte die Goldkette durch das Loch in der Mitte. Als er sich das *Pi* schließlich wieder um den Hals legte, war sein Lächeln zurückgekehrt.

»Danke, Night... äh... Alma«, sagte er. »Du hast für mich eine Frage beantwortet, die mich schon seit einiger Zeit beschäftigt. Du hast mich vorgewarnt und Wissen ist Macht. Nun, da ich weiß, worauf es Mang, Li und Chiao abgesehen haben, kann ich Maßnahmen zum Schutz der Münze ergreifen.«

Er sah sie einen Moment lang mit glitzernden Augen an. »Mein Angebot steht noch. Wie würde dir eine Stellung als mein Leibwächter gefallen?«

»Das ist ein alberner Vorschlag«, erwiderte Alma schroff. Die kurze Bekanntschaft mit dem Glücksgefühl, das die Fu-Münze vermittelte, hatte ein Gefühl der Gereiztheit und Depression hinterlassen, jetzt, da sie keinen Kontakt mehr mit ihr hatte. »Mir kann man vertrauen – aber ich bin nicht allein... hier drinnen.« Alma tippte sich an die Stirn. »Night Owl hat schon einmal versucht, dir die Münze zu stehlen. Was sollte sie davon abhalten, es noch einmal zu versuchen, wenn ich schlafe und sie erwacht?«

»Das wäre... amüsant«, sagte Kageyama. »Aber überleg dir Folgendes: Selbst wenn Night Owl die Münze stehlen würde, wem sollte sie sie verkaufen? Sie hat sich alle nur erdenkliche Mühe gegeben, die drei Drachen von ihrem – und deinem – Tod zu überzeugen. Da würde sie ihnen keinen Hinweis geben wollen, dass sie doch noch lebt. Und außerdem gefällt mir Night Owl. Sie ist einer der ganz wenigen Shadowrunner, mit denen ich je zu tun hatte, der altruistische Motive für seine Handlungsweise hat. Ich habe das Gefühl, dass es da nur angemessen ist, sie mit demselben Mitgefühl zu behandeln, das zu verbergen sie sich so große Mühe gibt – das aber trotz ihrer Bemühungen immer wieder durchscheint.«

Alma nickte, obwohl sie gar nicht richtig zuhörte. Night Owl war ein Joker in ihrem Kopf. Wenn sie auftauchte, konnte alles passieren. Glücklicherweise würde es auch sie in – sie aktivierte die Countdown-Funktion ihres Cyberauges – vier Stunden, dreiundfünfzig Minuten und dreizehn Sekunden nicht mehr geben.

»Ich kann dir ein ziemlich großzügiges Gehalt anbieten«, fuhr Kageyama fort. »Es wird auch kosmetische Chirurgie einschließen, um dein Aussehen zu verändern, wenn du das möchtest.« Sein Blick huschte zu seinen Fingern. »Dr. Silverman ist sehr... diskret. Sie könnte die Operation schon heute ausführen – du hast mir ja bereits erzählt, dass du heute Nachmittag einen Termin bei ihr hast.«

Er streckte die Hand aus und hob Almas Kopf ein wenig an. »Du denkst doch über mein Angebot nach, nicht wahr?«

Alma machte sich nicht einmal die Mühe zu antworten. Sie starrte auf ihre eigenen Hände. Das Zittern in ihrer linken Hand hatte aufgehört, doch jetzt fühlte sie sich irgendwie leer an. Ihr ging plötzlich auf, dass sie noch kein I-Ging für den heutigen Tag geworfen hatte. Ihr blieben nur noch ein paar Stunden – aber warum sollte sie nicht herausfinden, was diese paar Stunden noch für sie bereit hielten?

Kageyama stand an der Tür. Er verbeugte sich leicht wie ein Gastgeber, der seinem Gast einen guten Morgen wünscht. »Kann ich dir irgendetwas bringen?«, fragte er.

»Ja«, sagte sie entschlossen, wobei sie endlich aufsah. »Drei Münzen.«

Kageyama sah sie überrascht an. »Warum? Willst du eine davon werfen, um zu entscheiden, ob du für mich arbeiten sollst?«

Alma lächelte. »In gewisser Hinsicht ja. Ich werde das I-Ging befragen.«

»*So ka!*«, lachte Kageyama. »Du entzückst mich wirklich, weißt du? Als Alma – und als Night Owl. Ich glaube, es wird mir gefallen, dich – euch – um mich zu haben. Sehr sogar. Warte hier. Ich hole dir drei Münzen.«
Er verbeugte sich noch einmal und verließ das Zimmer.
Während sie wartete, aktivierte sie die Countdown-Funktion und sah trübsinnig zu, wie die Sekunden heruntergezählt wurden. Sie schüttelte langsam den Kopf über die Ironie des Schicksals. Genau wie Akiko kannte sie ihren Todeszeitpunkt und konnte die Sekunden abzählen, bis es so weit war. Sie konnte nur herumsitzen und warten...
Nein. Es musste eine Möglichkeit geben, die Bombe zu entschärfen. Sie ging noch einmal in aller Sorgfalt durch, was Hu ihr über die Bombe verraten hatte. Er hatte gesagt, sie werde aktiviert, wenn jegliche Hirntätigkeit zum Erliegen kam – wenn sie starb. Darin lag keine Lösung.
Die Bombe wurde außerdem aktiviert, wenn jemand anders als ein PCI-Techniker versuchte, den REM-Induktor chirurgisch zu entfernen. Was bedeutete, der Tech musste irgendeinen Code eingeben.
Nein – nicht der Tech. Als Alma darüber nachdachte, ging ihr auf, dass es nur einen Weg gab, den Code einzugeben: durch einen mentalen Befehl. Es war derselbe Mechanismus, den Graues Eichhörnchen zur Aktivierung des REM-Induktors und Mr. Lali zur Aktivierung des Countdowns der Bombe verwendet hatten.
Um ihr Leben zu retten, brauchte Alma nur den richtigen Code zu denken.
Graues Eichhörnchen hatte eine absteigende Folge von Primzahlen als Auslöser für den Induktor und eine absteigende Folge von Quadratzahlen als Auslöser für den Countdown der Bombe benutzt. Eine ähnliche Zahlenfolge musste der Schlüssel zur Entschärfung der Bombe sein.

Alma versuchte es mit jeder Kombination, die ihr einfiel. Sie versuchte es mit einer absteigenden Folge von Kubikzahlen, Fibonacci-Zahlen, Binärzahlen, Maßeinheiten und rechten Winkeln, letzteres, indem sie von 360 Grad in Neunzig-Grad-Schritten auf null herunterzählte. Als nichts davon funktionierte, versuchte sie es noch einmal in aufsteigender Folge. Immer noch nichts. Der Countdown lief einfach weiter.

Ein Blick auf die Zeitanzeige verriet ihr, dass es genau 07:30 Uhr war. In diesem Augenblick hatte sie noch exakt vier Stunden und dreißig Minuten zu leben.

Zur Bestätigung schaltete sie wieder auf Countdown-Modus – und hielt den Atem an. Laut Countdown hatte sie noch vier Stunden und *einunddreißig* Minuten zu leben. Irgendwie hatte sie eine zusätzliche Minute geschenkt bekommen – und sie hatte keine Ahnung, wodurch. Eine der Zahlenfolgen hatte *beinah* funktioniert. Was keinen Sinn ergab. Warum sollte der Countdown stoppen und dann weiterlaufen?

Sie ging noch einmal alle Zahlenfolgen durch, die sie soeben ausprobiert hatte, und versuchte es sogar mit der Auslöse-Folge, wobei sie sich an ihrem Ende ein anderes Datum vorstellte – das in ferner Zukunft lag –, aber der Countdown wurde nicht unterbrochen. Plötzlich ging Alma auf, dass der einminütige Aufschub nicht das Ergebnis einer *ihrer* Handlungen sein musste. Vielleicht hatte Night Owl etwas getan…

In diesem Augenblick kehrte Kageyama zurück. Er legte drei Münzen auf das Nachtschränkchen neben dem Bett. Es handelte sich um taiwanesische Gedenkmünzen aus dem Jahr 2000 – wahrscheinlich Teil eines speziell für Sammler geprägten Satzes.

Ohne etwas zu sagen, verbeugte sich Kageyama und ging zur Tür. Dort angelangt blieb er stehen, eine Hand auf dem Türknopf, um einen nachdenklichen Blick auf Alma zu werfen, doch sie beachtete ihn nicht weiter.

Ihre linke Hand hatte wieder zu zittern angefangen: Night Owl, die aufzuwachen und die Kontrolle zu übernehmen versuchte. Glücklicherweise handelte es sich nur um einen leichten Anfall – Alma hatte noch genug Kontrolle, um die Münzen aufzuheben, sie zwischen den Händen zu schütteln und dann hinzuwerfen.

Ein tiefes Gefühl der Ruhe durchdrang Alma, als die vertrauten Bewegungen des I-Ging sie beruhigten und innerlich festigten. Ein oder zwei Sekunden später hörte das Zittern auf. Sie warf die Münzen sechs Mal, wobei sie sie immer erst kurz in den Händen schüttelte und dann fallen ließ, wenn sie das Gefühl hatte, dass der rechte Zeitpunkt gekommen war. Dann dachte sie über das Hexagramm nach, das sie soeben geworfen hatte.

Das Ergebnis war See über Feuer – das Hexagramm für Veränderung. Alma hätte beinah laut gelacht, als sie es sah – Veränderung war das, worauf sie so verzweifelt aus war und doch nicht zu fassen bekam.

Wie immer war die Deutung präzis und mehrdeutig zugleich. Sie kannte sie auswendig: *Veränderung wird durch zwei Frauen dargestellt, die zusammen leben, aber mit gegensätzlichen Absichten. Eine entzündet das Feuer, die andere löscht es mit Wasser aus ihrem Eimer. Eine holt Wasser aus dem Brunnen, die andere hängt den Eimer über das Feuer, bis das Wasser verdampft ist. Erst wenn die beiden Frauen auf zivilisierte Weise zusammen leben, wird die Veränderung vollständig sein. Erst wenn die Veränderung stattgefunden hat, wird sie möglich sein.*

Mit nachdenklicher Miene nahm Alma ihr Mobiltelekom und zeichnete eine Nachricht auf. Dann legte sie sich aufs Bett, wobei sie das Handy nicht aus der Hand legte, und zählte die Primzahlen von 19 herunter.

Zerrissenheit

Night Owl erwachte dort, wo die Erschöpfung sie übermannt hatte: in Kageyamas Bett. Das Letzte, woran sie sich erinnerte, war das Gespräch mit Kageyama, in dem sie ihm von der Illusion erzählte, die Miracle Worker auf die I-Ging-Münzen gewirkt hatte, und dass ihre Vermutung zutreffend gewesen sei, dass Komische Augen seine Magie einsetzen würde, um sie zu zwingen, von der Brücke zu springen, wenn er erst einmal hatte, was er wollte. Sie hatte bei jedem zweiten Wort gegähnt und darum gekämpft, die Augen offen zu halten, als sie auf Almas Termin zu sprechen kam, um sich den REM-Induktor entfernen zu lassen, und auf ihre Angst, das werde Night Owl schlafen legen – für immer.

Sie setzte sich auf und etwas fiel ihr in den Schoß: Almas Handy. Night Owl warf einen Blick auf dessen Uhr in der Erwartung, dass mindestens sechzehn Stunden vergangen waren – Almas üblicher Zyklus. Zu ihrer Überraschung sah sie jedoch, dass es zwanzig Minuten nach acht Uhr *morgens* war. Was nur eines bedeuten konnte: Anstatt ihren Termin einzuhalten und sich den REM-Induktor entfernen zu lassen, war Alma weniger als zwei Stunden wach geblieben und hatte dann freiwillig den Induktor aktiviert. Warum?

Night Owl blickte sich rasch in den Zimmern um – sie registrierte ihren Taucheranzug und die auf einem Stuhl liegende Kleidung sowie die drei Münzen auf dem Tisch neben dem Bett. Das Herz blieb ihr stehen, als sie für einen Augenblick glaubte, die Drachen seien in die Wohnung gekommen, um die Münzen zurückzubringen – persönlich. Dann sah sie, dass es sich um andere Münzen handelte als jene, die Miracle Worker verzaubert hatte.

Night Owl hatte von Münzen geträumt – davon, die Fu-Münze in der Hand gehalten zu haben. Alma musste das I-Ging geworfen haben.

Mit einiger Verspätung bemerkte Night Owl, dass ein rotes Licht am Handy blinkte. Alma hatte ihr eine Nachricht hinterlassen. Sie drückte auf das Memo-Icon und sah die Nachricht auf dem kleinen Bildschirm auftauchen.

VOR ZWEI TAGEN HAST DU MIR EINE WARNUNG VOR DEM ROTEN LOTUS UND DRAGON EYES HINTERLASSEN. JETZT IST ES AN MIR, DICH ZU WARNEN.

IN UNSEREM KOPF TICKT EINE BOMBE – DIE HEUTE MITTAG EXPLODIEREN WIRD. PCI HAT SIE ZUM SCHUTZ DES REM-INDUKTORS IN DAS GERÄT EINGEBAUT. VERSUCH NICHT, SIE CHIRURGISCH ENTFERNEN ZU LASSEN: DAS LÖST LEDIGLICH DIE EXPLOSION SOFORT AUS.

DIE BOMBE KANN NUR ENTSCHÄRFT WERDEN, INDEM MENTAL EINE ZAHLENFOLGE EINGEGEBEN WIRD, ÜBER DIE DU IN DEINER LETZTEN WACHPERIODE REIN ZUFÄLLIG GESTOLPERT SEIN MUSST. WAHRSCHEINLICH IST ES EINE ABSTEIGENDE FOLGE VON ZAHLEN, DIE SICH MATHEMATISCH UNTER EINEN GEMEINSAMEN OBERBEGRIFF FASSEN LASSEN: QUADRATWURZELN ODER ALLGEMEIN GEBRÄUCHLICHE MASSE ODER ETWAS IN DER ART.

DU MUSST DIESE ZAHLENFOLGE GESEHEN ODER GEHÖRT ODER IRGENDWIE AN SIE GEDACHT, SIE ABER NICHT VERVOLLSTÄNDIGT HABEN. INDEM DU NUR EINEN TEIL DER FOLGE DURCHGEGANGEN BIST, HAST DU DEN COUNTDOWN DER BOMBE LEDIGLICH VO-

RÜBERGEHEND ANGEHALTEN. UM DIE BOMBE VOLLSTÄNDIG ZU ENTSCHÄRFEN, MUSST DU DIE ZAHLENFOLGE NOCH EINMAL REZITIEREN, UND ZWAR ENTWEDER BIS EINS ODER BIS NULL.

ICH KANN FESTSTELLEN, OB DER COUNTDOWN ANGEHALTEN WURDE, UND ZWAR MIT DER COUNTDOWN-FUNKTION IN MEINEM CYBERAUGE – DER TIMER DER BOMBE IST DAMIT GEKOPPELT WORDEN. ICH WEISS, DASS DU KEINEN ZUGRIFF AUF MEIN CYBERAUGE HAST – JEDENFALLS NICHT OHNE EIN PLACEBO WIE DIE ›NACHTSICHTBRILLE‹, VON DER HOTHEAD MIR ERZÄHLT HAT. DU BRAUCHST MICH, UM NACHZUSEHEN, OB DIE VON DIR BENUTZTEN ZAHLENFOLGEN FUNKTIONIERT HABEN. DAS BEDEUTET, DASS DU DEN REM-INDUKTOR AKTIVIEREN MUSST, DAMIT ICH AUFWACHEN KANN. UM DEN INDUKTOR ZU AKTIVIEREN, MUSST DU DIE PRIMZAHLEN AB 19 HERUNTERZÄHLEN.

OB ES DIR GEFÄLLT ODER NICHT, WIR SIND AUFEINANDER ANGEWIESEN. WIR MÜSSEN ZUSAMMENARBEITEN, WENN WIR ÜBERLEBEN WOLLEN.

Night Owl bemerkte, dass ihr Mund offen stand, und schloss ihn. Eine ganze Weile saß sie einfach nur da und starrte auf das Handy in ihrer Hand. Sowohl Instinkt als auch Verstand sagten ihr, dass Alma nicht log, was die Bombe in ihrem Kopf betraf – sie stank förmlich nach PCIs üblichen Methoden. Der Konzern würde alles tun, was nötig war, um zu verhindern, dass seine Technologie gestohlen würde, und dabei über Leichen gehen.

Wahrscheinlich hatte Alma auch damit Recht, dass Zahlen der Schlüssel waren, um die Bombe zu entschärfen. Night Owl brauchte nur alles noch einmal durchzugehen, was sie bei ihrem letzten Run gesehen und gehört hatte...

Nach mehreren Minuten Gehirnakrobatik beendete

sie ihre Bemühungen mit einer dicken, fetten Null. Nicht gerade die Zahl, die sie suchte. Aber selbst wenn es ihr gelang, die Bombe zu entschärfen, konnte sie ihre eigene Existenz damit vermutlich nicht wesentlich verlängern. Sobald sie Alma aufwachen ließ und diese sah, dass die Bombe nicht mehr tickte, würde sie sich den REM-Induktor entfernen lassen und damit Night Owl den endgültigen Gute-Nacht-Kuss geben.

Night Owl nahm eine der drei Münzen, die auf dem Nachtschränkchen lagen. Kopf und sie würde weiter versuchen, die Zahlenfolge zu finden, welche die Bombe entschärfte. Sie würde Alma vertrauen und mit ihr zusammenarbeiten. Zahl und sie würde die wenige Zeit genießen, die ihr noch blieb. Sie konnte in den nächsten paar Stunden noch eine Menge Spaß haben. Insbesondere mit einem Mann, der so gut aussah wie Kageyama…

Zahl.

Night Owl warf das Handy und die Münze auf das zerknitterte Bettlaken und machte sich auf die Suche nach Kageyama.

Später lag sie neben ihm im Bett und beobachtete das Heben und Senken seiner Brust im Schlaf. Sie beneidete ihn um seinen friedlichen Schlummer – er schlief tief und fest und hatte keine Ahnung von der Bombe im Kopf der Frau neben sich. Er hatte den schlanken, muskulösen Körper eines Mannes, aber den seligen Gesichtsausdruck eines Kindes. Nein – nicht ganz so selig, wie Night Owl feststellte, als sie sich enger an ihn kuschelte. Eine leichte Furche kräuselte seine Stirn, die ansonsten völlig frei von Falten war.

Night Owl hatte eine Hand auf Kageyamas glatter Brust liegen. Als sie sich bewegte, streiften ihre Finger den runden blauen Stein, den er an einer Goldkette um den Hals trug. Dieser Stein war sein einziges Schmuckstück. Fasziniert von der scheinbaren Durchsichtigkeit des Anhängers, hob sie ihn vorsichtig an und betrachtete ihn genauer. Auf der einen Seite war er glatt und auf der anderen Seite war ein chinesisches Schriftzeichen eingraviert.

Der Buchstabe *Fu*.

Night Owl fluchte leise und verwünschte ihre Dummheit. Der Anhänger war nicht einfach nur ein blauer Stein. Er bestand aus Jade – der teuersten Farbe, die es gab. Und der Anhänger hatte die Größe einer Münze, nur war er viel dicker.

Der Drache Chiao hatte sie auf die falsche Spur angesetzt, als er sie in die Wohnung geschickt hatte, um die Münze des Glücks zu stehlen. Die Fu-Münze befand sich nicht in einer Statue, sondern in diesem Anhänger.

Vorsichtig richtete sie sich auf und hob die andere Hand hoch über Kageyamas Brust. Sie nahm die Kette zwischen die Finger und zog sie langsam stramm. Ein sanfter Ruck würde sie zerreißen und dann würde sie den Stein in den Händen halten.

In den Händen... Sie hielt inne, da sie sich an das Bild zu erinnern versuchte, das diese Worte für sie beschworen. Dann hatte sie es: Sie hielt etwas zwischen den Händen, die Handflächen wie im Gebet zusammen. Sie hatte gedreht...

Wie aus eigenem Antrieb bewegten sich die Hände, sodass der Anhänger zwischen ihren Handflächen lag, und dann vollführte sie die Drehbewegung, die sie vor ihrem geistigen Auge sah. Die Kette um Kageyamas Hals hob sich, aber an der Stelle, wo sie sich jeden Augenblick so straffen musste, dass sie ihn weckte, spürte sie, wie sich zwischen ihren Händen etwas teilte. Vorsichtig und aus Angst, den Mann neben ihr aufzuwecken, kaum atmend, öffnete sie die Hände.

Der Stein hatte sich in zwei Hälften geteilt und den Blick auf eine Bronzemünze mit vier Buchstaben darauf frei gegeben. Die Fu-Münze.

Was nun? Night Owl lauschte einen Augenblick, um sich zu vergewissern, dass Kageyama immer noch tief und ruhig atmete. Ihr Blick fiel auf etwas auf dem Laken, das im matten Licht des Schlafzimmers schwach glänzte: die Münze, die sie zuvor geworfen hatte. Ihr Blick huschte zwischen ihr und der Münze in ihren Händen hin und her. Sie hatten etwa dieselbe Größe – und wahrscheinlich auch das gleiche Gewicht.

Mit der trägen Eleganz einer Tai-Chi-Meisterin griff Night Owl über Kageyama hinweg, nahm die Münze vom Bett und schob sie zwischen die beiden Jadehälften. Dann schraubte sie den hohlen Anhänger sorgfältig wieder zusammen und legte ihn Kageyama so leicht wie eine Feder auf die Brust.

Die Fu-Münze fest in einer Faust, schlängelte sie sich aus dem Bett. Sie nahm das Handy und ihre nassen Sachen und öffnete dann langsam die Tür, wobei sie betete, sie möge nicht zu viel Lärm verursachen.

Hinter sich hörte sie das Rascheln von Laken. Sie warf schnell einen Blick zurück und wollte schon die Entschuldigung vorbringen, sie müsse kurz zur Toilette, sah aber rechtzeitig, dass Kageyamas Augen noch geschlossen waren. Oder waren sie nur einen Spalt geöffnet? Night Owl hatte das unbestimmte Gefühl, beobachtet zu werden.

Dann fiel ihr eine Bewegung im Flur vor der Tür auf. Als sie hinaus in den abgedunkelten Korridor spähte, sah sie, dass eines der Glaspaneele in den Wänden flackernd zum Leben erwachte und dann aufleuchtete wie ein Monitorbildschirm. Darauf erschien ein älterer Asiat mit einem kahlen, mit Altersflecken übersäten Schädel und sah sie an: Kelvin, der Magier, der seine astrale Seele absichtlich in das Glas eingesperrt hatte wie eine

Fliege in Bernstein. Kageyama hatte ihm schon früher befohlen, sich außerhalb des Schlafzimmers aufzuhalten. Es hatte den Anschein, als habe er den Befehl wörtlich genommen.

»Wohin gehen Sie?«, fragte er mit einer Stimme, die so transparent war wie sein Glas.

Es hatte keinen Sinn zu lügen. Kelvins astrale Präsenz erfüllte jeden Kubikzentimeter der Wohnung. Er würde ihr überallhin folgen. »Auf die Dauer macht mich diese Wohnung klaustrophobisch«, sagte sie zu ihm. »Ich gehe nur etwas frische Luft schnappen. Wenn Kageyama fragt, wohin ich gegangen bin, sagen Sie ihm, dass ich in Kürze wieder zurück bin.«

»Wie Sie wünschen«, sagte der Magier. Er neigte den Kopf in einer kurzen Verbeugung, aber kurz bevor er das tat, sah Night Owl ihn mit einem Auge zwinkern, was sie an den wissenden Blick erinnerte, mit dem Kageyama sie in der Nacht bedacht hatte, als sie ihn besucht hatte, um die Jadeskulptur zu stehlen.

Zur Hölle damit. Sie hatte keine Zeit, sich jetzt deswegen Sorgen zu machen. Sie hatte die Fu-Münze und wusste genau, wem sie sie verkaufen würde.

Nein, korrigierte sie sich. Nicht verkaufen – geben. Und als Gegenleistung würde sie Informationen verlangen – die Informationen, die sowohl ihr Leben als auch Almas retten würden. Sie hoffte nur, dass Alma dies genügend zu schätzen wissen würde, um sie am Leben zu lassen.

Die Fu-Münze fest in der geballten Faust, strebte sie dem Fahrstuhl entgegen, der sie zur Oberfläche bringen würde, wo Kelvin sie nicht beobachten konnte.

Es war später Vormittag, aber die Wetterverhältnisse ließen keine Rückschau auf die Tageszeit zu. Der Himmel hing voller schwarzer Wolken und die Luft war mit Elektrizität aufgeladen. Regen fiel in Strömen und mit einem ohrenbetäubenden Tosen, das sich mit dem beständigen Donner vermischte. Er hämmerte gegen die Schutzwände des Kais, der als Fahrweg, Hubschrauberlandeplatz und Anlegestelle für die Wohnung diente. Night Owl musste in das Handy schreien, damit Egon sie verstehen konnte, und sie hörte das Klingeln des Geräts kaum, als sein Rückruf einging.

Ein paar Minuten später sah sie die Positionslichter eines Lufttaxis näher kommen. Sie kippten plötzlich nach links und dann nach rechts und hoben und senkten sich, da der Pilot darum kämpfte, seine Maschine durch die Höhenwinde zu steuern. Night Owl hörte den Motorenlärm nur bruchstückhaft, ein dumpfes *Schrapp-schrapp-schrapp* in den Pausen zwischen den beständigen Donnerschlägen.

Augenblicke später landete das Lufttaxi mit einem dumpfen Schlag, der die Plattform unter Night Owls Füßen erzittern ließ. Die Luke öffnete sich und Tiger Cat stieg aus und in den Regen, wobei er sich an den Handgriffen des Hubschraubers festklammerte, um nicht vom Wind weggeweht zu werden. Bis er bei ihr im Unterstand angelangt war, war er so nass, als sei er zu Kageyamas Wohnung geschwommen.

»Besser, Sie… haben die… Münze«, sagte er zitternd, während er sich den Regen vom Gesicht wischte. »Wir wären auf dem Weg hierher beinahe abgestürzt.«

Hinter ihm heulte der Motor des Hubschraubers auf. Der Pilot hielt die Maschine nur mit brutaler Gewalt an Ort und Stelle und benutzte die Rotoren, um sie nach unten auf den Landeplatz zu drücken.

Night Owl hielt die Fu-Münze hoch. Tiger Cat trat vor und warf einen eingehenden Blick darauf, dann winkte er und sagte etwas auf Kantonesisch. Tiger Cats Augen waren zufriedene Schlitze, als er die Hand hob und die Finger ausstreckte, um ihr die Münze abzunehmen.

Night Owl schloss ihre Finger zur Faust. »Sie haben mir Informationen versprochen«, sagte sie.

Tiger Cat warf einen nervösen Blick auf den schwarzen Himmel, als ein besonders greller Blitz aufzuckte, dem eine Sekunde später ein Donnerschlag folgte, der die Fenster des Unterstands klirren ließ. Er krümmte sich – und etwas in seinen Augen verriet Night Owl, dass er sich nicht nur Sorgen darum machte, vielleicht vom Blitz getroffen zu werden.

»Nur Informationen? Sie wollen die Münze nicht mehr für Nuyen verkaufen? Das ist eine kluge Entscheidung.«

Night Owl nickte. »Stimmt genau – keine Kreds. Nur die Informationen, die Sie mir angeboten haben. Geben Sie sie mir – und beeilen Sie sich. Ich habe nicht viel Zeit.«

Tiger Cat nickte kurz. Night Owl sah jedoch, dass er sich trotz ihrer Eile nicht drängen lassen würde. »Es war sehr clever von Ihnen, den Kredstab, den Sie Bluebeard gegeben haben, mit einem Löschprogramm zu sichern«, begann er, »aber Bluebeard ist auch nicht gerade auf den Kopf gefallen. Es ist ihm gelungen, die Daten zu kopieren, bevor das Programm gestartet wurde. Dann hat er mich angerufen und mir Fragen über Sie gestellt. Ich habe ihm erzählt, was ich wusste – im Wesentlichen, dass Sie für Pacific Cybernetics arbeiten. Er hat ein wenig tiefer gegraben und herausgefunden, dass Sie suspendiert wurden. Den Grund konnte er nicht in Erfahrung bringen, aber dafür, dass man das Todesurteil über Sie verhängt hat. Wissen Sie, dass Sie eine Bombe im Kopf haben?«

»Das weiß ich«, knurrte Night Owl. Sie hatte keine Ahnung, wer Bluebeard war und was sich zwischen ihm und Alma abgespielt hatte, aber sie konnte sich denken, worauf Tiger Cat hinauswollte – tatsächlich hatte sie bereits ihr Leben darauf verwettet. »Sie wird in weniger als einer Stunde explodieren. Also kommen Sie endlich zur Sache.«

Tiger Cats Augen weiteten sich. Nun, da er begriff, warum sie es so eilig hatte, redete er schneller. »Die Bombe kann entschärft werden, indem Sie sich in einen Alpha-Zustand versetzen. Sie müssen ihre Hirnwellen für genau eine Minute zwischen dreizehn und achtzehn Hertz halten, dann für eine weitere Minute zu normaler Hirnwellenaktivität zurückkehren. Danach folgen fünfundvierzig Sekunden Alphazustand und fünfundvierzig Sekunden normale Aktivität. Dann noch einmal beides für dreißig Sekunden und schließlich noch einmal für fünfzehn Sekunden. Das ist alles.«

Night Owl nickte, da alles gut zusammenpasste. Der Schlüssel für das Entschärfen der Bombe war eine Zahlenfolge, wie Alma gesagt hatte.

Tiger Cat streckte die Hand aus. »Die Münze, wenn Sie so nett wären. Ich muss rasch verschwinden, solange die Drachen sich bekämpfen.«

Night Owl gab ihm die Fu-Münze. Er verbeugte sich kurz und kämpfte sich durch den Wind zum Hubschrauber zurück.

Während Night Owl dem startenden Hubschrauber hinterhersah, dachte sie über ihr weiteres Vorgehen nach. Um die Bombe zu entschärfen – um weiterzuleben –, musste sie sich lediglich vier Mal in einen Alphazustand versetzen und Kageyama dazu bringen, sie jeweils genau im richtigen Augenblick wieder herauszureißen. Das Aufwachen war das geringste Problem, aber in genau der richtigen Sekunde in einen Alphazustand einzutreten, würde verdammt schwierig sein. Night Owl bezweifelte, dass ein Zen-Meister dazu in der Lage war, von ihr ganz zu schweigen. Vielleicht mit Biorückkopplungs-Ausrüstung – aber in der kurzen Zeit, die ihr noch blieb, konnte sie sich die nicht mehr besorgen.

Night Owl hatte jetzt zwar den Code, ihre Situation damit aber nicht im geringsten verbessert. Wenn sie überleben wollte, brauchte sie Hilfe.

Dann kam ihr ein Gedanke: vielleicht konnte Alma helfen. Sie konnte zumindest den Countdown auf ihr Cyberauge legen und hatte dadurch vielleicht einen Vorteil.

Mit jähem Entsetzen ging Night Owl auf, dass sie nicht einmal wusste, wie viel Zeit ihr noch blieb. Während sie zum Fahrstuhl zurückkehrte, schaltete sie das Handy ein.

Lösung

Kaum war sie wieder bei Bewusstsein, als Alma einen Blick auf sich ruhen spürte. Sie schlug die Augen auf, und in der Sekunde, die sie brauchte, um herauszufinden, wer sie anstarrte und wo sie sich befand, spannte sich ihr Körper zu einer Bereitschaftshaltung. Dann sah sie, dass es nur Kageyama war – sie befand sich noch immer im gleichen Schlafzimmer in seiner Unterwasserwohnung. Sie wollte sich entspannen, doch sein eindringlicher Blick vermittelte ihr Dringlichkeit.

Sie legte den Countdown auf ihr Cyberauge und sah, dass ihr nur noch sechsundzwanzig Minuten blieben, bevor die Bombe in ihrem Kopf explodierte. Der Countdown lief immer noch. Adrenalin wurde durch ihre Adern gepumpt, während sie sich aufrichtete. Was hatte Night Owl in der ganzen Zeit gemacht?

Als wolle er ihre stumme Frage beantworten, meldete Kageyama sich zu Wort. »Night Owl sagt, in eurem Kopf sei eine Bombe, sie habe aber den Code entdeckt, mit dem man sie entschärfen könne«, erklärte er. »Du musst für ganz exakte Zeitperioden in einen Alphazustand eintreten: erst eine Minute, dann fünfundvierzig Sekunden, dann dreißig Sekunden, dann fünfzehn Sekunden. An jede Alphaphase muss sich eine Phase normaler Hirnaktivität anschließen, die genauso lange dauern muss wie die vorangegangene Alphaphase.«

Alma nickte. Natürlich! Nun, da sie die Antwort kannte, kam sie ihr simpel vor – in der Theorie. »Aber ich habe in meinem Leben noch nie meditiert«, protestierte Alma. »Und ich gehe nicht davon aus, dass du Biorückkopplungsgeräte zur Verfügung stellen kannst.«

Kageyama schüttelte den Kopf.

»Woher soll ich dann wissen, ob es mir gelungen ist, ein Alphawellenmuster zu produzieren, ganz zu schweigen davon, es auch noch über einen ganz bestimmten Zeitraum zu produzieren?«, fragte Alma.

»Dein Bewusstsein muss leer und ruhig sein, du musst das Denken verlangsamen. Dabei verlangsamen sich auch Puls und Atmung. Wenn das geschieht, drück meine Hand. Ich werde die Zeit nehmen und dir im entsprechenden Augenblick auf die Schulter klopfen.« Er nahm eine antike mechanische Stoppuhr in einem silbernen Etui mit Gravur zur Hand.

Alma schüttelte den Kopf über die archaische Technik. »Danke, aber nein. Ich verlasse mich lieber auf die Zeitanzeige meines Cyberauges.«

»Aber das könnte dich ablenken...«

»Ich werde nicht darüber diskutieren.« Sie aktivierte den Countdown und sah, dass ihr nur noch neunzehn Minuten blieben. »Sei jetzt bitte ruhig. Ich habe nicht mehr viel Zeit.«

Alma schloss die Augen und versuchte allen gedanklichen Ballast abzuwerfen, blieb in Gedanken aber bei den langsam heruntertickenden Sekunden des Countdowns und konnte sich auch nicht von Kageyama lösen, der besorgt neben ihr hockte. Sie versuchte sich zu entspannen und alle Gedanken aus ihrem Bewusstsein zu verbannen, aber immer wieder tauchten aus dem Nichts Gedanken auf und sprangen sie an wie ungezogene Kinder. Als der Countdown die Zehn-Minuten-Marke erreichte, spürte sie, wie ihr Tränen in die Augen traten.

»Es klappt nicht. Ich kann nicht...«

Kageyama stand weniger als einen Meter entfernt und seine Brust war auf einer Höhe mit Almas Augen.

Ihr Blick fiel auf den Anhänger und noch im gleichen Moment kam ihr die Erleuchtung.

Als sie vor einigen Stunden die Fu-Münze in der Hand hielt, hatte sie ein überwältigendes Glücksgefühl verspürt. Solange die Münze sich in direktem Kontakt mit ihrer Haut befand – aufgrund irgendeiner verrückten Fügung des Schicksals für genau eine Minute –, hatte sich ihr Gehirn in einem Alphazustand befunden. *Das* hatte den Countdown zuvor angehalten – und ihr eine zusätzliche Lebensminute beschert. Mit der Magie der Fu-Münze konnte sie sich in einen Alphazustand versetzen. Sie brauchte dazu lediglich die Münze jeweils im vorgeschriebenen Zeitraum zu berühren. So einfach war es.

»Akira«, sagte sie mit angespannter Stimme. »Ich brauche deinen *Pi*-Stein – schnell!« Sie wartete nicht, bis er die Kette löste, sondern riss sie ihm vom Hals und schraubte den Stein so schnell auf, wie sie konnte. Trotz aller Ausgleichsbemühungen ihrer Reflexbooster zitterten ihre Hände.

Da – der Anhänger war offen. Alma nahm die Münze...

Ihre und Kageyamas Augen weiteten sich im gleichen Moment. Alma hielt nicht die Fu-Münze in der Hand, sondern eine der Münzen, die Kageyama ihr am Morgen für das I-Ging gegeben hatte. Alma starrte sie einen langen Augenblick wie versteinert an, bis ihr aufging, dass es nur eine Möglichkeit gab, wie die Münze dorthin gelangt sein konnte.

»Night Owl«, flüsterten sie und Kageyama gleichzeitig. Dann gluckste Kageyama wie über einen geheimen Witz.

»Ich weiß nicht, was es da zu lachen gibt!«, explodierte Alma. »Die Fu-Münze hätte mich in den Alphazustand versetzen können. Night Owls Gier hat uns zum Tode verurteilt!«

Kageyama legte seine Hand auf ihre. Alma versuchte, sie ihm zu entreißen, aber Kageyama hielt sie eisern fest. Sein Griff war überraschend stark. Verdrahtete Reflexe übernahmen das Kommando, und Alma hob ihre freie Hand, um ihn zu schlagen. Bevor sie dazu kam, nahm er eine der beiden I-Ging-Münzen, die noch auf dem Tisch lagen, und zeigte sie ihr.

»Darauf war ich vorbereitet«, sagte er. »Ich hatte den Verdacht, dass noch andere hinter der Fu-Münze her sein könnten und Night Owl sie kennen würde. Sie hat mich nicht enttäuscht. Dank ihrer Hilfe ist ein weiterer Möchtegern-Dieb von der Fährte abgelenkt worden.«

»Wovon, zum Teufel, redest du?«, fragte Alma hitzig. Sie bemerkte nicht einmal, dass sie in den Straßenslang verfallen war, bis sie Kageyamas sinnenden Blick sah.

Kageyama deutete mit einem Kopfnicken auf die Wand, wo ein zweidimensionaler Kelvin schimmerte und alles beobachtete. »Night Owls Freundin Miracle Worker ist nicht die Einzige, die Illusionen wirken kann. Das war auch Kelvins Spezialität. Das hier ist die echte Fu-Münze, verborgen unter einer Illusion. Die Münze, die Night Owl gerade verkauft hat, war eine Fälschung. Ich hoffe, sie hat einen guten Preis dafür bekommen.«

Alma wusste plötzlich, wie Night Owl an die Information gekommen war, wie sich die Bombe entschärfen ließ. Irgendjemand hatte sie sich irgendwie aus PCIs Computersystem geholt und ihr verkauft.

»Ich glaube, Night Owl hat genau das dafür bekommen, was wir brauchten«, sagte sie mit einem Lächeln. »Und jetzt gib mir die Münze. Die Zeit wird knapp.«

Der Countdown betrug nur noch sechs Minuten – selbst wenn sie sich sofort in den Alphazustand versetzte, konnte sie lediglich ein paar Sekunden erübrigen.

Kageyama legte ihr die Fu-Münze in die Hand und

drückte gleichzeitig auf den Knopf der antiken Stoppuhr. Als ihre Magie ihren Körper durchflutete, versank Alma im schönsten Glücksgefühl, das sie je erlebt hatte – für genau sechzig Sekunden.

Dann noch einmal für fünfundvierzig Sekunden...
Dann für dreißig Sekunden.
Dann fünfzehn...

Glückseligkeit

Night Owl erwachte langsam und mit einem Gefühl, als habe sie unter Betäubungsmitteleinfluss gestanden. Etwas war um ihren Kopf und ihr Gesicht gewickelt und presste die Ohren an ihre Kopfhaut. In ihren Wangen stach es an mehreren Stellen und ihre Ohrenspitzen brannten. Die Augenlider fühlten sich aufgedunsen und geschwollen an und ihr Mund war wie ausgedörrt. Sie hatte einen merkwürdigen metallischen Geschmack auf der Zunge.

Sie griff sich an den Kopf und identifizierte das um ihren Kopf gewickelte Material als Verbandsstoff. Drek! Alma musste sich den REM-Induktor entfernt haben lassen! Aber warum war dann nicht Alma aufgewacht? Hatte die Entfernung des REM-Induktors *Almas* Existenz verschlungen, sodass Night Owl nun die ständige Kontrolle über diesen Körper hatte?

Night Owl richtete sich auf und sah sich um. Sie lag auf einem schmalen Bett mit den für Krankenhausbetten typischen Geländern auf beiden Seiten und in einem kleinen Zimmer, das wie der Aufwachraum eines Krankenhauses aussah. Eine Tür in einer Wand führte in ein winziges Badezimmer. Eine andere Tür – mit einem Schloss daran – sah aus, als führe sie auf einen Flur. Beruhigende Musik erklang leise und durch Fenster mit einer leichten Goldtönung fiel Sonnenlicht ein.

Der Blick durch das Fenster war herrlich. Sie sah einen Großteil des Hafens mit blauem Wasser, das in der Sonne glitzerte, farbenprächtige Gebäude auf den

Hängen des Nordstrands, schneebedeckte Berge, die in üppige grüne Wälder gehüllt waren, und über allem einen türkisblauen Himmel mit weißen Wolken. Im Westen färbte die untergehende Sonne die Wolken orangerot. Offensichtlich war es später Nachmittag – der Explosionszeitpunkt lag Stunden zurück.

»Herzlichen Glückwunsch, Alma«, sagte Night Owl glucksend. »Du hast es geschafft. Falls das hier nicht der Himmel ist, sind wir noch am Leben.«

Night Owl konnte sich nicht erinnern, schon einmal zuvor an einem Tag aufgewacht zu sein, an dem es nicht geregnet hatte. Sie streckte die Hand aus, bis Sonnenlicht darauf fiel, und genoss die Wärme auf der Haut. Einen Moment lang schloss sie die Augen und stieß einen zufriedenen Seufzer aus.

Wie eine Luftblase, die sich langsam vom Grund eines Beckens mit einer zähen, klebrigen Flüssigkeit darin nach oben arbeitete, schlich sich ein Anflug von Besorgnis in Night Owls Bewusstsein ein. Ihr ging plötzlich auf, dass sie überhaupt keinen Grund hatte, so zu empfinden. Alma hatte sich irgendeiner Operation unterzogen und Night Owl in ein Zimmer eingesperrt – und Night Owl hatte keine Ahnung, warum. Sie hätte so etwas wie Besorgnis empfinden müssen, Beklommenheit – sogar Angst. Stattdessen war sie ... glücklich?

Das mussten die Nachwirkungen der Operationsnarkose sein. Daran musste es liegen.

Sie klappte eines der Bettgeländer herunter und schwang die Füße zur Seite. Sie stellte fest, dass sie Jeans und ein T-Shirt trug: Was immer der Cyberdoc mit ihr angestellt hatte, es betraf nicht den Rest ihres Körpers. Sie ging ins Bad und sah in den Spiegel über dem Waschbecken. Sie trug tatsächlich einen Kopfverband, wie sie es sich gedacht hatte. Sie löste das Ende und wickelte den Verband langsam ab.

Das Erste, was unter dem Verband auftauchte, waren

ihre Ohren. Night Owl nahm überrascht zur Kenntnis, dass sie jetzt die zierlichen Spitzen einer Elfe hatten.

Als der Rest ihrer Züge enthüllt wurde, weiteten sich ihre Augen voller Staunen über die Veränderungen, die sie im Spiegel sah. Ihre Wangenknochen waren breiter, das Kinn spitzer, die Lippen voller. Sogar ihre Augen waren anders. Die asiatische Mandelform war wesentlich ausgeprägter, und die Pupillen waren nicht mehr braun, sondern golden.

Night Owl war daran gewöhnt, jede Nacht ein anderes Gesicht im Spiegel zu sehen. Sie verließ ihre Wohnung nie, ohne eine vollständige Beijing-Opernmaske aufgelegt zu haben, und sie veränderte das Make-up jede Nacht ihrer Stimmung entsprechend. Aber diesmal ließ sich die Maske, die sie aus dem Spiegel anstarrte, nicht abwischen. Dünne rote Linien – die Spuren des Laser-Skalpells – zeigten an, wo ein Chirurg mit Collagen aufgefüllt, Knorpel abgehoben und Haut zusammengefaltet hatte. Diese Maske – eine, die Alma und nicht Night Owl ausgewählt hatte – war dauerhaft.

Night Owl schüttelte langsam den Kopf und fragte sich, was Alma wohl vorhatte. Die größte Überraschung war vielleicht, dass sie überhaupt keine Angst verspürte.

Ein Mobiltelekom lag zusammen mit Almas I-Ging-Münzen auf dem Waschtisch neben dem Waschbecken. Das Licht, das eine eingegangene Nachricht anzeigte, blinkte rot. Night Owl nahm das Telekom, drückte das Memo-Icon und las die Worte, die über den kleinen Bildschirm liefen.

HALLO, NIGHT OWL. DANKE, DASS DU DEN CODE ZUR ENTSCHÄRFUNG DER SCHÄDELBOMBE GEFUNDEN UND DIE DATEN DURCH KAGEYAMA AN MICH WEITERGEGEBEN HAST. DAS HAST DU GUT GEMACHT. ICH BIN FROH, DASS DU DICH DAZU ENTSCHLOSSEN HAST, MIR ZU VERTRAUEN – FÜR UNSER BEIDER WOHL.

NACHDEM ICH DIE BOMBE ENTSCHÄRFT HATTE, GING MIR AUF, DASS DAS WISSEN UM DEN CODE MIR DIE MÖGLICHKEIT GAB, MIR DEN REM-INDUKTOR ENTFERNEN ZU LASSEN. ICH HABE MICH DAGEGEN ENTSCHIEDEN, UND ZWAR AUS EINEM GANZ EINFACHEN GRUND: ICH VERDANKE DIR MEIN LEBEN. IRGENDWIE KOMMT ES MIR UNEHRENHAFT VOR, EINFACH SO ›DEINEN STECKER ZU ZIEHEN‹, UND HINZU KOMMT NOCH, DASS DU IN WIRKLICHKEIT EIN TEIL VON MIR BIST. AUSSERDEM GLAUBE ICH, DASS WIR EIN ZIEMLICH GUTES TEAM ABGEBEN. ES GIBT NICHT VIELE SICHERHEITSLEUTE, DIE VON ZWEI VIERTELSTÜNDIGEN PAUSEN PRO TAG ABGESEHEN RUND UM DIE UHR SCHUTZ BIETEN KÖNNEN.

ALS KONSEQUENZ DESSEN, WAS DU GETAN HAST, KANN ICH NICHT MEHR IN MEINEN JOB BEI PACIFIC CYBERNECTICS ZURÜCK. DIE POETISCHE GERECHTIGKEIT BESTEHT DARIN, DASS DEINE KARRIERE ALS SHADOWRUNNER GLEICHFALLS VORBEI IST, WENN DU VERMEIDEN WILLST, DASS DIE DRACHEN UNS WIEDERFINDEN. ABER DAS BEDEUTET NICHT, DASS WIR ARBEITSLOS SIND. AKIRA HAT UNS EINEN JOB ALS LEIBWÄCHTER ANGEBOTEN. ER HAT SOGAR ANGEBOTEN, UNS DABEI ZU HELFEN, KONTAKT MIT DEN VERMISSTEN SUPERKIDS DER ALPHAGRUPPE HERZUSTELLEN. VIELLEICHT KÖNNEN WIR EINES TAGES SOGAR EIN ›FAMILIENTREFFEN‹ ABHALTEN. ABER DAS IST ALLES NOCH ZUKUNFTSMUSIK.

ICH HABE AKIRAS ANGEBOT ANGENOMMEN UND SCHLAGE VOR, DASS DU ES AUCH TUST. WAS MICH BETRIFFT, IST DER VORSCHUSS, DEN ER UNS GEGEBEN HAT, MEHR ALS GROSSZÜGIG BEMESSEN – OBWOHL ER NUR AUS EINER EINZIGEN MÜNZE BESTEHT. ICH GLAUBE, SIE WIRD UNS DABEI HELFEN, VON NUN AN AUF EINE ZIVILISIERTERE ART ZUSAMMENZULEBEN. DANACH ZU URTEILEN, WIE SIE MEIN HÄNDEZITTERN

GEHEILT HAT, GEHE ICH DAVON AUS, DASS SIE DAFÜR SORGEN WIRD, DASS DER EINE VON UNS BEIDEN TATSÄCHLICH SCHLÄFT, WENN DER ANDERE WACH IST. UND ICH GLAUBE, DAS GEFÜHL DER ZUFRIEDENHEIT, DAS SIE IHREM BESITZER – UNS – VERMITTELT, WIRD UNS DABEI HELFEN, DIE GEISTER AUS UNSERER VERGANGENHEIT ZU BEGRABEN.

KANNST DU DIR DENKEN, VON WELCHER MÜNZE ICH REDE?

Seltsam – Almas Nachricht klang so, wie Night Owl sie auch formuliert hätte, insbesondere mit der neckenden Frage am Ende. Alma schien auf die Münze des Glücks anzuspielen, aber das war unmöglich. Night Owl hatte sie Kageyama gestohlen und Tiger Cat für die Information verkauft, wie die Bombe entschärft werden konnte ...

Oder nicht?

Night Owls Blick fiel auf die Münzen. Vor ihr auf dem Waschtisch lagen *drei* I-Ging-Münzen, obwohl es doch eigentlich nur zwei hätten sein dürfen. Eine dieser Münzen hätte in Kageyamas Anhänger stecken müssen. Die Tatsache, dass sie hier auf dem Waschtisch lag, bedeutete, dass Kageyama den Tausch bemerkt und Alma die taiwanesische Münze aus seinem Anhänger wiedergegeben hatte ... aber warum?

Plötzlich erkannte Night Owl die Antwort. Kageyama hatte damit gerechnet, dass sie hinter das Geheimnis der Fu-Münze kommen würde, und geahnt, dass sie sie stehlen würde. Er hatte die Fu-Münze gegen eine in einen Illusionszauber gehüllte Münze ausgetauscht und dann die echte Münze ganz offen liegen lassen. Eine der taiwanesischen Münzen, die Alma auf dem Nachttisch liegen gelassen hatte, musste die Fu-Münze gewesen sein.

Night Owl streckte einen Finger aus und führte ihn langsam zum Waschtisch. Sie berührte die Münze auf der linken Seite und spürte nur kühles Metall unter ihrer Fingerspitze. Bei der Münze in der Mitte war es genauso. Doch als sie die dritte Münze berührte, durchzuckte sie sofort ein unglaubliches Glücksgefühl. Es war wie eine Mischung aus Verliebtheit, der Erfüllung eines lange gehegten Herzenswunsches und der Verwirklichung eines Traums...

Und der Aufhebung eines Todesurteils.

Night Owl zog den Finger weg und schaute in den Spiegel. Ihr war jetzt klar, warum Alma sich für plastische Chirurgie entschieden hatte. Night Owl und Alma würden zusammen ein neues Leben beginnen.

Vielleicht.

Night Owl nahm die Münze des Glücks und legte den Daumen darunter, bereit, sie in die Luft zu schnippen. Kopf und sie würde Kageyamas Stellenangebot annehmen. Zahl und sie würde von hier verschwinden, in den Schatten untertauchen und einen Weg finden, Alma loszuwerden.

Sie warf die Münze hoch und sah ihr dabei zu, wie sie sich überschlug. Sie fing sie mit der linken Hand und klatschte sie sich auf den rechten Handrücken. Während sie das intensive Glücksgefühl zu ignorieren versuchte, das sie durchströmte, als die Münze mit ihrer nackten Haut in Berührung kam, bereitete sie sich darauf vor, die Hand wegzuziehen und nachzusehen. Wenn Zahl oben lag...

Nein. Dies war keine Art und Weise, eine Entscheidung zu treffen. Auf sich allein gestellt loszuziehen und Kageyama zurückzuweisen wäre dumm – sogar selbstmörderisch. Sie beschloss, unabhängig vom Fall der Münze, unabhängig davon, ob Kopf oder Zahl oben lag, Kageyamas Angebot anzunehmen.

Trotzdem konnte sie nicht widerstehen, einen Blick darauf zu werfen...

Kopf.

Das Grinsen auf Night Owls Gesicht war nur zum Teil das Resultat der Magie der Münze. Sie hatte sich richtig entschieden. Die Münze hatte dies nur noch einmal bestätigt – sie würde keinen Münzwurf mehr brauchen, um in Zukunft schwierige Entscheidungen zu treffen. Jetzt nicht mehr.

Immer noch lächelnd, nahm sie die beiden anderen Münzen und schob sie zusammen mit der Fu-Münze in ihre Tasche.

Von **SHADOWRUN**™ erschienen in der Reihe
HEYNE SCIENCE FICTION & FANTASY:

1. Jordan K. Weisman (Hrsg.): *Der Weg in die Schatten* · 06/4844

TRILOGIE GEHEIMNISSE DER MACHT

2. Robert N. Charrette: *Laß ab von Drachen* · 06/4845
3. Robert N. Charrette: *Wähl deine Feinde mit Bedacht* · 06/4846
4. Robert N. Charrette: *Such deine eigene Wahrheit* · 06/4847

5. Nigel Findley: *2 X S* · 06/4983
6. Chris Kubasik: *Der Wechselbalg* · 06/4984
7. Robert N. Charrette: *Trau keinem Elf* · 06/4985
8. Nigel Findley: *Schattenspiele* · 06/5068
9. Carl Sargent: *Blutige Straßen* · 06/5087

TRILOGIE DEUTSCHLAND IN DEN SCHATTEN

10. Hans Joachim Alpers: *Das zerrissene Land* · 06/5104
11. Hans Joachim Alpers: *Die Augen des Riggers* · 06/5105
12. Hans Joachim Alpers: *Die graue Eminenz* · 06/5106

13. Tom Dowd: *Spielball der Nacht* · 06/5186
14. Nyx Smith: *Die Attentäterin* · 06/5294
15. Nigel Findley: *Der Einzelgänger* · 06/5305
16. Nyx Smith: *In die Dunkelheit* · 06/5324
17. Carl Sargent/Marc Gascoigne: *Nosferatu 2055* · 06/5343
18. Tom Dowd: *Nuke City* · 06/5354

19. Nyx Smith: *Jäger und Gejagte* · 06/5384
20. Nigel Findley: *Haus der Sonne* · 06/5411
21. Caroline Spector: *Die endlosen Welten* · 06/5482
22. Robert N. Charrette: *Gerade noch ein Patt* · 06/5483
23. Carl Sargent/Marc Gascoigne: *Schwarze Madonna* · 06/5539
24. Mel Odom: *Auf Beutezug* · 06/5659
25. Jak Koke: *Funkstille* · 06/5667
26. Lisa Smedman: *Das Luzifer Deck* · 06/5889
27. Nyx Smith: *Stahlregen* · 06/6127
28. Nick Polotta: *Schattenboxer* · 06/6128
29. Jak Koke: *Fremde Seelen* · 06/6129
30. Mel Odom: *Kopfjäger* · 06/6130
31. Jak Koke: *Der Cyberzombie* · 06/6131
32. Lisa Smedman: *Blutige Jagd* · 06/6132
33. Jak Koke: *Bis zum bitteren Ende* · 06/6133
34. Stephen Kenson: *Technobabel* · 06/6134
35. Lisa Smedman: *Psychotrop* · 06/6135
36. Stephen Kenson: *Am Kreuzweg* · 06/6136
37. Michael Stackpole: *Wolf und Rabe* · 06/6137
38. Jonathan Bond/Jak Koke: *Das Terminus-Experiment* · 06/6138
39. Lisa Smedman: *Das neunte Leben* · 06/6139
40. Mel Odom: *Runner sterben schnell* · 06/6140
41. Leo Lukas: *Wiener Blei* · 06/6141
42. Stephen Kenson: *Ragnarock* · 06/6142
43. Lisa Smedman: *Kopf oder Zahl* · 06/6143